일그러진 달

이제중장편추리소설

명지사

일그러진 달·이제중장편추리소설
차 례

프롤로그──5
살　　인──36
수사회의──61
박윤환 회장──87
유 언 장──105
장수자 살인──126
40년만의 해후──144
죄악의 씨앗──186
죽으려고 옷을 입은 사람들──201
일그러진 달──237
악마의 표상──269
에필로그──311
　저자 후기──317

● 등장 인물

박윤환…예비역 대령. 구미 그룹 회장
김원태…6·25사변 때 박윤환의 부하
구 인…6·25사변 때 박윤환의 운전병
장수자…1·4후퇴 때 박윤환이 만난 여자
장영진…장수장의 동생
남중근…경사. 남부 경찰서 수사과 형사
최일중…경위. 남중근의 상관
김태한…파출소 순경
최창성…구인회사 옛 직원
배병휴…부산신문 경찰 출입기자
한중구…구미실업 부사장
조한선…구미실업 기획부장
심재형…박윤환의 처남
심혜영…심재형의 딸
김인수…구미섬유 관리과장
김용욱…김인수의 아버지
오치호…장수자의 아들
차태일…박윤환의 변호사

프롤로그

 세상 전체가 밀가루를 뿌려놓은 듯 하얗다. 그 위에서 사흘 남은 보름을 향해 달은 숨가쁘게 달리고 있었다. 달은 땅 위보다 더 밝은 빛을 입으로 뿜어내려고 숨을 들이마시고 있기라도 하듯이 한쪽 볼을 홀쭉하게 하고 찌그러진 얼굴로 떠 있었다. 애쓰고 있는 달을 도와주기라도 하려는 양 달빛을 가리는 구름 한 점 없었다. 저 멀리 밑에서 그 흰 세계를 시샘이라도 하듯 검은 물체가 움직이고 있었다.
 지프였다.
 금속 차체에 범포지 덮개를 씌운 군지프가 눈이 쌓여 미끄러운 길을 조심해서 달리고 있었다. 달빛보다도 못한 헤드라이트를 누렇게 비쳐서 앞에 튀어나온 길 뒤의 검은 그림자를 하얗게 지우며 차는 앞으로 나아가고 있었다. 길 위에 쌓인 눈은 처녀지의 눈처럼 아무 자국도 없었다. 스물도 안 돼 보이는 운전병은 군용 털모자의 위로 제친 차양을 지프 앞유리창에 거의 댈 듯 목을 쭉 빼고, 차도와 들의 경계가 분명치 않은 좁은 길에서 벗어나지 않으려고 애쓰고 있었다.
 "길을 잘못 든 것 아냐?"

운전석 오른쪽에 앉은 박윤환(朴允煥) 대위가 퉁명스럽게 말했다. 걱정 때문에 퉁명스럽게 들렸는지도 모른다고 운전병이 생각하고 박대위를 흘긋 보았다. 대위는 나무라는 듯 얼굴을 돌려 운전병을 보고 있었다. 달빛이 대위의 얼굴을 환히 비추고 있었다. 운전병과 같은 털모자를 쓰고 있었으나 위로 제친 운전병의 털모자 차양은 검은 천에 흰 천을 오려「헌병」이라고 실로 박은 반달형의 별개의 모자가 감싸고 있는 대신, 박대위의 제쳐진 차양 중앙에는 금속제 대위 계급장이 기다란 인조털에 덮여 보이지 않을 듯 깊이 파묻혀 있었다. 그 차양 바로 밑에는 숯검정을 댄 듯한 굵은 검은 눈썹이 끝을 약간 위로 하고 서로 맞닿을 듯 찡그린 모양을 하고 있었다. 이마를 뺀 얼굴 전체에 검은 수염이 무성하게 나 있어, 달빛에 반사되어 번쩍거리는 눈과 높이 솟은 코만 유난히 눈에 띄었다. 무성한 구레나룻이 차가운 공기를 막아 주기라도 하듯 방한모의 귀덮개는 턱밑에 매지 않고 그대로 내려뜨리고 있어, 끈이 차의 요동에 따라 흔들거리고 있었다.

"얘가 길을 잘못 들었다기보다 제가 잘못 지시했습니다."

뒷자석에서 김원태(金元泰) 소위의 약간 금속성의 목소리가 났다. 나이는 김소위가 중대장보다 한두 살 더 먹었다. 추위를 막으려고 방한모의 귀덮개를 밑으로 내려 턱밑에 단단히 매어 놓아, 그러지 않아도 좁은 얼굴이 도끼날처럼 홀쭉하게 보였다.

"누가 잘못했다는 것이 문제가 아니고, 중공군에게 잡히기라도 하면 큰일이라서 그래. 차를 세우고 생각해 보자구."

운전병이 차를 세우고 지시를 바라듯 몸을 박대위께로 돌렸다.

"아까 지나친 갈림길에서 얼마나 왔지?"

뒷좌석에서 묻는 김소위의 목소리가 추위에 떨고 있었다.

"약 20킬로, 30분쯤 왔습니다."

"기름은 얼마나 있어?"

"반 탱크쯤 있습니다."

"제가 잘못 생각한 모양입니다. 되돌아가는 것이 좋겠습니다, 중대장님."

그러지 않아도 추위에 웅크러진 김소위의 목소리가 자책감 때문인지 더욱 위축된 듯 들렸다.

"가만히 있어. 생각 좀 해보게."

박대위가 고개를 앞으로 향하는 것을 보고 운전병도 차의 앞유리를 통하여 앞을 살폈다. 길은 곧게 뻗어 있었으나 약 15m 앞에서 밑으로 경사가 졌다가 다시 올라가게 되어 있는 것 같았다. 15m쯤 앞 너머는 검은 띠로만 보이고, 그 검은 띠를 지나 다시 비스듬히 올라가는 길이 달빛에 보였다. 그 앞으로는 평지가 이어져서 제법 멀리 있는 산 밑과 맞닿고 있었다. 길 왼편으로는 은세계 저쪽 멀리 빙둘러 산이 있었고, 오른쪽에는 그보다 가까이 산이 보였다.

오랫동안 주위를 살펴보던 중대장이 입을 열었다.

"역시 돌아가야 하겠어. 여기서 차를 돌릴 수 있겠나?"

"힘들겠습니다. 눈이 쌓여 길이 안 보입니다. 길 옆 도랑에라도 빠지면 큰일입니다."

"2,300m 뒤에 약간 넓은 곳을 지나온 것 같은데, 후진으로 갈 수 있겠나?"

중대장이 묻자 뒷좌석의 김소위가 끼어들었다.

"위험하게 그러는 것보다 조금 더 앞으로 가 보지요. 앞에도 넓은 곳이 있겠지요."

"그것이 좋겠습니다, 중대장님."

운전병이 김소위 말에 동조하고 나섰다.

"여기서 차를 돌린다는 것은 위험하고, 뒤로 2,300m를 후진한다는 것은 더욱 자신이 없습니다. 앞으로 가 보는 게 좋겠습니다."

"그래, 안전하게 하자구."

중대장의 말이 끝나기도 전에 운전병이 차를 앞으로 몰았다. 차바퀴에 감은 체인이 요란한 소리를 냈다. 약 15m를 전진하자 예상했던 대로 길이 완만한 경사를 이루며 밑을 향했다. 경사의 끝에는 다리가 있었다. 다리 난간이 눈을 소복이 이고 있었다.

20m가 채 안 되는 다리를 건너서 지프가 멈추었다. 운전병이 차 앞 오른쪽을 손가락질했다.

"저 앞에 약간 넓은 곳이 있습니다. 저기서 돌리면 되겠습니다."

중대장의 대답을 듣지도 않고 운전병이 차를 다시 몰아 앞으로 나아가서 핸들을 오른쪽으로 꺾고 차를 세웠다. 운전병이 운전석 왼쪽의 차문을 열고 고개를 내밀어 뒤를 보는 순간, 중대장의 다급한 소리가 들렸다.

"잠깐! 차를 세워!"

중대장이 우측 문을 열고 길에 내려서자 차체가 출렁 움직였다. 중대장이 헤드라이트 앞으로 나아가 흰 눈 위에 긴 그림자를 눕히고 섰다.

"김소위, 이리 와!"

재빠르지 않은 동작으로 김소위가 차에서 내리자 차체가 다시 한 번 출렁였다. 문이 닫히며 지프 속으로 바깥의 냉기를 몰아넣었다.

"운전병, 너도 내려!"

운전병이 중대장 그림자 옆에 또 하나의 기다란 그림자를 만들고 섰다.

"저 앞을 봐. 집이 있어."

중대장이 방한모 귀덮개 끈을 턱밑에 매며 말했다.

"빈집 같은데요."

기다란 녹갈색 군용 목도리를 고개에 둘러 감으며 말하는 김소위의 목소리가 추위에 떨려 나왔다.

"빈집인데 굴뚝에서 연기가 나?"

집은 70, 80m 앞에 있었다. 개울을 따라 있는 약간 높은 둑 밑에 마당은 개울 쪽을 향하고 집이 있었다. 집에 울타리는 없었다. 그 외딴집 뒤로 집 앞 둑보다 낮은 둔덕이 있었고, 그 둔덕 위로 넓은 평지가 펼쳐져 이어 가다가 5,600m는 족히 되는 저 멀리의 산기슭과 맞닿고 있었다. 산기슭에는 집들이 10여 채 있는 듯, 거무스름한 모습이 하얀 벌판과 대조를 이루고 희미하게 보였다.

"길이 확실치 않으니 가서 물어보자구. 따라들 와!"

부하들의 의사는 아랑곳하지 않고 중대장이 개울가 둑 위를 걸어가기 시작했다. 너울거리는 검은 그림자를 앞세우고 가는 중대장 뒤를 지프의 누런 불이 비치고 있었다. 야전 점퍼 위로 허리에 찬 탄띠에 달린 권총이 중대장 왼허리 밑에서 걸음을 옮길 때마다 넓적다리를 가볍게 때리고 있었다.

"엔진 끄고 따라와."

김소위가 앞으로 발을 옮기며 운전병에게 말했다. 몸을 잔뜩 웅크린 구부정한 모습이었다.

"안 됩니다. 이 추운 날씨에 시동이 걸리지 않으면 어쩌라구요."

운전병의 대들 듯한 목소리가 중대장 귀에도 들렸는지 그가 걸음을 멈추고 돌아섰다.

"엔진은 끄지 말고 라이트나 꺼. 그리고 플래시도 갖고 와!"

운전병이 지프차 헤드라이트를 끄고 플래시를 들었을 때, 중대장과 김소위는 20여 미터 떨어져 가고 있었다. 헤드라이트를 껐지만 사방은 대낮같이 밝았다. 중대장 앞에 있던 기다란 그림자가 머리 위의 달빛 때문에 짧게 뒤로 와 있었다. 20여 미터 되는 거리를 운전병이 쫓아갔을 때 그는 헉헉거리고 있었다. 입김이 서리로 변해 하얀 담배연기처럼 망울져, 그 무게도 지탱할 수 없는지 옆으로 퍼지며 내려앉았다.

마당 끝에 당도했을 때 집은 쥐죽은 듯 고요했다. 마당에 깔린 눈 위에는 발자국 하나 없었다. 달은 집 뒤로 높이 떠 있어 처마 그림자를 마당 쪽으로 짧게 드리우고 있었다. 집 오른쪽에 방이 있고, 그 앞에는 좁은 마루가 있으며, 마루 앞에 디딤돌이 있다는 것이 눈에 띄었다. 집 왼쪽은 부엌인 듯싶었는데 문에 거적 같은 것이 쳐져 있었다.

세 사람이 마당의 눈 위에 세 줄기 발자국을 만들고 집으로 다가서며, 중대장이 큰 소리로 말했다.

"여보세요, 누구 계십니까?"

아무 반응이 없었다.

중대장이 디딤돌에 올라서서 방문을 잡아당겼다. 문이 안으로 잠겨 있어 열리지 않았다.

"안에 있는 사람, 문을 여시오. 우리는 대한민국 군인이오."

그래도 아무 기척도 없었다. 중대장이 장갑 낀 주먹으로 문을 쾅쾅 쳤다.

"안에 사람이 있는 것 알아! 문을 안 열면 부술 거야!"

그래도 아무 기척이 없었다. 운전병이 뒤꼍으로 가려고 몸을 돌리는 순간, '체착' 하는 소리와 함께,

"탕!"

중대장이 권총을 쏜 것이었다. 운전병이 놀라서 몸을 돌렸다. 중대장이 한 발을 디딤돌에서 뒤로 내려놓고 방을 향해 권총을 겨누고 있었다.

귀청이 따가울 정도로 총성의 여운이 귓가를 맴돌고 있는 속에 째지는 듯한 여자의 고함소리가 들렸다.
"총 쏘지 마세욧! 문을 열게요!"
중대장이 재빨리 툇마루로 올라가 담벼락에 몸을 붙였다. 방문이 움직였다. 잡아당겨 걸어놓았던 걸고리를 풀기만 했는지 방문이 조금 열리고는 꼼짝도 안 했다.
"밖으로 나왓! 손을 머리에 얹고!"
사람 모습이라고는 생각되지 않는 시커먼 물체가 문지방을 넘어 밖으로 나오자 겨우 사람 비슷한 형체로 변했다. 처마가 그림자를 드리우고 있어 툇마루 위가 마당보다는 어두웠지만, 그래도 마당에 반사된 하얀 달빛으로 그 모습을 충분히 볼 수 있었다.
천을 둘둘 감은 머리가 문설주를 나오는 순간, 중대장이 권총을 들이댔다.
"아!"
놀라는 소리를 내며 총을 잡으려는 듯 올리는 팔을 중대장이 몸통과 함께 감싸안았다.
"꼼짝 마!"
중대장은 감싸고 있는 몸뚱이가 여체라는 것을 느낄 수 있었다. 여자가 공포로 떨고 있다는 것도 전해져 왔다. 중대장이 그녀를 끌어당겨 벽에 밀어붙였다. 권총을 턱밑에 대고 고개를 위로 치켜올렸다. 여자의 키가 커서 머리끝이 키 큰 중대장의 턱에 거의 닿을 정도였다.
여자는 목도리로 머리를 감싸고 있어 보이는 얼굴은 이마에서 코끝뿐이었다. 중대장을 바라보고 있는 눈망울이 겁에 질려 있었다. 중대장이 권총 총구로 턱을 감싸고 있는 목도리를 아래로 밀어내리자 여자의 얼굴 전체가 나타났다. 진한 색의 목도리를 배경으로 얼굴이 유난히도 희게 보였다. 굉장한 미인이었다. 생각지도 않았던 곳에서 여자를 만났다는 충격에, 그것도 아름다운 여자를 만난 놀람에서 중대장의 눈동자가 순간적으로 흔들렸다가 다시 험악해졌다.

"안에 사람이 더 있어?"

중대장이 오른손으로 여자의 가슴을 난폭하게 담벼락에 밀어붙이며 말했다. 왼손에 쥔 권총은 아직도 목도리를 두른 여자의 목젖께를 겨냥하고 있었다. 여인이 두껍게 옷을 껴입고 있었으나 풍만한 가슴이 새가슴처럼 팔딱거리고 있다는 것을 중대장은 두꺼운 장갑을 통해 느낄 수 있었다.

"안, 안에…… 아무도 없습니다. 저 혼자, 혼자였습니다."

여인이 덜덜 떨면서 말을 더듬었다. 여인이 입을 열 때마다 입김이 몽실몽실 뿜어나와 중대장의 코끝을 감쌌다가 없어졌다.

"정말 저 혼자, 혼자뿐입니다."

여인이 혼자라는 것을 강조하듯 다시 말했다.

"운전병! 안에 누가 있나 확인해!"

중대장이 계속 여자의 눈을 뚫어져라 내려다보며 명령했다. 운전병이 탄띠에 꽂힌 플래시를 빼들고 몸을 굽혀 방문 앞으로 갔다. 문 옆에 서 있는 여자의 부들부들 떠는, 몸뻬 입은 다리가 눈에 띄었다. 달빛에 방안이 제법 환했다. 플래시를 먼저 들이밀며 운전병이 조심해서 머리를 방안으로 디밀었다.

방문을 마주하고 방 건너에 작은 뒷문이 하나 있었다. 밝은 플래시에 찢어진 창문을 누렇게 빛 바랜 교과서를 찢은 것 같은 종이로 누덕누덕 처바른 것이 보였다. 문 중간쯤에 달린 검은 걸쇠가 문설주에 꽂힌 걸쇠고리에 단단히 걸려 있는 것이 보였다. 운전병이 머리를 들이민 문에서 왼쪽으로 약 1.5m쯤에 부엌과 방을 가르는 벽이 있었고, 그 벽 이쪽

구석에 부엌으로 통하는 작은 판자문이 있었다. 가구라고는 없었다.
　위에는 천장이 없어 서까래가 그대로 드러나 있었고, 벽은 흙벽에 그대로 신문지를 잘라 도배를 했다. 한쪽 구석에는 뒤에 붙은 흙 무게를 이기지 못하고 신문지가 흙 묻은 뒤쪽을 까뒤집고 축 처져 있었다.
　"아무도 없습니다."
　운전병의 말이 끝나자마자 중대장이 여자를 뒤에서 힘주어 밀었는지, 내동댕이쳐진 듯 여자의 몸뚱이가 방안으로 들어와 엎어졌다. 저렇게까지 할 필요가 없는데 하고 운전병이 생각했다. 뒤이어 중대장의 큰 키가 방안으로 들어오고 김소위가 뒤따라 들어왔다. 방바닥은 누런 시멘트 포대를 뒤집어 깐 것 같았다.
　높이 서 있는 세 명의 군인 밑에서 여자가 웃몸을 일으키고 앉았다. 중대장이 장갑을 벗어 야전 점퍼 주머니에 찔러 넣었다. 그리고 여자의 머리를 감싸고 있는 목도리를 고개가 뒤로 제쳐질 정도로 난폭하게 밀쳐내렸다.
　머리칼까지 드러나자 정말로 아름다운 얼굴이었다. 거지 꼴 같은 주위 환경 속에서 플래시를 조명처럼 흠뻑 받고 있는, 이목구비가 뚜렷한 성숙한 여자의 얼굴이 아름다웠다. 해맑은 얼굴색이 칠흑같이 고운 눈썹을 더욱 뚜렷하게 나타내고 있었다. 쌍꺼풀진 눈 위로 말린 속눈썹이 기다란 그림자를 볼 위에 드리우고 있었고, 도톰한 맨입술이 붉고 작았다. 희다 못해 푸르게 보이는 흰자위에 둘러싸인 까만 눈동자가 겁에 질려 오돌오돌 떨고 있었다.
　"여기가 네 집이야?"
　중대장의 목소리도 떨리고 있다고 운전병이 생각했다.
　"아녜요. 추워서 빈집이라 들어왔어요."
　"집은 어디야?"

"사리원입니다."
"그런데 여기서 뭣하는 거야?"
"남으로 피난가는 중이었어요."
"혼자서?"
"네……."
여자가 뱀 앞의 개구리처럼 중대장에게서 겁먹은 눈을 떼지 못하고 대답했다.
"불은 없어?"
"저기……."
여자가 눈을 돌리지도 못하고 팔을 들어 웃목을 가리켰다. 운전병이 플래시를 웃목으로 비쳤다. 방구석에 등잔대가 있었다. 흰 사기로 만든 구식 등잔이 끝을 까맣게 하고 나무 등잔대 위에 얹혀 있었다. 중대장이 그것을 보고 짧게 말했다.
"불 켜!"
운전병이 등잔대를 통째로 들어 몸을 돌리자, 김소위가 라이터를 켜서 높이 쳐들고 있었다. 앉아 있는 여자 옆에 등잔을 놓았다. 등잔 끝이 여자의 귀뿌리 높이까지 왔다. 김소위가 라이터를 옆으로 뉘어 불을 붙이자 귓가가 뜨거운지 여자가 몸을 구석으로 옮겼다.
등잔불이 방안을 누런색으로 밝게 했다. 김소위가 몸을 돌려 문을 닫았다. 목도리가 여자의 목을 두껍게 감싸고 있었다. 보풀이 인 것으로 보아 모직 목도리였다. 목도리는 원색이 무슨 색이었는지 모를 정도로 더러웠다. 진한 곤색인지 검은색인지 확실치 않았지만 진한 색 계통이었다. 밑에는 왜정 때 많이 입던 몸뻬를 입고 있었는데, 속에 옷을 껴입었는지 두툼한 다리를 옆으로 뉘어 쭈그리고 있었다. 발에는 검은 양말을 신고 있었고, 부엌으로 통하는 쪽문 앞에 검정색의 남자 고무신이 아무렇게나 한 켤레 놓여 있었다.

　중대장이 선 채로 질문을 시작했다. 등잔불에 비친 세 군인의 모습에 겁이 더 났는지 여자가 몸을 더욱 움츠렸다.

　"피난가는 사람이 큰길에서 떨어진 이곳엔 뭣하러 왔어?"

　"저어……." 여자가 말끝을 흐리다가 대답했다. "이 집 뒤에 친척이 살고 있어서……."

　"이 집 뒤에 친척?"

　여자의 말을 중대장이 중간에서 끊었다.

　"이 집 뒤 산기슭에 작은 동네가 있습니다. 고모가 그곳에 살고 있는데……."

　"고모가 살고 있는데, 왜 여기에 있어?"

　"고모는 피난갔는지 없었어요. 그래서……."

　"그래서 피난가려고 떠났으면 남쪽으로 갈 것이지, 왜 여기서 있어?"

　"너무 추워서……."

　여자가 말을 끝내지 않았다. 그리고 보니 바깥보다는 방안에 온기가 있었다. 거친 숨소리를 내며 중대장이 질문을 계속했다.

　"길에서 보니 굴뚝에서 연기가 나던데, 어떻게 된 거야?"

　"추워서 내가……."

　방안에 들어온 이래 그때까지 말을 안 한 김소위가 입을 열었다.

　"마당에 발자국도 없던데, 어떻게 들어왔소?"

　"그건…… 집 뒤쪽으로 해서 이 뒷문으로 들어왔……."

　여자가 하던 말을 중단하고 눈을 크게 떴다.

　"김소위, 뒤쪽을 조사해 봐."

　중대장이 지시했다.

김소위가 대답을 안 하고 뒷문을 열고 한 발을 집 뒤로 내려놓았다. 냉기가 방안으로 들어왔다. 김소위는 차가운 밖이 싫은지 엉거주춤한 모습으로 밖을 살핀 후 방안으로 들어서며 얼른 문을 닫았다.

"뒤에 낮은 둔덕이 있는데 미끄러진 자국이 있습니다. 참말을 하고 있는 것 같습니다."

"그래?"

방으로 들어오는 김소위를 돌아보며 중대장이 말했다. 여자의 아름다움에 넋을 잃은 듯 여자를 바라보고 있는 운전병의 눈이 고개를 돌려, 뒷문 쪽을 바라보고 있는 여자의 얼굴에 안도의 빛이 스치는 것을 읽을 수 있었다. 여자가 고개를 똑바로 하는 순간 여자의 눈길과 운전병의 눈길이 마주쳤다. 여자가 눈을 떨구었다.

여자를 보는 중대장의 눈에서 이상한 광채가 일기 시작했다. 입을 열었을 때는 숨이 가쁜 듯 거친 숨소리였다.

"목도리를 버섯!"

"네?"

여자는 무슨 말인지 잘 알아듣지 못하는 것 같았다.

"목도리를 풀란 말이야!"

여자가 한동안 멍한 표정으로 있다가 주저하는 손길로 목도리를 주섬주섬 풀기 시작했다. 목도리를 다 풀자 입고 있는 옷도리가 남자 양복이라는 것이 드러났다. 옷깃을 세워 양쪽 끝을 옷핀으로 맞붙게 고정시키고 있었다. 긴 머리칼은 어깨 위까지 내려왔다. 가엾은 생각이 들어 운전병이 말했다.

"중대장님, 피난민이 다니는 큰길까지 차로 데려다……."

"안 돼욧!"

아까 들었던 여자의 째지는 듯한 고함소리였다.

"안 돼? 편하게 해주겠다는데 안 돼?"
중대장의 말에 여자가 고개를 떨구었다. 그리고 중얼거리듯 말했다.
"싫어요. 떠날 수가 없어요."
"뭐? 떠날 수가 없어? 왜?"
"저어…… 아버지를 여기서 만나기로 했어요."
여전히 고개를 떨군 채 여자가 말했다.
"아버지? 무슨 소리야! 아버지를 어떻게 여기서 만나?"
"고모 집에서 만나기로 했어요."
"고모 집? 여기가 고모 집이야?"
"여기서 만나자고 고모 집에 편지를 써놓고 왔어요."
"편지? 이상하잖아. 간첩 아냐?"
"간첩 아녜요. 정말 여기서 아버지를 만나야만 해요. 몸이 많이 불편하셔요."
"이년이 이상한 소리만 하고 있어. 김소위, 데리고 가서 조사해 보자구."
"안 돼요. 그냥 여기 있게 해주세요."
"안 돼? 여기에 있어야 해? 김소위, 이년이 수상해. 조사해야겠어."
"안 돼요. 여기 꼭 있어야만 해요."
여자가 얼굴을 들어 중대장을 바라보며 애원했다. 중대장의 눈이 이글이글 불타고 있었다.
"이년이 이상해. 간첩이라서 괴뢰군이 내려올 때를 여기서 기다리겠다는 거야? 점점 이상해. 너를 여기서 죽여도 누가 뭐랄 사람도 없어!"
"간첩 아녜요. 살려주세요. 여기 있게만 해주세요."
여자가 중대장의 다리를 잡았다. 중대장이 그 손을 내려다보았다.
"웃도리 벗어!"

"네?"
"웃도리 벗으란 말야. 무기가 있나 조사해야겠어."
"무기요? 그런 것 없어요."
중대장이 여자 앞에 쭈그리고 앉자 여자가 한 팔로 가슴을 감쌌다. 중대장이 왼손으로 권총을 뽑아 여자의 이마 한가운데에 대고 머리가 벽에 닿도록 밀었다. 여자가 눈을 동그랗게 떴다.
"네가 안 벗으면 내가 벗길 수도 있어!"
중대장의 오른손이 여자의 양복 단추를 풀고 있었다. 겨우 정신을 차린 여자가 중대장의 행동을 느낀 모양이었다. 두 손으로 중대장의 오른손을 잡으며 다급하게 말했다.
"내가 벗을게요."
중대장이 권총을 꽂았다. 여자가 부들부들 떠는 손으로 턱밑의 옷핀을 풀기 시작했다. 옷핀을 빼는 데도 시간이 걸렸다. 앞단추를 전부 풀고 여자가 두 손을 내려뜨렸다. 중대장이 양복 앞섶을 제쳤다. 여자가 막으려 했으나 제쳐진 후였다. 양복 밑에는 저고리를 껴입고 있었다. 짧은 저고리 밑에는 원래는 흰색이었다고 생각되는 더러운 메리야스 내의를 받쳐 입고 있었다. 짧은 저고리 아래쪽이 내의를 밀고 올라온 불룩한 젖가슴에 들려 있었다.
중대장이 다짜고짜 오른팔을 뻗어 커다란 손으로 여자의 왼쪽 젖무덤을 움켜잡았다. 여자의 두 손이 본능적으로 중대장의 팔목을 부여잡으며 웃몸을 오른쪽으로 뺐다.
"아아…… 왜 이러세요."
중대장이 아무 말 않고 왼팔을 움직였다. 내의 자락을 끌어올렸다 싶었는데, 손이 몸뻬 속으로 들어가 여자의 사타구니를 파고 있었다. 여자가 상체를 일으키며 중대장의 팔목을 잡고 있던 손으로 사타구니를 파고 있는 중대장의 왼손을 잡아빼려고 했다.
"찰싹!"
"쿵!"
여자의 가슴 위 볼록한 곳을 움켜잡고 있던 오른손이 번개같이 움직여 여자의 뺨을 후려쳤다. 여자의 머리가 벽을 받았다. 운전병의 눈에, 하얀 여자의 볼에 손자국이 붉게 서서히 새겨지는 것이 보였다. 여자가 고개를 발딱 제쳐 중대장의 얼굴을 똑바로 쳐다보았다. 여자의 눈이 증오로 이글이글 불타고 있었다.
중대장이 고개를 돌려 서 있는 김소위와 운전병을 올려다보았다. 중대장의 얼굴이 빨갛게 상기되어 있었고 눈이 광채를 발하고 있었다.
"너희들은 나가 있어! 10분이면 돼. 밖에 있으란 말이야."
김소위와 운전병이 움직이지 않자 중대장이 다시 소리쳤다.
"나갓!"
"중대장님······."
운전병이 말을 잇지 못하고 마른 침을 꿀꺽 삼켰다.
"뭐야!"
"중대장님······."
운전병이 다시 침을 삼켰다.
"뭐야!"
중대장이 여자의 사타구니에서 손을 빼고 일어섰다. 뻘겋게 상기된 얼굴에 이글거리고 있는 눈이 제정신이 아닌 모습이었다. 여자가 고개를 들어 운전병을 바라보았다. 여자의 눈은 중대장이 하려는 짓을 막아달라기보다는 체념한 상태에서 자리를 비켜 달라고 애원하고 있는 것처럼 보였다. 중대장이 운전병의 가슴을 밀었다. 왼손은 권총집 위에 얹혀 있었다. 김소위가 몸을 돌려 운전병의 팔을 잡아끌었다. 김소위에 끌려 방에서 나가자 중대장이 방문을 세게 닫았다.
　김소위와 운전병이 마당에 내려섰다. 운전병이 뒤돌아보니 등잔불을 껐는지 방문에 불빛이 비치지 않았고, 달빛을 받은 처마 그림자가 방문에 어둡게 드리워져 있었다. 방안에서 중대장의 목소리가 두런두런 들렸다.
　"앙탈…… 소용없어. 말 안 들으면 귀신…… 죽을 수도…… 말 들으면…… 주께."
　김소위가 주머니에서 담배를 꺼내 물었다.
　"개새끼."
　김소위가 낮게 하는 말을 듣고 운전병이 고개를 돌렸다. 김소위는 한 손으로 바람을 막으며 담배에 라이터불을 붙이고 있었다.
　"김소위님."
　"왜?"
　라이터를 점퍼 주머니에 넣으려던 김소위가 동작을 멈추었다. 말할 때 입술에 붙은 담배 끝이 아래위로 춤을 추었다.
　"담배 줄까?"
　"담배 못 피웁니다…… 아니, 한 대 주십시오."
　김소위가 주머니에서 담배를 꺼내 손목을 까딱 움직이자 담배가 튀어나왔다. 운전병이 담배 한 개비를 빼서 입에 물자 김소위가 라이터를 켜서 담배 끝에 댔다. 운전병이 한 모금 연기를 들이마시고 얼굴을 찡그렸다. 조금 있다가 한 모금 더 빨더니 담배를 눈 위에 떨어뜨렸다.
　"김소위님."
　"왜?"
　김소위는 밝은 달을 쳐다보고 있었다. 운전병이 머리를 쳐들었다. 싸우고 있는 세상 사람들이, 중대장이 하고 있는 짓이 못마땅한 듯 달은 일그러진 얼굴을 하고 중천에 떠 있었다.
"중대장이 저 짓을 하고 나면 여자가 여기 있도록 하겠지요?"
"글쎄, 알 수 없지. 그래서?"
"불쌍하니 불이나 때 주지요. 아까 연기가 났으니 나무가 있을 겁니다."
"글쎄……."
"김소위님, 그렇게 하지요."
"글쎄, 중대장이 뭐라고 하지나 않을려는지."
"설마 그럴려고요."
주저하고 있는 김소위의 팔을 운전병이 끌었다. 운전병이 끄는 대로 김소위가 부엌 쪽으로 끌려갔다. 부엌에 쳐진 거적을 들치고 들어서는데,
"으윽……."
여자의 비명소리가 부엌으로 통하는 작은 판자문 너머에서 들렸다. 둘이 그 자리에 못박힌 듯 섰다. 곧이어 여자의 비명이 신음소리로 바뀌었다.
방안에서 계속 나는 신음소리가 귀에 들어오는 것을 막기라도 하려는 듯 김소위가 속삭였다.
"불씨가 아직 죽지 않고 있어. 나무가 있나 찾아봐."
운전병이 플래시를 켰다. 부뚜막에 솟은 걸려 있지 않았고, 둥그런 솟구멍만 입을 쩍 벌리고 있었다. 불은 솟구멍 안쪽에 지핀 듯, 아궁이 깊숙이 불씨가 있었다. 운전병이 플래시로 부엌 안을 비춰 보았다.
아궁이 앞에 한 줌이나 될까 하는 마른 잔솔가지가 널려 있었다. 들어온 거적문을 마주하고 뒤로 난 작은 거적문이 또 있었다. 아궁이 반대편에 허리 높이의 제법 넓은 선반이 있었고, 그 선반 위 한구석에 낡

은 나무 찬장이 있었다. 찬장 안에는 두서너 개의 이 빠진 질그릇이 있었고, 선반 밑에는 찌그러진 양철 물통 하나가 옆으로 넘어져 있었다. 벽은 바른 흙이 그대로 노출되어 있었고, 천장은 방과 마찬가지로 노출된 서까래 사이에 흙이 발라져 있었다.
"나무가 더 있어야겠어. 나무를 찾아봐."
김소위가 아궁이 앞에 쭈그리고 앉으며 말했다.
"이 안에는 없습니다. 뒤꼍에 있나 보겠습니다."
거적 한 귀퉁이를 들어올리고 운전병이 뒤꼍으로 나갔다. 집 뒤쪽은 달빛을 비스듬히 직접 받고 있어 처마 그림자도 없었다. 눈이 휘날리지를 않고 내렸는지 처마 밑에는 눈이 없었다. 집 뒤에는 작은 언덕이 있었고, 우측에는 아까 김소위가 말한 여자가 미끄러져 내려왔다는 자국이 있었다. 고개를 왼쪽으로 돌리니 언덕 밑에 장독대가 보였다. 장독대에는 커다란 독이 두 개, 그보다 작은 독이 하나, 그리고 작은 항아리들이 서너너댓 개 있었다. 장독대 앞을 보던 운전병이 멈칫 몸을 세웠다.
운전병이 엉덩이로 거적문을 밀치고 뒷걸음질로 부엌으로 들어와서 몸을 돌렸다. 아궁이 깊숙이 지핀 불을 코끝에 빨갛게 반사시키며 앉아 있던 김소위가 고개를 돌렸다. 운전병이 급히 가서 김소위의 귓가에 입을 대고 속삭였다.
"집 뒤에 발자국이 있습니다."
"뭣!"
"뒤에 장독대가 있는데, 그쪽으로 난 발자국이 있습니다."
"누가 있나 확인했나?"
"안 했습니다."
"발자국이 어디까지 났어?"

"자세히 살피지 않았습니다."

김소위가 고개를 숙이고 잠시 생각하다가 머리를 들었다.

"중대장에게 알려야겠어. 내가 문에서 망을 볼 테니 중대장을 불러와."

김소위가 뒷문으로 가며 권총을 빼서 소리 안 나게 장전했다. 김소위가 뒷문 벽에 몸을 붙이고 총신으로 거적을 살짝 들치고 섰는 곳을 보며, 운전병이 부엌 앞문을 나가 방 앞 디딤돌 위에 섰다. 방안에는 등잔불을 다시 켰는지 문종이에 누런 불빛이 비치고 있었다.

"중대장님!"

"왜 그래?"

중대장이 일어서는지 문에 비친 그림자가 길어지는 것을 보고 운전병이 문을 열었다. 등잔불에 비친 방안 모습이 순간적으로 운전병의 뇌리에 새겨졌다.

여자는 오른쪽 어깨를 밑으로 하고 부엌 벽을 향해 모로 누워 있었다. 무릎을 약간 구부린 자세로였는데, 포개 놓은 다리가 알몸이었다. 왼다리는 옷을 밀어내려 발목께에 수북이 뭉쳐져 있는 오른다리 위에 올려 놓고 있었다. 허리께로부터 왼다리는 발끝까지, 오른다리는 옷이 밀려 있는 장딴지까지 실오라기 하나 걸치지 않은 알몸이었다. 살이 유난히 희게 보였다. 히프 밑 방바닥이 피로 검게 물들어져 있었다. 히프에 묻은 피가 하얀 살갗 때문에 방바닥 피보다 붉게 보였다. 두 다리가 갈라진 곳에서 흘러나온 피가 히프를 타고 흐르다가 방울로 맺혀 점점 더 커지더니 무게를 이기지 못하고 방바닥에 떨어져, 있던 피들과 섞여 모습을 감추었다.

운전병이 얼른 고개를 돌렸다.

중대장은 권총이 달린 탄띠를 허리에 차고 있었다. 계면쩍은 입장을 감추려는 듯 험상궂은 표정을 짓고 있었다.

"중대장님."

운전병이 다시 부르자, 탄띠 두르는 것을 끝낸 중대장이 운전병을 내려다보았다. 운전병이 손가락을 입에 대고 말하지 말라는 시늉을 한 후 손짓으로 밖으로 나오라고 했다. 중대장이 나와 뒤로 손을 뻗치고 문을 밀어 닫자, 운전병이 속삭였다.

"집 뒤에 발자국이 있습니다."

"뭐! 김소위는?"

"부엌에서 지키고 있습니다."

중대장이 부엌으로 가며 권총을 장전했다. 아궁이 불빛으로 김소위가 운전병이 떠날 때 그 자세로 서 있는 것을 볼 수 있었다. 김소위에게 다가선 중대장이 속삭였다.

"뭐가 보여?"

"발자국만 보이고 사람은 안 보입니다. 발자국은 큰 독 뒤로 향하고 있습니다."

"물러서. 내가 볼게."

김소위가 물러서자, 중대장이 같은 자세를 취했다. 권총 총신으로 거적을 밀치고 밖을 살피던 중대장이 돌아섰다.

"김소위는 여기서 지키고 있어. 나는 운전병하고 돌아가서 조사할 게."

김소위가 아까 모습으로 밖을 살피는 것을 보고 부엌 앞문으로 발을 옮기던 중대장이 운전병에게 속삭였다.

"칼빈총은 어쨌어?"

운전병이 부엌 안을 두리번거렸다. 아궁이 옆에 세워 놓은 총을 집는 것을 보고 중대장이 밖으로 나갔다. 둘이서 부엌 벽을 끼고 돌아 집 뒤로 갔다. 발소리를 죽이며 앞서 가던 중대장이 벽 끝에 다다랐을 때, 별안간 몸을 담벼락에 붙이고 뒤따라 오던 운전병의 가슴을 벽에 밀어붙였다.
"뭡니까?"
"독 뒤에 누가 숨어 있어."
"어쩌지요?"
"가만 있어."
중대장이 심호흡을 크게 하더니 등을 벽에 댄 채 소리쳤다.
"독 뒤에 있는 놈, 손을 머리에 얹고 나왓!"
아무 대답이 없었다.
"빨리 나와! 안 나오면 쏜다!"
계속 아무 기척이 없었다.
"운전병, 총을 장전해!"
운전병이 소리도 요란하게 탄알을 장전하자 중대장이 말했다.
"내가 하나, 둘, 셋 하면 하늘에 대고 총을 두어 번 갈겨."
중대장이 다시 크게 심호흡을 했다.
"자아, 간다. 하나, 둘, 셋!"
"탕! 타탕! 타탕!"
총성의 여음이 질그릇 깨지는 소리와 겹쳐 들렸다. 집 모퉁이로 조심해서 고개를 내밀던 중대장이 몸을 벽에서 떼고 권총 든 왼팔을 앞에 뻗친 채 앞으로 걸어나갔다. 운전병이 뒤따랐다. 모퉁이를 우측으로 돌자 장독대 위에 두 손을 높이 쳐들고 서 있는 사람의 모습이 보였다. 그의 앞에는 윗부분이 날라간 독이 있었다.
 그때 무엇이라고 표현할 수 없는 외마디 소리가 방에서 들리고, 방의 뒷문이 난폭하게 밀쳐져 벽을 때리는 소리가 들렸다.

"안 돼요! 총 쏘지 말아요! 영진아!"

방에서 검은 물체가 구르는 듯 뛰어나와 눈에 넘어져 굴렀다. 여자가 일어서서 장독대 쪽으로 걸음을 옮기는 것을 부엌에서 김소위가 나와 감싸안아 막았다.

"아가씨, 진정해요!"

"영진아! 총 쏘지 마세요! 내 동생예요!"

붙잡힌 여자가 소리쳤다. 중대장은 여자 쪽은 보지도 않고 팔을 뻗쳐 두 손 들고 있는 사람을 겨냥하고 있었다. 높은 장독대 위에 선 사람의 키가 아주 커 보였다.

"이리 내려와!"

중대장이 소리쳤다. 검은 물체가 장독대 위에서 두 팔을 쳐들고 내려왔다.

왼발을 절고 있었다. 그도 머리에는 목도리를 감고 있었고, 검은 계통의 오바를 입고 있는 모습을 달빛으로 볼 수 있었다. 운전병 눈꼬리에 김소위의 팔 안에서 몸부림치고 있는 여자의 모습이 보였다.

남자가 장독대에서 밑으로 내려오자, 중대장이 권총을 그의 머리에 들이대며 소리쳤다.

"김소위, 여자를 방에 넣어!"

키가 작은 편인 김소위가 자기보다 키가 큰 듯한 여자를 방 뒷문으로 밀고 가려고 애쓰는 모습이 보였다. 여자가 고개를 이쪽으로 제치고 "영진아! 영진아!" 부르고 있었다. 중대장이 집 앞쪽으로 남자를 밀면서 운전병에게 말했다.

"가서 김소위를 도와줘. 나는 이 놈을 방으로 끌고 갈 테니까."

운전병이 김소위에게 갔다. 여자는 몸뻬를 다시 걸치고 있었다. 왼발은 맨발이었고, 그 왼발이 문설주를 버티고 있었다. 운전병이 여자의 발을 방안에 밀어넣으며 말했다.

"방으로 들어가세요. 중대장이 그 사람을 방으로 데려올 거예요."

여자가 반항하던 것을 멈추고 운전병을 보았다. 정말이냐고 눈으로 묻고 있었다.

"정말입니다. 사람을 함부로 해치지는 않습니다."

그때 방의 앞문이 열리고 중대장이 남자를 앞세우고 방안으로 들어오는 것이 보였다. 몸을 수색해서 무기가 없는 것을 확인했는지 권총은 머리에 대지 않고 있었다. 대신 왼손으로 그 사람의 왼어깨를 꽉 잡고, 오른손으로는 오른팔을 뒤로 꺾어 밀며 방안으로 들어오고 있었다. 그 모습을 본 여자가 다시 몸부림을 시작했다.

"놔요, 놔 주세요."

김소위가 여자의 몸을 감싸안았던 팔을 풀자, 여자가 방안으로 구르듯 들어가 남자의 몸뚱이를 껴안았다. 중대장이 잡았던 사람의 팔을 놓았다.

"앉아!"

중대장이 명령했다. 운전병이 김소위를 뒤따라 들어와 뒷문을 닫았다. 여자와 남자가 앉고 있었다. 생각했던 대로 남자의 머리에는 목도리가 둘러져 있었고, 외투는 검은색 바탕에 굵은 흰 실이 박힌 천이었다. 흰 천이 발을 둘둘 감싸고 있었다. 외투는 남의 것인 듯 모든 곳이 짧았다. 검은 양복 바짓가랑이가 짧은 외투자락 밑에 드러나 있었다. 눈을 돌려 팔소매를 보던 운전병이 멈칫하는 순간, 중대장의 고함소리가 들렸다.

"아니, 이게 뭐야! 괴뢰군이잖아?"

짧은 외투 소매 끝에 국방색 인민군복 소매가 삐죽이 나와 있었다. 중대장이 허리를 굽혀 남자의 머리에 감긴 목도리를 난폭하게 풀었다.

머리는 까까중처럼 짧게 깎았고 나타난 얼굴은 17, 8세밖에 안 돼 보이는 앳된 얼굴이었다. 여자와 남매간이라는 것을 한눈에 알아볼 수 있었다. 여자의 갸름한 얼굴과 똑같은 얼굴, 진한 눈썹, 오똑한 콧날, 입술까지도 여자처럼 붉었다. 피부빛만이 햇빛에 타서 약간 검었다.

여자는 동생의 몸을 안고 눈망울을 굴려 군인들의 얼굴을 번갈아 보고 있었다. 미친 여자의 눈 같았다. 중대장이 소년의 상의를 확인하려고 외투 단추에 손을 대자 여자가 중대장의 가슴을 힘껏 밀었다. 쭈그리고 앉아 있던 중대장이 엉덩방아를 찧고 뒤로 넘어지려는 몸을 팔을 뒤로 뻗어 가까스로 지탱했다.

"아니, 이년이……."

중대장이 여자를 때리려고 쳐드는 팔을 김소위가 잡았다.

"중대장님, 진정하십시오."

그리고 여자를 돌아보며 말했다.

"아가씨도 진정해요. 그리고 어떻게 된 것인지 솔직히 말해 봐요. 자꾸 이래야 좋을 게 없어요."

운전병이 옆에서 거들었다.

"김소위님 말이 맞아요. 동생이 인민군인 것 같은데, 맞지요?"

여자는 대답은 않고 고개만 절레절레 흔들고 있었다. 겁먹고 눈망울만 굴리고 있던 소년이 누이를 꼭 껴안으며 말했다.

"누나, 이왕 탄로난 것 진정해요. 선처만 바라야지 별수없어요……."

그가 말꼬리를 흐리다가 결심한 듯 고개를 세웠다. "네, 저는 인민군 병사였습니다. 탈영했습니다. 신분을 속이고 남으로 가려다 이렇게 됐습니다."

김소위가 어떻게 하면 좋겠냐는 듯 중대장을 바라보았다. 중대장이 김소위에게 퉁명스럽게 말했다.

"잡아다 포로로 넘겨!"

여자가 중대장 앞으로 무릎 걸음으로 다가섰다. 그리고는 두 손바닥을 맞대고 빌기 시작했다.

"살려주세요. 동생 발이 동상에 걸려 걷지도 못해요. 제발 살려주세요."

"김소위, 설명해 줘."

김소위가 설명을 시작했다. 김소위가 말하는 동안 운전병은 방바닥의 핏자국을 내려다보고 있었다. 핏자국에서 눈을 뗄 수가 없었다.

"아가씨, 군인이 적을 잡았다가 놓아줄 수는 없습니다. 게다가 우리는 헌병입니다. 적을 포로로 하지 않는 것은 나라에 반역입니다. 그러니 우리는 동생을 체포해서 포로로 취급해야 합니다······."

"그만 해! 됐어!"

중대장이 버럭 소리를 질렀다.

"사정을 하는 거야, 뭐야! 끌고가면 될 것 아냐!"

빌던 것을 멈추고 있던 여자가 중대장의 팔을 잡았다. 여자가 다급하게 말했다.

"애는 어린애예요. 18살밖에 안 됐어요. 군대는 끌려간 거예요. 제발 살려주세요. 발에 동상까지 걸려서 끌려가면 죽어요!"

김소위가 다시 설명을 시작했다.

"여기 운전병도 징집되어 왔습니다. 군인이 되고 싶어 되는 사람이 몇이나 있겠습니까. 민족의 비극이라고 생각해야지요. 인민군 포로라고 죽이지 않습니다. 아픈 곳이 있으면 치료도 해줍니다. 치료를 할 수 없는 여기보다는······."

"집어쳐!"

중대장이 일어서며 고함쳤다.

"끌고 가면 됐지 무슨 잔소리가 그렇게 많아! 끌어내!"

중대장이 다시 권총을 빼서 소년의 양미간 한가운데에 댔다. 여자가 중대장의 다리를 두 팔로 껴안았다. 중대장이 다리를 흔들어서 여자를 떼어놓으려고 했지만 한사코 붙잡고 있는 여자의 상체만 흔들렸지 떨어지지 않았다.

"중대장님!"

"이년이!"

"보석을 드릴게요!"

김소위, 중대장, 그리고 여자가 동시에 입을 열었다. 순간적으로 모든 사람의 동작이 멈추어졌다. 방바닥의 핏자국을 보고 있던 운전병이 중대장의 다리에 매달려 얼굴을 쳐들고 있는 여자에게로 눈을 옮겼다. 소년은 양미간에 권총을 대고 있는 중대장의 팔목을 두 손으로 잡고 오돌오돌 떨고 있었다. 눈앞 가까운 곳에 두 눈의 초점을 맞추고 있어 소년이 사팔눈을 하고 있었다. 침묵을 깬 사람은 역시 중대장이었다.

"보석? 보석이라니?"

여자가 허탈한 모습으로 중대장의 다리를 놓고 벽에 몸을 기대었다.

"무슨 소리야? 보석이 어디 있어?"

중대장이 다그치자, 여자가 벽에 몸을 기댄 채 힘없이 말했다.

"피난가서 쓰려고 갖고 가는 보석이 제법 있어요."

여자가 몸을 세웠다. 얼굴에 결의에 찬 표정을 띄우고 말을 계속했다.

"보석을 주면 우리를 여기에 놔두겠다는 약속을 먼저 하세요. 보석은 만일을 위해서 감춰놨어요. 근처에 있지만 우리 아니면 못 찾아요. 우리의 목숨이 달린 일이니 거짓말은 아녜요. 약속을 먼저 하면 보석 있는 곳을 말하겠어요."

중대장과 김소위가 서로 마주보았다. 소년은 아직도 중대장의 손목을 잡고 떨고 있었다. 주위의 이야기가 귀에 들리지도 않는 성싶었다.
"중대장님."
김소위가 중대장의 얼굴에서 눈을 떼지 않고 불렀다.
"뭐야?"
"불쌍합니다."
"뭐, 불쌍해? 왜 이래, 김소위. 보석이 있다니까 욕심이 났어?"
"아닙니다. 나는 보석을 안 가져도 좋습니다. 불쌍해서 그럽니다."
"무슨 소리야. 나중에 말썽이라도 나면……."
중대장의 말에 희망을 얻은 여자가 급히 끼어들었다.
"당신네들이 누군지도 모르는데 무슨 말썽이 나겠어요. 내 동생의 생명과 바꾸는 보석인데 내가 말썽을 부리겠어요? 우리를 놔주고 보석을 가지세요. 그리고 동생의 머리에서 총을 치워요."
중대장이 소년을 내려다보았다. 중대장의 마음이 흔들리고 있었다. 그가 권총 든 손을 거두려 했지만, 소년이 손목을 잡고 놓지 않았다. 여자가 소년의 어깨를 가볍게 치며 말했다.
"영진아, 손 놔."
여자가 소년의 어깨를 몇 번 더 토닥거리고 나서야, 소년이 고개를 돌려 누이를 바라보았다.
"영진아, 손 놔."
소년이 고개를 돌려 눈앞에 있는 권총 쥔 손목을 자기가 잡고 있다는 것을 알고는 질겁을 해서 손을 놓았다. 여자가 중대장의 마음이 흔들리고 있다는 것을 느꼈는지 급히 말을 이었다.
"우선 약속을 하세요. 그리고 그 약속을 지키세요."
그리고 그녀가 중대장을 보던 눈을 돌려 김소위를 보다가 운전병을 똑바로 보며 말했다.

"아저씨가 약속하세요. 우리를 놔준다고 약속하세요."

운전병은 얼굴이 달아오르는 것을 느꼈다. 자기 목소리 같지 않은 말소리가 멀리서 들렸다.

"나는 아저씨가 아닙니다. 네, 약속하겠습니다."

"뭐야!"

중대장이 운전병 쪽으로 몸을 휙 돌렸다.

"네가 뭔데 약속을 해! 건방진 자식! 보석을 우리가 찾아 갖고 이것들을 없애도 알 사람이 없어! 뒤탈을 없애려면……."

"역시 보석은 욕심이 나는군요. 그렇게는 못합니다. 이 사람들을 없애려면 나까지 없애야 합니다."

"이 자식이……."

"진정하십시오. 나는 보석이 있대도 원치 않습니다. 이 사람들이 불쌍할 뿐입니다. 이 사람들을 놔주면 나는 모르는 일로 하고 죽을 때까지 이 일을 입 밖에 내지 않겠다고 약속……."

"약속? 네깐 놈의 약속을 어떻게 믿어!"

"믿지 못하기 시작하면 끝이 없습니다. 뒤탈을 완전히 없애려면 김소위님까지 없애야 할 겁니다. 아니면 보석은 잊어버리고 저 소년을 포로로 하든가."

중대장이 고개를 돌려 김소위를 보았다. 김소위는 뒷문 쪽만 바라보고 있었다. 중대장의 머릿속에서 톱니바퀴가 빨리 돌아가고 있는 것이 눈에 보이는 듯했다. 고개를 숙이고 생각하던 중대장이 고개를 들지 않고 말했다.

"김소위, 어떻게 하면 좋겠나?"

김소위가 천천히 중대장에게 고개를 돌렸다가 여자와 소년을 번갈아

보았다.
 "이 사람들을 놔주지요. 나도 입을 열지 않을 것을 약속하겠습니다."
 김소위가 다시 뒷문 쪽으로 몸을 돌리는데 여자가 재빨리 말했다.
 "그렇게 해주세요. 적지 않은 보석이에요."
 적지 않은 보석이라는 말에 중대장의 마음이 완전히 흔들렸다.
 "좋아, 약속하지. 보석 있는 곳을 말해!"
 여자가 중대장을 보던 눈을 돌려 운전병을 뚫어지게 바라보았다. 눈이 도와 달라고 애원하고 있었다. 운전병이 보일듯 말듯 고개를 끄덕이자, 여자가 동생 어깨에 손을 얹었다.
 "영진아, 어디 놨어?"
 소년이 겁먹은 눈으로 누이를 바라보았다. 여자가 안심시키려는 듯 미소를 지었다. 웃는 얼굴이 아니라 우는 표정이었다.
 "괜찮아. 말해."
 "독 속에……."
 "어느 독?"
 중대장이 다급하게 물었다.
 "아까 총 맞아 깨진 독 속에……."
 "김소위!"
 중대장이 뒤돌아 서 있는 김소위를 불렀다. 김소위가 돌아섰다.
 "여기를 지키고 있어. 내가 갔다 올게."
 중대장이 방문을 열어놓은 채 방을 나갔다. 운전병이 문을 닫고 돌아서는데 여자가 말했다.
 "두 분이 도와주세요. 은혜는 절대로 잊지 않겠어요."
 두 사람은 아무 말도 않고 서 있었다. 집 뒤쪽에서 발소리가 나더니 뒷문을 잡아당기는 소리와 함께 중대장의 목소리가 들렸다.

"문 열어."

김소위가 걸고리를 풀자, 중대장이 검은 보퉁이를 들고 들어왔다. 독 안에 눈이 쌓여 있었는지 울퉁불퉁한 보퉁이 밑에 눈이 묻어 있었다. 보퉁이가 묵직해 보였다. 중대장이 보퉁이를 소년의 천을 감은 발 가까이 놓았다. 보퉁이는 사각으로 단단히 매어 있었다. 보퉁이를 풀자 흰 천이 내용물을 다시 싸고 있었다. 그 천을 찢어 소년의 발을 쌌는지 군데군데 찢겨나가고 없었다.

중대장이 천을 급하게 풀어 헤치자 내용물이 나왔다. 온통 누런색에 녹색, 흰색, 그리고 붉은색이 군데군데 섞여 있었다. 누런색은 황금 반지, 팔찌, 목걸이. 네모진 얇은 금괴도 있었다. 녹색은 비취 비녀, 가락지 등이었고, 유난히 반짝이는 것은 반지에 박힌 보석들이었다. 금액은 얼마나 될지 상상도 할 수 없었으나, 굉장한 양의 보석이라고 운전병은 생각했다.

"어디서 난 거야?"

중대장이 숨을 가쁘게 몰아쉬며 물었다.

"훔친 건 아니니 뒤탈 걱정은 안 해도 돼요. 그걸 갖고 우리를 여기 있게 해 주세요."

"놈들이 내려오는 걸 기다리려구?"

"아녜요. 동생 발이 저 꼴이니 제대로 걷지를 못해요. 잔솔가지가 집 뒤에 있으니 불을 지펴서 발을 녹이고 가려고 그래요."

여자가 힘없이 말했다. 김소위는 보석에서 눈을 떼지 못하고 있었다. 지체할수록 여자에게 불리하다고 생각한 운전병이 말했다.

"가시지요, 중대장님."

중대장이 쭈그리고 앉은 상태에서 고개를 뒤로 꼬아 운전병을 올려다보았다. 김소위는 아직도 보석에 눈을 못박고 있었다. 중대장이 김소위를 홀깃 보고는 보퉁이를 재빨리 싸서 들고 일어섰다.
 "나는 지프에 가 있을 테니 여기는 너희들 마음대로 하고 와. 할일이 있으면 빨리 끝내!"
 말을 마친 그가 발로 방문을 밀고 나갔다. 김소위의 눈이 중대장 손에 들린 보퉁이를 쫓고 있었다.

 그로부터 2시간 뒤, 남으로 후퇴하는 군차량을 거슬려서 군지프 한 대가 개성에서 멀지 않은 길을 북으로 올라가고 있었다. 피난민 숫자도 많아지고 있었다. 차에는 한 사람만 타고 있었다.

 온 나라가 KBS 이산가족 찾기 열풍으로 들끓고 있었다. 사람들이 둘만 모여도 이산가족 이야기꽃을 피웠다. 어느 날 저녁에 세 사람이 각각 다른 곳에서 같은 생방송을 보고 놀라고 있었다.
 다음날 아침 구미섬유 생산부장 한종구(韓鍾九)라고 신분을 밝힌 사람이 KBS 부산 방송국에 와서 찾기 번호 부산 1723 의뢰인의 현주소와 이름 등을 자세히 묻고 있었다. 그 뒤에 서서 한종구와 KBS 직원과의 대화를 한 남자가 귀담아듣고 있었다.

살 인

　배병휴(裵秉烋)는 입사 4년째의 부산신문 사회부 기자였다. 배기자가 최창성(崔昌盛) 선배를 만나러 광안 다방에 들어선 것은 1990년 4월 3일 저녁 땅거미가 질 무렵인 7시경이었다. 최선배가 만나자고 갑자기 신문사로 전화를 걸어온 것은 아침 10시가 조금 지나 남부서로 떠나려고 할 때였다. 아무 말 말고 남천동과 광안동 경계에 위치한 광안 다방에 7시까지 나오라고 해서, 늦게 되면 연락을 하겠다고 했는데 다행히 시간에 맞추어 올 수 있었다. 어둑어둑한 바깥보다는 다방 안이 조금 더 밝았다. 어느 남자와 이야기하고 있는 최선배가 눈에 띄었다. 다가선 배기자가 주뼛주뼛하며 선배를 불렀다.
　"최선배님."
　"아, 왔나. 여기 앉아."
　선배가 손가락질하는 선배 옆 의자에 앉은 배기자가 앞의 사람을 바라보았다. 60대 초반쯤 되어 보였다. 피부가 검고 눈이 작은, 처음 보는 얼굴이었다.
　"사장님, 제가 말한 배병휴 기자입니다. 배기자, 인사드려. 내가 전에 모시고 있던 구인 사장님이야."
 배기자가 몸에 밴 습성대로 명함을 꺼내고 엉거주춤한 자세로 절을 꾸벅 했다.
 "처음 뵙겠습니다, 사장님. 배병휴라고 합니다."
 상대가 일어서서 명함을 받고 팔을 뻗쳐 악수를 청했다.
 "구인이라고 합니다. 집에서 놀고 있는 사람이 무슨 사장입니까. 앉읍시다."
 자리에 앉던 구인이 허리를 구부린 자세로 배기자 뒤쪽 테이블 너머를 뚫어지게 바라보았다. 미스터 최가 그 모습을 보고 물었다.
 "왜 그러십니까?"
 구인이 정신이 든 듯 미스터 최에게 눈을 돌렸다.
 "누구를 잘못 본 것 같아. 그리고 그 사장님 소리 좀 집어치워. 놀고 있는 것 알면서 말끝마다 사장님이야."
 "그럼 뭐라고 부를까요?"
 미스터 최가 싱글거리며 물었다.
 배기자는 때가 되면 최선배가 불러낸 이유를 말하겠지 생각하고 두 사람의 대화를 듣고만 있었다.
 "배기자가 자네를 선배라고 부르니 자네도 나를 선배라고 부르게. 실제로 내가 신발 업계의 선배가 아닌가? 젊은 사람들에게서 선배라는 소리 들으면 젊어질 것 같네."
 "원하신다면 앞으로 그렇게 하겠습니다. 젊어지는 기분이 드신다니, 하하."
 언제나 쾌활한 최선배가 크게 웃었다. 웃음을 그친 그가 지나가는 종업원을 불러 세 사람의 차를 주문하고 배기자에게 고개를 돌렸다.
 "구사장님은…… 아니, 구선배님은…… 핫핫…… 내가 대학을 졸업하고 가진 첫 직장의 사장님이셔. 사장님 밑에서 4년 동안 잘 배우고 독립해서 지금의 내가 있는 거야. 그러니까 사장님이나 선배님이라기보다 사회 생활에 대한 선생님이시고 은인이셔. 그렇게 알고 앞으로 잘 협조해 드려. 이건 선배의 명령이야.”

밑도 끝도 없이 무슨 협조지? 하기야 최선배는 이렇게 엉뚱한 데가 있으니까. 차가 오는 바람에 대화가 잠시 중단되었다. 홀쩍거리는 소리도 요란스럽게 차 한 모금을 마신 최선배가 입을 열었다. 진지한 모습이었다.

“미스터 배, 귀 흘려 듣지 말게. 내 신신 당부하는데, 꼭 협조해 드려.”

“제가 뭘 어떻게……”

“그 얘기 하려고 만나자고 한 거야. 저녁이나 하면서 얘기하자구. 내가 사지.”

배기자가 앞의 사람을 흘긋 보았다. 그는 정신을 다른 곳에 팔고 있었다. 눈을 입구 쪽에 못박고 있었는데, 그의 표정이 하도 이상해서 배기자도 몸을 돌려 입구 쪽을 보았다.

계산대에서는 늘씬하게 키 큰 남자가 계산하고 있었다. 등을 보이고 있어서 얼굴은 안 보였지만, 옷 입은 것을 봐서는 대단히 멋을 부리고 있다는 생각이 들었다. 곤색 양복 상의에 흰색에 가까운 엷은 계란색 하의를 입고 있었다. 카운터 위 형광등 불빛을 받아 백색에 가깝게 보이는 바지는 티끌 한 점 없이 깨끗했다. 구두는 바지색과 잘 어울리는 흰 구두였다. 그의 왼팔을 다방 종업원인 듯싶은 약간 뚱뚱한 여자가 잡고 있었다.

“무엇을 그리 넋을 놓고 보고 계십니까? 아까도 그러시더니 무슨 일이 있습니까?”

최선배의 말에 구인과 배기자가 고개를 돌렸다.
"아니야. 전에 본 사람인 줄 알았는데, 잘못 본 모양이야."
"그렇습니까, 사장님. 아니, 실례했습니다. 선배님께서, 헤헤. 이야기 나눌 자리를 제가 만들겠습니다. 저녁 식사 자리로 하면 되겠습니까?"
"자네가 알아서 하게."
"알겠습니다. 조용히 얘기하려면 일식집이 좋겠습니다. 근처에 조용한 일식집이 있습니다. 가시지요."
최선배가 성질 급하게 일어서는 것을 구인이 손을 들어 말렸다.
"잠깐 기다리게. 아무래도 궁금해서 안 되겠어."
출입문 쪽을 바라보며 말하던 그가 멋쟁이 신사를 배웅하고 돌아서는 뚱뚱한 종업원을 손짓으로 불렀다. 구인 옆 빈 의자에 앉으라고 하자, 그녀가 호들갑을 떨면서 앉았다. 차를 시켜 마시라는 구인의 말에 카운터에 큰 소리로 요구르트를 주문하고, 무슨 일이냐는 듯 구인을 보았다. 어리둥절해 하던 최선배와 배기자가 구인의 다음 말을 듣고 이해하겠다는 표정을 지었다.
"아가씨, 조금 전에 나간 손님, 잘 아는 손님인가?"
"누구요, 박영규 말이에요?"
"박영규? 그게 그 사람 이름이야?"
그 말을 듣고 여자가 상체를 흔들며 까르르 숨이 넘어간다.
"아저씨는 박영규가 누군지 모르세요? 텔레비에 나오는 미남 탤렌트예요. 호호호······."
여자가 너무 주착을 떨자, 최선배가 '아가씨······'하고 나무라려는 것을 구인이 손을 들어 막았다.
"그래, 그 멋있는 남자 이곳에 자주 오는 사람인가? 누군지 알아?"

여자가 최선배에게 입을 삐죽거리며 눈을 흘긴 후에 구인을 향했다.
"아녜요. 오늘 처음 보는 손님예요."
"처음 보는 손님인데 아주 친한 것 같던데."
"차를 사줬으니 친절하게 굴어야지요. 그것도 우리집 여자들 전부에게 샀으니 더 잘해야지요. 그 사람, 허우대는 멀쩡하게 생겼지만 별볼일 없는, 속빈 강정인가 봐요. 우리집 종업원들에게 차만 사주고, 아가씨들 성이 뭐냐는 둥 물으면서 한 30분 있다가 갔어요."
"그래? 누구를 기다리는 것 같지도 않았어?"
"아니오. 시간 보내려고 들어왔나 봐요."
"생전 처음 보는 사람이었다는 말이지?"
"네, 우리집에 오래 있은 애들도 오늘 처음 봤대요. 생기기는 정말로 잘 생겼더라."

세 사람이 다방을 나왔을 때, 밖은 완전히 어두워 있었다. 신흥 유흥가로 터를 잡은 광안리 해수욕장 일대는 건물마다 휘황찬란한 네온사인이 걸려 있어 그 밑을 지나가는 사람들의 얼굴을 울긋불긋 색칠했다. 최선배가 앞장서는 대로 두 사람이 따라간 곳은 다방을 나와 모퉁이를 돌고 얼마 안 가서 있는, 새로 꾸민 집이라는 것을 한눈에 알 수 있는 일식집이었다. 그 집 앞으로 다가서며 최선배가 말했다.
"중앙동에서 요리사로 일하던 사람이 따로 나와서 차린 집입니다. 개업한 지 두 달이 채 안 되는데, 중앙동에서 단골이었다고 개업 연락이 와서 두어 번 왔습니다. 음식이 괜찮습니다."
아직 저녁식사 시간이 조금 이른지 손님은 몇 없었다. 조리대 뒤에서 흰 가운을 입고 음식을 장만하고 있던 작달막한 남자가 최선배를 반겼다.

"아이구, 최사장님, 어서 오십시오."

"귀한 손님 모시고 왔으니 잘 부탁합니다. 조용한 방 있지요?"

"물론이지요. 미스 신, 1호실로 모셔."

미스 신이라고 불리운 여종업원을 따라 음식점 안쪽으로 발길을 옮기던 최선배가 갑자기 멈춰 섰다. 그의 눈길을 뒤쫓던 두 사람도 멈칫했다. 아까 다방에서 본 멋쟁이 신사가 구석 테이블에 혼자 앉아 있었다. 최선배가 그쪽으로 다가갔다.

"조부장님, 오래간만입니다."

최선배가 내미는 손을 상대가 엉겁결에 잡는 것 같았다. 그는 당황해 하고 있었다.

"아, 네……."

그가 말끝을 흐리며 최선배를 잘못 알아보는 것 같은 표정을 지었다. 머쓱한 표정을 지으며 최선배가 물러섰다.

"뵌 지 오래라 잘못 알아보시는군요. 유니온 트레이딩의 최창성입니다. 그럼, 실례……."

일행을 뒤돌아보는 최선배의 얼굴이 서서히 달아오르고 있었다. 종업원의 뒤를 따르며 구인은 사나이의 얼굴을 보고 있었다. 세 사람이 종업원의 안내로 방에 앉았을 때, 최선배는 씩씩거리고 있었다. "뭣을 올릴까요?" 묻는 종업원에게 주인 좀 부르라고 최선배가 무뚝뚝하게 말했다. 조리대 뒤에서 인사하던 키가 작달막한 남자가 와서 머리만 디밀었다.

"뭐가 잘못되었습니까, 최사장님?"

"아닙니다. 잠깐 들어오십시오."

주인이 들어와서 엉거주춤한 자세로 앉자, 최선배가 물었다.

"내가 홀에서 인사한 사람, 그 사람 여기 자주 옵니까?"

"아닙니다. 오늘 처음 뵙는 분입니다. 사장님 들어오시기 조금 전에 오셨습니다."

최선배가 마음을 가다듬으려는 듯 크게 심호흡을 하고 주인에게 물었다.

"아는 사람인데 모르는 척해서 그럽니다. 누구를 기다리는 것 같습디까?"

"안 그렇던데요. 생선회 1인분만 시켰습니다. 술 좀 하고요."

"그래요? 그 친구, 나를 이런 곳에서 만나서 그랬던 모양이군. 좋습니다. 여기 생선회하고 정종 주십시오. 식사는 나중에 시키겠습니다. 맛있는 것 특별히 부탁합니다."

주인이 나가고 난 후에 구인이 물었다.

"그 사람, 잘 아는 사람이야?"

"전에는 잘 알았습니다. 구미실업 기획부장입니다. 조한선(趙漢善)이라는 사람입니다."

"구미실업이라면 구미화학의 박윤환 회장 회사잖아?"

"박회장을 아십니까?"

"이거 왜 이래. 구미화학은 신발 공장이잖아. 내가 지금은 놀고 있지만 전에 신발쟁이였다는 것을 잊었어?"

"그래서 아시는군요. 그 친구, 구미화학 무역과장일 때 내가 알았습니다. 내가 4년 전에 사장님 밑을 떠나서 유니온 트레이딩을 만들고 그 친구에게 오더를 몇 번 준 적이 있습니다. 미국 시민권을 갖고 있다가 한국으로 다시 귀화했답니다. 구미화학에 있을 때 실력을 인정받아 지금은 구미실업 기획부장이랍니다. 자식, 좀 난 척하는 놈입니다. 1년 전에 마지막으로 만났는데, 그때도 건방지더니 그 성질 아직도 못 버린 모양입니다."

음식이 올 때까지 별로 말이 없었다. 배기자는 선배가 부른 이유가 궁금했지만 때가 되면 말해 주겠지 하고 기다렸다. 음식이 오고 술이 한 잔씩 돌고 나서, 최선배가 배기자의 궁금증을 풀어 주었다.

"미스터 배, 구사장님은 내가 아는 누구보다도 두뇌가 명석하시고, 요새 말로 법 없이도 사실 분이셔."

배기자가 이유도 없이 구인에게 절을 꾸벅 했다. 구인이 최선배에게 잔을 권하며 말했다.

"미스터 최, 잠깐 만나지 못한 동안에 말솜씨가 늘었군. 내 마누라에 의하면 요새는 법 없이 사는 사람은 병신이라는 거야. 그러니 사람 병신 만들지 말고 내가 부탁한 것이나 배기자에게 말하지."

최선배가 술잔을 비우고 배기자에게 잔을 권하며 정색을 했다.

"미스터 배, 사장님은 내가 사회에서 최초로 모셨던 분이야. 대한민국에서 몇째 안 가게 큰 신발 에이젠트를 하셨어. 지금부터 약 1년 전에 에이젠트를 그만두시고 지금은 쉬고 계셔. 대단한 추리소설광이신데, 요새는 소일삼아 외국 추리소설 번역을 하고 계시지. 그런데 범죄 수사, 한국 범죄 수사에 관한 것을 알고 싶으시다는 거야. 자네 사촌 형님께서 시경에 계시니 혹시 도움이 되어 줄 수 있을까 해서 자네를 오늘 불렀어. 나는 그런 방면에는 문외한이니 자네가 잘 도와드렸으면 해."

"선배님 부탁이니 노력은 하겠습니다만, 제가 무슨 도움이 되는지 모르겠습니다······."

"글쎄, 그것은 나도 모르겠어. 그래도 내 주위에 있는 사람 중에 범죄 수사에 가장 가까이 있는 사람은 자네뿐이니 부탁하는 거야."

"글쎄요······."

배기자가 어떻게 해야 돕는 건지 모르겠다는 표정을 짓는 것을 보고 구인이 말했다.

"너무 추상적이라 내가 원하는 것을 이해 못할 것 같아 좀더 구체적으로 설명하겠소. 추리소설은 범죄와 관련된 소설입니다. 범죄에 관한 소설이라면 경찰 수사에 대한 지식을 갖고 있어야 번역도 제대로 할 수 있습니다. 수사 전문 용어, 제도상의 명칭, 법의학에 관한 지식 등을 알아야 훌륭한 번역을 할 수 있을 것 같아요. 그래서 경찰 수사 요원의 도움을 받았으면 하는데 아는 사람이 없었어요. 그러던 중 미스터 최의 후배 중에 도움이 될 수 있는 사람이 있다고 하기에, 그 분을 통해서 수사 요원을 소개시켜 달라고 내가 미스터 최에게 부탁했습니다."

배기자가 구인과 최선배를 번갈아 보다가 말했다.

"무슨 말씀인지 알겠습니다. 소개시켜 드리는 일은 쉽습니다. 제가 출입하고 있는 남부서에 사람 좋은 민완 형사가 있으니, 언제 시간을 내라고 해서 소개하는 것은 어렵지 않습니다."

배기자가 최선배 쪽으로 몸을 돌렸다.

"원, 선배님도, 그런 것이야 전화로 말씀하셨어도……."

언제나 활달하고 제스처가 큰 최선배가 손을 흔들며 말했다.

"아냐, 아냐. 부탁하는 건데 전화로 할 수야 있나. 하여튼 소기의 목적을 달성했으니 반가워. 그런 뜻에서 내 잔 받게."

서로 술잔은 권하고 받는 혼란이 지난 뒤에 최선배가 말했다.

"아까도 말했지만 사장님은 두뇌가 명석하신 분이야. 혹시 누가 알아? 사장님이 어려운 사건을 해결하실지."

그때쯤에는 처음 만나서의 서먹서먹함도 없어졌고, 술도 몇 잔씩 한 뒤라 배기자가 웃으며 구인을 건너다보았다.

"선생님, 저도 추리소설을 좋아합니다. 나중에 좋은 책을 번역하시면 제게도 한 권 주십시오."

그들이 일식집을 나선 것은 9시 30분이 가까워서였다. 다음날 오후 1시에 아까 만났던 다방에서 구인과 배기자가 다시 만나 남부서에 가서 남경사를 소개하기로 약속하고 헤어졌다. 그들보다 먼저, 8시 20분경에 그 멋쟁이 신사는 일식집을 나왔다. 그는 천천히 걸어서 삼익 비치 아파트 후문 쪽에 있는 빵집 계단에 섰다. 8시 30분 정각에 검은 승용차 한 대가 계단 밑에 서자, 멋쟁이 신사가 운전하는 사람의 얼굴을 확인하고 운전석 옆좌석에 올라탔다. 그가 안전 벨트를 매기도 전에 차는 해운대 방향으로 광안리 바닷가 길을 달리고 있었다.

구인이 배기자에게 자기가 원하는 것을 설명하고 있을 즈음인 7시 55분경 광안 4동 파출소에는 정차석과 김순경, 이순경, 그리고 방범대원 둘이 있었다. 김순경과 방범대원 한 사람이 순찰 나갈 준비를 막 끝냈을 때 전화벨이 울렸다. 김순경이 전화를 받았다.

"광안 4동 파출소 김순경입니다."

수화기에서 다급하게 말하는 남자의 높은 목소리가 울려나왔다.

"구미실업 박회장집 근처에 사는 사람인데, 박회장집에 수상한 사람이 보이고 조금 전에 집에서 총소리가 났습니다. 빨리 와서 보시오."

"뭐라구요, 총소리?"

정차석과 이순경, 방범대원 들이 전화를 받고 있는 김순경 쪽으로 고개를 돌렸다. 김순경이 전화기에 대고 큰 소리로 소리쳤다.

"당신은 누구요? 언제 총소리가 났소?"

"나는 박회장집 근처에 사는 사람인데, 골치 아픈 일에 휘말리고 싶지 않소. 총소리는 7시경에 났소. 전화를 끊을 테니 알아서 하시오."

말을 끝내자마자 통화가 끊겼다. 김순경이 계속 다급하게 불렀다.

"여보시오! 여보시오!"

결국 김순경이 수화기를 내려놓았다. 그를 바라보고 있던 정차석이 물었다.
"뭐야?"
"어느 녀석이 요 위에 있는 박회장집에 수상한 사람이 보이고 총소리가 났다는 겁니다. 귀찮은 일에 휘말리고 싶지 않다며 전화를 끊었습니다."
"그래? 장난 전화나 아닐는지……."
"모르겠습니다. 우선 전화나 해 보구요."
그가 동네 유지의 전화번호를 적어놓은 대장을 들추어 박회장집 전화번호를 찾아 다이얼을 돌렸다. 신호는 가는데 전화를 안 받았다. 전화음이 열두어 번 울려도 전화를 안 받자 수화기를 놓았다.
"신호는 가는데 전화를 안 받습니다. 아무래도 가봐야겠습니다. 이순경과 방범 박씨하고 다녀오겠습니다."
이순경과 박씨와 같이 나가는 것을 보고 정차석이 근무일지를 앞으로 당기며 벽에 걸린 시계를 보았다. 8시 1분이었다.

박회장집은 파출소에서 약 10분 거리인 황룡산 기슭을 약간 올라가서 있었다. 집 위로 약 200m 거리에는 도시 순환도로가 있었다. 산으로 집들이 치고 올라오기 전에는 동네에서 완전히 동떨어진 집이었으나, 지금은 동네가 약 50m 아래까지 올라와 있었다. 집으로 올라가는 길은 승용차 두 대가 겨우 비켜 갈 정도의 포장도로였다.
김순경, 이순경, 그리고 방범대원 박씨가 8시 13분쯤 박회장집에 거의 도착했을 때, 집으로 올라가는 언덕길을 차 한 대가 달려 내려왔다. 이순경이 손을 들어 차를 세우려 했지만 차는 빠른 속력으로 그들을 지나쳤다. 차를 세우려던 이순경이 놀라서 급히 뒤로 물러섰고, 김순경이 들고 있던 손전등을 지나친 자동차의 뒷번호판에 비쳤다. 짙은 회색의 승용차로 차량번호는 3마 49××였다. 김순경이 수첩을 꺼내 차량번호를 적었다.

언덕을 올라가니 평지가 약간 있었다. 그 평지 끝에 박회장집 철대문이 있었다. 대문 양편으로 제법 높은 담이 있었고, 철문은 담 중앙에서 약간 오른쪽으로 치우쳐 있었다. 철대문 옆에는 사람이 드나드는 작은 문이 있었는데 그 문이 빠끔 열려 있었다. 대문 처마 밑에는 백열등이 달려 있었고, 담 양쪽 모서리 위에도 밝은 등이 하나씩 있어 집 밖을 비쳐주고 있었다. 그 불빛으로 집앞에 차를 제법 주차시킬 만한 넓은 지역이 포장되어 있는 것을 볼 수 있었다. 그들이 작은 문에 다가서서 문기둥에 붙은 하얀 초인종을 눌렀다. 응답이 없었다.

"들어가지."

김순경의 말이 떨어지기가 무섭게 이순경이 문에 팔을 뻗치는 것을 김순경이 재빨리 잡았다.

"손대지 마. 지문이 있을지도 몰라."

멋적어하는 이순경을 제치고 김순경이 발끝으로 문을 열었다. 집안으로 들어서며 김순경이 말했다.

"아무데고 손대지 않도록 주의해. 박씨는 집앞에서 보초를 서."

집은 구식 콘크리트 단층집이었다. 마당도 넓지 않았다. 담모퉁이에는 전등불이 있어 집 밖을 비추고 있었다. 그 전등불로 집 앞뜰을 희미하나마 볼 수 있었다. 나무는 몇 그루 없었고, 작은 문에서 집 현관까지 좁게 시멘트를 깔아 길을 만들었다. 나머지 마당에는 잔디가 깔려 있었다. 문 왼쪽 담모퉁이에는 작은 인조 동산이 있었다. 거기서 집 현관 앞 계단까지 징검다리처럼 넓은 돌을 띄엄띄엄 땅에 박아 잔디를 밟지 않고도 왕래할 수 있게 되어 있었다. 잔디가 끝나는 곳에 보통 높이의 계단이 집 앞면 전체에 길게 2계단 있었다. 그 위에 집이 있었다. 지붕은 슬라브를 쳤는지 평평했고, 지붕 가를 빙둘러 사람 허리께 높이의 시멘트 난간이 쳐져 있었다. 대문에서 본 집 오른쪽 방에 불이 켜져 있다는 것을 커튼 사이로 흘러나오는 불빛으로 알 수 있었다. 나머지 집안은 깜깜했다.

김순경이 현관문 앞으로 가서 플래시를 비추었다. 현관문 손잡이는 구식의 둥근 것이었다. 손잡이 밑에 열쇠 구멍이 있었다. 김순경이 손수건을 꺼내 손잡이를 감싸고 돌렸다. 문이 열리지 않았다. 그때 이순경이 다급하게 부르는 소리가 들렸다.

"김순경! 여기 사람이 죽어 있어!"

김순경이 소리나는 쪽으로 고개를 돌렸다. 이순경은 이마가 유리창에 닿도록 바짝 대고 있었다. 양손은 유리를 집고 있었다. 방안에서 흘러나오는 불빛으로 이순경이 눈을 크게 뜨고 입은 헤벌쭉 벌리고 있는 모습을 볼 수 있었다.

"창에서 손 떼!"

김순경이 이순경에게 가며 소리쳤다. 불에 덴 듯 황급히 창에서 손을 떼는 이순경의 모습이 보였다.

창에 얼굴을 가까이 하지 않고도 방안을 훤히 볼 수 있었다. 방 뒷벽 우측 귀퉁이에 책상이 있었고, 그 책상 앞 의자에 남자가 앉아 머리를 책상 위에 얹고 꼼짝도 않고 있었다. 머리는 오른쪽으로 돌리고 있었다. 책상 위의 전기 스탠드 불빛으로 얼굴이 잘 보였다. 죽은 얼굴이라는 것을 한눈에 알 수 있었다.

광안 4동 파출소 정차석이 남부 경찰서 다이얼에 사건 신고한 것이 20시 29분, 현장에 출동한 다이얼 요청에 의해 비상 소집된 남경사와 지형사가 사건 현장에 도착한 것은 21시 27분이었다.
　언덕을 올라가니 집앞에 구경꾼 대여섯이 웅성거리고 있었다. 차에서 내린 남경사가 올라온 길 쪽으로 몸을 돌렸다.
　저 밑 광안리 해수욕장을 빙 둘러 고층건물이 서 있었다. 바다를 향한 건물 전면의 휘황찬란한 네온사인은 건물이 가리고 있었으나 그 일대가 벌겠다. 바다 멀리에서는 고기잡이 배의 누런 등불이 띄엄띄엄 가물거리고 있었고, 해수욕장 오른쪽 끝에는 아파트 단지의 밀집된 불빛이 보였다. 왼쪽으로 눈을 돌리니 민락동 산에 가려 해운대가 보이지는 않았지만, 산 너머에 커다란 모닥불을 켜 놓은 양 구름이 잔뜩 낀 해운대 하늘이 붉게 물들어 있었다. 광안리 해수욕장 뒤쪽 차도를 왕래하는 자동차의 불빛들이 보였으나, 자동차 소리는 그쪽에서보다 집 뒤 산을 올라가서 있는 도시 순환도로를 빠르게 달리는 차 소리가 오히려 더 크게 들렸다.
　"밤 경치 한 번 좋군……."
　혼자 중얼거리며 남경사가 집으로 다가섰다. 집 문앞에는 '출입금지, 수사중' 팻말이 달린 줄이 쳐져 있었고, 그 앞에서 순경 한 사람이 보초 서고 있었다. 남경사는 순경의 경례를 받으며 집안으로 들어갔다.
　집안은 방마다 불을 켜 놓아서 뜰이 환하게 밝았다. 집 오른쪽 방 커튼에 여러 사람의 그림자가 비치는 것으로 보아 그곳이 사건 현장인 듯했다. 현관에 들어서니 왼쪽으로 길게 복도가 있었고, 앞뜰 쪽에는 복도면서 천정에 거의 닿도록 높은 유리문이 쭉 있었다.
　남경사가 집 오른쪽에 있는 방으로 들어갔다. 예상했던 대로 그곳이 살인 현장이었다. 감식반원들과 사진사가 분주히 움직이고 있었다. 감식반장인 반경사가 방의 뒷벽 우측 구석에서 감식반원들과 무슨 말을 하고 있었다. 그 옆에 있던 다이얼의 천경사가 남경사를 발견하고 반경

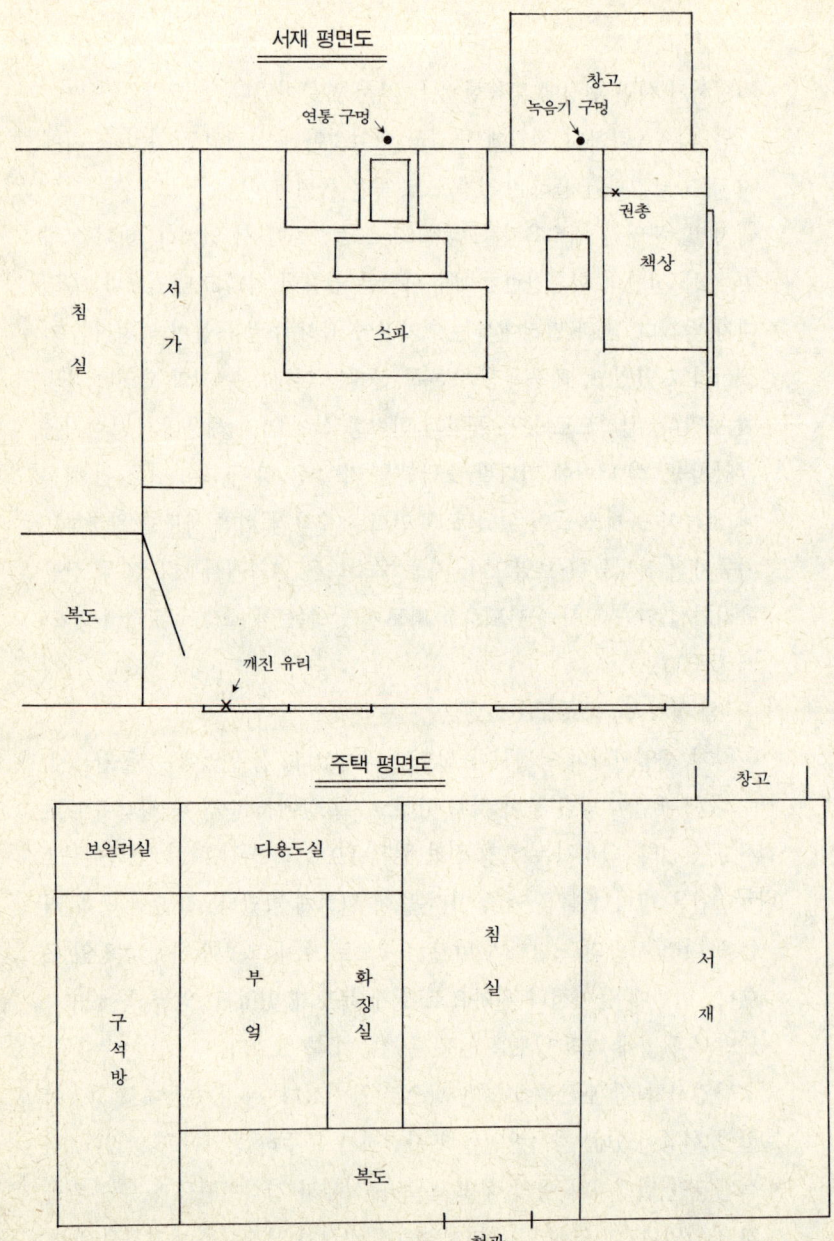

사의 옆구리를 쿡 찌르고 다가왔다. 그들 뒤를 정복 입은 순경 한 사람이 따라왔다.
"어떻게 된 거야?"
그들이 앞에 서자, 남경사가 물었다.
"피해자는 박윤환이라고, 구미그룹이라는 실업계의 회장이래. 그런데 권총으로 피살당했어."
반경사가 말하며 손에 든 것을 내밀었다. 플라스틱 주머니에 권총이 들어 있었다. 남경사가 주머니를 받아 권총을 살폈다.
"총기 살인? 한국에서는 흔치 않은 범행이군."
권총은 군용 45구경 콜트 자동 권총처럼 생겼으나 약간 작았다. 주머니 속에는 탄피가 두 개 들어 있었다. 남경사가 되돌려주는 권총을 받으며 반경사가 말했다.
"피살자의 이마에 난 탄흔으로 봐서는 이것이 흉기 같아. 이것 말고도……."
반경사의 말을 천경사가 막았다.
"잠깐. 나는 경찰서로 철수해야 해. 마침 반경사가 오늘 다이얼 근무라서 같이 출동했으니 내용을 전부 알고 있어. 나는 갈 테니 잘들 해보라구."
몸을 돌리는데 옆의 순경이 천경사의 팔을 잡았다. 그를 돌아본 천경사가 남경사를 문밖으로 끌었다. 순경이 쫓아 나왔다. 천경사가 순경을 남경사에게 인사시켰다.
"남경사, 이쪽은 김태한(金泰翰) 순경이야. 광안 4동 파출소에 근무하는데 내 고등학교 후배야. 이 사건을 발견하고 현장 유지를 잘했어. 수사에 관심이 대단하니 옆에서 구경이나 하게 놔둬. 부탁할게."
남경사가 그의 얼굴을 바라보았다. 30이 안 돼 보이는 젊은 얼굴이었다. 갸름한 보통 얼굴이었으나 콧대가 곧았고, 눈은 작았지만 생기가 있었다. 남경사가 방으로 들어서며 물었다.

"사건을 어떻게 발견하게 되었지?"

"저녁 8시쯤 이 근처에 산다는 남자가 파출소에 전화를 했습니다. 이 집에 수상한 사람이 얼씬거리고 총소리가 들렸다는 얘기였습니다. 누구냐고 물었더니 귀찮은 일에 휘말리기 싫다며 전화를 끊더군요. 그래서 이곳에 와서 사건을 발견했습니다."

방안에 들어가서 남경사는 사방을 둘러보았다. 문 우측에 앞뜰을 향하는 유리창이 둘 있었다. 하나의 유리창은 문짝 둘로 되어 있었다. 유리창은 바닥에서 약 80cm 올라가 있었다. 문 한 짝은 높이가 1.5m, 폭이 80cm쯤 되었고, 창문 밑에서 약 40cm 높이에 나무 가로대가 있었다. 그 가로대 밑을 나무로 된 문틀이 수직으로 중앙을 나누고 있었다. 입구에서 가까운 창문의 가로대 밑 좌측 유리가 깨어져 있었고, 문틀에 유리 조각이 삐죽삐죽 끼어 있었다. 윗부분은 커다란 유리 한 장이었고, 중간에 있는 돌림 자물쇠 옆에 둥근 구멍이 깨끗이 나 있었다. 깨진 창 바로 밑에 유리 조각이 널려 있었다. 그 유리 조각들 위에 흙 묻은 돌이 놓여 있었다.

"창문이 전부 안에서 잠겨 있었어. 게다가 문의 빗장도 질러져 있었고."

반경사가 손가락질하는 문을 바라보았다. 갈색 문에 놋쇠로 생각되는 누르스름한 빗장이 달려 있었다.

"이 방으로 들어오는 길은 문과 창문뿐이 없어. 창문 아래쪽 유리는 사건 발견시에 깨어져 있었어. 깨진 유리 구멍으로 손을 넣어 유리창의 자물쇠를 풀려고 했지만 손이 닿지 않았어. 하는 수 없이 자물쇠 옆에 구멍을 내고 창문을 열고 들어왔어."

"유리 위에 있는 저 돌은 뭐야? 처음부터 있던 거야?"

"응, 앞마당 구석에 인조 동산이 있는데, 거기서 돌을 갖고 와서 유리 위에 떨어뜨린 것 같아. 깨진 유리 쪽 커튼은 닫혀 있었어."

문에서 왼쪽으로 약 2m 떨어져 갈색의 목제 서가(書架)가 있었다. 특별히 주문해서 만든 것처럼 보였는데 길이가 약 3m는 되어 방의 뒷벽까지 닿고 있었다.

뒷벽 중앙 높이에 '홍익인간'이라고 한자로 쓴 액자가 옆으로 길게 걸려 있었다. 그 밑에는 서가 색상보다 약간 진한 다크 브라운색의 가죽 소파가 있었다. 그 뒷벽 우측 구석, 남경사가 서 있는 방문과 대각되는 구석에 책상이 있었다. 책상 앞 의자에 남자가 등을 남경사 쪽을 향하고 죽어 있었다. 책상 앞에는 뜰을 향한 유리창과 같은 유리창이 있었고 커튼 한쪽이 제쳐져 있었다. 방바닥에는 갈색 무늬가 섞인 황금색 니놀륨 장판이 깔려 있었고, 벽면과 천정은 여느 집에서 볼 수 있는 일반 도배지로 치장되어 있었다.

서재로 쓰던 방인 모양이라고 생각하며 남경사는 책상으로 향했다.

책상은 목제로 역시 갈색이었다. 책상 위에는 책상면에 꽉 차게 커다란 유리가 깔려 있었고, 유리 밑에는 당구대에 까는 녹색 펠트가 깔려 있다. 시체의 좌측 머리맡 벽면 가까이 흑색 에보나이트 필기구통이 있었고, 책상 위 우측 구석에 불이 켜진 전기 스탠드가 놓여 있었다.

뒤에서 김순경이 말했다.

"피살자는 왼손잡이였던 모양입니다."

"그래? 어째서 그렇게 생각하는데?"

"필기구통이 왼쪽에 놓였을 뿐만 아니라 전기 스탠드가 우측에 있어서 그렇게 생각했습니다."

"전기 스탠드가 우측에 있어서?"

"네, 오른손잡이였다면 스탠드를 우측에 놓지 않았을 겁니다. 손의 그림자 때문에 쓰기가 불편하거든요. 그래서 오른손잡이는 왼쪽에, 왼손잡이는 오른쪽에 조명을 놓습니다."

남경사가 아무 말도 안 하고 김순경을 흘긋 바라보고는 책상으로 향했다. 책상과 뒷벽 사이에 책상과 같은 높이의 서류 보관 캐비넷이 있었다. 재질과 색상으로 보아 책상과 세트 같았다. 캐비넷 옆 벽면에 라이온스클럽 페넌트가 걸려 있었다. 그 페넌트는 의자에 앉은 사람이 고개를 돌리면 정면으로 볼 수 있었다. 그 우측에 라이온스클럽 기념 사진인 듯한, 여러 사람들이 포즈를 취하고 찍은 사진 액자가 걸려 있었다. 페넌트는 공단처럼 매끄럽고 광택이 나는 감색 천에 금실로 글씨와 도안이 자수되어 있었다. 페넌트의 윗면을 제외한 양측면과 뾰족한 밑면에 금실로 짠 술이 주렁주렁 달려 있었다. 모양은 기다란 팽이의 측면도같이 5각형으로 생겼는데 상단에 가늘고 둥근 스테인레스 봉(棒)이 끼어 있고, 그 양끝을 금색실로 꼰 줄이 연결하고 있었다. 그 줄의 중앙이 벽에 박힌 못에 걸려 있어 영락없이 운동 시합 우승기의 축소판이 벽에 걸려 있는 모습이었다. 반경사가 페넌트 밑부분을 쳐들었다. 페넌트 뒤에는 직경이 10cm쯤 되어 보이는 구멍이 있었다. 남경사가 다가서자, 반경사가 설명했다.

"그 구멍 안에 녹음기 마이크가 있었어. 이 뒤는 창곤데 녹음기는 그 안에 있었어. 녹음기는 저기에 갖다 놓았어."

반경사는 서가 앞에 있는 소파 테이블을 손가락질했다. 테이블 위에는 녹음기가 놓여 있었고, 그 옆에 전화가 있었다. 남경사가 시체를 향했다. 죽은 사람은 몸집이 좋은 남자로, 왼팔은 책상 위에 얹고 오른팔은 책상 앞에 내려뜨리고 있었다. 고개는 오른쪽으로 돌려 머리 왼쪽을 책상에 대고 있었는데, 왼팔꿈치가 안으로 꺾여 있어 왼팔이 머리를 감싸고 있는 모양이었다. 60대 중반의 남자로 얼굴의 면도 자국이 유난히 푸르게 보였다. 카키색 고르덴 바지에 받쳐 입은 녹색 티셔츠가 책상에 깐 녹색 펠트와 어울려 유난히 창백한 얼굴만 덩그란히 선명하게 보여 주고 있었다. 숯검정처럼 검은 왼쪽 눈썹 위 이마에는 검은 탄흔이 있었다. 그곳에서 흘러나온 핏줄기가 암적색으로 이마에 한 가닥 짧은 줄을 긋고 있었다. 탄흔 밑 유리에 상처에서 흘러나온 피가 약간 고여 있었다. 그 밖의 외상은 없어 보였다.

반경사가 책상 앞에 쭈그리고 앉았다.

"권총은 책상 왼쪽 앞다리 뒤에 총구를 벽 쪽으로 하고 있었어. 권총 손잡이는 앞다리와 뒷다리를 연결하는 판자 밑에 있었구."

책상 왼쪽 앞다리와 뒷다리를 나무판자가 연결하고 있었는데, 그 판자 밑에 약 15cm되는 공간이 있었다.

"그리고 총구 옆에는 이게 있었어."

반경사가 소파 테이블에 가서 플라스틱 봉투를 들고 왔다. 안에는 편지 봉투가 있었다. 봉투는 손으로 찢었는지 윗면이 울퉁불퉁했다. 반경사가 책상 옆에 있는 플라스틱 쓰레기통을 가리켰다.

"쓰레기통 속은 깨끗한데 편지 봉투 찢은 조각이 있었어."

"그 외 특별한 것은?"

"없어. 이 옆방은 침실인 모양인데 그곳에 있는 웃도리에서 피살자의 신원을 확인할 지갑이 나왔어. 현관 문은 잠겨 있었고."

"탄피가 두 개 있던데 어떻게 된 거야?"

"아 참, 탄피 하나는 책상 밑 깊숙이 있었고, 한 개는 창고 속에서 발견했어."

그때 파출소의 방범대원 박씨가 들어왔다.

"요 밑에 있는 구멍가게 주인이 밖에 와서 야단입니다. 이 집 쪽에서 과속으로 달려온 자동차가 가게 앞에 세워 둔 자전거를 넘어뜨려 과일이 박살났다는 겁니다. 거의 2시간 전의 일이라는데 경찰이 여기 온 줄 알고……."

그때 김순경이 박씨의 말을 막았다.

"이 얘기는 나중에 하려고 했는데……. 사실은 전화를 받고 여기로 오는 중에 언덕을 급히 내려오는 차에 치일 뻔했습니다. 그때가 8시 10분쯤이었습니다. 차번호는 적어놨습니다."

"안에 탄 사람은 봤어?"

"차 안이 깜깜해서 못 봤습니다. 차 색은 짙은 회색이었는데 중형 차량이었습니다."

"탄 사람을 봤으면 좋았을 텐데……."

남경사가 혼잣말로 중얼거리고 방범대원을 향했다.

"가게 주인이 아직도 밖에 있나?"

"네."

"지형사, 나가서 가게 위치를 알아놓고, 나중에 우리가 들르겠다고 말하고 보내."

지형사가 밖으로 나가자, 남경사는 서가로 갔다. 서가의 맨위칸에는 커버를 씌운 세계문학 대전집이 있었고, 그 아래칸에는 컬러판 세계백과 대사전이 있었다. 읽은 흔적이 없는 것으로 보아 장식용인 듯했다. 그 아래칸에는 한쪽에 추리소설, 다른 쪽에 제2차세계대전사, 한국동란사 등 군사 서적이 있었다. 이 책들은 손때가 묻어 있었다. 서가 위에는 감사패들이 너댓 개 세워져 있었다.

남경사가 서재 입구에 서서 방안을 둘러보았다. 방의 크기에 비해 가구가 별로 없어 소파 앞에 커다란 공간이 있었다. 방안 곳곳에 지문 가루가 허옇게 묻어 있었다.

현관을 나서자 지형사가 쪽문을 들어서는 모습이 보이고 집 밖에서 왁자지껄 떠드는 소리가 들렸다. 그 속에서도 배기자의 목소리가 크게 들렸다.

"그러지 말고 피살자 신원이나 가르쳐 줘. 집주인인 박회장이야?"

"배기자, 내일 아침에 서에 오면 알게 될 텐데 밤잠 설치지 말고 집에 가서 잠이나 자."

지형사가 문을 닫고 몸을 돌리자, 집의 우측 모퉁이로 가던 남경사가 손짓으로 불렀다. 지형사가 뜰을 가로질러 뛰어왔다.

"신문기자와 방송국 패거리들이 왔습니다."

집 뒤 모퉁이에서 7,80cm 들어가서 창고가 집에 붙어 있었다. 창고는 집을 짓고 난 다음에 덧붙여 지었는지 집보다 높이가 낮았다.

남경사가 창고 안으로 들어갔다. 창고문 맞은편에 다다미가 너댓 장 집 뒷벽에 기대어 세워져 있었다. 창고 우측 구석에 누런 석유난로 상자가 있었고, 그 옆에 망치, 못, 톱 등이 든 연장통이 있었다.

다다미 밑부분이 벽에서 앞으로 약간 나와 있었다. 그 뒤에 플라스틱 석유통이 끼어 있었다. 다다미를 제치니 벽에 구멍이 뚫려 있었다. 구멍을 통해 방안을 들여다보았다. 책상 위에 엎어져 있는 시체가 보였다. 구멍이 좁고 길어서 책상 먼 쪽만 보였고 앞쪽은 보이지 않았다.

남경사가 창고에서 나와 지형사에게 지시했다.

"서에 연락해서 시체 검시할 의사는 언제 오는가 알아봐. 사후 강직이 완전히 들기 전에 검시하는 게 편할 텐데……. 의사가 올 수 없으면 우리 나름대로의 조사를 하겠다고 전해. 총상 외에 다른 외상은 없는 것 같다고 시체의 상태도 설명해 주라구."

지형사가 떠나자, 남경사는 집 뒤쪽을 바라보았다. 집과 뒷담간에는 6, 7m의 공간이 있어 뜰을 이루고 있었고, 담의 양 모퉁이 위에 있는 전등이 뒤뜰을 밝게 비추고 있었다. 지붕이 7, 80cm 튀어나와 차양을 이루고 있었고, 창고 약간 우측 차양 밑에 사각으로 된 목제틀이 있었다. 그것을 네모반듯한 함석으로 보이는 것이 덮고 있었다. 그 저쪽 낮게 잿빛 유리를 끼운 들창이 있었고, 조금 더 멀리 그보다 작은 들창이 보였다. 그 우측 밑에 집안으로 통하는 낮은 나무 판자문이 있었고, 문 옆에 지붕으로 올라가는 철계단이 보였다. 남경사와 김순경이 철계단을 향해 걸었다. 창고 옆에 사다리가 세워져 있었다.

"집주인이 돈 많은 회장이라고 하던데, 집이 너무 허술합니다."

김순경이 입을 열었다.

"나도 그 생각을 하고 있었어. 그 사람에 대해 아는 게 뭐야?"

"아는 것이 별로 없습니다. 작년 말에 서울서 이사 왔답니다. 부인이 교통사고로 죽고 여기로 왔다는 얘기를 들었습니다. 파출소에서는 동네 유지로 대하고 있고, 집이 외따로 떨어져 있어 방범 순찰함을 설치해 놓았습니다. 동네에 일이 있을 때 금전적인 협조를 많이 한다는 얘기를 들었습니다. 저도 여기 온 지가 얼마 안 돼서 그 이상은 모릅니다."

"부산 시내 파출소에 근무하는 걸 보니 빽이 좋은 모양이지?"

"빽요? 빽이 있으면 수사 계통에나 보내 달라지 파출소 근무는 뭣 때문에 합니까?"

"수사 계통? 고생을 사서 하려고? 수사 계통, 편한 곳 아냐."

"그래도 저는 수사 계통에서 일하고 싶습니다. 대학을 졸업하고 경찰에 들어온 것도 수사 계통에서 근무하는 것이 목표였습니다."

"경찰에는 어떻게 들어오게 됐지?"

"고향인 대구에서 대학에 다니다가 3학년 때 의경 복무를 했습니다. 의경을 마치고 복학해서 대학을 졸업하고 경찰에 들어왔습니다. 전부터 범죄 수사를 막연하게 동경하고 있었는데, 의경 근무를 경찰서에서 하게 된 것이 결정적인 계기가 됐습니다."
 말을 하며 둘은 철계단이 시작되는 판자문 앞까지 걸었다. 판자문이 부엌으로 통하는 것 같다는 김순경의 말에 문을 흘긋 본 남경사가 고개를 들어 계단을 올려다보았다. 보통 철계단으로 양쪽에 철제 난간이 있었고 경사가 약간 급했다. 계단을 올라가니 난방 기름 탱크, 프로판 가스통, 그리고 빨랫줄 몇 가닥이 설치되어 있는 보통 옥상이었다. 집 모퉁이를 돌아 앞뜰 구석에 있는 인조 동산으로 갔다. 김순경이 한 곳을 손가락질했다.
 "서재 안에 있는 돌은 여기에 있던 것 같습니다."
 움푹 패인 모양이나 근처 돌들의 색상으로 서재의 깨진 유리 위에 있는 돌은 여기서 온 게 틀림없었다. 앞뜰에 박힌 징검돌을 밟고 현관으로 가는데 지형사가 집에서 나왔다.
 "반장님과 강박사가 오셨습니다."
 "어디 계셔?"
 "현장에 계십니다."
 최일중(崔一中) 경위는 강박사가 피살자를 검시하는 것을 옆에서 지켜보고 있었다. 최일중은 수사과 형사계 강력반장으로 남경사의 직속 상관이었다. 금년 진급 예정자로, 진급하면 전출되고 그 후임은 남경사가 될 것이라는 소문이 돌았다. 나이는 남경사보다 세 살 적은 41세로 깡마른 보통 키에 안경 뒤의 눈매가 날카로웠다. 남경사가 다가갔다.
 "여기에 오실 여유가 있으셨습니까?"
 남경사의 목소리에 강박사가 하던 일을 멈추고 몸을 폈다. 남경사를 알아보고 손을 내밀어 악수를 청했다. 그는 남부 경찰서 앞에 있는 부산병원 외과과장으로 경찰서에서 시체 검시에 가끔 수고를 끼치고 있었다. 시체는 소파 앞 넓은 공간에 눕혀 있었다. 강박사가 시체에 다시 몸을 굽히자, 최반장이 말했다.

"대연동 사건은 남편이 한 짓인 것 같아. 동기는 아직 모르겠는데 부인과 아들이 살해됐고 남편은 행방불명이야. 이곳은 피살자가 실업계 회장이고 총기 살인이라는 얘기를 듣고 빨리 오려고 했는데, 그쪽에서 강박사 일이 지체되어 늦었어. 우리에게 접할 기회가 적은 총기 살인이니 조심해서 다뤄야겠어."

남부 경찰서 강력반에는 인원이 최반장을 포함해서 7명뿐이었다. 관내 강력 범죄를 처리하기에는 턱없이 부족한 인원이었다. 형사 두 명은 강도 용의자를 체포하기 위해 출장 중이라 인원이 5명 있던 중에 살인 사건 둘이 한꺼번에 터진 것이다. 이곳 사건보다 먼저 신고된 대연동에 갔다가 최반장이 이제야 왔다. 사건 발견 경위와 그때까지 행한 초동 수사 내용을 설명하는 데도 시간이 제법 걸렸다. 최반장을 데리고 인조 동산에 가서 돌이 있던 자리를 보여주고 돌아오자, 강박사가 그들에게 다가왔다.

"자세한 것은 부검을 해봐야 알겠지만 이마에 맞은 총격으로 즉사한 것이 틀림없어. 독극물에 의한 증상은 없고 다른 외상도 없어. 체온, 강직 상태, 이마에 있는 피의 건조 상태 등으로 보아 3시간에서 5시간 전에 사망했어. 탄혼이 작은 것이, 이 총이든가 비슷한 구경의 총에 피살되었어."

강박사는 시체 머리맡에 있는 권총을 가리키며 말을 끝맺었다. 옆에서 반경사가 강박사의 말을 거들었다.

"32구경 콜트 자동 권총입니다. 박사님 말씀대로 탄흔이 작은 것이, 이 총이 흉기 같습니다."

최반장이 권총이 든 플라스틱 주머니를 쳐들고 자세히 살펴보았다.

수사회의

　살인 현장인 박윤환 회장집 서재에서 그날 밤 자정이 가까워서부터 최반장 주재 하에 수사회의가 열렸다. 다음날 오전 9시부터 시경에서 수사 간부회의가 있어 최반장은 참석해야 했다. 그래서 현장에서 우선 의견 교환을 하고 정식 수사회의는 형사계장과 최반장이 시경회의를 끝내고 돌아온 뒤에 하자는 최반장의 의견에 따라 회의는 열렸다.
　회의는 서재 소파에서 열렸다. 신문기자와 방송기자들이 한바탕 법석을 떨고 간 뒤라서 서재 안은 더욱 지저분했다. 지문가루를 대강 닦고, 벽 쪽에 있는 안락의자에는 최반장과 남경사가, 그 맞은편 긴 의자에는 지형사와 김순경이 나란히 앉았다. 가운데 테이블에는 녹음기가 놓여 있었다. 권총, 탄피 등 유류품은 감식반에서 가지고 갔고, 강박사는 시체 운반 차량으로 떠나서 네 사람만 남았다.
　광안 4동 파출소의 김순경은 회의에 참석할 입장이 아니었으나 남경사가 참석시키자고 해서 그 자리에 있게 되었다. 언제 준비했는지 남경사와 지형사처럼 김순경이 주머니에서 작은 수첩을 꺼내 필기 준비하는 것을 보고 남경사가 입가에 미소를 떠웠다.

최반장이 말을 시작했다.

"밤이 늦었는데 회의를 열어서 미안해. 내일 아침 일찍 시경에 가야 하기 때문에 지금 회의를 해서 내일 내가 없는 동안 여러분들이 수고할 일을 지시해야겠어. 내일 시경에서 높은 분들에게 보고할 자료를 얻을 겸 회의를 하는 것이니 이해하기 바래. 사건에 이상한 점이 너무 많아. 여태까지 우리가 알아낸 것을 토대로 의논하자구. 우선 피살자에 대해 알고 있는 것을 김순경이 말해 봐. 김순경은 파출소 관할이니 아는 게 있을 것 아냐?"

김순경이 긴장되는지 목을 가다듬고 입을 열었다.

"파출소에서도 아는 것이 별로 없습니다. 피살자는 서울에서 살다가 작년 연말에 이곳으로 왔다고 들었습니다. 방범 순찰함이 이 집에 달려 있어서 순찰을 자주 왔는데, 올 때마다 집이 조용했습니다."

김순경이 말을 마치자, 충분치 못하다고 생각했는지 남경사가 보충 설명을 했다.

"피살자에 대한 것은 오히려 우리가 더 많이 알고 있는 것 같습니다. 박회장은 구미그룹 회장으로 회사를 여러 개 갖고 있다고 알려졌습니다. 부산에 큰 공장이 둘이나 있으면서 서울에 살고 있었습니다. 재벌급에 속한다는 소문입니다. 우리 경찰서 옆 삼거리에 작년 봄에 완공한 4층 건물이 있잖습니까? 그것이 구미실업 건물인데, 그것도 박회장 소유입니다. 그곳에 박회장이 작년 말부터 상근한다는 얘기를 들었습니다. 작년 가을에 교통 사고로 부인을 잃고 부산에 왔다는 소문이⋯⋯."

"아, 그 사람인가? 그 회사 부사장이라는 사람을 만난 적이 있지."

"그러니 피살자에 대한 것은 내일 아침에 거기 가서 알아보기로 하는 게 좋겠습니다. 범행 동기나 범인은 지금 알 수 없습니다. 그러니 범행 방법이나 의논하지요. 반장님께서 내일 높은 분들께 보고할 자료도 되겠습니다."
 "그게 좋겠군. 그래도 이 집에 대해서는 알아보기는 했을 것 아냐?"
 "아직 그럴 만한 시간이 없었습니다. 지형사가 요 밑에 있는 구멍가게 일 때문에 다녀 왔는데……."
 "구멍가게 일? 그게 뭔데?"
 남경사가 김순경이 말한 자동차 이야기와 구멍가게 주인이 와서 소란을 피웠던 자초지종을 이야기했다.
 "지형사가 가게에 가니 자전거에 자동차의 도료인 듯한 것이 묻어 있어 감식반이 수거해 가도록 했습니다. 그 구멍가게 주인 말이, 이 집에는 매일 오는 파출부가 있고 운전기사가 살고 있답니다. 파출부는 50이 넘은 아주머니고, 기사는 30쯤 됐답니다. 밤이 늦어서 다른 집은 두드리지 못했습니다."
 "알았어. 그런데 누가 사건을 신고했다며?"
 최반장의 물음에 남경사가 김순경에게 고개를 끄덕였다. 김순경이 저녁에 파출소로 전화가 걸려온 이야기를 하고 자기 생각을 덧붙였다.
 "그 사람은 일부러 목소리를 변성시켜 높게 말하는 것 같았습니다."
 김순경이 말을 마치자, 남경사가 재빨리 끼어들었다.
 "탐문 수사를 우리가 해야 하지만, 이형사와 오형사는 용호동 사건 용의자 검거 문제로 출장 가서 없고, 오늘 살인 사건 두 건이 겹쳐 터져 손이 턱없이 모자랍니다. 그러니 김순경에게 탐문 수사를 시켰으면 합니다. 그래서 회의에 김순경을 참석시키자고 제가 했습니다."
 "손이 모자라니 그렇게라도 해야겠군. 그리고 서보다 관할 파출소 순경에게 주민들이 더 협조적일 가능성이 있어. 자아, 그러면 피살자 문제는 내일 알아보기로 하고 범행 현장을 의논하자구. 남경사가 문제점을 지적하면 여럿이서 납득할 만한 답을 찾는 방법을 쓰도록 하지."

최반장의 말이 끝나자, 남경사가 수첩을 펴들었다.
"이 사건에 있어 가장 놀라운 점은 사건이 처음부터 끝까지 녹음되어 있다는 사실입니다. 아까 정리한 녹음 내용은 다음과 같습니다.

    테이프를 틀고 좀 있다가
1. 창고 문을 여는 소리
    시간이 약간 지난 후
2. 총소리
    시간이 지나고
3. 총소리
    시간이 지나고
4. 유리창 깨지는 소리와 유리 떨어지는 소리
    시간이 지나고
5. 유리 위에 돌 떨어지는 소리
    곧 이어
6. 커튼을 열거나 닫는 소리
    오랜 시간이 지나고
7. 전화벨 소리
    오랜 시간이 지나고
8. "김순경, 여기 사람이 죽어 있어!" 하고 파출소의 이순경이 외치는 소리
    곧 이어
9. 파출소 사람들이 낸 소리

이상이었습니다. 물론 그 후에 난 소리와 다이얼이 도착해서 녹음기

를 끝 때까지 낸 소리도 녹음되어 있습니다. 반경사는 녹음기가 일제 소니 제품으로 시중에서 쉽게 구할 수 있는 것이랍니다. 녹음 내용으로 범행이 저질러진 순서는 짐작할 수 있겠습니다. 문제는 자살이냐 타살이냐 하는 것인데, 자살로 보기 불가능한 점이 많습니다. 첫째, 탄흔의 위치입니다. 탄흔은 피살자의 왼쪽 눈썹 위에 나 있습니다. 피살자는 왼손잡이였다고 생각합니다. 피살자가 왼손잡이였든 오른손잡이였든 탄흔의 위치로 보아 자살은 아닙니다. 오른손잡이였다면 더더욱 말이 안 되는데, 왼손잡이였다고 해도 자살하는 사람이 그렇게 불편한 위치를 쏠 이유가 없습니다. 편하게 옆머리에 대고 쏘면 될 것을 손을 비틀어서 오른쪽 앞이마를 쐈다는 것은 믿을 수가 없습니다. 둘째, 탄흔 가장자리에 초연(硝煙)이 묻어 있지 않다는 점입니다. 이것으로도 자살이 아니라는 것을 알 수 있습니다.”

남경사가 말을 멈추고 김순경을 바라보았다. 김순경이 자기 말을 이해 못하는 것 같아 다음 기회에 설명해 주어야겠다고 생각하고 말을 계속했다.

“자살이 아니면 타살입니다. 타살이라면 문제가 더욱 어렵습니다. 이야기를 더 하기 전에 저의 설명은 피살자가 즉사했다는 가정에 바탕을 두고 있다는 점을 염두에 두기 바랍니다. 따라서 부검 결과가 즉사가 아니라면 내가 하는 말은 아무 소용도 없습니다. 그러나 우리가 봐도 그렇고, 강박사가 장담을 했으니 부검 결과도 즉사로 나올 겁니다. 타살이라면 범인은 서재 안에서 범행을 저질렀느냐, 서재 밖에서 서재 안의 사람을 사살했느냐 하는 문제가 생깁니다. 사건 발견시 서재의 창문은 전부 안에서 잠겨 있었고, 서재문은 안에 빗장이 질러져 있었습니다. 추리소설에서 말하는 밀실 살인 사건입니다. 유리창의 창틀도 조사해 봤습니다. 유리를 떼고 창문을 안으로 잠근 후에 유리를 다시 끼웠

나 해서 조사했지만 그런 흔적이 없었습니다. 그러니까 서재 안에서 범행을 저지르고 밖으로 나가지는 않았습니다. 그런데 서재 안에서 흉기로 보이는 권총과 탄피가 발견되었습니다. 시체에 박힌 총알과 권총을 비교하면 흉기 여부가 판명되겠고, 탄피도 조사하면 흉기에서 나온 것인지 확인되겠지만, 어쩐지 발견된 권총이 흉기임이 틀림없고 탄피도 흉탄의 탄피가 틀림없다는 생각이 듭니다. 밀폐된 방에서 범인이 밖으로 나갈 수 없었다면 밖에서 안의 피살자를 쐈다는 얘기입니다. 그래서 밖에서 서재 안에 있는 사람을 쏘는 방법을 연구했습니다. 창고 안에서 구멍을 통하여 서재 안을 들여다보면 책상 앞에 앉은 사람의 옆머리를 정통으로 볼 수 있었습니다. 즉 피살자가 책상 앞에 앉아 있는 것을 쏘기에 안성마춤이었습니다. 그리고 페넌트 밑 꼭지점 뒷면에 벽지로 보이는 것이 붙어 있었고, 벽면에도 벽지가 찢어진 자국이 있었습니다. 이런 사실로 미루어보아 다음과 같은 추론을 펼 수 있겠습니다. 피살자는 책상 앞에 앉아 있었다. 그때 창고 안에 있던 범인이 구멍에 막대기 같은 것을 밀어넣어 페넌트를 벽면에서 뜯어 올리고, 구멍을 통하여 피살자를 살해하고 막대기를 뺐다. 페넌트는 자체 중량으로 밑부분이 내려와서 원래대로 벽면에 걸려 있는 모습을 하게 되었다. 페넌트는 피살자가 책상 앞에 앉기 전에 미리 막대기로 떼어 놓았는지도 모릅니다. 책상 앞에 앉아 있던 박회장은 페넌트가 벽면에서 떨어지는 소리를 들었거나, 막대기로 들어올릴 때 어떤 느낌으로 고개를 페넌트 쪽으로 돌렸다. 페넌트가 올라가는 것을 최면에 걸린 사람처럼 멍하니 바라보면서 살해됐다, 이런 추론입니다."

남경사가 말을 중단하고 최반장을 보았다. 최반장은 안경을 벗어 안경알에 입김을 불고 손수건으로 닦고 있었다. 최반장이 안경을 불빛에 비추어보고 다시 쓰자, 남경사가 말을 계속했다.

"여기까지의 추론은 좋은데 상황이 의문투성이입니다. 첫째, 권총 한 방으로 살해할 수 있었는데, 어째서 두 발을 쐈느냐 하는 점입니다. 총이 두 발 발사되었다는 것은 녹음기에 두 발의 총성이 녹음되었다는 점과 탄피가 창고와 서재에서 한 개씩, 두 개가 발견되었다는 점, 7발들이 탄창에 총알이 4발만 들어 있고 한 발은 권총의 약실에 장전되어 있는 것으로 틀림없습니다. 둘째, 한 발은 피살자의 머리에 박혔지만, 또 한 방의 총알은 어디로 갔느냐는 점입니다. 서재 안이나 창고 속, 어디에도 총알 자국은 없었습니다. 셋째, 총이 두 번 발사되었다면 첫번째 총알이 박회장을 살해했느냐, 두 번째 총알이 살해했느냐 하는 문젭니다. 첫번째였다면 살해하고 나서 또 총을 쏜 이유는 무엇인가? 두 번째 총알로 살해했다면 첫 발은 왜 쏘았는가? 넷째, 범인이 박회장을 서재 안에서 사살하고 밖으로 나갈 수가 없으니 두 발 다 서재 밖에서 쐈다는 얘기가 되는데, 권총과 탄피는 어떻게 책상 밑에 놨는가? 그리고 총은 왜 서재 안에 넣었나 하는 점입니다. 벽에 난 구멍은 작아서 그리로 총을 집어넣을 수는 없습니다. 설혹 넣었다 해도 책상 밑에 놓을 수는 없습니다. 따라서 다른 방법을 써서 넣었다고 봐야 하는데, 외부와 통하는 구멍은 그것 말고는 깨진 유리창뿐입니다. 그런데 녹음된 내용은 총소리가 두 번 난 후에 유리창 깨지는 소리가 들립니다. 게다가……."

"남경사," 최반장이 남경사의 말을 막았다. "우리가 녹음된 소리를 곧이곧대로 믿는 것이 잘못은 아닐까? 녹음이 조작된 것은 아닐까?"

"글쎄요……. 하지만 파출소의 이순경이 외치는 소리 이후의 녹음은 실제로 있었던 일과 일치하고 있습니다. 그 전의 전화벨 소리도 김순경이 직접 전화를 했는데 안 받았다는 말과 일치합니다. 그런 점으로 보아 조작되었다면 전화벨 소리 이전의 소리들인데, 어쩐지 조작된 소리가 아니라는 생각이 듭니다. 나중에 과학적인 분석을 해보면 알게 되겠지요. 그런데 녹음 내용이야 어떻든, 깨진 유리창을 통해 권총을 던져 넣었다면 권총이 있던 자리에 놓일 수가 없다는 데 문제가 있습니다. 탄피는 둥그러니까 굴러서 우연히 책상 밑으로 갔다고 하더라도, 권총은 창을 통해 던져서는 책상 밑 그 자리에 갈 수가 없습니다. 시체와 의자가 방해하고 있기 때문입니다. 피살자가 즉사했으니 권총을 그곳에 놓지는 않았을 것이고, 범인이 놓고 서재에서 나갔다면 어떻게 서재에서 나갔느냐는 문제가 생기고……. 던져서 그곳에 갈 가능성이 조금이라도 있다면 책상의 정면, 즉 소파 쪽에서 던지는 방법뿐인데, 그것도 권총이 책상 앞다리 뒤에 있으니……."

남경사가 말끝을 흐렸다. 그는 고개를 숙이고 수첩에 무엇인가를 쓰고 있는 김순경의 머리 위 허공을 물끄러미 바라보다가 정신을 차리려는 듯 머리를 한 번 흔들고 말을 계속했다.

"다섯 번째는 깨진 유리창입니다. 유리창은 왜 깼나? 유리조각들이 서재 안에 떨어져 있는 것으로 보아 창은 서재 밖에서 안으로 깼습니다. 그리고 그 위에 돌을 떨어뜨렸습니다. 왜 그랬을까요? 마지막으로 커튼이 열리거나 닫히는 소리입니다. 열었나, 닫았나? 어느 커튼이었나? 왜 열거나 닫았을까? 범행 자체에 관한 의문점은 이상입니다. 그 외로 책상 밑에서 발견된 편지 문제가 있습니다. 편지에는 4월 2일자 초량 우체국 일부인이 찍혀 있습니다. 봉투와 내용은 타자로 쳤는데, 수취인이 죽은 박회장으로 되어 있고 주소는 구미실업입니다. 따라서 구미실업으로 배달된 것을 이리로 갖고 왔다는 얘기가 됩니다. 발신인은 장수자로 되어 있고 발신인 주소가 없습니다. 편지는 봉투에 들어 있었는데, 내용은 간단하게

내게 진 빚을 갚아라. 원수 놈아.   장수자

이렇게 타자쳐져 있었습니다. 쓰레기통에서 봉투를 찢은 조각이 발견된 점으로 보아 박회장이 봉투를 찢고, 찢은 부분을 쓰레기통에 버린 것 같습니다. 그런 후에 편지를 읽기 전이거나 읽고 나서 편지를 봉투에 다시 넣고 사살된 듯합니다. 그때 편지가 떨어져 책상 밑으로 간 것 같습니다. 여기서 문제는 장수자가 누구냐는 점입니다. 사건과 관련된 그 외의 궁금한 것이 있지만 그것은 차차 알아보면 되겠습니다. 예를 들면 구미그룹 회장이라는 피살자 신분에 비해 이 집이 너무 초라하다는 점입니다. 오늘은 범행 자체에 관한 것만 의논하기로 했지만, 용의자로 떠오른 사람에 대한 것은 얘기하는 것이 좋겠습니다. 이 집안에서 채취된 여자 지문은 한 사람 것뿐입니다. 그렇다면 그것은 가정부의 지문이라고 생각됩니다. 그런데 창고와 녹음기에서 가정부의 지문과 같은 지문이 잔뜩 발견되었습니다. 이것으로 보아 녹음기를 설치한 사람은 가정부가 틀림없습니다. 그 가정부가 현시점에서는 가장 유력한 용의자입니다. 어쨌든 이 사건과 깊은 관계가 있는 것은 틀림없습니다. 자아, 이제는 문제점들을 검토해 볼까요? 염두에 둘 것은 박회장은 자살하지 않았다는 점과 녹음기의 소리는 조작된 것이 아니라는 점 등입니다."

남경사가 말을 마치고 사람들을 둘러보았다. 모두가 골똘히 생각하고 있었다. 남경사가 말하는 동안, 의자 등받이에 고개를 기대고 눈을 감고 있던 최반장이 눈을 뜨고 자세를 바로했다. 그는 노트를 안 했다. 부하들이 노트를 하기 때문에 필요하면 그것을 참고할 수 있다는 이유도 있지만, 노트를 하지 않고도 중요한 내용이나 수치(數置)를 정확하게 기억해서 부하들은 최반장을 '컴퓨터'라고 별명 붙이고 있었다.

최반장이 예의 컴퓨터 실력을 발휘해서 노트 없이 자기 의견을 말했다.

"가장 중요한 문제는 범인이 무엇 때문에 총을 두 번 쏘았나 하는 점이야.

우선 총기에 관한 것만 정리해 보자구.

1. 총은 왜 두 방을 쐈나?
2. 총알 한 방은 어디로 갔나?
3. 어떻게 권총을 서재 안에 넣었나?

이 문제에 대한 내 생각은 이래. 첫 발은 피살자가 구멍을 보게 만들기 위해 창고 안에서 허공에 대고 쏜 게 아닐까? 첫번째 총성을 듣고 피살자가 구멍을 보자 그를 살해한 것은 아닐까? 그래서 첫번째 탄흔을 찾지 못하는 것은 아닐까?"

"하지만, 무엇 때문에 피살자의 주의를 구멍으로 끌어야 했을까요? 앉아 있는 옆머리를 쏴서 사살할 수도 있는데."

남경사가 반박했다.

"글쎄……. 범인은 피살자에 대한 원한이 너무 깊어서 자기가 죽는 순간을 똑똑히 보라고 머리를 돌리게 했는지 모르지."

"그러나 두 총소리 사이에 간격이 너무 많습니다."

남경사가 계속 반박했다.

"정확한 시간은 녹음기를 보통 속도로 놓고 시간을 재 봐야 알겠지만, 첫번째 총성이 나고 시간이 많이 흐른 뒤에 두 번째 총소리가 났습니다. 반장님 말씀이 맞는다면 그토록 사이를 뒀다가 쏠 이유가 없지 않습니까? 첫번째 총성을 듣고도 그대로 책상 앞에 앉아서 두 번째로 쏜 총에 맞아 죽었다고는 생각되지 않는데요. 꼭 머리를 돌리게 하려면 총을 쏘지 않고 다른 소리를 낼 수도 있지 않았을까요?"

잠시 침묵이 흘렀다. 각자는 자기 생각에 골몰하고 있었다. 그 침묵을 최반장이 다시 깼다.
 "혹시 피살자를 책상 앞으로 끌어오려고 첫 발을 쏜 것은 아닐까?"
 남경사가 대답을 안 하고 있는데 지형사가 말했다.
 "그렇다고 해도 의자에 반듯하게 앉아 죽었다는 것은 이상합니다. 총소리가 나서 그쪽을 보니 구멍이 있어서 이상하게 생각하고 책상 앞으로 갔다고 해도, 의자에 반듯하게 앉아 조사한다는 것도 이상하지 않습니까? 설혹 책상 앞으로 갔다 해도 서서 구멍을 조사했을 텐데, 구멍이 가늘고 길어서 서 있는 사람의 머리는 쏠 수가 없습니다."
 또다시 침묵이 흘렀다. 이번 침묵은 전보다 길었다. 각자가 깊은 생각을 하고 있지만 신통한 답을 찾지 못하는 모습이었다. 다만 김순경만이 할 말은 있으나 자제하고 있는 것처럼 남경사의 눈에 비쳤다. 잠시 후에 최반장이 시계를 보고 나서 말했다.
 "시간이 새벽 1시 가까이 됐어. 부검도 안 한 상태에서 밤새도록 의논해야 올바른 결론을 못 얻겠군. 이 정도로도 내일 보고 자료로는 충분해. 피살자 주변을 조사하다 보면 새로운 단서가 잡힐지도 모르니 오늘은 이만 하지. 마지막으로 할 말 있나?"
 남경사가 얼굴이 상기되어 있는 김순경에게 말했다.
 "김순경, 할 말이 있는 것 같은데."
 김순경의 얼굴이 잘못을 저지르다가 들킨 사람처럼 빨개졌다.
 "저어······" 김순경이 주저하다가 결심한 듯 고개를 들어 최반장을 보며 말했다. "제 생각에는 남경사님의 의문점에 한 가지를 더 추가해야 할 것 같습니다. 여건으로 보아 범행은 창고에서 뚫린 구멍을 통해 이루어졌습니다. 그런데 범인은 어떻게 피살자가 구멍 앞 책상에 앉는다는 걸 알았을까요? 언젠가는 앉겠지 하고 기다리다가 범행을 저질렀을까요? 범행은 치밀한 계획 하에 저질러진 것 같습니다. 치밀한 범행을 세운 범인이 언제고 책상 앞에 앉겠지 하는 우연에 일을 맡기지는 않았을 것이라는 생각이 듭니다. 좁은 구멍을 통해 범행을 저지르려면 범인의 행동이 제한을 받습니다. 범인은 피살자를 책상 앞에 앉혀야만 구멍을 통해 범행을 저지를 수가 있습니다. 그러므로 어떻게 피살자를 책상 앞에 앉힐 수 있었느냐 하는 점도 중요한 단서가 되리라 생각합니다. 그런 뜻에서 반장님의, 피살자를 책상 앞으로 부르기 위해 첫 발을 쐈다는 의견이 옳다는 생각이 듭니다."

김순경이 말하는 동안 그의 옆얼굴을 멍하니 바라보고 있던 지형사가 미소를 지으며 말했다.

"대학을 나온 사람이 다르군요. 반장님, 손도 모자라는데 이번 사건에 김순경의 힘을 빌리지요."

최반장이 따라 웃으며 말했다.

"그러니까 돈 들여 대학에 다니는 것 아냐? 남경사는 지형사의 의견을 어떻게 생각해? 하기야 남경사는 처음부터 김순경을 사건 수사에 가담시킬 생각이었으니 물어볼 필요도 없겠지. 자아, 그럼 그렇게 결정하고 내일 할 일을 의논하고 끝내는 것이 좋겠군. 너무 늦었어. 수사 전담반은 광안 4파에 설치해야 할 거야. 출장 간 이형사와 오형사가 일을 끝내고 돌아오면 합세시키겠지만, 우선은 남경사와 지형사가 전적으로 힘을 써야겠어. 김순경은 내일 아침 일찍부터 전화한 사람을 찾아보고 총소리 들은 사람이 있나 알아봐. 그 외에도 수사에 도움이 될 것이 있는지 탐문 수사를 해. 남경사와 지형사가 제일 신경을 써야 할 일은 피살자와 그 주변 인물들에 대한 조사야. 사건의 구심점은 역시 피살자일 테니 철저히 조사하라구. 녹음기에 지문이 묻어 있는 가정부도 유력한 용의자지만, 이 집에서 산다는 운전기사가 없는 것도 이상하니 확실한 조사를 하도록. 이곳에서 목격되었다는 차량도 차적을 조사해서 차주가 누군지 알아보고. 이상인 것 같은데, 내가 빠뜨린 것 있나?"

남경사가 수첩을 닫고 일어섰다.

"김순경을 사건이 해결될 때까지 우리가 빌리겠다고 광안 4파에 내일 조치나 취해 주십시오. 먼저 들어가십시오. 우리는 뒤치닥거리를 끝내고 가겠습니다."

"얼마나 더 걸리겠어?"

"현장 봉인하고 여러 가지 정리하려면 시간이 좀 걸리겠습니다. 수사차량 타고 가시고 보내 주십시오."

"그럼 그렇게 할까? 급한 일이 있으면 집에 언제고 연락해. 지형사도 바쁘니 요 밑 택시 다니는 큰길까지만 데려다 줘."

최반장을 대문 앞에서 배웅하고 남경사와 김순경이 바다 쪽을 바라보았다. 잔뜩 찌푸렸던 하늘도 개어서 구름 사이로 군데군데 떠 있는 별을 볼 수 있었다. 저 밑 광안리 해수욕장 쪽은 늦은 시간인데도 많은 차량들의 헤드라이트가 움직이고 있었다. 삼익 비치 아파트 단지는 깜깜했으나, 그래도 불 켜진 창들이 띄엄띄엄 보였다.

김순경이 담배를 꺼내며 말했다.

"담배 참느라 혼났습니다. 사건 현장에서는 담배를 피우지 않는 것이 좋다는 얘기를 들은 것 같아서······."

"담배 피우는 것 자체야 무슨 문제가 되겠어? 담배꽁초나 성냥개비를 현장에 버릴까봐 조심하라는 거지······. 최반장집이 해운대니까 지형사가 돌아오려면 30분 이상은 걸리겠군. 들어가서 앉아 기다리자구."

그들이 집안으로 들어가는데, 보초 서고 있던 윤순경이 남경사에게 경례를 했다. 이순경과 교대한 모양이었다. 방범대원 중 나이가 가장 적은 감(甘)씨도 같이 있었다. 둘이 서재로 들어가서 먼저처럼 소파에 마주보고 앉았다. 서재 안을 둘러보며 김순경이 말했다.
"하여튼 피살자 신분에 걸맞지 않는 집입니다. 너무 허술합니다. 이 방만 해도 가구들은 고급인데 벽지라든가 바닥에 리놀륨을 깐 것 등 너무 허술합니다. 내일 알아보면 어떻게 된 일인지 알게 되겠지요." 김순경이 방안을 둘러보던 눈길을 남경사에게 돌리며 말을 계속했다. "그런데 남경사님, 녹음 내용을 좀더 검토해야 되겠지요?"
"어떤 내용을 더 검토해?"
"녹음된 각개 소리 간의 시간을 정확히 재 봐야 하지 않습니까?"
"그것은 왜?"
"그래야 정확한 범행 시간을 알 수 있으니까요. 내가 사건이 있는 것 같다는 전화를 받고 파출소를 떠난 시간이 파출소 근무 일지에 기록되어 있을 겁니다. 전화를 받고 즉시 이곳에 전화를 했는데, 그 전화벨 소리가 녹음되어 있습니다. 그 녹음된 전화벨 소리를 기준으로 거꾸로 시간을 재면 총소리가 난 시간을 알 수 있잖습니까?"
"김순경 머리가 빨리 돌아가는군. 나도 그것을 알아보려고 감식반보고 녹음기를 놓고 가라고 했어. 오늘 밤 자기는 다 틀렸군······. 그건 그렇고, 아까 내가 말한 의문점들의 해답은 생각해 봤어?"
김순경이 주저하는 것을 보고, 남경사가 말했다.
"김순경 생각을 말해 봐. 엉터리라도 괜찮아."
김순경이 크게 심호흡을 하고 말을 시작했다.
"의문점들에 대한 해답은 아까 토의한 이상은 생각나지 않습니다. 그런데 아까부터 무엇인가 중요한 것을 빼먹고 있다는 생각이 자꾸 드는데, 그것이 뭔지 생각이 나지 않습니다. 조금 전에도 대문 앞에서 생각이 스치고 지나갔는데, 도무지 그게 뭣인지……. 수사관은 단서를 정확히 분석해서 올바른 해석을 하는 것이 중요하지만, 그에 못지 않게 영감이랄까 육감으로 떠오르는, 옳다고 여겨지는 생각을 끝까지 추적하는 끈질김도 갖고 있어야 한다고 생각합니다. 그야 물론 보이는 증거나 단서에 부합되는 육감이어야 하겠지요. 생사람 잡는 육감을 떠올려서 아무런 증거도 없이 용의자를 족쳐도 안 되고, 자기 생각만 옳다고 자기 생각에 맞지 않는 증거나 단서는 무시하는 우를 범해서는 안 되겠지요."

미소 띤 얼굴로 김순경의 이야기를 듣고 있던 남경사가 김순경이 숨을 가다듬으려 말을 쉬는 사이에 끼어들었다.

"그런 얘기는 누구에게서 들은 거야, 책에서 읽은 건가?"

김순경이 멋쩍어하는 미소를 지었다.

"의경 시절에 저를 동생처럼 대해 주시던 형사 한 분이 계셨습니다. 그 분 때문에 경찰 수사관이 되고자 마음먹게 됐는지도 모릅니다. 그 분한테 들은 얘깁니다."

"그랬었군. 수사관은 단서를 올바르게 관찰하고 정확히 분석하는 것이 중요해. 법에서도 증거 제일주의를 원하고 있어. 김순경 말마따나 육감에 의한 수사를 펴야 하는 경우도 있지. 그러나 육감에 너무 의존하면 곤란해. 육감에 의해 어떤 사건을 해결하다 보면 보이는 증거나 단서보다도 자기의 육감을 더 신임해서 증거나 단서를 소홀히 하는 위험을 저지르게 된다구. 경찰 수사의 90% 이상은 초동 수사에 나타나는 유류품이나 또는 단서에 의해 해결하게 되지. 초동 수사 시에 현장이 잘 보존되어 있으면, 그래서 사건 현장의 단서가 훼손되어 있지 않으면 범인 검거가 그만큼 쉬워지지. 그런 뜻에서 김순경이 사건을 발견하고 적절한 조치를 취했기 때문에 현장이 잘 보존되었다는 점을 우리는 고맙게 생각하고 있어. 상식적인 일인데도 어떤 경찰관은…….”

그때 밖에서 자동차의 엔진 소리가 났다. 남경사가 말을 끊고 중얼거렸다.

“아니, 이 친구가 집까지 모셔다 드리지 않고 정말로 택시로 가시게 했나?”

잠시 후에 지형사가 서재로 들어오며 큰 소리로 말했다.

“집까지 모시겠다고 했더니 택시로 가시겠다고 고집을 부리셔서 하는 수 없이…….”

지형사가 남경사 앞에 와서 손을 펴 보였다. 만원짜리 지폐가 몇 장 손바닥에 놓여 있었다.

“반장님이 밤 늦게 수고한다고 3만원을 주고 가셨습니다. 보초 서는 순경과 방범대원 주라고 빵과 마실 것도 사주셨습니다.”

서서 이야기하는 지형사를 바라보고 있던 김순경이 별안간에 벌떡 일어서며 소리쳤다.

“저거다!”

김순경은 뒷벽면 위쪽을 가리키고 있었다. 그곳에는 「홍익인간」이라고 쓴 액자가 걸려 있었다. 놀란 표정으로 자기를 쳐다보고 있는 남경사에게 김순경이 말했다.

“남경사님, 생각 안 나십니까? 아까 뒤꼍에 갔을 때 처마 밑에 사각으로 된 함석판이 있던 것! 그 함석판의 위치가 저 액자의 뒤쯤 됩니다. 저 액자 뒤에 구멍이 있을 겁니다!”

남경사의 얼굴에 이해하는 빛이 떠올랐다. 그가 급히 일어서서 자기가 앉았던 의자를 앞으로 약간 끌어내고 지형사에게 꽉 잡으라고 했다. 남경사가 장갑을 꺼내 끼고 의자 등받이 위에 올라섰다. 액자를 들어 올리니 뒤에 한 변이 30cm쯤 되는 구멍이 있었다. 그 구멍을 함석판이 막고 있었는데, 함석판 중앙에 직경이 약 15cm쯤 되는 구멍이 있는 것으로 보아 겨울에 사용한 석유 난로의 연통 구멍인 것 같았다. 그 함석판 뒤를 다른 함석판이 막고 있는지 구멍을 통하여 밖을 볼 수는 없었다.

남경사가 액자를 다시 못 위에 올려놓고 의자에서 내려왔다. 그가 벌겋게 상기된 모습으로 의자에 앉자, 김순경이 설명했다.

"아까 대문 앞에서 광안리 해변가에 있는 건물 위의 네모난 네온사인을 보고 뒤꼍에서 본 함석판 생각이 스쳤습니다. 지형사님을 쳐다보다가 액자에 눈이 닿자 그 생각이 별안간 떠올랐습니다."

남경사가 사람들에게 앉으라고 손짓을 했다. 지형사가 담배를 꺼내 물고 재떨이를 찾는지 사방을 두리번거리다가 밖에 나가 작은 접시를 가지고 돌아왔다. 그 접시를 소파 테이블 위에 놓고 남경사의 옆 의자에 앉았다.

그 동안 말없이 고개를 숙이고 생각에 빠져 있던 김순경이 고개를 들고 남경사에게 들뜬 목소리로 말했다.

"구멍이 소파 쪽에 있으면 권총을 책상 밑에 놓는 방법이 생깁니다. 제 의견을 말해 볼까요?"

남경사가 말없이 고개를 끄덕였다.

"범인은 마이크를 구멍에서 빼놓고 기다립니다. 피살자가 서재로 들어오는 것을 보고서—— 아마 책상 앞 창문을 통해 봤을 겁니다—— 창고에 들어가서 책상 앞에 앉기를 기다립니다. 마이크를 빼놓았다는 것은, 우리가 서재문을 여닫는 소리는 녹음됐는데 피살자가 서재에 들어올 때 문을 여닫는 소리가 녹음되지 않은 것으로 알 수 있습니다. 페넌트도 벽에서 미리 떼어놨는지 모릅니다. 피살자가 서재에 들어와서는 책상에 가지 않았습니다. 그래서 범인은 창고 밖 허공에 대고 첫 발을 쏩니다. 피살자는 총소리가 난 쪽, 즉 책상에 가서 앉습니다. 그때 범인은 두 번째로 총을 쏴서 살해합니다. 그리고는 창고 옆에 있는 사다리를 이용해서 밖의 함석판을 떼어내고 팔을 구멍에 넣어 액자를 들고 권총과 탄피를 책상 쪽으로 던집니다. 권총은 책상 밑으로 가고 탄피는 굴러서 더 깊숙이 들어갑니다. 범인은 액자를 다시 못 위에 걸고 밖의 함석판을 막습니다. 이것이 제 생각입니다.”

김순경이 말을 끝내고 자기 생각이 어떠냐고 묻는 듯 남경사와 지형사를 번갈아 보았다. 남경사가 물었다.

“그 구멍은 작아서 팔만 넣어 권총을 책상 쪽으로 던졌을 텐데, 그 권총이 어떻게 책상 앞다리 뒤로 돌아갔지?”

“그야 우연히…….”

“우연히? 범죄 수사에 우연이라는 것이 영 없다고는 못하겠지만, 우연도 여건이 맞아야 생겨. 그렇다면 우연이라는 것이 생길 여건을 설명할 수 있어야 해. 책상 앞다리 근처에는 던진 권총이 맞고 튕겨서 다리 뒤로 가게 할 만한 물건도 없잖아? 다른 것을 물어보자구. 유리창 깨진 것, 돌멩이를 떨어뜨린 것, 커튼 소리는 어떻게 설명하지?”

김순경이 대답을 못하는 것을 보고, 남경사가 말을 계속했다.

“김순경을 나쁘게 말하고 있는 것이 아니야. 액자 뒤의 구멍을 찾아낸 것은 훌륭한 일이야. 어떤 생각을 끈질기게 쫓는다는 것은 수사관의 좋은 습성이고, 또 그래야만 해. 내 말은 수사관이 자기 생각에 자신을 갖고 끝까지 답을 추구하는 것은 좋지만, 그 답이 모든 면에 부합됐을 때 자신 있게 발표를 해야 한다는 뜻이야. 내 말을 고깝게 생각하지 말고, 혹시 앞으로 수사 계통에서 일하게 되면 참고로 해. 나는 이 사건은 도통 뭐가 뭔지 모르겠어. 김순경의 말로 수사가 많은 진전을 하고 있다는 생각이 들어. 좀더 납득할 만한 설명이 나오기 전에는 김순경의 설명이 그럴 듯하니 그쪽으로 수사 방향을 잡을 생각이야. 하여튼 김순경의 생각은 훌륭했어. 이제 남은 문제는 권총이 어떻게 책상 다리 뒤로 갔느냐 하는 점과 유리창이 깨진 문제, 돌을 떨어뜨린 이유, 그리고 커튼 소리만 논리적으로 설명하면 범행 자체는 설명되겠어."

남경사가 말을 마치자, 지형사가 위로하려는 듯 말했다.

"김순경, 남경사님의 말을 언짢게 생각하지 말아. 나는 같이 일한 지가 5년이 넘었는데도 그런 충고 한 마디 듣지 못했어. 수사관 소질이 아주 없다고 여기시는지 관심도 표하지 않았어. 김순경은 정말 대단해. 수사에 이골이 났다는 소리를 듣는 내가 생각도 못한 추리를 하다니! 남경사님이 뭐라고 하시든, 나는 김순경의 생각이 맞다고 믿어."

김순경이 계속 멋적어하고 있는 것을 보고 남경사가 말했다.

"김순경, 힘을 내. 하여튼 김순경에게 많이 놀라구 있다구."

남경사의 말에 용기를 얻었는지 김순경의 얼굴이 밝아졌다.

"그럼, 집 뒤로 가서 함석판을 조사해야 하겠군요."

"뭣하러?"

남경사의 말에 김순경이 어리둥절한 표정을 지었다.

"그야 떼었다 붙인 흔적이 있나 알아보고……."

"김순경," 남경사가 김순경의 말을 막았다. "경찰에는 그런 일을 우리보다 훨씬 잘하는 전문인이 있지. 이 깜깜한 밤중에 플래시 불빛으로 우리가 조사해서 뭘 알아낼 수 있을 것 같아? 그렇게 조급하게 행동해도 안 돼. 급히 움직일 때는 급히 뛰어야 할 만한 이유가 있어야 해. 감식반에서 내일 아침에 조사하면 우리보다 훨씬 더 정확하게 밝힐 텐데 우리가 섣불리 손댈 필요가 없잖아? 또 뭣을 지금 찾는다고 해도 사건이 당장 해결되는 것도 아니구. 수사는 황소 걸음으로 꾸준하게 해야지 조급하게 한다고 되는 것이 아냐. (남경사는 이 문구를 자주 썼고, 생긴 모습 때문에 별명이 '황소'라는 것을 김순경은 나중에 알았다.) 그리고 어떤 일을 더 잘하는 사람이 있으면, 그 일은 그 전문인이게 맡겨야 정확한 수사 자료를 얻을 수 있어. 이 사건에 김순경이 관여하게 된 것이 김순경에게 행인지 불행인지는 모르겠어. 수사 계통이 고생 바가지니 오지 말라는 관점에서 보면 불행으로 보는데, 그 이유는 이 사건이 추리소설에나 있을 성싶은 수수께끼투성이라서 그래. 김순경 같은 사람이 수사란 어려운 문제를 이렇게 앉아서 머리로 푸는 것이구나 하는 잘못된 생각을 갖게 하기에 알맞은 사건이지. 수사라는 것이 이번처럼 소파에 앉아 의논하는 것이 아냐. 밤낮으로 걷고, 뛰고, 밤새도록 잠복 근무도 하고……. 백 번 잘하다가도 한 번의 미제(未濟) 사건이라도 생기면 욕이나 먹고……. 그 좋은 파출소 근무가 싫다고 고생 바가지인 수사 계통으로 오겠다니……. 공짜 술도 얻어 먹고, 파출소 근무가 좀 좋아?"

"그래도 경사님께 파출소 근무를 하라면 싫다고 하실 텐데요?"

"얘기가 그렇게 되나? 핫 핫……."

남경사가 호탕하게 웃다가 진지한 표정을 지었다.

"지형사, 이 집을 봉인하고 떠나자구. 이러고 있다가는 밤을 새겠어. 내일 아침 일찍 감식반에 액자 뒤를 조사시키는 것 잊지 말아. 아까 말한 차적 조회도 잊지 말고. 김순경은 아침 일찍부터 아까 말한 탐문 수사를 부탁해. 가정부와 운전기사가 나타나면 즉시 신병 확보해서 파출소에 데려다 놓고 내게 연락해. 내가 파출소에 가서 진술을 받든가, 상황을 봐서 경찰서로 데리고 올 테니."

남경사가 말을 마치고 일어서자, 김순경이 따라 일어섰다.

"저도 경찰서에 같이 가게 해 주십시오. 녹음 내용을 다시 자세히 듣고 싶습니다."

"그럴 줄 알았어. 내일 바쁠 텐데 잠을 안 자고 움직일 수 있겠어?"
"집에 가 봐야 잠도 안 올 겁니다. 하룻밤 못 자도 괜찮습니다."
남경사가 주저하고 있는데, 지형사가 말했다.
"김순경 말마따나 집에 가서 눕는다고 잠이 오겠어요? 6월에 최반장이 진급하면 반장이 되실 텐데, 그때를 대비해서 유능한 부하 한 사람 훈련시키는 셈치고 데리고 가십시다."
"또 쓸데없는 소리 지껄인다. 자네, 그 주둥이 때문에 혼나는 일 생길 거야……. 좋아, 김순경, 오늘 밤 고생해 보면 수사 계통에 신물이 날지도 모르지."

사건 현장을 봉인하고 김순경이 서에서 야근한다는 것을 파출소에 연락했다. 집 앞에서 보초 서고 있는 윤순경과 방범대원 감씨에게 근무를 철저히 하라고 남경사가 지시하고 경찰서에 도착하니 새벽 2시가 약간 지났다. 옆방인 조사계에서 술취한 여자와 남자가 고성으로 싸우고 있었고, 그들의 조서를 받는 형사의 고함 소리가 간간이 들려 시끄러웠다. 야간 상황실에 말하고 조용한 감식반 사무실에 세 사람이 앉았다.
녹음기를 보통 속도로 돌리기 시작했다. 반경사가 창고 안에서 녹음기를 끈 부분부터 테이프 끝까지 돌리는 데 10분 22초가 걸렸다는 것은 사건 현장에서의 실험으로 알고 있었다. 녹음 첫머리에는 오랫동안 아무것도 녹음된 것이 없었다. 그러나 시간을 재기 위해서는 소리 안 나는 시간도 재야 했다. 따분하게 되었다고 생각하며 남경사가 의자에 몸을 기대고 김순경을 불렀다.
"김순경, 사방이 막힌 창고 안에서 32구경의 작은 총을 쐈다면 현장이 외딴집이라 총소리가 들리지 않을 가능성이 많아. 그러니 내일 탐문 수사할 때 그 점에는 많은 시간을 쓰지 말아."

"알겠습니다. 그런데 45구경이다 32구경이다 하는 것이 총구의 크기라는 것은 아는데, 정확히 32구경이라면 얼마나 큽니까?"

김순경의 질문에 지형사가 하던 일을 다시 멈추고 고개 뒤에 팔깍지를 끼었다. 그리고 몸을 뒤로 제키고 다리를 책상 밑으로 뻗어 편안한 자세를 취했다. 남경사를 바라보는 입가에는 미소가 서려 있었다.

"경찰이 그런 질문을 하다니 한심해. 하기야 관심을 안 갖고 있으면 모르는 것이 당연하지."

남경사가 한심하다는 표정을 지었다.

"45구경이다 32구경이다 하는 구경(口徑)은 총구의 지름, 즉 탄알의 직경 크기를 말하는 거야. 유럽에서는 우리나라처럼 미터법을 쓰니까 9밀리 권총이라고 구경을 밀리미터로 표시하니 쉽게 이해가 되지. 그런데 미국에서는 야드파운드법을 쓰니까 우리가 쉽게 이해 못하는 거야. 45구경이라는 것은 총구의 직경이 1인치의 45/100이라는 뜻이야. 32구경은 1인치의 32/100이라는 뜻이구. 1인치가 2.54cm니까 45구경은……." 남경사가 종이에 급히 계산을 했다. "11.43mm고, 32구경은 8.13mm가 된다구. 이해가 가?"

"네, 구경은 이해가 됐습니다. 그런데 정말로 무슨 말인지 알 수 없는 것은 아까 말씀하신 탄흔 가장자리에 초연이 없어서 자살이 아니라고……."

"아, 무슨 말인지 알겠어. 이해를 못하는 것 같아 설명해 주려고 생각하고 있었어. 총을 발사한다는 것은 탄피 속에 있는 폭약을 폭발시켜 그 폭발력으로 탄알을 앞으로 밀어내는 거야. 탄피에서 빠진 탄알은 총열 구멍에 꼭 껴서 뒤에서 미는 폭발력으로 총구를 떠나 일정 거리를 날아가지. 그런데 뒤에서 탄알을 밀고 나온 폭발력, 이것이 화약이 탄 초연인데, 이것도 총구 앞으로 일정 거리를 뿜어나온다구. 어느 물체의 근거리에서 총을 발사하면 뿜어나온 초연이 피사체의 표면에 닿지. 따라서 탄흔 가장자리에 초연이 묻는데, 그것이 눈에 보인다구. 심한 경우에는 가장자리를 태우기도 해. 그래서 먼 거리에서 쏜 탄흔은 가장자리가 말짱하지만, 가까운 거리에서 쏜 탄흔 가장자리에는 초연이 묻어 있게 마련이지. 그런데 아까 본 박회장의 이마에는 초연이 묻어 있지 않더라구. 따라서 먼 거리에서 총을 쐈다는 얘기가 되지. 그래서 자살이 아니라고 한 거야. 초연이 묻고 안 묻고의 거리는 탄환의 화력, 총의 종류 등에 따라 다른데, 전문가가 탄흔에 묻은 초연 상태를 보고 사용한 탄환을 알면 총을 발사한 거리를 알아낸다는군."

남경사가 말을 중단하고 알아들었냐는 듯 김순경을 바라보았다. 김순경이 고개를 끄덕이자, 남경사가 말을 계속했다.

"실탄의 폭약을 폭발시키면, 그 폭발력은 온 사방으로 고르게 미친다구. 탄피를 이용해서 그 폭발력을 일정 방향, 즉 앞으로 보내서 총알을 총구로 밀어내는 것이 총의 원리야. 총알이 일직선으로 가게 하기 위해 총열 구멍 안에 회전 홈을 파 놓았지. 회전 홈에 의해 총알은 회전을 하면서 앞으로 나아가 직선을 유지한다구. 활도 마찬가지야. 화살 뒤에 달린 깃털도 화살과 평행으로 붙어 있지 않고 약간 비스듬히 붙어 있지. 활시위를 놓으면 그 추진력에 의해 화살이 앞으로 나가는데, 깃털이 받는 공기 저항으로 깃털이 비스듬히 붙은 반대 방향으로 화살은 팽이처럼 돌게 돼. 그럼으로써 화살이 직선을 유지하는 거야. 탄피 속에서 폭발한 폭발력은 총알을 앞으로 밀어내기도 하지만 탄피를 뒤로도 민다구. 뒤로 미는 힘에 의해 놀이쇠가 후퇴하고 탄피가 튀어나오지. 그런데 탄피만 튀어나오는 것이 아니라 탄피를 뒤로 민 힘, 즉 초연도 뒤로 내뿜는다구. 그 초연이 총을 든 손이나 옷소매에 묻게 되지. 따라서 손이나 옷소매에 초연이 묻어 있나 없나를 알아내서, 그 사람이 총을 쐈나 안 쐈나를 알 수 있어. 그 실험을 초연 반응 실험이라고 한다구. 살갗에 묻은 초연을 찾는 실험에는〈파라핀 테스트〉를 쓰고 있어. 파라핀 테스트란 피부에 파라핀을 녹여 붓고, 파라핀이 식으면 그 파라핀 막을 걷어내는 거야. 그러면 피부에 묻었던 초연이 파라핀 막에 묻어난다구. 그 파라핀 막을 실험해서 초연이 있나 없나 반응 검사를 하는 거야. 옷소매 같은 섬유에 묻은 초연은 그 부위에 무슨 화학 약품을 뿌린 후에 반응을 실험한다고 들었어. 과학적으로 어떻게 반응을 알아낸다는 세부 사항까지 형사들이 알아야 할 필요는 없어. 우리는 그런 것을 알아낼 수 있다는 사실을 알고, 옷소매 하나라도 소홀히 하지 않는 증거 수집 자세가 필요하다는 의미에서 이런 말을 하는 거야."

남경사의 진지한 어투에 다음 질문을 하지 말까 주저하던 김순경이 용기를 내서 물었다.

"어떤 총알이 어느 총에서 나왔다는 것은 총알에 있는 총열 구멍 회전 홈 자국을 비교해서 알 수 있다는 얘기는 들었는데, 탄피도 어느 총에서 나왔는지 아는 방법이 있습니까?"

"물론 알 수 있지. 탄환 뒤를 보면 중앙이 동그랗게 약간 볼록 튀어나와 있지? 그게 뇌관이야. 원칙적으로 공이는 뇌관의 중앙을 때려서 폭약을 폭발시키게 되어 있어. 그런데 총에 따라 어느 공이는 우측으로 기울고, 어느 것은 좌측, 삼지사방으로 중앙에서 벗어나 뇌관을 친다구. 물론 같은 총은 언제나 같은 곳만 때리지. 뇌관을 때리는 공이의 뾰족한 부분도 총마다 모양이 달라. 육안으로 봐서는 끝이 뾰족한 게 전부 같아 보이지만, 크게 확대시켜 보면 총마다 다르다고. 그런 것으로 어느 탄피가 어느 총에 사용되었나를 알 수 있지."

"한 가지만 더……. 리벌버란 다른 권총과 어떻게 다른지……."

"아니, 밤낮 허리에 차고 다니면서 그것도 몰라!"

남경사가 큰소리를 쳤다가 목소리가 누그러졌다.

"권총은 자동 권총과 리벌버로 크게 두 가지로 나눌 수 있어. 우리가 쉽게 볼 수 있는 군용 45구경 권총이 자동 권총이야. 탄창을 손잡이에 끼워서 자동으로 발사할 수 있지. 리벌버란 경찰용 38구경 권총처럼 총열 뒤에 탄실(彈室)이 둥글게 있어, 그 탄실이 돌면서 발사되지. '리벌브(Revolve)'라는 말은 회전한다는 영어인데, 탄실이 회전한다고 비벌버라고 그래. 서부 영화에 나오는 권총은 거의 다가 리벌버야. 옛날에는 육혈포(六穴砲)라고도 우리나라에서는 불렀는데, 꼭 우리 말로 부른다면 '회전식 연발 권총'이라고나 할까. 알았어?"

김순경이 고개를 움츠리면서 혀를 날름했다. 지형사는 사건 현장 도면 그리기와 사건 보고서 작성에 시간을 빼앗겨, 남경사가 녹음 내용을 정리했다. 남경사와 지형사가 각자의 일을 마쳤을 때, 사무실 벽시계는 아침 5시 가까이를 가리키고 있었다. 현장 도면은 지형사의 꼼꼼한 솜씨로 축척(縮尺)도 거의 정확하게 그려져 있었다. 지형사가 사건 보고서에 현장 도면과 남경사가 작성한 녹음 내용을 첨부하여 최반장 책상 위에 놓고 남경사와 같이 경찰서 근처의 목욕탕에 갔다. 김순경은 탐문 수사 준비를 한다며 떠났다. 남경사가 새로 작성한 녹음 내용은 다음과 같았다.

녹 음 내 용

(각개 소리 앞에 적힌 시간은 광안 4동 파출소에 신고가 있었던 시간을 기준으로 각 소리 간의 시간을 가감하여 계산하였음.)

1. 6시 18분 03초 : 녹음 시작
2. 6시 56분 07초 : 창고문 여닫는 소리

3. 6시 57분 39초 : 첫번째 총소리
4. 7시 02분 16초 : 두 번째 총소리
5. 7시 07분 40초 : 유리창 깨지는 소리
6. 7시 10분 26초 : 유리 위에 돌 떨어지는 소리
7. 7시 10분 58초 : 커튼을 열거나 닫는 소리
8. 7시 56분 17초 : 전화벨 소리
9. 8시 13분 17초 : "김순경, 여기 사람이 죽어 있어!" 하고 이순경이 외치는 소리

　(이후부터 반경사가 녹음기를 끌 때까지의 녹음은 사건과 관계가 없다고 사료되어 생략하였음.)

박윤환 회장

 목욕탕에서 더운 물에 몸을 푹 담갔다가 한 시간쯤 눈을 붙이고 나니 무거웠던 머리가 가벼워졌다. 근처에서 해장국으로 조반을 하고 남경사와 지형사가 자기들 자리에 앉았을 때는 8시 15분경이었다.
 지난밤에 야근을 한 형사 1반의 윤형사가 남경사 책상 위에 메모를 남겨 놓았다. 메모는 용의자 체포를 위해 간 오형사가 전화를 했는데, 용의자가 나타나지 않아 계속 잠복 중이라는 내용이었다.
 감식반에 녹음기를 인계하고, 어젯밤에 발견한 액자 뒤의 구멍 감식을 의뢰하고 사무실에 오니, 파출소 김순경으로부터 전화가 왔다. 탐문 수사 성과는 하나도 없었지만 박회장 운전기사가 7시 반쯤에 집에 와서는 이상한 이야기를 한다는 것이었다. 어제 오후에 모친이 위독하다는 연락을 받고 집에 가보니 모친은 멀쩡하더라면서, 박회장이 살해됐다는 이야기를 듣고 놀라는 그를 파출소에 데리고 왔는데, 어쩌면 좋겠냐는 전화였다.
 수화기를 들고 잠시 생각하던 남경사가 물었다.
 "탐문 수사는 끝났어?"

"아닙니다. 조금 더 해야 합니다."
"가정부는 어떻게 됐어?"
"가정부가 나타나지를 않습니다. 운전수 말로는 아침 7시까지 오게 되어 있답니다."
"그래? 얼마나 더 걸리겠어?"
"9시 30분쯤이면 끝나겠습니다."
"운전기사를 누구 딸려서 서로 보내고 계속 수고해. 가정부가 나타나면 파출소에 데려다 놓고 내게 즉시 연락해."
 남경사가 지형사에게 파출소와 통화한 내용을 이야기하는데 또 전화벨이 울렸다.
"강력반 남경삽니다."
"나, 구미실업 한부사장입니다. 우리 박회장님께 변고가 생긴 모양인데, 어떻게 된 겁니까?"
"어떻게 연락을 받으셨습니까?"
"아이구, 정말로 일이 났구먼."
"네, 어젯밤에 살해당하셨습니다."
"아니, 이럴 수가……. 어떻게 돌아가셨습니까?"
"전화 상으로 말씀드리기가 뭣하니 곧 가서 말씀드리겠습니다."
 한부사장에게 곧 가겠다고 말은 했으나 남경사가 서를 나선 것은 9시가 지나서였다. 광안 4파에서 데리고 온 운전기사의 진술을 듣고 떠났기 때문이다. 운전기사는 30쯤 되어 보이는 보통 키의 남자로, 남경사 책상 앞에 앉자마자 얼굴이 벌개서 떠드는 것을 옆의 지형사가 소리를 꽥 질러 막았다. 두서없이 말한 운전기사의 진술을 정리하면 다음과 같았다.

어제 회장님을 모시고 부산 컨트리 클럽에 갔었다. 기사 대기실에 있는데 4시 30분쯤 회장님이 식당에서 부른다는 전갈이 왔다. 식당으로 가니 회장님께서 조부장한테서 운전기사의 모친이 위독하다는 전화가 왔으니 차를 가지고 빨리 집에 가라고 했다. 회장님은 컨트리 클럽에서 집에 어떻게 가느냐고 물었더니, 같이 계신 유진상사 김사장님이 모셔다 드리겠다고 해서 집으로 급히 갔다. 부곡 온천 가는 도중인 수산에 집이 있는데, 6시 30분경에 집에 도착하니 모친은 멀쩡하시고, 회사에 전화하지 않았다며 가족이 놀라는 것이었다. 이상한 일이라고 생각하고 아침 일찍 출근하겠다고 총무과에 전화하고 오늘 아침에 회장집으로 출근했다.

이상이었다.
지형사에게 운전기사의 진술 조서를 작성하라고 지시하고, 남경사 혼자 구미실업으로 향했다. 남경사가 서를 나와 오른쪽으로 몸을 돌리는데 옆에서 인기척이 났다. 배기자였다.
"어젯밤에는 심하시더군요. 아무래도 알게 될 것을 좀 봐주면 안 됩니까?"
"······."
"지금 구미실업에 가십니까? 용의자는 떠올랐습니까?"
"······."
"이거 왜 이러십니까? 나타난 것이 있으면 좀 알려 주십시오."
남경사가 걸음을 멈추고 배기자를 향했다.
"배기자, 당신이 내게 말해 주면 나도 원하는 것을 말하지."
"뭘 말하라는 겁니까?"
"사건이 날 때마다 누가 배기자에게 귀띔해 주는 거야?"

"귀띔은 누가 해줍니까. 내가 부지런해서 알아내는 거지."

남경사가 고개를 저으며 다시 발길을 옮겼다. 배기자가 따라붙었다.

"어젯밤에 사건 현장에서 내려온 차적은 확인됐습니까?"

남경사가 다시 걸음을 멈추었다.

"배기자, 파출소까지 손을 대놨어? 그 일은 나하고 파출소만 아는 일인데."

"생사람 잡지 마십쇼. 어젯밤에 구멍가게 주인이 법석을 떨 때 내가 그곳에 있었습니다."

"그래도 누가 그 차가 이번 사건과 관계가 있다고 그래?"

"내가 아침 일찍 가게 주인을 만났습니다. 광안 4동 파출소 김순경이 박회장집에서 난 총소리를 들은 사람을 찾고 다닌다고 말해 주더군요. 누가 이름을 안 대고 사건을 신고했다면서요? 그리고 그 차를 본 사람이 있느냐고 묻고 다닌다는 얘기도 들었습니다"

"나 참."

남경사가 다시 걷기 시작했다. 그들은 벌써 구미실업 건물 계단을 오르고 있었다. 건물은 소유주가 피살된 박윤환 회장으로 1층은 은행이었고, 2층과 3층을 구미실업이 쓰고 있었다. 4층에는 여러 개의 사무실이 세들어 있었다.

건물 현관을 들어서는데 일남이가 양 팔에 구두를 잔뜩 품고 은행 옆문에서 나오다가 남경사를 보고 다가왔다. 일남이는 경찰서 단골 구두닦이였다.

"구미실업에 가시죠? 회장이 죽었다면서요?"

"누가 그래?"

"국제일보의 문기자가 사무실에서 하는 말을 들었어요."

"문기자가 여기 왔어? 배기자, 당신도 경찰 귀찮게 하지 말고 구미실업애 가서 기사거리나 얻지 그래. 문기자에게 한 방 먹고 있는 것 아냐?”

그 말에 일남이가 대답했다.

“문기자보다 먼저 다녀갔는데요.”

남경사가 기가 막힌다는 표정을 하고 2층 계단을 올라갔다. 배기자는 구미실업에서의 일이 끝났는지 건물 밖으로 나갔다.

2층에는 건물 뒷면을 따라 길게 복도가 있었고, 복도 오른쪽에 나란히 사무실이 있었다. 복도 끝에 있는 문앞에 여사무원이 서 있었다. 그녀가 남경사를 보고 급히 다가왔다.

“경찰에서 오셨죠? 이리 오세요.”

여사무원이 안내한 복도 끝에 있는 문에 〈부속실〉이라고 쓴 팻말이 붙어 있었다. 부속실문을 들어서니 맞은편에 있는 책상에서 키가 훤칠하게 큰 청년이 일어서서 다가왔다. 곤색 블레이저 코트에 엷은 회색 슬랙스를 받쳐 입었고, 화사한 꽃무늬가 있는 넥타이를 맨 30대 중반으로 보이는 미남 청년이었다. 알맞게 탄 얼굴에 구레나룻의 면도 자국이 푸르게 보였다.

“남부서에서 오셨습니까? 저는 기획부장 조한선(趙漢善)입니다. 이리 오십시오. 부사장님께서 기다리십니다.”

그가 안내한 곳은 부속실문 안 우측 첫번째 문이었다. 문에는 〈부사장실〉이라는 팻말이 붙어 있었다. 그 문에서 좀더 들어가 〈회장실〉이라는 팻말이 붙은 문이 또 하나 있었다.

기획부장이라고 자신을 소개한 청년이 부사장실문에 노크를 하고는 안의 응답을 기다리지 않고 문을 열었다. 남경사가 문안으로 들어서는데 뒤에서 조부장이 여사무원에게 지시하는 소리가 들렸다.

“미스 정, 여기 차 준비하고 별도 지시가 있을 때까지 면회 사절이야. 전화도 급한 것 아니면 사절이고."
 그가 남경사를 뒤따라 들어왔다. 소파에 앉아 이야기하고 있던 두 사람이 말을 중단하고 일어섰다. 한 사람은 보통 키에 배가 불룩한 50대 초반의 남자로 눈매가 날카로웠다. 또 한 사람은 보통 키에 호리호리한 사람으로 안경을 끼고 있었다.
 배가 불룩한 남자가 손을 내밀고 다가오며 말했다.
 "아까 나하고 통화한 분인가요? 내가 부사장 한종구입니다. 이 분은 회장님 처남되시는 심사장님이십니다."
 인사가 끝나고 한부사장과 심사장이라는 사람이 소파 안락의자에 앉고 남경사가 맞은편 긴 의자에 앉았다. 조부장은 소파 보조 의자에 앉았다.
 모두가 자리에 앉기도 전에 한부사장이 급하게 물었다.
 "도대체 어떻게 된 일입니까? 아침 일찍 신문기자가 들이닥쳐서 회장님께 변고가 생겼다는 것을 알았습니다. 조부장이 사장님댁에 갔다가 경찰이 출입 금지시키는 바람에 그냥 돌아왔습니다. 회장님께는 무슨 일이……?"
 "회장님이 어젯밤에 살해당하셨습니다."
 내용을 알고 있었던 탓인지 사람들이 크게 놀라지는 않았다. 놀랐다기보다 허탈한 표정들이었다. 잠시 후에 부사장이 말했다.
 "그래도 설마 했는데……. 어떻게 된 겁니까, 강도 짓입니까? 범인은 잡았습니까?"
 "여러 가지 정황으로 봐서 강도가 목적이 아닌 듯합니다. 범인은 아직 누군지 모르고 있습니다. 치밀하게 계획된 살인 같습니다. 회장님께서는 왼손잡이였습니까?"
 한부사장이 심사장을 바라보았다. 이상한 것도 묻는다는 표정이었다.
 "네, 그런데 그게 사건하고 무슨 관계가……."
 "아, 중요한 일은 아닙니다……. 그런데 회장님은 권총을 갖고 계셨습니까?"
 "권총요? 권총하고 사건하고는 무슨 관계가 있습니까?"
 "32구경 권총으로 살해당하셨습니다. 권총은 현장에서 발견되었습니다.
 부사장이 심사장을 다시 바라보았다. 섣불리 대답했다가 불리할까봐 주저하는 눈치였다. 심사장이 대신 입을 열었다.
 "회장님은 권총을 갖고 계셨습니다. 군에서 제대하기 전에……."
 "잠깐. 심사장님하고 돌아가신 분하고는 정확하게 어떤 관계십니까?"
 "아, 실례했습니다. 졸지에 당한 일이라 경황이 없어서……. 나는 고인의 손아래 처남되는 심재형(沈載亨)입니다. 서울에 있는 구미 테크닉스라는 회사를 맡아 운영하고 있습니다. 어제 오전에, 오늘 아침 9시까지 이리로 오라고 회장님이 전화를 주셨습니다. 어제 오후에 내려와서 아침에 여기에 오니 이 지경이군요."
 "잘 알았습니다. 권총에 대해 아시는 것을 말해 주십시오."
 "회장님께서는 63년 육군 대령으로 예편하셨습니다. 헌병 병과였는데, 군에 있을 때 구하신 듯한 권총을 갖고 계셨습니다. 호신용 같아 보이는 작은 권총이었습니다."
 "총기 면허는 갖고 계셨나요?"
 "잘 모르겠는데……. 아마 안 갖고 계셨을 겁니다."
 "알겠습니다. 실탄이 책상 서랍에서 나왔는데, 실탄은 어떻게 구하셨습니까?"

심사장이 주저하다가 조부장을 흘긋 보고 대답했다.
"사실은 실탄 구하기가 힘들었습니다. 서울에 계실 때는 미8군에 아는 미군 장교가 있어서 제가 구해 드렸습니다. 부산에 오시고는 서울의 그 친구가 부산에 있는 미군 헌병 장교를 소개해서 실탄도 구하고 미군 부대 내 사격장에서 사격 연습도 하신 걸로 알고 있습니다. 조부장이 통역을 해서 자세한 내용을 잘 알 텐데……."
남경사가 조부장을 바라보았다. 조부장이 마음이 편하지 않은 표정을 지었다.
"이 일 때문에 그 미군에게 해를 끼치면 미안합니다. 잘 다뤄 주십시오. 심사장님 말씀 그대로입니다. 미군에게 부탁해서 실탄을 구했습니다."
"그 미군의 이름이 뭡니까?"
조부장이 미군의 이름과 소속 부대명을 영어로 적어 주었다.
"권총은 어디에 보관했습니까?"
"집에 보관할 때는 서재 책상 서랍에 넣고 자물쇠로 잠갔습니다. 실탄이 있었다는 서랍일 겁니다. 어떤 때는 이곳 회장실에 보관하기도 했습니다."
"그렇게 위험한 것을 허술하게 보관하셨군요?"
조부장이 심사장을 흘긋 보았다. 심사장은 고개를 뒤에 기대고 눈을 감고 있었다.
"집에는 운전기사와 파출부만 있기 때문에 별로 위험하지는 않았습니다. 서랍에 자물쇠를 채워 놨고 파출부에게는 서랍에 손대지 말라고 지시했습니다."
"어쨌든 허술하게 보관했습니다……. 이곳 회장실에도 보관할 때가 있다고 했는데, 그것은 어떤 경우입니까?"

"사격하시고 집으로 안 가시고 회사로 올 때입니다. 집에 가실 때 잊고 안 갖고 가시는 경우가 있었습니다."
"그러한 사실은 누구누구가 알고 있었습니까?"
조부장이 심사장을 다시 흘긋 보았다.
"심사장님, 한부사장님 등 구미의 높은 분들은 전부 아셨습니다. 회장님은 그 권총을 가끔 자랑하셨거든요. 부속실의 미스 정도 알고 있었을 겁니다."
"권총을 마지막으로 본 것은 언제입니까?"
"월요일인 그저께 봤습니다. 오후에 사격하시고 이곳으로 오셨는데, 그때 서랍에 총을 넣는 걸 봤습니다. 저녁에 집에 가실 때 갖고 가셨는지는 모르겠습니다."
"그 후에 보신 분은 없습니까?"
아무도 대답하지 않았다.
"회장님의 어제 행적을 말해 주십시오."
"어제는 회사에는 안 나오시고 오후에 골프장에 가신다고 연락만 있었습니다."
남경사가 수첩을 탁자에 놓았다.
"사건 발견은 어젯밤 8시 15분경입니다. 범행에 여러 가지 이상한 점이 많습니다. 무엇보다도 회장님 같으신 분이 그렇게 허술한 집에 혼자 사시다시피 했다는 것이 이상합니다."
심사장이 대답하려는데 여사무원이 차를 쟁반에 받쳐들고 들어왔다. 커피였다. 여사무원이 나가자, 심사장이 커피를 권하는 손짓을 하고 설명했다.
"이상하게 생각될 겁니다. 회장님은 사업상으로는 성공하셨지만 개인적으로는 불행하셨습니다. 약 3년 전에 무남독녀 외동딸, 그러니까 내 조카를 잃었습니다. 서울의 명문 대학을 나온 재원이었는데, 여름에 친구들과 동해안에 갔다가 익사했지요. 그런데 작년 가을에 내 누이가 딸의 명복을 빌려고 절에 갔다 오다가 차가 뺑소니 덤프 트럭과 충돌해서 목숨을 잃었습니다. 그 이후로 매형은 상심하셔서 삶의 의욕을 잃으셨지요. 매형은 63년 군에서 예편하시고 부산에서 사업을 시작했습니다. 일신섬유라고 크지 않은 재봉 공장이었는데, 그것이 번창해서 지금의 구미실업이 되었지요. 그때 부산에서 살던 집이 지금 말하는 집입니다. 매형은 미신을 많이 믿었습니다. 그 집이 재수가 있다고 팔지 않고 남에게 세를 놓고 있었는데, 누이가 죽자 서울에 살기 싫다고 그 집으로 오셨습니다. 금년 봄에 그 집을 허물고 새 집을 지으려고 설계까지 마친 상태입니다. 새 집을 지을 때까지 전세로라도 아파트에서 편하게 계시라고 해도 막무가내였습니다. 운전기사하고 그 집에 사신 지가 4개월 되었습니다. 파출부가 와서 돌보고 있습니다. 허물고 새로 지을 집이라 허술합니다."

"그렇군요. 운전기사와 파출부는 누가 채용했습니까?"

심사장과 한부사장이 모르겠다는 표정을 지으며 조부장을 바라보았다. 조부장이 대답했다.

"운전기사는 구미화학에서 내가 데리고 있었습니다. 약 두 달 전에 먼젓번 기사가 그만둘 때, 얌전하고 성실해서 내가 사장님께 소개했습니다. 파출부는 총무과에서 채용한 것으로 압니다."

"그렇다면 파출부는 돌아가신 분과 친척이라든가 하는 특별한 관계가 있는 것은 아니겠군요?"

당연히 심사장이 대답하리라고 생각한 질문인데 부사장이 대답했다.

"회장님은 해방 전에 일본에 사셨습니다. 히로시마에 부모와 형이 살고 있었는데 원폭으로 가족이 몰살했답니다. 그때 회장님은 일본군에 계셨습니다. 그래서 해방되었을 때 회장님은 친척이라고는 한 분도 안 계셨지요. 물론 처가 쪽에야 친척이 계시지만."
"그럼 파출부는 회사와는 완전히 무관한 사람입니까?"
"그렇게 알고 있는데……."
부사장이 자신 없이 대답한 후에 조부장을 보았다. 그곳에서도 답을 얻지 못한 부사장이 덧붙였다.
"총무과장을 불러 알아볼까?"
"아닙니다. 내가 나중에 알아보겠습니다."
부사장과 남경사의 대화를 듣고 있던 심사장이 이상하다는 듯 물었다.
"파출부는 왜요? 파출부하고 사건하고 관계가 있습니까?"
"아직은 잘 모르겠습니다. 파출부가 오늘 아침에 출근하지 않은 것을 알고 계십니까?"
세 사람이 놀란 표정을 지었다. 서로 마주 보다가 부사장이 말했다.
"출근을 안 해? 그러고 보니 윤기사도 안 보이는데……."
"운전기사는 자기 집에 갔다가 아침에 온 것을 진술받느라고 우리가 경찰서에 데려다 놓았습니다. 진술이 끝나면 올 겁니다."
그 말을 들은 부사장이 조부장에게 물었다.
"조부장, 윤기사가 집에 갔다가 오늘 왔다는데 어떻게 된 거야?"
"어제 윤기사 어머니가 아프다는 전화가 와서 집에 보냈습니다."
"그래? 회장님께는 말씀드리고 보냈어?"
"네, 말씀드렸더니 회장님께서 보냈습니다."
"그렇게 됐군. 남경사, 운전기사는 무슨 진술을 받으려고 데리고 갔습니까? 어젯밤에는 집에 없었다면서."
"말씀드릴 테니, 먼저 조부장이 받았다는 전화 얘기부터 말해 주십시오."

 조부장이 뜻밖이라는 듯 어리둥절한 표정을 짓다가 대답했다.
 "어제 오후 4시 반 가까이였습니다. 윤기사 옆집에 사는 사람이라며 윤기사 찾는 전화가 왔습니다. 윤기사 모친이 위독해서 동네 병원에 입원했으니 급히 와 달라는 전화였습니다. 그래서 골프장에 계시는 회장님에게 전화로 말씀을 드렸습니다. 사실은 말씀드릴 다른 건이 있어 전화한 김에 말씀드린 겁니다. 회장님께서는 집안에 위독한 사람이 있으면 가봐야 한다며, 밤에 차를 쓸 일이 없으니 차를 갖고 가라고 하시겠다고 하셨습니다. 윤기사가 뭐를 잘못했습니까?"
 "잘못한 것이 아니라 이상한 일이 있습니다. 집에 가 보니 모친은 멀쩡하고 회사에 전화를 안 했다고 하더랍니다. 그래서 집에 간 김에 자고 출근했답니다."
 조부장이 놀라서 시꺼먼 눈썹을 높이 치켜올렸다.
 "전화를 안 해요? 내가 전화를 직접 받았는데……"
 "아까 회장님께 전화할 다른 일이 있어서 전화한 김에 윤기사 얘기를 했다고 말했는데, 다른 일이란 무엇입니까?"
 조부장이 주저하면서 심사장과 한부사장을 번갈아 보았다. 심사장이 그 모습을 보고 물었다.
 "내용이 회사 기밀에 관한 거야?"
 "아닙니다."
 "그럼 말해. 회장님이 피살당하셨으니 범인 체포에 우리가 협조해야 해."
 조부장의 얼굴이 펴졌다.
 "알겠습니다. 어제 오전에 회장님께 편지가 한 통 왔습니다. 편지에는 보내는 사람 주소는 없이「장수자」라는 이름만 타자쳐져 있었습니다. 수취인은 회장님으로 되어 있었습니다. 약 한 달 전에도 그런 편지를 받은 적이 있는데, 회장님께서 그런 편지가 오면 절대로 개봉하지 말고 즉각 회장님에게 전하라는 엄명이 있으셨습니다. 편지가 오고 나서 오후에 한 남자에게서 회장님을 찾는 전화가 왔습니다. 자기는 장수자의 아들인데 자기 어머니가 보낸 편지를 받았느냐는 것이었습니다. 편지는 받았지만 회장님이 출타 중이라 편지를 전하지 못했다고 했습니다. 그랬더니 자기가 편지 내용을 회장님과 해결하기 위해 저녁 7시에 회장 집으로 갈 거라며 회장님이 집에서 기다리는 것이 몸에 좋을 것이라는 협박조였습니다. 내가 자꾸 캐묻자, 회장에게 그대로 전하면 회장이 알아서 할 테니 전하기나 하라면서 전화를 끊더군요. 그리고 곧 윤기사 전화가 와서 미스 정에게 골프장에 계시는 회장님을 찾게 해서 제가 그대로 전했습니다."

"그 얘기를 들은 회장님 반응은 어땠습니까?"

"대단히 당황하시는 것 같았습니다. 편지를 뜯어봤느냐고 물으시더군요. 아니라고 했더니, 절대로 뜯지 말고 집 서재 책상에 갖다 놓고 늦어도 6시 30분까지는 파출부를 회장님집에서 나가도록 하라는 분부셨습니다."

"그래요……?"

남경사가 수첩에 무엇을 쓰고는 물었다.

"전화를 한 사람은 젊은 사람이었습니까?"

조부장이 잠시 생각하다가 말했다.

"째지는 듯한 높은 목소리였는데 젊은 사람이었던 것 같습니다."

'째지는 높은 목소리?' 남경사가 김순경이 받았다는 전화 목소리를 생각하고 있는데, 부사장 책상 위의 인터폰이 울렸다. 조부장이 급히 가서 받았다.

"급한 일 아니면 방해하지 말라고 했잖아……? 그래? 잠깐 기다리시라고 해."

조부장이 몸을 돌려 남경사에게 말했다.

"지형사라는 사람한테서 전화가 왔는데요."

남경사가 일어서려고 하는데, 부사장이 소파 테이블 위의 전화기를 가리켰다. 남경사가 전화를 받았다.

"지형사? 나야……. 그래? 6시 30분경에는 집에 도착한 것이 확실해……? 확인됐어? 차주가 누구야……? 김인수? 한자로 어떻게 쓰는데……? 동방 인(寅), 물이름 수(洙)…… 김순경은 왔어……? 김순경하고 운전기사 데리고 이리로 와. 여기 부사장실이야."

남경사가 전화를 끊고 고개를 드니, 심사장과 한부사장이 자기를 빤히 건너다보고 있었다. 심사장이 급히 물었다.

"무슨 일입니까?"

"운전기사는 어젯저녁 6시 30분경에 자기 집에 도착한 것이 확인됐답니다. 여기서 집까지 약 2시간 거리는 되니 그의 혐의는 풀렸습니다."

"김인수라는 사람은……?"

"어제 사건 신고를 받고 경찰이 사건 현장에 갔을 때, 사건 현장에서 급히 내려오는 차가 있었습니다. 그 차량의 차적을 조사해 봤더니 차주가 김인수입니다."

남경사의 설명을 듣고 세 사람이 서로 얼굴을 마주보다가 조부장이 말했다.

"구미섬유에 김인수라는 사람이 있는데……."

조부장의 말허리를 심사장이 언짢은 표정으로 잘랐다.

"같은 사람인지 모르잖아?"

조부장이 멋적은 표정을 지으며 고개를 숙이는 것을 보고 남경사가 물었다.

"차주 주소가 망미동이라고 하는데, 그 사람 집은 어딥니까?"

심사장의 표정이 더욱 언짢아졌다.

"김과장집도 망미동인데……. 하지만 무엇이 잘못된 걸 겁니다. 김과장은 내가 100% 보증하는 틀림없는 사람인데……."

"무슨 이유가 있어 그곳에 갔겠지요."

심사장이 말끝을 흐리자, 남경사가 말했다.

"우선 회사에 연락해서 그 사람하고 통화를 하게 해주십시오."

심사장이 아무 말도 안 하자, 조부장이 전화기에 손을 뻗치는데 인터폰이 다시 울렸다. 조부장이 책상으로 가서 인터폰을 들었다.

"뭡니까……? 누구? 차태일 변호사……? 심사장님을……."

조부장이 몸을 돌려 심사장에게 말했다.

"차태일 변호사라는 분이 회장님을 찾다가 안 계신다고 하니까 심사장님이 계실 거라며 심사장님을 찾는답니다."

"차태일 변호사? 처음 듣는 이름인데……. 조부장, 회장님하고 관계가 있던 사람이야?"

"근래에 전화가 몇 번 왔었습니다. 전화를 받아 보시지요."

심사장이 이상하다는 듯 부사장을 흘긋 보고 수화기를 들었다.

"심재형입니다……. 회장님은 지금 안 계십니다……. 아닙니다. 쉽게 돌아오지 않으실 겁니다……. 네? 약속요? 잘 모르겠는데요……. 네? 유언장? 유언장은 서울의 고문 변호사가 처리하고 있는 걸로 알고 있는데……. 오늘 다른 유언장 문제로 만나기로 돼 있다고요……? 여기에 복잡한 일이 있어 그러니 내가 곧 연락을 하겠습니다……. 네, 알았습니다. 될 수 있는 대로 빨리 전화하겠습니다."

심사장이 전화를 끊고 이상하다는 표정을 지으며 좌중을 둘러보았다.
"이상한데. 유언 문제로 회장이 나와 함께 차변호사 사무실에 오늘 아침 10시까지 가기로 되어 있다는군요. 바쁜 일이 생겨서 약속을 지킬 수 있나 확인 전화를 한 거라는데요." 부사장과 조부장의 얼굴에서 금시초문이라는 표정을 읽고 남경사가 심사장에게 물었다.
"심사장님도 처음 듣는 얘기인 모양이지요?"
"아무 말씀도 없으셨습니다. 어제 아침에 대단히 중요한 일이라고 오늘 아침 9시까지 이리로 꼭 오라는 말씀만 하셨습니다."
"그렇다면······."
남경사가 말을 시작하는데 노크 소리가 나고, 여사무원이 들어왔다.
"지형사라는 분이 오셨습니다."
"아, 들어오라고 해요."
남경사의 말이 끝나자마자, 지형사가 들어왔다. 김순경도 사복 차림으로 뒤따라 들어왔다. 남경사가 지형사와 김순경을 소개한 뒤 모두가 앉았다. 남경사가 말을 시작했다.
"차변호사가 말하는 새로운 유언장 문제가 사건에 어떤 영향을 주는지는 모르지만, 대단히 중요할 것 같아 그 사람을 빨리 만나야 하겠습니다. 범행이 어젯저녁 늦게 발견되었기 때문에 수사는 아직 초기 단계입니다. 솔직히 말해서 범인의 윤곽도 잡지 못하고 있습니다. 사건의 구심점은 일반적으로 피해자입니다. 사건의 동기를 알아야 하는 것이 무엇보다도 해결의 지름길입니다. 따라서 피해자를 자세히 아는 것이 사건을 빨리 매듭짓는 길입니다. 그러니 여러분께서는 고인에 관한 일, 특히 사건과 관계가 있다고 생각되는 일이 있으면 우리에게 알리는 것이 수사를 빨리 종결짓게 하는 길입니다. 우선 피살자 주변 인물들의 어젯저녁 알리바이를 조사해야 하겠습니다. 여러분을 의심해서가 아니라 확실한 알리바이가 있는 사람을 용의자선상에서 제외시킴으로써 용의자 수를 줄일 수 있고, 그렇게 되면 나머지 용의자들에게 주력할 수 있으니 수사가 그만큼 빨라집니다. 그보다 더 급한 일은 시체 확인입니다. 신원 확인이 되어야 부검을 할 수 있습니다. 가족 중 누가 했으면 좋겠지만, 심사장님은 저와 같이 차변호사를 만나는 것이 더 급한 것 같으니 부사장님께서 확인해 주십시오."

부사장이 언짢은 표정을 짓는 것을 보고 옆에서 심사장이 거들었다.

"그러는 것이 좋겠소, 부사장. 나도 차변호사라는 사람을 빨리 만나고 싶고."

부사장에게 지시를 하고 심사장이 남경사에게 물었다.

"시체 부검은 꼭 해야 합니까?"

"그렇습니다. 모든 변사체는 부검을 하도록 법이 정하고 있습니다. 지형사, 시신이 어디 있는지 알아보고 부사장님을 모시고 가서 신원 확인해. 시경 아니면 대학병원에 안치되어 있을 거야."

"남경사님," 지형사의 목소리는 불만에 차 있었다. "확인하고 오려면 4시간은 걸릴 텐데 알리바이 조사는 언제 합니까?"

남경사가 심사장 머리 위 허공을 보면서 손가락 끝으로 탁자를 톡톡 쳤다. 잠시 후 지형사와 김순경을 데리고 사무실 구석으로 가서 낮은 목소리로 김순경에게 물었다.

"탐문 수사 결과 특별한 것 있었어?"

"총소리는 아무도 못 들었고, 사건 신고했다고 나서는 사람도 없었습니다. 한 가지 특이한 점은 어젯밤 8시경에 파출소 전화번호를 아느냐고 동네 수퍼에 물은 사람이 있었답니다. 공중전화 옆에 전화번호부가 있으니 찾아보라고 말했다는군요."

"그 사람이 전화를 하더래?"
"자기는 신경을 쓰지 않아서 모르겠답니다."
"인상 착의는?"
"검은 계통의 작업복 차림이었는데 얼굴에 수염이 많이 난 털보였고 굵은 검은 테 안경을 쓰고 있었답니다. 얼굴이 털보라서 나이는 잘 모르겠지만 몸가짐으로 봐서 중년이었다고 합니다. 목소리가 째지는 듯이 높았답니다."
"그렇다면 김순경이 들었다는 파출소에 전화한 목소리와 같잖아?"
"저도 그 생각을 했습니다."
남경사가 잠시 생각한 후 말했다.
"그 일은 나중에 더 의논하고 김순경이 부사장 데리고 신원 확인하고 와. 지형사는 여기서 진술을 받아. 대신 말썽이 안 생기도록 연락은 해 줘."
남경사가 두 사람을 데리고 소파로 돌아왔다.
"심사장님은 저하고 차변호사를 만나러 가시지요. 사무실이 어딘지 아십니까?"
그 말에 조부장이 대답했다.
"미스 정이 전화번호를 갖고 있을 겁니다."
차변호사 사무실 전화번호는 부속실 미스 정이 갖고 있었다.

유 언 장

 남경사가 지형사를 한쪽으로 불러 귓속말로 무엇인가 추가로 지시하고 심사장과 계단을 내려왔다. 관리 사무실 옆에서 구두를 닦던 일남이가 하얀 이를 드러내어 웃음으로 인사하는 것에 말없이 고개를 끄덕여 답하고 밖으로 나왔다.
 차를 기다리며 남경사가 말했다.
 "아까 얘기한 김인수라는 사람에 대해 말씀해 주시지요."
 심사장이 고개를 들어 하늘을 쳐다보았다. 날씨가 활짝 개여 파란 하늘에 하얀 뭉게구름이 띄엄띄엄 떠 있었다. "부산에 오니 푸른 하늘을 구경할 수 있군."하고 심사장이 중얼거리고는 남경사의 거무튀튀한 얼굴을 향해 얼굴을 돌렸다.
 "나중에 얘기하려고 했는데……. 그 사람은 구미섬유의 관리과장으로, 내가 전적으로 믿는 사람입니다. 나는 어제 오후에 딸애와 같이 부산에 왔습니다. 어제 김과장과 셋이서 저녁을 하고 둘이 있으라고 내가 자리를 피했습니다. 내가 김과장을 얼마나 믿고 있는지 알 만하지요? 김과장이 오늘 12시에 호텔에서 딸애를 만나기로 되어 있으니 나중에 연락이 닿을 거요. 죽은 매형의 파출부는 김과장의 모친이오."
 놀라서 눈썹을 치켜올리는 남경사의 얼굴에서 계단 아래로 미끄러져 오는 검은 승용차로 눈길을 옮기며 심사장이 말을 계속했다.
 "운전기사가 들으면 곤란하니 차 안에서는 다른 얘기나 합시다. 내가 나중에 자세히 설명하겠소. 한 가지 내가 자신 있게 말할 수 있는 것은 이번 사건과 김과장은 무관하다는 것입니다. 사건에 연루되었다면 내게 말하지 않았을 리가 없소. 김과장을 어젯저녁 8시가 가까워서 내가 만났는데, 차는 집에 두고 왔다고 한 것으로 보아 집안의 누가 차를 사용한 것 같소. 김과장 문제는 나를 믿고 조금만 참아 주면 솔직한 대답을 들을 수 있게 하겠다는 약속을 하겠소."
 심사장이 남경사의 대답은 듣지 않고 먼저 내려가서 차에 올랐다. 남경사가 차에 올라 법원 앞으로 가자고 윤기사에게 지시하고, 심사장에게 물었다.
 "돌아가신 분은 회사가 몇 개나 됩니까?"
 "매형은 1958년에 누이와 결혼했습니다. 매형 나이가 32세이고 육군 대령이었습니다. 누님은 26세로 1956년에 개국한 TV 방송국에 근무하고 계셨습니다. 아버님은 국민학교 교장이셨는데 군인, 그것도 헌병이라고 결혼에 반대하셨습니다. 일제 때 군인이 연상되셨던 것 같습니다. 어쨌든 결혼은 이루어졌고, 4.19가 난 다음날 예쁜 딸을 얻었습니다. 그런데 그 다음해에 5.16이 일어나고, 매형은 장도영 반혁명 사건에 연루됐다는 혐의로 체포되었지요. 거의 1년을 고생하고 풀려나왔지만, 1963년에는 예편을 해야만 했소. 그때가 매형에게는 가장 어려울 때였지. 64년도에 군 친구에게서 부산의 조그만 일신섬유라고 하는 재봉공장이 부도 직전이라는 말을 듣고 그 공장을 인수했습니다. 자금은 친구에게서 빌렸다고 하던데 확실한 출처는 모르겠소. 매형은 머리는 남보다 좋지 않았지만 굉장히 부지런한 분이었지요. 당시 정부의 수출 드라이브 정책에 힘입어 회사가 날로 번창했습니다. 매형의 노력도 대단했습니다. 그때 부산에 살던 집이 광안동에 있는 그 집입니다. 공장이 커지자 이름도 구미섬유로 바꿨지요. 돈도 많이 벌었습니다. 70년대 중반에 영등포에 있는 공장을 인수해서 구미 테크닉스라는 오디오 전문 생산 공장을 세우고, 지금은 컴퓨터 생산도 하고 있습니다. 유로 암(EURO-AM)이라는 상표의 오디오 제품을 들어봤지요? 그게 우리 공장 제품이오. 나는 S공대를 졸업하고 회사에 다니고 있었는데, 구미 테크닉스를 설립하면서 매형이 같이 일하자고 해서 자금을 약간 대고 동업으로 시작하여 지금은 사장입니다. 70년대 말에 구미관광을 서울에 설립해서 군에 있을 때 부하로 데리고 있던 김원태라는 사람에게 맡겼습니다. 그 분은 매형보다 연세가 한 살 많은 분인데 현재는 이름만 사장이지 실제 운영은 내 아들 녀석과 그 애 선배가 하고 있습니다. 84년도에 부산에 있는 신발 공장을 인수해서 구미화학을 설립했는데 이것이 크게 번창했어요. 그렇게 되니까 회사가 넷이 되었는데, 구미관광을 제외하고는 나머지 셋이 수출을 주로 하는 공장이었지요. 그래서 설립한 회사가 구미실업입니다. 원래 설립 목적은 구미계통 제품의 수출 창구 역할이었는데, 지금은 타사 제품의 수출까지 처리하고 있습니다. 무역상사인 셈이지요. 매형이 사장을 겸직하고 계셨습니다."

심사장이 말을 마치고 차창 밖으로 눈길을 보냈다. 문현동 교차로에 차량이 몰려들어, 4차선 도로에 열 줄은 넘음직한 차량들이 서로 먼저 가려고 조금도 양보 없이 차머리를 들이밀고 있었다. 심사장이 눈살을 찌푸렸다.

남경사가 차들이 아슬아슬하게 끼어들고 있는 것을 보고 용하다고 생각하며 심사장에게 물었다.

"돌아가신 분의 성품은 어땠습니까? 남에게 쉽게 원한을 살 만한 분이었나요?"

"재산을 그만큼 모을 정도면 그 과정에서 원한도 많이 샀겠지요. 그렇다고 죽이기까지야……. 매형은 생각이 단순한 사람이었습니다. 일의 추진력이 강했고, 한 번 마음 먹은 일이면 물불을 가리지 않고 무섭게 밀어붙이는 성격이었지요. 그런 사람들이 일반적으로 그렇듯이 성질이 급한 편이었습니다. 어떤 목표에 도달하기 위해서는 똑바로 돌진할 줄만 알았지 우회한다든가, 잠깐 섰다가 생각해 보고 앞으로 나갈 줄을 몰랐습니다. 그러나 불뚝 성미에 일을 저지르고는 피해 준 사람에게 미안해 하는 면도 있었습니다. 우스운 것은 이 양반이 미신을 말 못할 정도로 믿었다는 사실입니다. 무슨 일이 있을 때면 꼭 점쟁이를 찾았습니다. 하다 못해 간부 사원을 채용할 때도 자기 사주와 당사자의 사주를 맞추어 보고 채용할 정도였습니다. 그 소문이 나서 어떤 사람은 자기의 생일과 생시를 매형의 점괘와 미리 맞춰 보고 거짓으로 얘기해서 채용되었다는 소문이 날 정도였으니까요."

심사장이 말을 잠깐 쉬는데, 윤기사가 참견했다.

"저도 회장님 차를 몰기 시작했을 때 점쟁이한테 가자고 해서 조부장님과 간 적이 있습니다. 토성동에 있는 애꾸눈 점쟁이집이었습니다."

심사장이 쓸데없이 참견한다는 듯 눈쌀을 찌푸리고 윤기사의 목덜미를 바라보았다. 남경사가 눈을 돌려 차창 밖을 보았다. 차는 3부두 앞을 지나고 있었다. 20여 년 전 월남에 파병될 때 저곳에서 배를 탔는데……. 그것이 엊그제 같다는 생각을 하고 있다가 심사장이 하는 소리에 현실로 돌아왔다.

"유식하게 말해서 매형은 운명론자였습니다. 가끔 나하고 술좌석에 어울리면 사람의 운은 타고 났다고 말하곤 했지요. 사람의 운은 바꿀

수 없다는 겁니다. 내 누이를 끔찍히도 위했고, 죽은 딸을 너무나도 사랑했습니다. 3년 전에 딸이 죽었을 때는 보기 딱할 정도로 침통해 하면서도 운명이라고 체념하는 눈치였습니다. 작년에 내 누이마저 횡사하자 완전히 얼이 나간 사람이 되었습니다. 사업에서 손을 떼고 편히 쉬시라고 했더니, 부산에 가서 조용히 있겠다고 해서 이리로 오신 겁니다. 부산에 오기 전날 밤에 나하고 술을 많이 했는데 이상한 말을 자꾸 중얼거렸습니다. 일생에 단 한번 저지른 죄에 대한 업보로 부인과 딸을 죽였다며, 자기도 죽을 날이 멀지 않다고 혼자 중얼거렸지요. 무엇에 대한 업보냐고 물어도 고개만 절레절레 흔들 뿐이었습니다. 그런데 이런 일이 생겼으니⋯⋯.″

심사장이 말을 끝맺지 못하고 차창 밖으로 고개를 돌렸다. 그의 눈에 이슬이 맺혀 있었다. 차는 대청동 길의 차량 홍수 속을 천천히 움직이고 있었다. 5분 후에 차가 차변호사 사무실 앞에 멈추었다.

차변호사는 4층 건물의 50평 남짓한 2층 전체를 쓰고 있었다. 입구에서 제일 들어간 구석방이 그의 개인 사무실이었다. 여사무원의 안내를 받아 들어간 사무실의 벽면은 원목 그대로 패널 처리했고, 바닥에는 두꺼운 카펫이 깔려 있어 고급스러운 사무실이라는 것을 알 수 있었다. 손님을 맞으러 책상에서 일어선 사람은 40대 중반의 깡마른 사람으로 금테 안경 너머 눈매가 날카로웠다. 그가 사무실 중앙까지 와서 악수했다.

″차태일(車泰一)입니다.″

말은 심사장에게 하고 있었지만 남경사의 봄잠바 입은 허름한 모습을 이상하다는 듯이 보고 있었다. 차변호사가 안내하는 소파에 앉고서야 심사장이 남경사를 소개했다.

"이 분은 남부 경찰서 강력반 남경사입니다."

차변호사의 표정이 더욱 이상하다는 모습으로 바뀌었다.

"남부서 강력반? 그런데 무슨 일로……?"

남경사가 차변호사의 눈을 똑바로 보며 단도직입적으로 말했다.

"박회장님이 어젯밤에 살해당하셨습니다."

차변호사가 경악하는 모습을 보고, 남경사는 이 사람이 정말로 놀라고 있거나 아니면 대한민국 연극계가 훌륭한 배우 한 사람을 잃었다고 생각했다.

"회장님이 살해당해요? 누구에게?"

"범인은 아직 잡지 못했습니다. 그래서 심사장님과 같이 왔습니다."

"그저께도 뵈었는데 어제 살해당하셨다니……. 믿기지가 않는군요."

심사장이 몸을 앞으로 내밀고 차변호사에게 물었다.

"아까 말한 유언 문제는 어떻게 된 것입니까? 박회장의 유언장은 서울에 있는 안광일 고문 변호사가 전에 작성한 것으로 알고 있는데요."

차변호사가 의자에 몸을 기대고 생각을 하다가 심사장을 똑바로 보며 몸을 세웠다.

"서울의 안광일 변호사는 저의 학교 선배님이시라 전부터 알고 지냈습니다. 약 한 달 반 전에 안변호사로부터 연락이 왔습니다. 구미섬유의 박윤환 회장을 만나 보라며 전화번호를 주더군요. 회장님께 전화를 드렸더니 오후에 광안리집으로 오라고 하셨습니다. 찾아갔더니 안변호사의 소개를 받았다며 유언장 작성을 부탁하셨습니다. 안변호사가 전에 작성한 유언장 사본을 주시면서, 다른 내용은 그대로 두고 50억을 장수자(張秀子)라는 여인에게 상속시키는 새로운 유언장을 작성하라는 지시였습니다."

차변호사가 말을 중단하고 담배통을 들어 두 사람에게 권했다. 심사장은 두 눈을 크게 뜨고 놀란 얼굴을 하고 있었다. 남경사가 머리를 젓자, 차변호사는 담배를 끊으려고 해도 끊을 수가 없다고 변명 비슷하게 말하고는 담배에 불을 붙이고 힘있게 빨아들였다.

"그래서……."

그가 담배연기를 내뿜으며 말을 시작하는데, 노크 소리가 났다. 여사무원이 누르스름한 차가 담긴 하얀 사기 찻잔을 세 사람 앞에 한 잔씩 놓고 물러갔다. 향긋한 인삼차 냄새가 코에 스며들었다. 남경사가 따뜻한 찻잔을 두 손으로 감싸고 인삼 향내를 코끝으로 가지고 가는데, 차변호사가 말을 계속했다.

"그래서 장여인이 어디 사는 누군지 여쭈어 보았습니다. 사는 곳을 순순히 알려주시더군요. 경남 밀양군 단장면에 살고 있는 촌부였습니다. 그곳은 표충사에서 가까운 곳인데, 큰길에서 제법 들어간 부락에 있는 외딴집이었습니다. 밭 몇 마지기와 그 고장 특산품인 대추 수입으로 겨우 연명하는 것 같았습니다. 장수자 여인은 호적상으로는 62세로 36세 난 아들이 있었습니다. 아들 내외와 여덟 살 난 손녀와 같이 살고 있었는데, 촌여인답지 않은 깨끗한 노인으로 누추한 옷에도 불구하고 젊었을 때는 굉장한 미인이었겠다는 느낌을 주었습니다. 아들은 키가 컸고, 얼굴 전체가 시꺼먼 수염으로 뒤덮여 있는 털보에다 안경을 끼고 있었습니다. 장여인은……."

그때 노트하고 있던 수첩에서 눈을 떼며 남경사가 물었다.

"그 가족을 직접 만나 보셨습니까?"

차변호사는 자기가 이야기하는 대로 놔두면 전부 설명할 텐데 중간에 끼어드는 것이 언짢은지 양미간을 모았다가 펴며 대답했다.

"회장님께서는 유언장 문제를 절대로 남에게 알리지 말라고 하셨습니다. 유산 수령인이나 그 가족에게도 절대로 비밀로 해야 한다며 장여인을 만나지도 말라는 엄명이셨습니다. 그렇지만 궁금해서 견딜 수가 있어야지요. 장여인의 호적을 떼러 밀양에 간 김에 장여인의 주소지를 찾아가 먼발치로 그 가족을 보았습니다. 아까 말한 대로 장여인은 촌여인답지 않았는데, 오른다리를 약간 절고 있었고 이마 오른쪽에 큰 상처가 있었습니다. 물론 먼발치에서나마 장여인을 봤다는 얘기를 회장님께는 안 했습니다. 호적을 떼고 나서 박회장에게 연락을 하였더니, 광안리집으로 저녁에 오라고 하시더군요. 그래서…….”

 “잠깐,” 남경사가 차변호사의 말을 다시 막았다. “박회장을 만난 날짜와 의논한 내용을 순서대로 정리해 주셨으면 고맙겠습니다.”

 남경사의 말을 듣고 생각을 하던 차변호사가 책상으로 가서 두툼한 서류 봉투와 비망록을 들고 돌아왔다. 차변호사가 비망록을 들춰 보면서 말했다.

 “내가 서울의 안변호사로부터 박회장에게 연락을 하라는 말을 들은 것은 2월 17일, 토요일이었습니다. 그날 회사에 연락을 했더니 안 계셔서 2월 19일, 월요일에 다시 전화를 해서 통화할 수가 있었습니다. 회장님께서 그날 오후 3시에 광안리집에서 만나자고 하시더군요. 그날 유언 문제의 대략적인 지시를 받고, 장여인의 호적을 떼고, 여러 가지 자료 수집도 하고 난 후에 회장님께 전화를 한 것은 3월 6일이었습니다. 그날 회사로 전화했더니 밤 8시경에 회장님집으로 오라고 하시더군요. 집에 가서 서재에서 의논했습니다. 지금부터 말하는 것은 회장님댁에 두 번째로 간 이후의 얘깁니다. 우선 장여인의 호적을 박회장에게 주고 장여인의 가족 상황을 설명해 드렸습니다. 여기에 호적 사본이 있습니다.”

 차변호사가 서류 봉투에서 호적을 꺼내 심사장에게 건네주었다. 심사장이 들여다보는 호적을 남경사가 고개를 외로 빼서 같이 들여다보았다. 장수자 여인은 1928년 8월 19일생으로 원적지는 황해도 사리원, 본적지는 현주소인 경남 밀양군 단장면으로 되어 있었다. 1953년 2월 21일에 오덕규와 결혼해서 아들 오치호(吳致昊)를 1954년 1월에 낳았고, 남편 오덕규는 1985년 4월 2일로 사망 신고되어 있었다. 아들 오치호는 1980년에 이덕순과 결혼해서 1982년에 딸 오정숙을 낳았다. 심사장이 호적을 테이블에 놓는 것을 보고 차변호사가 말을 계속했다.

"회장님께서 장여인에게 상속시키겠다는 50억은 상속세 등 제반 경비를 제외한 금액이어야 한다고 하셨습니다. 즉 장여인 손에 50억이 들어가게 하라는 지시였습니다. 그 후, 3월 9일에 회장님께서 전화를 하셨습니다. 전에 지시한 사항 중에 중요한 것이 빠졌다며 골프장에서 이곳으로 전화를 하셨습니다. 50억을 장여인에게 유산으로 남기는 것이 아니라 금년 말까지, 그러니까 1990년 12월 말까지 상속시키되 그 집행에 대한 관리자로 심사장님을 선정한다고 서류에 명시하라고 하셨습니다."

심사장의 얼굴에서 생전 처음으로 그 이야기를 듣는다는 표정을 읽고, 차변호사가 고개를 끄덕이며 중단했던 말을 계속했다.

"박회장님의 태도에서 심사장님께서는 이 내용을 모르고 계시다는 느낌을 받았습니다. 상속 금액이 50억이란 큰 돈이라는 것을 알게 된 저는 회장님께 왜 그 많은 돈을 장여인에게 상속하느냐고 여쭈어 보았습니다. 달갑지 않은 표정으로, 장여인에게서 빌린 돈으로 구미섬유를 시작하고 아직 갚지 않아 빚을 갚으려 한다고 짧게 대답하셨습니다. 그리고 이 문제는 박회장님과 나밖에 아는 사람이 없으니 외부의 누구에게도 내용을 누설치 말라고 하셨습니다. 여기에 박회장님의 지시로 새로 작성한 유언장이 있습니다."

차변호사가 봉투에서 서류를 꺼내는데, 노크 소리가 나고 여사무원이 들어왔다. 차변호사가 눈썹을 치켜올려 무엇이냐는 표정을 지었다.
"따님이라며 심사장님을 찾는 전화가 와 있습니다."
차변호사가 심사장을 건너다보자, 심사장이 고개를 끄덕였다. "고모부 얘기를 들은 모양이군."하고 중얼거리며 심사장이 전화를 받았다.
"나다……. 어떻게 알았니……? 아직 자세한 건 모른다. 아냐……. 거기에 그대로 있어. 미스터 김은 왔니……? 글쎄, 애비 말 듣고 그냥 있어……. 전화 끊지 말고 잠깐 기다려라."
심사장이 전화기의 통화구를 손으로 감싸고 남경사에게 물었다.
"김과장이 딸애하고 같이 있는데, 어떻게 하면 좋겠소?"
남경사가 잠깐 생각하고 대답했다.
"경찰서에서 김과장의 진술을 듣고 싶습니다. 여기 일이 끝나고 서에 가면 1시쯤 될 테니 그때까지 남부서 강력반에 출두하는 것이 좋겠습니다."
남경사의 대답이 못마땅한지 심사장의 얼굴이 어두워졌다.
"남경사, 여기 일이 끝나면 김과장에 대해 나하고 얘기합시다. 그리고 나서 김과장의 진술을 받아도 되지 않소?"
남경사가 손가락 끝으로 테이블을 톡톡 치며 생각하다가 말했다.
"좋습니다. 1시까지 연락할 테니 같이 계시라고 전하십시오."
심사장이 막았던 통화구에서 손을 떼었다.
"얘야, 내가 1시까지 어떻게 하라고 연락하겠다……. 그래, 방에 있거라. 미스터 김도 고모부 얘기는 알고 있지……? 안 돼! 미스터 김이 구미실업에 가서 어쩌자는 거야! 미스터 김 바꿔……! 그럼 니가 책임져야 한다. 꼭 붙잡아봐! 전화 끊는다."
심사장이 전화를 끊고 남경사에게 말했다.
"김과장이 회사에 연락할 일이 있어 전화했다가 박회장 사망 소식을 들었답니다. 딸애가 김과장을 붙잡아 놓겠다고 했으니 괜찮을 겁니다.”
 두 사람을 번갈아보며 대화를 듣고 있던 차변호사가 말했다.
 “바쁘신 모양이군요. 사실은 저도 바쁜 일이 있어서 아까 전화를 드렸습니다. 유언장을 직접 읽으시는 것보다 제가 내용을 설명하는 것이 더 빠르겠습니다. 서울의 안변호사가 작성한 전 유언장의 내용은 심사장님께서 알고 계신다고 박회장님이 말씀하시던데…….”
 심사장이 고개를 끄덕이자, 차변호사가 말을 계속했다.
 “전 유언장에는 현재 추진 중인, 돌아가신 따님 이름의 장학재단 설립자금을 제외한 모든 재산을 심사장님께 상속하신다고 되어 있는데 비해, 새로운 유언장은 구미섬유 자산에서 50억을 장수자에게 유증한다는 점만이 다릅니다. 각종 세금 등 모든 경비는 회장님 부담이고, 유언에 따른 장여인의 실제 수령액이 50억이라고 유언장에 못박으셨습니다. 장여인 몫에 대한 집행 관리는 심사장님께서 하게 되어 있고, 그 외의 재산에 대한 유언 집행은 서울의 안변호사가 하게 되어 있습니다. 심사장님을 유언 집행인으로 선정하신 것으로 보아, 무슨 이유에선지 아직 말씀을 안 하셨다뿐이지 새로운 유언장 내용을 오늘 심사장님께 말씀하실 생각이셨던 것 같습니다. 회장님은 새로운 유언장을 3월 31일까지 작성해 놓으라고 하시더군요. 이것이 고인께서 서명하신 유언장 사본입니다.”
 차변호사가 말을 마치자, 남경사가 물었다.
 “그러면 박회장과는 두 번만 만났습니까?”
 “아닙니다. 회장님께서 집으로 오라고 해서 찾아가서 만난 것은 두 번뿐이지만, 중간중간에 구미실업에 가서 의논도 드렸고 전화로 연락도 했습니다. 회장님을 마지막으로 뵌 것은 4월 2일, 그저께 여기에 오셔서 유언장에 서명하셨을 때입니다. 3월 30일에 서류가 완료됐길래 전

화를 드려, 3월 31일이 토요일인데 오전 중에 처리할 시간이 있으시겠
느냐고 여쭈었더니, 월요일인 4월 2일에 하자고 하시더군요. 그리고는
그저께 오셔서 처리하셨습니다."
 남경사가 내용을 수첩에 노트하는데, 심사장이 눈을 감은 채 말했다.
 "유언장의 세부 사항을 간략하게 설명해 주십시오."
 차변호사가 유언장 사본을 들고 참고하며 설명했다.
 "50억을 제외한 나머지 재산은 심사장님께 전부 상속됩니다. 그러니
장여인에게 상속되는 50억에 대한 것만 설명하겠습니다. 50억은 아무
조건 없이 장여인이 상속받게 되어 있습니다. 따라서 그 50억은 장여인
이 마음대로 처리할 수 있습니다. 50억이 장여인에게 상속되기 전에 장
여인이 사망하면, 50억은 장여인의 직계 자손에게 자동 상속됩니다. 직
계 자손도 상속 전에 모두 사망하면, 50억은 타 자산에 흡수됩니다. 즉
심사장님께 상속됩니다. 한 가지 이상한 점은 장여인에게 50억이 상속
되기 전에 장여인이 사망하면 장여인의 남동생을 찾아서 동생과 직계
자손에게 25억씩 상속시키게 되어 있습니다. 남동생을 못 찾으면 50억
전부가 직계 자손에게 상속됩니다. 제가 이상하다고 말하는 이유는, 호
적에는 장여인에게 남동생이 없기 때문입니다. 회장님께 그 얘기를 했
더니 호적에는 없어도 남동생이 틀림없이 있었다며, 남동생의 이름은
장영진이라고 이름까지 가르쳐 주셨습니다. 회장님은 장여인이 1.4후
퇴 때 이북에서 남하한 피난민이라며, 장여인의 남동생을 알아볼 수 있
는 사람이 회장님 말고도 두 사람이 더 있다고 하셨습니다. 그중 한 사
람은 지금 어디서 무엇을 하고 있는지 모르나, 다른 한 사람의 행방은
확실하게 알고 있으니 필요할 때 동생을 확인할 수 있다고 하셨습니
다."
 "그 사람이 누구입니까?"

"그가 누구라고 제게 가르쳐 주지 않으셨습니다. 제가 미덥지 않았는지 모릅니다. 제게 모든 정보를 주었다간 제가 가짜 동생이라도 만들어 유산을 가로채기라도 할까봐 가르쳐 주지 않으셨는지 모르겠습니다. 하여튼 장여인의 동생을 확인하는 데 필요한 정보, 어디서, 언제, 어떻게 알게 되었나 하는 것을 분명하게 기록하여 남겨두어야 유사시에 도움이 될 거라고 말씀드렸습니다. 저의 느낌은 장여인 남매를 만난 경위가 떳떳치 못해 될 수 있는 대로 남에게 그 내용을 알리고 싶지 않으셨던 것 같습니다. 저의 조언을 받아들여서 서울의 안변호사나 다른 누구에게 그것을 남겨 놓으셨는지도 모르지요."

차변호사의 말투에서 혹시 당신에게 남겨 놓지 않았느냐고 묻는 느낌을 받았는지, 심사장이 몸을 세우고 말했다.

"내게는 아무 말도 없으셨소. 그 밖에 특별한 사항이 유언장에 없습니까?"

차변호사가 손목시계를 들여다본 후 대답했다.

"특별한 조항이라면 장여인이 별도로 상속하지 않는 한 장여인의 며느리인 친정 쪽에서는 유산에 손대지 못하게 되어 있다는 점입니다. 고인께서는 장여인의 피붙이에게만 유산을 남겨 주고 싶으셨던 것 같습니다. 제가 알고 있는 것은 이것이 전부입니다. 그 외의 질문이 있으십니까? 중요한 약속이 있어서……."

심사장이 남경사를 돌아보았다.

"나는 더 물어볼 것이 없는데……."

"저도 됐습니다. 더 알아볼 것이 있으면 나중에 또 연락하지요. 심사장님은 저하고 김과장에 대한 얘기를 나누셔야 하겠습니다."

"그럽시다. 점심 시간도 됐으니 어디 조용한 곳에 가서 식사나 하면서……."

남경사가 심사장의 말을 막았다.
"사장님께서 식사 생각이 있다면 모르지만, 저는 식사 생각이 없습니다. 점심 때라 조용한 곳도 없을 거고……."
"나도 밥이 넘어가지를 않을 것 같은데……."
두 사람의 대화를 듣고 있던 차변호사가 말했다.
"조용히 의논하실 것이 있으시면 이 방을 쓰시지요. 저는 지금 나가야 하니 방해할 사람이 없습니다."
심사장과 남경사가 서로 마주보다가, 심사장이 고개를 끄덕였다.
"그렇게 해주시면 고맙겠습니다. 폐를 끼치는 김에 서울에 전화도 부탁하겠습니다."
차변호사가 여사무원을 불러 두 사람이 방을 쓸 테니 시중을 잘 들라고 지시하고 떠났다.

심사장이 먼저 집에 전화를 했다. 심사장 부인은 딸의 연락으로 박회장의 죽음을 알고 있었다. 당장 부산에 오겠다는 부인에게 다시 연락할 때까지 집에 있으라고 지시했다.
다음에는 구미관광에 전화해서 아들과 통화했다. 아들도 고모부의 죽음을 알고 있었다. 심사장이 김원태 사장을 바꾸라고 했다. 고모부의 사망 소식을 듣고 김사장집에 연락하니, 어제 새벽에 남해안으로 바다낚시를 떠나 연락을 할 수 없었다고 아들이 대답했다. 그 이야기를 듣고 심사장이 구미 테크닉스 사무실에 시신이 없는 빈소라도 당장 차리라는 지시를 할 테니, 가서 상주 노릇을 하고 조객을 맞으라고 지시했다. 그리고는 구미 테크닉스의 양전무를 불러 빈소를 차리고 조객 맞을 준비를 하라고 지시했다.
다음에는 박회장 고문 변호사인 안광일 변호사에게 전화했다. 안변호사는 구미실업 한부사장의 연락으로 박회장의 사망 소식을 들어 알고 있었다. 차변호사와 장수자의 상속 문제에 대한 안변호사의 설명은 다음과 같았다.

2월 15일경에 박회장이 안변호사를 찾아와, 누구에게도 비밀로 해달라며 50억을 어느 사람에게 상속시키려고 하니 부산에 믿을 만한 유능한 변호사가 있으면 소개해 달라고 했다. 그래서 학교 후배인 차태일 변호사를 소개했다. 자세한 내용은 회장이 말하고 싶어하지 않는 것 같아 안변호사도 모르고 있었다. 그런 후 약 20일 전에 회장이 밀봉된 봉투를 갖고 와서 차변호사가 처리중인 문제와 관계된 내용을 담은 자필 진술서로 수취인은 심사장이라고 했다. 그리고 그 봉투를 박회장 거래 은행 금고에 보관할 테니 자기가 사망하면 심사장에게 전하라고 말했다.

심사장의 마지막 전화는 해운대 호텔이었다. 딸과 같이 있는 김과장에게 2시까지 남부 경찰서 수사과 형사계 남중근 경사에게 가라고 지시했다.

남경사는 구미실업에 있는 지형사에게 전화를 해서 수사의 진척 상황을 물었다. 사람들의 어젯저녁 행동에 대한 진술은 거의 다 받았고, 피살자가 박회장이 틀림없다고 한부사장이 확인했다는 보고를 김순경으로부터 받았다는 말도 전했다. 구미실업에서의 일이 끝나는 대로 즉시 경찰서로 가서 장수자 여인의 신변 조사를 밀양 경찰서에 의뢰하라는 지시를 내렸다. 남경사가 지형사와의 통화를 끝내는데, 여사무원이 커피를 갖고 들어오며 남부 경찰서 최경위로부터 남경사에게 전화가 와 있다고 전했다. 최경위는 오전 회의가 끝났다며 수사의 진척 상태를 물었다. 그때까지의 수사 진행을 간략하게 보고하고, 심사장과 소파 테이블을 가운데 놓고 마주 앉았다.

"내 입장이 미묘하게 됐군." 심사장이 말을 시작했다. "김과장 얘기를 하기 전에 어제의 나의 행동부터 설명하는 것이 좋겠소. 어제 오전에 오늘 아침 9시까지 구미실업에 오라고 매형이 전화를 했소. 무엇 때문이냐고 물었더니 와서 얘기하자고 합디다. 부산에 간다니까 딸애가 자기도 가겠다고 해서 어제 3시 30분 비행기로 같이 내려왔소. 해운대 호텔에 방을 잡고 나니 6시가 약간 넘었소. 딸애는 부산에 오기로 결정된 후에 김과장에게 연락을 해서 8시에 호텔에서 저녁을 같이 하기로 약속이 되어 있었소. 호텔 방에 틀어박혀 있기에는 창 밖 바닷가의 유혹이 커서 7시쯤 밖에 나가 바닷가를 거닐었소. 황혼이 지기 시작할 때 호텔을 나갔는데, 돌아왔을 때는 깜깜하더군. 호텔 로비에서 김과장을 만났는데, 시계를 보며 10분 빠르게 왔다고 한 것으로 보아 7시 50분경에 돌아온 모양이오. 딸애와 셋이서 호텔에서 식사를 하고, 10시가 가까워서 방에 가서 텔레비를 보다가 11시 반경에 잠자리에 들었소. 그뿐이오."

심사장의 설명을 들으며 중요한 사항을 수첩에 메모하던 남경사가 물었다.

"해변가를 걷는 동안 누구를 만나셨습니까?"

남경사가 질문을 던지고 고개를 드니, 심사장은 또 고개를 의자 등받이에 기대고 눈을 감고 있었다. 무슨 생각을 할 때의 습관인가 보다고 남경사는 생각했다.

"범행이 언제 저질러졌는지는 모르지만, 내가 바닷가를 거닐고 있는 동안에 저질러졌다면 아무도 만나지 않았으니 나는 알리바이가 없는 셈이군. 매형이 죽으면 거의 전 재산이 내게 오게 되어 있어서 아까 내 입장이 미묘하게 되었다고 말한 것이오. 바닷가를 거니는 동안 아무도 안 만났소."

"6시경에 호텔에 도착한 후부터 7시경에 산책을 나갈 때까지 누구를 만나셨습니까?"

"짐도 풀고 하느라 방안에 있어 아무도 만나지 않았소."

"알겠습니다. 김과장에 관한 얘기를 해주십시오."

심사장이 윗몸을 세우고 진지한 표정으로 말을 시작했다.

"김과장 부친은 6.25 때 석방된 반공 포로입니다. 석방된 후에 부산에 정착해서 결혼도 하고 2남1녀를 두었지요. 처음에는 국제시장에서 품팔이도 하고 고생을 많이 한 모양인데, 이북 사람 특유의 끈기로 가정을 훌륭하게 이루셨지요. 얼마 전까지도 택시 운전을 하시다가 지금은 동네 복덕방에서 소일하고 계시는 것으로 알고 있습니다. 김과장이 막내로, 맨위에는 누님이 있는데 출가해서 대구에 살고 있고, 형님이 개인 택시를 운전하면서 부모님을 모시고 동생과 같이 살고 있소."

심사장이 이야기를 잠깐 중단하고 남경사를 물끄러미 바라보다가 등을 의자에 기대고 허공을 쳐다보며 말을 계속했다.

"김과장은 내 아들의 S대학교 1년 후배요. 아들 녀석하고는 S대학 테니스 선수로 친하게 되었소. 입학하기가 그렇게도 어렵다는 S대학교 경영학과를 4년 동안 장학생으로 졸업했고, 그것도 과수석으로 졸업한 수재요. 게다가 스포츠로 단련된 건장한 육체와 준수한 용모의 나무랄 데 없는 사나이지. 군복무도 내 아들하고 상무팀의 테니스 선수로 마쳤소. 대학에 복학하고 나서 아들 녀석이 집에 자주 데려오더군. 나중에 아들에게서 들은 설명에 의하면, 너무나 훌륭한 청년이라 자기 동생과 가까워지라고 일부러 집에 자주 데리고 왔다는 것이었소. 내 딸애도 그를 좋아하게 되었고, 지금은 대외에 알리지만 않았지 둘은 약혼한 사이나 다름없소. 사실은 이번에 딸애가 부산에 오는 것을 내버려 둔 이유도 김과장 어르신네들을 만나서 둘을 짝짓자고 말씀드릴 작정이었기 때문이오. 그러니 내가 김과장을 얼마나 신임하고 있는지 알겠지요?"
 심사장이 몸을 세우고 남경사의 눈을 똑바로 보며 덧붙였다.
 "나는 김과장이 이 범행과 관계가 없다는 것을 확신하오."
 "김과장 모친이 박회장의 파출부라고 하신 것은 어떻게 해서······."
 "약 3개월 전에 김과장이 내게 전화를 해서, 모친께서 박회장집 파출부로 일하고 있는 것을 그때야 알았다며 어쩌면 좋겠느냐고 의논을 해왔더군. 가정 형편이 모친께서 파출부 노릇을 해야만 할 형편도 아니고, 남이 알게 되면 김과장 입장도 있으니 파출부 일을 그만두시라고 해도, 사지가 멀쩡한데 집에서 놀고만 있으면 무엇하느냐고 하시며 모친이 고집을 꺾지 않으시니 어쩌면 좋겠느냐는 의논 전화였소. 부친을 통해 어머님의 고집을 꺾으려고 의논을 드렸더니, 어머니가 하고 싶어하는 대로 놔두라는 답변이라며, 내게 누를 끼치게 될지도 모르겠다며 자기로서는 어쩔 수 없는 상태가 됐다고 하더군. 나는 김과장에게 어머님 마음대로 하시게 놔두라고 말했소. 편히 살 만한데도 주위 눈치 안 보고 일을 하겠다는 그 분 생각에 호감이 갔던 거요. 다른 사람에게 얘기 안 하면 김과장 입장이 곤란할 것도 없고, 내게 누를 끼치는 것도 아니니 모친의 의사를 존중해 드리라고 일러 주었소. 그래서······."
 그때 여사무원이 들어와서 최반장에게서 전화가 또 걸려왔다고 알려 주었다.
 "남경삽니다."
 "나요. 구미의 심사장님 아직 계시지?"
 "네."
 "시경 수사과장님 전화니 심사장 바꿔요."

부산 시경 수사과장이 직접 전화를 할 정도면 죽은 박회장 또는 심사장의 위치가 대단한 모양이라고 생각하며 심사장에게 전화를 건넸다. 지위가 높은 사람들과 많이 상대해 본 사람처럼 심사장의 전화 받는 태도가 담담했다. 심사장 쪽의 대화로 시경에서 협조할 일은 없느냐고 묻고 있는 것을 알 수 있었다. 심사장이 남부서에서 많은 협조를 해 주어서 불편한 점이 없다고 인사치레의 답변을 하였다. 심사장이 제법 길게 통화를 하고 난 후에 남경사에게 수화기를 건네주며 전화를 받으라고 했다.

　"남부서 강력반 남중근 경삽니다."

　"나 시경 수사과장이야. 치안본부장께서 잘 다루라고 직접 전화를 하셨어. 사건을 조심성 있게 다루고 심사장도 예의 있게 잘 대하도록 해. 내가 도와줄 일이라도 있나?"

　"피살자가 총격에 의해 사망한 것으로 믿깁니다만 확실한 사인을 빨리 알면 수사에 도움이 되겠습니다. 부검을 빨리 하도록 조치를 취해 주십시오."

　"알았어. 우리가 모르는 거물인 모양이야. 실수 없게 일을 처리하라구. 최경위는 오후 회의에 참석 말고 서로 가라고 할게."

　수사과장의 전화가 끝나기 무섭게 기다렸다는 듯이 여사무원이 다시 들어와 구미실업 한부사장님이 심사장님과의 전화를 기다리고 있다고 전했다. 시체 확인을 하고 돌아온 한부사장이 피살자가 박회장이 틀림없다고 보고했다. 두 사람의 통화가 끝나기를 기다려 남경사는 지형사가 아직도 구미실업에 있으면 바꿔 달라고 말했다. 지형사는 다른 사람들의 심문을 끝내고 부사장의 알리바이를 조사하기 위해 부사장실에 있었다.

　"남경사님, 접니다."

"일은 다 끝나 가?"

"네, 여러 사람의 알리바이 조사를 끝냈는데, 모두가 알리바이를 갖고 있습니다. 알리바이가 진짠지 가짠지 확인해 보면 알게 되겠지요."

"다른 특별한 것은 없어?"

"별것 없습니다. 아 참, 유진상사 김사장이라는 사람이 와서 만났습니다. 어제 박회장과 골프쳤다는 사람입니다. 어제 오후 4시 30분경에 부산 컨트리 식당에서 햄버거 샌드위치를 먹고 있는데 조부장이 전화를 했더랍니다. 회장이 운전기사를 집에 보내 차가 없어서 사기 차로 박회장을 6시 45분쯤 집에 데려다 주었답니다. 집에 들어가지는 않고 문 앞에서 헤어졌는데, 골프장에서 전화를 받은 후에 내내 심각한 표정이었답니다."

"거기 일은 언제 끝나겠어?"

"거의 다 끝났습니다."

"최반장이 곧 서로 갈 테니 빨리 일을 끝내고 돌아가. 그리고……."

"반장님이 회의를 끝내려면 하루 종일 걸릴 텐데……."

"서로 가니까 간다고 하는 것 아냐! 빨리 가서 밀양 경찰서에 장수자의 신변 조사시키는 것 잊지 마."

남경사가 전화를 끝내자, 심사장이 구미 테크닉스에 전화를 했다. 심사장이 빈소 준비 상황을 점검하고 남경사를 향했다.

"매형의 친지 분들이 서울에 많으셨으니 빈소는 서울에 차려야 하지만, 부산에도 조문할 사람이 많을 테니 구미실업 사무실에 분향소를 차리라고 한부사장에게 아까 지시했소. 후손이 없으시니……."

심사장이 말을 중단했다. 그의 눈 밑이 서서히 붉어졌다. 그가 눈을 감고 머리를 의자에 기대고 있다가 곧 몸을 세우더니 불그스름해진 눈꼬리께를 두 주먹으로 비비면서 말을 계속했다.

"후손이 없으니 장례는 회사장으로 하고 직원들이 상주 노릇을 해야 겠소. 그래서 구미 테크닉스에 빈소를 차리고 회사 양전무와 내 자식 놈이 조문객들을 받으라고 했소. 텔레비와 라디오 10시 뉴스에 소식이 방송돼서 서울과 부산 사무실에 빈소 문의가 빗발치는 모양입니다. 부산에서는 한부사장이 조문객을 받으면 되지만, 서울에는 내가 있어야 하는데……."

남경사도 심사장의 심중을 충분히 헤아릴 수 있었다. 횡사한 것도 통탄할 일인데 후손이 없어 남의 손에 의해 장사지내져야 하는 매형이 애처로워 조금이라도 더 잘해 주고 싶겠지. 그러려면 자기가 서울에 가서 정성껏 장례 준비를 해야 하지만, 김과장 문제가 마음에 걸려 말끝을 흐리고 있다고 남경사는 생각했다.

"심사장님, 서울에 가셔서 하실 일이 많다는 것 알고 있습니다. 가시더라도 김과장 문제는 매듭을 짓고 가셨으면 합니다. 사장님께서 김과장을 그토록 신임하는 것을 보면 그가 훌륭한 청년임이 틀림없겠지요. 그러나 그의 차가 사건 현장 부근에서 목격되었으니 어떻게 된 일인지 진술을 들어봐야 합니다. 게다가 이상한 일이 또 있습니다. 사건 현장인 서재에 도청 장치가 되어 있고, 그 도청 마이크는 외부에서 서재 벽에 구멍을 뚫어 장치되어 있었습니다. 그 구멍을 통하여 범행이 저질러진 것이 거의 틀림없는데, 그 도청 녹음기에서 파출부의 것으로 보이는 지문이 검출되었습니다."

심사장이 정말로 놀라고 있었다. 말문이 막힌 듯 남경사를 멍하니 바라보다가 겨우 입을 열었다.

"정말로 이상한 일이군. 김군의 말로는, 그 분을 훌륭한 어머니로 알고 있는데……. 뭐가 어떻게 된 것인지 모르겠어. 빨리 가서 김군을 만나야겠소."

장수자 살인

　형사계 사무실에 들어서는 남경사를 보고 접대용 긴 의자에 앉아 있던 김순경이 자기 책상에서 두 손가락으로 타자치고 있는 지형사를 불러 고개짓으로 남경사를 가리켰다. 문께에 서 있는 남경사에게 지형사가 다가가서 최반장과 구미섬유 김과장이 수사과장실에 있다고 알려 주었다.
　남경사가 심사장을 안내하고 수사과장실에 들어서자, 소파에 앉아 있던 세 사람이 동시에 일어섰다. 최반장과 김과장이라고 생각되는 청년, 그리고 젊은 여성이었다.
　젊은 청년은 180cm쯤 되어 보이는 큰 키에 곤색 싱글과 흰 와이셔츠, 붉은 계통의 넥타이를 한 정장 차림이었다. 건강미 넘치는 피부색에 준수한 용모의 청년으로, 큰 키 때문인지 날씬한 체구가 가냘퍼 보이기까지 했다. 그레이하운드를 연상시키는 날렵한 몸매였다. 그의 모습에서 어쩐지 아침에 만난 구미실업의 조부장이 연상되었다. 조부장처럼 얼굴 선이 가늘었으나 약간 각이 진 강인해 보이는 턱 때문인지, 테니스 선수였다는 선입감 때문인지 김과장 쪽이 더 남성적인 분위기를 풍기고 있었다. 그는 의자 뒤로 물러서서 공손한 자세로 서 있었다.
 남경사의 안내를 받으며 들어서는 심사장에게 달려든 젊은 여성은 보기 드문 미인이었다. 굽이 약간 있는 미드힐의 구두를 신기는 했지만 하체가 다리뿐인 것처럼 보이는, 다리가 긴 아가씨였다. 균형 잡힌 몸매만으로도 남의 시선을 충분히 끌 만했지만, 예쁘다기보다는 개성 있는 얼굴로 하여금 길에서 지나치는 사람들 뒤돌아보게끔 하기에 충분한 아가씨였다. 서구 여인의 코처럼 높은 콧날은 끝을 다소곳이 내리고 있어 보기에 좋았고, 긴 속눈썹이 감싸고 있는 쌍꺼풀진 예쁜 눈이 상큼했다. 지금은 눈두덩이 붉게 충혈되어 있는 것이 울고 난 듯했다. 얼굴에 비해 입이 약간 큰 듯해서 예쁜 얼굴이라고 할 수 없었으나, 그 점을 강조하기라도 하려는 듯 핑크 계통으로 엷게 칠하고 있어, 큰 입이 단점이라기보다는 얼굴 전체의 개성을 한껏 살려주고 있었다. 서구적인 용모의 나무랄 데 없는 미인이었다.
 아버지에게 달려온 그녀가 두 손을 약간 내밀며 섰다.
 "아빠, 고모부께서 돌아가신 게 틀림없대요."
 심사장이 딸의 오른손을 두 손으로 감쌌다.
 "그래, 나도 확인됐다는 연락 받았다. 이게 무슨 날벼락인지 모르겠구나."
 "그런데 아빠는 왜 인수씨를 여기에 오라고 하셨어요? 회사에서 만나시지 않으시고."
 "내가 나중에 얘기하마. 우선 앉자."
 둘이 이야기하는 동안 말없이 다가와서 옆에 서 있던 최반장이 미소를 띤 얼굴로 자기를 소개했다. 아가씨의 이름이 심혜영(沈慧映)이라는 것을 남경사는 그때 알았다. 모두가 소파에 앉자, 최반장이 말을 시작했다.

"서장님께서 시경의 중요한 회의 때문에 직접 모시지 못해 죄송하다는 말씀을 전해 달라고 하셨습니다. 집안에 불행한 일이 생겨 비통에 잠겨 계실 텐데 우리 쪽에서 결례나 안 했습니까?"

"아닙니다. 많은 협조를 받고 있습니다. 고인의 부검은 언제나 끝나겠습니까? 시신을 될 수 있는 대로 빨리 서울로 모시고 싶어 그럽니다."

"사인만 확실히 밝혀지면 시신을 인수받으실 수 있을 겁니다. 부검은 6시 이전에 끝날 겁니다. 그런데 김과장을 오라고 한 이유는 알고 계십니까?"

"네, 알고 있습니다."

아버지와 최반장의 대화를 듣고 있던 심혜영이 재빨리 대화에 끼어들었다.

"아니, 아빠, 인수씨를 일부러 이리로 불렀다는 말인가요? 왜요?"

"얘야."

심사장이 나무라는 투로 딸에게 말했다.

"빈소 준비도 있고, 서울과 연락할 일도 산더미 같으니 우리는 떠나자."

심사장이 눈길을 딸로부터 김과장에게 돌렸다.

"김군, 가기 전에 한 가지 묻겠어. 어젯저녁에 우리를 만나러 오기 전까지 자네 행동을 확실하게 설명할 수 있겠지?"

"네, 그런데 그게……."

김과장의 말을 심사장이 손을 들어 막았다.

"됐어. 여기 일이 끝나는 대로 구미실업으로 곧장 오게. 얘야, 가자."

"아니, 아빠……."

"너답지 않게 왜 이러니? 혼란스러운 때일수록 침착해야 한다고 했잖아. 애비를 믿고 가자. 김군에게는 아무 일도 안 생길 테니.”

말을 마치고 일어서는 심사장과 김과장을 그녀가 따라 일어서며 그들을 번갈아 보았다. 김과장이 그녀의 주먹 쥔 작은 손을 큰 손으로 감싸고, 불안스러워하는 그녀의 얼굴에 미소를 보내며 다정하게 말했다.

“혜영씨, 아버님 말씀대로 하세요. 무슨 영문인지는 모르지만 내가 잘못한 일이 없으니 금방 끝날 겁니다. 곧 갈 테니 먼저 가요.”

경찰서 문 앞에서 아버지와 함께 차를 탄 그녀가 몸을 틀어 김과장을 뒤돌아보며 불안한 표정으로 떠났다. 문 앞까지 배웅 나갔던 남경사가 돌아서니, 지형사와 김순경이 서 있었다. 서 안으로 들어가는 최반장과 김과장 뒤를 따르는 남경사 옆에 지형사가 붙으며 속삭였다.

“굉장한데요!”

“뭐가?”

“그 아가씨 말예요! 굉장한 미인인데요!”

“또 쓸데없는 소리 지껄인다. 영식이 엄마에게 혼나지 말고 정신 차려.”

장난기 있는 미소를 짓고 남경사 옆에 붙어 걷고 있는 지형사 뒤를 김순경이 따르고 있었다. 수사과장실 문 앞에 오자 김과장을 들여 보내고 최반장이 남경사를 향했다.

“저 사람의 진술을 조사실에서 듣는 것이 좋겠다는 생각인데, 어때? 소파에 앉아 용의자 심문하기도 뭣하고…… 높은 사람 전화가 있다고 해도 그거야 심사장이나 죽은 박회장 때문이겠지, 저 사람까지……? 당신 생각은 어때?”

“우선, 어제 범행 시간의 알리바이를 물어보고, 알리바이가 확실하면 용의자선에서 제외되니 과장님실에서 계속해서 차량 건의 진술을 듣도록 하시지요. 이상하다는 감이 잡히면 그때 조사실로 옮겨 심문해도 늦지 않다고 생각합니다. 태도로 봐서 범인은 아닌 것 같습니다."

"그래, 그렇게 하는 것이 좋겠군."

그들 일행이 수사과장실에 들어가니, 김과장은 소파 긴 의자에 앉아 있었다. 그들이 들어오는 것을 보고 일어서는 그를 최반장이 손짓으로 막으며 남경사와 둘이서 김과장 건너편 안락의자에 앉았다. 지형사와 김순경이 소파 테이블 양옆의 보조 의자에 앉고 난 후에, 남경사가 질문을 시작했다.

"이름이 김인수라고요?"

"네."

"직장과 직책은?"

"구미섬유 관리과장입니다."

"어젯밤 8시경에 심사장님과 따님을 해운대 호텔에서 만나셨다고요?"

"네."

"어제 오후부터 그때까지 어디서 무엇을 하고 있었나 말해 주십시오."

"어제 오후부터?"

김과장의 얼굴이 서서히 붉어졌다. 자기가 심문받고 있다는 생각이 든 모양이었다. 여지껏 단조롭게 대답만 하던 그가 질문을 했다.

"왜 물으십니까?"

"참고할 일이 있어 그럽니다."

남경사의 대답을 듣고 고개를 숙이고 무엇을 생각하던 그가 고개를 들고 남경사의 눈을 똑바로 바라보았다.

"어제 오후 1시 반쯤, 혜영씨가 저녁에 부산에 도착한다며 8시에 해운대 호텔에서 저녁을 하자고 전화를 했습니다. 반여동에 있는 하청 업체에 6시 30분까지 가기로 약속이 있어 4시 30분쯤 회사에서 나왔습니다. 집에 오니 5시 30 분쯤 되더군요. 옷을 갈아입고 집을 나선 것이 6시경이었을 겁니다. 하청 업체에서 7시 30분까지 일을 보고 해운대 호텔로 갔습니다. 심사장님과 혜영씨, 그리고 나, 셋이서 저녁을 하고 혜영씨와 나는 바닷가를 거닐다가 호텔 지하에 있는 디스코텍에서 춤을 추고, 자정이 조금 넘어 헤어져 집에 가서 잤습니다. 이상입니다."

김과장이 말하는 동안 그를 바라보고 있던 남경사가 고개를 돌려 최반장과 눈길을 건네고 물었다.

"하청 업체에 7시 30분까지 있었다는 것을 증명할 수 있습니까?"

"그럼요. 그곳 사장과 직원 두 사람이 쭉 같이 있었으니까요."

남경사가 다시 최반장을 바라보았다. 최반장 입가에 미소가 있었다. 김과장의 답변에서 그를 용의자선상에서 제외시켜도 된다는 확신을 얻었기 때문이다. 지형사도 같은 생각을 하고 안심했는지 불편한 보조 의자에서 일어나 김과장 옆에 앉았다. 둘이 따로 있을 때는 몰랐는데 김과장 옆에 앉은 지형사의 어깨가 가냘퍼 보인다고 남경사가 생각하는데, 최반장이 말했다.

"김인수씨, 불안한 느낌을 받게 한 점을 사과합니다. 지금까지는 당신의 어젯밤 행동을 몰라서 박회장 사건의 용의자로 보고 있었는데, 이제는 당신을 용의자선상에서 제외시켜도 될 것 같습니다. 그러니 앞으로 묻는 말은 참고인으로서의 진술을 들으려고 하는 것이니 제아무리 이상한 질문이라도 솔직하게 대답해 주기 바랍니다."

최반장이 말을 마치고 등을 의자에 기댄 채 편안한 자세를 취하자, 남경사가 질문을 다시 시작했다.

"차를 갖고 있지요?"

"차요? 네, 자가용이 있습니다."

예상치 않았던 질문이었는지 그가 어리둥절한 표정을 지으며 대답했다.

"회색 소나타로 차량번호가 3마 49××지요?"

"네, 그렇습니다. 하지만……."

"그 차로 출퇴근합니까?"

"네, 그것이……."

"어제도 그 차로 출퇴근했습니까?"

"네."

김과장이 간단히 대답했다. 궁금해 하는 것은 아랑곳없이 질문만 해대는 바람에 기분이 상한 모양이었다.

"밤에 해운대에 갈 때도 차를 갖고 갔습니까?"

"아니오."

퉁명스럽게 단조로운 대답만 하는 김과장의 태도가 불쾌해서, 최반장이 남경사의 다음 질문을 막았다.

"김인수씨, 경찰서에 온다는 것 자체가 기분 좋은 일이 아니라는 것을 압니다. 특히 출두 요청을 받고 와서 진술을 한다는 것이 죄인 취급을 받는 기분이라는 것도 이해합니다. 하지만 그런 불쾌한 감정을 갖지 않게 하기 위해서 내가 미리 참고인으로서의 진술을 받는 것이라고 말했고, 당신은 용의자선상에서 제외됐다고까지 솔직하게 말하지 않습디까? 우리 쪽에 잘못이 있으면 몸에 밴 습관 때문이려니 생각하고 감정을 풀고 협조하기 바랍니다."

최반장의 점잖은 말에 김과장이 당황해 하고 있었다. 최반장과 남경사의 얼굴을 번갈아보던 그가 정중하게 고개를 수그렸다가 펴고 사과했다.

"죄송합니다. 처음으로 이런 일을 당하고 보니 당황해서 실수를 했습니다. 용서하십시오. 경찰과는 여지껏 관계가 없다가 하루에 두 번씩이나 심문을 받으니 당황했습니다."
 김과장의 태도에 최반장이 미소를 띠고 말했다.
 "저래서 지각 있는 젊은이를 대하는 것이 기분 좋다구. 솔직하거든. 남경사, 계속하지."
 김과장의 진술에 따르면, 전날 집에 오니 아버지와 형수는 집에 계셨다. 혜영씨를 만난다는 기분에 힘껏 모양을 내고 집을 나선 것이 6시가 조금 지나서였다. 그날 밤에 술을 마시게 될 것 같아 차는 집 앞에 세워두고 떠났다. 하청 업체에 들렀다가 해운대에서 심사장과 혜영씨를 만나고 집에 오니 12시 30분쯤 되었는데, 개인 택시를 몰고 있는 형은 벌써 자고 있었다. 문을 열어주러 나온 형수에게 집 앞에 둔 차가 없는데 어떻게 된 것이냐고 물었다. 형수 말에 의하면, 저녁 7시쯤에 어머님과 같이 아버님이 차를 몰고 나가셨다가 8시 반쯤 두 분이 돌아오셨다. 일이 생겨서 대구의 누님집에 가게 될지 모르니 안 들어오더라도 걱정 말고 자라고 하시고는 다시 차를 몰고 가셨다. 그런데 11시 40분쯤 아버님께서 전화를 하셨다. 대구에 가려다가 밤길에 피곤해서 안 가고 부곡 온천에서 쉬고 있으니 걱정 말라고 하시며 아침에 집에 가겠다는 전갈이 있었다는 형수님의 말을 듣고, 김과장은 안심하고 자고 아침에 회사에 출근했다.
 이야기를 마친 김과장이 궁금하다는 표정으로 물었다.
 "아까 차에 대해 물으셨는데, 내 차와 이번 사건과 무슨 관계가 있습니까?"
 김과장이 말하는 동안 그를 주의 깊게 관찰한 최반장은 그가 진실을 말하고 있다는 느낌을 받았다. 진술 내용 또한 그의 형수의 진술을 들으면 진위가 확인될 수 있는 것이었다.

김과장이 범행을 저지르지 않았다고 생각한 최반장이 그의 협조를 받기로 작정했다.

"어젯밤에 사건 현장 부근에서 당신 차가 목격되었소."

"네? 내 차가요?"

김과장이 정말로 놀란 표정을 지었다. 그 표정이 근심스러운 표정으로 바뀌었다. 아버지가 사건에 관계된 것을 알아차린 것이다.

"그렇다면?"

"그래요." 남경사가 말을 받았다. "그렇다면 아버지가 이 사건과 관계가 있다고 일단 봐야 합니다. 하지만 차가 그곳에서 목격된 것이 범행이 일어나고 한참 후니까 부친께서 다른 일 때문에 그곳에 갔을지도 모릅니다. 그러니 너무 걱정 말고 우선 부친을 찾기로 합시다. 부모님이 돌아왔는가 오늘 집에 알아봤소?"

"네, 1시경에 집에 연락을 했더니, 형수님이 부모님께서 안 오셨고 연락도 없으셔서 걱정이라고 하시더군요."

"지금이 3시가 가까운 시간이니 집에 다시 연락해 봐요."

"그래야겠습니다."

김과장이 전화를 했지만, 형수의 대답은 똑같았다. 걱정하는 모습으로 소파에 다시 앉는 김과장에게 남경사가 물었다.

"부모님께서 사건에 관계된 것이 거의 틀림없는데, 부모님과 죽은 박회장과는 관계가 없었소?"

"제가 아는 한은 없습니다."

"부모님이 박회장 주위 인물 또는 회사에 관심을 보인 적은 없었소?"

김과장의 표정에서 무엇인가 꺼리는 기미를 직감하고 남경사가 그를 설득하기 시작했다.

"심사장은 당신을 아주 높이 평가하고 있고, 당신을 통해서 부모님들도 훌륭한 분들로 생각하고 있소. 심사장은 당신 부모가 이 사건에 무관할 거라는 생각을 갖고 있는데, 심사장보다 부모를 더 잘 아는 당신이 부모에 대한 믿음이 그보다 못하다는 말이오? 부모가 의심스러운 행동을 했더라도, 그 행동의 의미를 당신이 잘못 알고 있을 수도 있잖소? 우리 경찰이라고 죄없는 사람을 죄인으로 만들지는 않아요. 뿐만 아니라, 솔직히 말해서 아주 높은 분이 조심해서 수사하라는 특별 지시까지 있어서 우리는 당신 부모님들을 함부로 다루지 못하는 위치에 있소. 부모님에게 죄가 있다면 응당한 죄가를 치러야 하지만, 그렇지 않다면 빨리 나타나서 의심스러운 점을 해명하도록 하는 것이 자식된 도리가 아니겠소?"

고개를 숙이고 말을 듣고 있던 김과장이 무언가 결심한 듯 고개를 쳐들었다.

"아버님께서는 박회장에게 여러 번 관심을 나타내셨습니다. 내가 대학을 졸업할 즈음 모 대기업에서 저에게 스카웃 손길을 뻗쳤습니다. 그때 심사장님도 졸업하면 구미계통으로 오라고 하셨습니다. 그래서 부모님과 의논했습니다. 부친께서는 좀 심하다고 할 정도로 구미섬유로 가라고 하셨습니다. 구미섬유는 근무처가 부산이라 자식을 옆에 가까이 두고 싶으셔서 그러려니 생각하고 구미섬유를 택했습니다. 그런데 내가 구미섬유에 입사하고 난 후부터 부친께서는 회장이 회사에 자주 오느냐, 회장 부인을 본 적이 있느냐, 회장 주변에 여인이 많느냐는 등 이상한 질문을 여러 번 하셨습니다. 저는 내가 모르는 어떤 이유 때문에 아버님께서 회장에게 관심이 있으시구나 하고 생각만 했지 특별한 의미는 부여하지 않았고, 아버님께서 관심 가지시는 이유를 여쭈어 보지도 않았습니다. 그런데 이런 일이 생겼으니 불안해서 견딜 수가 없습니다.”

　김과장이 간단하면서도 조리 있게 설명하자, 남경사가 똑똑한 청년이라고 생각하는데 노크 소리가 났다. 형사계 여순경이 들어와서 심사장이 남경사를 찾는 전화가 와 있다고 전했다. 전화를 돌리라고 지시하고 남경사가 전화를 받았다.

　“남경사입니다.”

　“나, 심사장이오. 구미섬유에서 전화가 왔는데, 김과장 부친이 두 번이나 김과장 찾는 전화를 회사로 했다고 합니다. 4시에 다시 전화를 할 테니 김과장과 통화할 수 있는 전화번호를 알아 놓으라고 하고 전화를 끊었다고 하는데, 어찌 하는 것이 좋겠소?”

　심사장에게 전화를 끊지 말고 기다리라고 하고 최반장에게 전화 내용을 전했다. 김과장이 긴장해서 대화를 듣고 있었다. 최반장이 남경사에게 귓속말을 했다.

　“김과장에 대한 혐의는 풀렸지?”

　“네.”

　“김과장 아버지가 아들하고 의논하려고 찾는 것 같아. 여기로 전화를 하라면 겁을 먹고 피할지도 몰라. 김과장을 심사장에게 떠맡기고, 아버지가 다시 전화를 하면 설득해서 이리로 데려오도록 하는 게 좋을 듯한데, 어때?”

　“심사장을 못 믿는 것은 아니지만, 그래도 경찰이 같이 행동하는 것이 좋겠습니다. 지형사를 같이 보내지요.”

　“그래. 우리 측에서도 누가 붙어야겠지? 심사장에게 설명하고 협조를 구하자구. 나는 다른 방에서 심사장과 통화할 테니 남경사는 김과장이 협조하도록 설득시켜.”

　최반장이 나가고, 남경사가 자리에 돌아왔다. 김과장이 불안스러운 표정으로 바라보고 있었다.

"내가 최반장에게 하는 말을 들어서 무슨 일인지 알겠죠? 당신 부친의 진술을 들어봐야 어떻게 된 일인지 알겠으니 김과장이 협조해야겠소. 당신은 구미실업에 가서 심사장과 같이 있다가 부친이 전화를 하면 만나서 이곳에 모시고 와줘야겠소. 지형사가 같이 행동할 거요. 협조해 주겠소?"

김과장이 머리를 끄덕였다.

"저는 아버지를 믿습니다. 아버님은 살인을 하실 분이 아닙니다. 꼭 모시고 오겠습니다."

"좋아요."

남경사가 손목시계를 보았다.

"지금이 3시 20분이니 시간 여유가 좀 있군. 반장님이 오실 때까지 기다립시다."

잠시 후에 최반장이 돌아왔다. 김과장 등뒤에서 됐다는 뜻으로 고개를 약간 끄덕여 보이고 옆에 앉자, 남경사가 물었다.

"김과장, 아까 경찰에 두 번씩이나 심문을 받았다고 했는데, 그게 무슨 말이오? 우리 말고 다른 사람에게도 심문을 받았소?"

"아, 네." 김과장이 멋적어하는 미소를 띠고 대답했다. "심문을 받았다고까지는 할 수 없지만, 아까 해운대 호텔에서 혜영씨와 점심을 하려고 식당에 있는데 경찰이 찾아왔습니다. 12시 30분경이었는데, 우리의 신분을 확인하고는 어제 호텔에 투숙한 이후로 호텔에서 40대 중반의 애꾸눈 사나이나 수염이 많이 난 남자를 봤느냐고 혜영씨에게 묻더군요. 못 봤다고 하니까 이것저것 묻고는 갔습니다. 호텔에 살인 사건이 일어난 모양인지 식당 종업원들이 모여 수군거리고 있었습니다. 그뿐입니다."

지형사와 김과장이 구미실업으로 떠난 후, 남경사는 차변호사가 말한 박회장의 유언장 건을 최반장에게 자세히 보고했다. 그리고 감식반 반경사를 불러 사건 현장의 액자 뒤 구멍에 대한 조사 결과를 물었다. 함석판은 나사못으로 고정되어 있었는데, 드라이버에 긁힌 자국이 나사못에 있었으나 언제 생긴 자국인지 알 수 없었고, 지문도 검출되지 않았다고 반경사가 말했다.

잠시 후에 시경회의에 갔던 형사계장 옥성진 경감이 돌아왔다. 최반장이 유언장 건 등 추가로 진척된 수사 내용을 보고했다. 살해된 박회장과 주변 인물이 영향력이 있는 사람들 같으니 조심해서 사건을 빨리 종결지으라는 훈시조의 지시를 듣고 돌아서는 최반장 앞을 남경사가 막아섰다.

"아까 김과장이 말한 해운대 호텔 살인 건인데, 실은 아침에 차변호사 사무실로 가는 차 속에서 박회장의 운전기사가 박회장이 애꾸눈 점쟁이에게 갔었다는 얘기를 했습니다. 김과장 얘기를 듣고 이상한 생각이 들어 해운대 경찰서에 물어서 애꾸눈 사나이의 피살체가 해운대 호텔방에서 오늘 아침에 발견됐다는 정보를 얻었습니다. 시체에 신분을 증명할 만한 것이 하나도 없어 신원 확인을 못하고 있다고 합니다. 윤기사를 보내서 피살체가 자기가 만난 점쟁인지 확인시키고 싶습니다. 시체는 대학병원으로 옮겼다고 하는데요. 구미실업에 추가로 물어볼 것이 있다고 윤기사를 보내 달라고 했으니 곧 도착할 겁니다."

"그런 일이 있었어?" 강력계 사무실로 걸음을 옮기며 최반장이 말했다. "남경사의 육감은 알아줘야 하겠어. 그렇게 하라구. 그런데 누가 윤기사를 데리고 가서 확인하지? 손이 모자라니 미치겠군."

"하는 수 없으니 또 김순경을 보내야겠습니다. 김순경이 가서 곤란한 일을 당할지 모르니 반장님이 미리 손을 써 주십시오."

"그러지."

 남경사가 김순경을 불러 상황 설명을 하고 시체 신원 확인을 또 해야 겠다고 하자, 아침의 경험이 생각났는지 김순경이 미간을 약간 모으는데, 윤기사가 들어왔다. 무슨 일이냐는 듯 눈을 두리번거리며 들어오는 그를 불러 책상 옆에 앉히고 남경사가 물었다.

"윤기사, 아침에 변호사 사무실에 갈 때 박회장과 애꾸눈 점쟁이를 만난 적이 있다고 했지?"

 윤기사가 고개를 끄덕였다.

"어떻게 해서 가게 됐지?"

"나 때문에 일부러 간 것이 아니라 회장님 일 때문에 갔다가 제 사주를 맞춰 본 겁니다. 두 분은 전에도 간 적이 있는 것 같았습니다."

"그걸 어떻게 아는데?"

"가는 동안 회장님하고 조부장이 하는 말로 그렇게 생각했습니다."

"무슨 말?"

"생각이 안 나요. 사장님이 '내 점이 너무나 딱 맞아'라든가, 그 비슷한 말을 한 것 같아요. 운전하면서 귓전으로 흘려 들어서……."

"언제 갔었지?"

"처음 간 것은…… 가만 있자, 언제더라……. 아, 맞아! 회장님 모시기 시작하고 이틀인가 사흘 뒤니까 2월 초였습니다. 이제 확실하게 생각나요. 조부장이 나까지 사주를 맞춰 볼 필요가 있느냐고 했더니, 회장님이 웃으시며 이왕 여기까지 왔으니 기사 관상이나 보여 주자고 해서 들어갔어요. 그리고 나서 두서너 번 다시 갔지요. 처음 갔을 때 말고는 차에서 기다리기만 했지만."

"마지막으로 간 것이 언제야?"

"처음 가고 보름쯤 돼서 마지막으로 갔으니 2월 중순쯤인 것 같습니다."

"그 사람, 한 번 봤는데 보면 알겠어?"

"알 수 있을 거예요. 얼굴만 봐서는 긴가민가 해도 그 사람 목 왼쪽에 까만 사마귀가 있는데, 그 사마귀에 기다란 털이 두세 가닥 나 있었으니 그것을 보면 알 수 있습니다."

"좋아. 그러면 여기 김순경하고 같이 가서 그 사람을 확인해 줘야 하겠어. 김순경, 윤기사와 같이 가서 확인해."

그들을 보내고 책상 앞에 앉는데 문께에서 여순경이 큰 소리로 말했다.

"남경사님, 지형사에게 전화가 왔는데 어디 갔지요? 밀양 경찰서 수사과랍니다."

"밀양 경찰서? 이리 돌려."

남경사의 말을 듣고 책상에서 서류를 뒤적이던 최반장이 고개를 들었다. 남경사가 수화기를 들었다.

"부산 남부 경찰서 수사과 남경삽니다."

"밀양 경찰서 수사과 문경위요. 그곳 지형사가 장수자 여인에 대한 신원 조회를 요청했는데, 지형사 바꿔 주시오."

"지형사는 지금 출타 중입니다. 제가 지시한 일이니 말씀하십시오."

"장여인의 신변은 왜 파악하려고 합니까?"

"이곳 사건에 연루되어 있어 그럽니다."

"무슨 사건입니까?"

남경사가 말을 안 하고 주저하는데, 최반장이 다가왔다. 그의 표정이 무엇 때문에 그러느냐고 묻고 있었다. 남경사가 전화기에 대고 잠깐 기다리라고 말하고 최반장에게 대답했다.

"아까 의뢰한 장수자 여인 신변 파악에 대한 밀양 경찰서 전홥니다.

왜 신원 파악을 하려느냐고 꼬치꼬치 캐묻는데요."

최반장이 말없이 손을 내밀었다. 남경사가 건네주는 전화기를 최반장이 받았다.

"전화 바꿨습니다. 남부서 강력반 최경위입니다. 무엇 때문에 그러십니까?"

"그 여자가 연루되었다는 사건은 무슨 사건입니까?"

"살인 사건입니다."

"살인 용의자였습니까?"

"아직은 모릅니다. 왜 그럽니까?"

이번에는 저쪽에서 말을 안 했다. 잠시 후에 대답이 왔다.

"장수자가 살해됐습니다."

"뭐! 장수자가 살해당해?"

최반장이 크게 소리쳤다. 책상에서 글을 쓰고 있던 형사계장 옥경감이 고개를 번쩍 들었고, 옆의 남경사가 몸을 굳혔다.

"언제? 어디서?"

"감식반이 이제야 겨우 현장에 도착했으니 자세한 것은 아직 모릅니다. 살해 장소는 단장면에 있는 피살자의 집입니다. 게다가 장수자만 살해된 것이 아니라 그녀의 며느리와 손녀까지도 살해됐습니다."

"뭐요? 일가족 다가?"

또 한번 소리치는 최반장의 큰 소리에 옥계장이 다가왔다.

"일가족 전체는 아닙니다." 밀양에서 정정했다. "아들이 하나 있는데 1주일 전부터 보이지 않는다고 합니다."

"사건은 언제 발견되었습니까?"

"그쪽의 신변 파악 요청을 받고 단장면 지서에 지시했더니, 지서에서 가서 범행을 발견했습니다. 서에는 2시 50분에 사건 발생 보고가 접수

되었습니다. 사건 현장이 지서에서 멀리 있을 뿐만 아니라 외진 곳입니다.”

"살해 방법은?"

"외견상으로는 세 사람이 모두 목졸려 죽었습니다.”

"사건이 언제 일어났는지 모릅니까?”

"아직 아무 보고도 받지 못했습니다. 그쪽은 어떤 살인 사건입니까?”

"어젯밤에 일어난 사건인데, 아직 뭐가 뭔지 모르고 있습니다.”

"이곳 사건과 동일범의 사건일 수도 있겠군요?”

저쪽 목소리는 질문이라기보다는 자기 생각을 중얼거리는 것이었다.

"잘 모르겠습니다. 감식 결과가 나오면 이쪽으로 연락 부탁합니다.”

"글쎄요…….” 예의 경쟁 버릇이 나왔다. "서장님과 의논해 보겠습니다.”

최반장이 전화를 끊자, 옥계장과 남형사가 가까이 다가섰다. 그들의 표정이 어떻게 된 것이냐고 묻고 있었다. 최반장이 통화 내용을 말하고 덧붙였다.

"계장님, 사건이 복잡해지는 것 같습니다. 밀양에서는 우리가 사건을 해결할까봐 협조를 꺼리는 것 같습니다. 밀양서 관할 사건이니 우리가 개입할 수도 없고…… 밑에서는 협조가 안 될 것 같으니 고위층에서 협조 요청을 해야 할 것 같습니다.”

"그렇게 하지.” 옥계장이 선선히 응했다. "과장님 힘으로 될지는 모르지만 말이나 해보고, 안 되면 시경 수사과에라도 부탁을 하도록 하지.”

그때 배기자가 사무실에 들어왔다. 뒤에는 초로의 남자를 데리고 있었다.

그를 본 옥경감이 배기자를 손짓으로 불렀다. 배기자는 구인을 소파에 앉히고 옥겸감 앞으로 갔다.

"배기자, 조금 전에 시경 배경감의 전화를 받았어. 자세한 얘기는 모르겠는데 무슨 일이야?"

"네, 설명드리겠습니다. 우선 구인씨와 인사나 하시지요."

배기자가 구인을 인사시켰다.

40년만의 해후

구인의 집은 광안리 해수욕장에서 100m 가량 떨어진 상가 건물의 4층 전체를 차지하고 있었다. 구인씨 설명에 의하면, 주변머리 없는 그로서는 꿈도 못 꿀 것을 억척 같은 마누라 덕에 지금은 작은 건물이지만 건물주 소리를 듣고 있었다. 광안리 해변가가 번화해지기 훨씬 전인 70년대 말에 부인이 싼값에 장만한 택지 100여 평을 놀리고 있다가, 85년도에 지하 1층, 지상 4층의 상가 건물을 지었다.

그 당시에는 남천동 아파트 단지 내에 살고 있었는데, 아파트 생활의 편리함에 재미를 붙인 부인이 단독 주택은 원치 않았고, 탁 트인 곳에서 사는 수가 없을까 해서 낸 아이디어가 건물 맨위에 주택을 짓는 것이었다. 그래서 처음부터 4층에 주택을 짓는 것으로 설계를 했다.

지역이 주거 지역이어서 대지의 60%만 건물을 올릴 수 있어, 각 층이 70평짜리인 상가 건물을 3층까지 짓고, 그 위에 45평의 주택을 올렸다. 70평 콘크리트 대지에 45평의 단독 주택을 지은 꼴이었다. 콘크리트 바닥일망정 작은 앞뜰 역할을 하는 공간도 있고, 집은 벽돌로 벽면 처리를 하고 기와를 지붕가에 둘러 얹어, 멀리서 보면 네모난 3층 건물

위에 기와지붕의 벽돌집이 얹혀 있는 꼴이었다.

　4층 계단에 있는 문만 잠그면 아파트와 똑같았다. 집 지을 당시에는 근처에 2층집도 별로 없어 거실에서 보면 광안리 해변이 눈 아래 있었고, 해뜰녘에는 수평선 위로 올라오는 시뻘건 태양을 볼 수 있었다. 거실에 앉아서 대마도가 저쯤 있겠거니 생각하면 대마도가 눈에 아물거리듯 앞이 탁 트여 있었다.

　왼편으로는 수영만 건너 저 멀리 검푸른 나무들을 쓰고 있는 동백섬이 아름다운 해운대 바닷가를 시샘해서 남에게 보여주지 않으려는 듯 해운대를 가로막고 있었다.

　부인이 원하던, 앞이 탁 트인 아파트형 단독 주택에 살게 된 것이다.

　불편함은 이사 온 첫날부터 생겼다.

　폭 20m 간선 도로가 교차하는 모퉁이에 위치한 집이 불편하다는 것을 처음 알려준 것은 소음이었다. 낮과 초저녁에는 시끄럽구나 생각될 정도였으나 잠자리에 들고 나면 그 소리들이 열 배는 증폭된 듯이 크게 들렸다. 이사 온 첫날, 처음 대하는 시끄러움에 잠자리에서 몸을 뒤척이는데 술취한 사람의 고성방가가 바로 귀밑에서 들렸다. 너무나 오랫동안 떠들어서 옥상에 올라가 내려다보았다. 한 남자가 술이 취해서 아직 한 번도 쓰지 않은 1층 점포 셔터에 몸을 흔들면서 오줌으로 그림을 그리며, 입으로는 노래도 되지 않는 소리를 고래고래 지르고 있었다. 옷을 아무렇게 걸치고 내려가서 점잖게 타이르다가 젊은 사람에게서 상소리만 잔뜩 듣고 올라와서는 뜬눈으로 밤을 새웠다.

　날이 감에 따라 그것도 조금씩 익숙해지는데, 2층에 술집이 들어오고 3층에 당구장이 생기고 나서는 다른 소음 공해에 시달리게 되었다. 2층의 밴드 소리와 노랫소리, 3층의 당구공이 바닥에 떨어져서 구르는 소리가 건물 벽을 타고 안방까지 들렸다. 술은 자정을 지나서 마셔야 하는 건지 새벽 1시가 되면 밴드 소리와 노랫소리가 절정을 이루었다. 당구장에서 밤을 새는 정신 나간 놈도 많은 것 같았다. 그리고 그녀석들은 당구대 위에서 공을 치지 않고 바닥에서 치는지 밴드 소리에 맞추어 쩨지는 목소리로 불러대는 노랫소리 간간이 당구공이 바닥에 떨어져 따르르 구르는 소리가 들렸다.

쿵짝 쿵짝, 톡 톡 톡 따르르, 쿵짝, 톡 톡 톡 따르르, 쿵짝 쿵짝…….

이 문제는 침대 생활을 함으로써 해결되었다. 침대에서 자니 울리는 소리가 훨씬 적었다. 덕택에 한 달 가까이 제대로 잠을 못 잤다. 침대 때문에 고생은 부인이 심했다. 침대에 익숙해지기까지, 아침에 눈을 뜨면 침대에서 잠자리에 든 그녀가 방바닥에서 자고 있었다. 침대에서 제대로 잠을 못 자고 뒤척이다가 소리가 잠잠해진 새벽녘에 방바닥에 내려가 편히 잤다고 했다.

엉뚱한 불편도 있었다. 고등학교에 다니는 딸이 과외를 마치고 늦게 계단을 올라오는데 싱거운 중늙은이 하나가 딸에게 "어린 학생이 술집에 드나들면 쓰나" 하고 점잖게 말을 걸더니, "이왕 그렇게 됐으면 나하고 한잔 하자"고 추근대는 것을 "아저씨 딸이나 간수 잘하세요!" 하고 쏘아주고 왔다며, 챙피해서 못 살겠으니 이사 가자고 야단이었다.

또 다른 불편은 건물주가 4층에 사니까 세든 사람들이 자기네가 고칠 사소한 고장도 일일이 고쳐 달라고 연락하는 것이었다. 작은 렌치만 갖고도 자기들이 쉽게 고칠 수 있는 것도 고쳐 달라고 꼭 연락했다.

이러한 불편을 감수하고 그 건물에 살고 있는 것은 부인 때문이었다. 남편보다 부인이 이재에 능했다. 3,4년 전부터 해변가에 높은 건물이 들어서기 시작해서 거실 앞을 가로막았다. 옥상에 올라가도 먼 바다나 보일까, 광안리 해변가는 높은 건물에 가려 보이지 않았다. 해수욕장 주변을 포함해서 광안리 일대에 높은 건물이 줄줄이 들어서서, 그 일대가 부산의 새로운 유흥가로 변한 것이다. 주위가 번창하는 것에 비례해서 땅값도 올라갔다. 건물을 갖고 있으면 값이 앞으로 얼마나 더 오를 텐데 그것을 못 참고 건물을 팔고 이사를 가느냐고 부인이 야단이었다.

큰아들은 결혼해서 살림을 내보냈고, 작은아들은 대학원을 졸업하고 모교에서 박사 과정 수료 중이고, 딸도 서울에서 대학교에 다니고 있어 커다란 집에 구인씨 내외만 살고 있었다. 주말에 어쩌다 큰아들 내외가 손자를 데리고 오거나, 가뭄에 콩나듯이 서울에 있는 아이들이 올 때 말고는 큰 집이 사람 사는 것 같지 않게 조용했다. 세 자녀는 모두 성장했고, 그중 둘은 서울에 있으니 지금은 아무 일도 안 하는 구인으로서는 고향인 서울에 가서 살더라도 불편할 것이 없었다. 오히려 이제는 건물을 팔고 서울에 가서 취미 생활이나 하며 편안히 사는 것이 옳은 일이라고 구인은 생각하고 있었다.

오늘 아침에만 해도 당구장 세면대에서 물이 샌다고 연락이 와서 고쳐 주고 올라왔다. 원래 손재주가 없어 못질 하나 제대로 못해 벽에 시멘트못을 박는답시고 튄 못에 이마에 상처만 내는 위인이었지만, 집에서 노는 바람에 마누라 등쌀에 떠밀려서 손댄 간단한 수리가 이제는 제법 늘어서 부인을 도와주고 있었다. 현관에 들어서는 그를 보고 부인이 말했다.

"그 사람들은 세면대 물 새는 것 하나 고쳐 쓰지 못한데요?"

"싸우기가 싫어 고쳐 주고 올라왔어."

현관에 들어서면 우측에 있는 방이 구인씨가 서재로 쓰는 방이었다. 그리로 들어가려는 남편을 부인이 불렀다.

"여보, 커피하실래요?"

"그러지. 서재로 갖다 줘."

"그러지 마시고 거실에서 하세요. 나도 한 잔 할래요."

"당신 것도 서재로 갖고 오면 되잖아."
"싫어요. 담배 냄새가 나서 그 방에는 안 들어갈래요. 거실로 오세요. 물이 끓고 있으니 곧 갖고 갈게요."
 구인이 거실 창 앞에 서서 밖을 내다보았다. 거실 앞을 해변가의 6층 건물의 흉한 뒷면이 가로막고 있었다. 눈앞의 건물마다 옥상과 베란다에 네모난 에어콘의 옥외 장치가 설치되어 있었다. 이곳으로 이사 와서 재작년 여름까지는 에어콘 없이도 시원하게 여름을 보냈다. 그러나 작년 여름에는 시원한 바닷바람 대신 뜨거운 에어콘 열기가 들어오는 바람에 창문을 제대로 열지 못하고 살았다는 생각을 하는데, 부인이 커피를 가지고 왔다. 구인이 소파에 앉으며 말했다.
"금년에는 에어콘을 달아야겠지?"
"작년 여름에 고생을 했으니 달기는 달아야 할 텐데, 이 넓은 집에 얼마나 큰 것을 달죠?"
"집 전체에 냉방 장치를 어떻게 해. 안방하고 서재에나 달아야지."
"서재에는 왜요? 안방에나 달지. 서재에서 할 일 안방에서 하면 안 되나요?"
"그래도 내가 서재를 많이 쓰잖아?"
"그러면 뭘 해요. 소설 번역한답시고 돈 한푼도 벌지 못하면서."
"조금만 기다려 봐. 돈을 벌 테니."
"어느 천년에. 몰라요, 당신이 돈을 벌어서 에어콘을 달든지 말든지 하세요."
"아이구, 그 놈의 돈, 돈."
"그 놈의 돈이라니뇨. 돈 없이 세상을 어떻게 살아갈 수 있다고?"
 그때 전화벨이 울렸다. 마누라의 잔소리가 귀찮은 구인이 얼른 전화를 받았다. 유니온 트레이딩의 미스터 최였다.

"사장님, 배기자가 바쁜 일이 생겨 오늘 약속을 못 지킬 것 같답니다."

"그래? 바쁘다면 다음 기회로 미루지. 자네가 약속을 하고 다음 약속 시간을 내게 알려줘."

"알겠습니다. 2,3일 내에는 만나지 못할 것 같습니다. 박회장 살인사건에다 해운대 호텔에서도 살인이 겹쳐 발생해서 바쁜 모양입니다."

"박회장이라니, 누구?"

"방송에서 듣지 못하셨습니까? 박윤환 회장이 어젯밤에 피살되었습니다."

"뭐? 박회장이? 어떻게 살해됐는데?"

"어젯밤에 시체로 발견됐답니다. 강도의 소행 같지는 않답니다."

구인이 생각을 하며 오랫동안 말을 안 했다. 저쪽에서는 전화가 끊어진 줄 알고 '여보세요, 여보세요.' 하고 거듭 부르고 있었다.

"전화 끊기지 않았어…… 미스터 최, 내가 오늘 배기자를 꼭 만났으면 좋겠어."

"아까 많이 바쁜 것 같던데 시간을 낼 수 있을는지 모르겠습니다. 왜 오늘 꼭 만나려고 하시지요?"

"어쩐지 이 사건에 내가 관여해야 한다는 이상한 기분이 들어서 그래. 사실은 박윤환 회장은 6.25 사변 때 내가 모시고 있던 상관이야. 나는 그의 운전병이었어."

"그렇습니까? 제가 배기자에게 다시 연락하고 결과를 알려드리겠습니다."

그날 아침에 남경사와 헤어진 배기자는 광안리 사건 현장으로 다시 갔다. 살인 현장을 경찰이 출입을 금지시키고 있었다. 동네에서 새로운 정보를 얻으려 했지만 그들도 아는 것이 없었다. 현장 주변을 어슬렁거리고 있는데, 10시가 조금 지나서 감식반 반경사가 나타났다. 붙잡고 늘어졌지만 어젯밤에 초동 수사를 끝맺지 못해 다시 왔다고만 하고 집 안으로 사라졌다. 11시 30분경에 허리에 찬 삐삐가 울렸다. 신문사에서 찾고 있었다. 해운대 호텔에서 살인사건이 발생했으니 빨리 가보라는 지시였다. 본사에서는 사진기자와 곽기자도 곧 보내겠다고 했다. 배기자는 즉시 해운대로 달렸다.

호텔 로비에서 먼저 와 있던 국제일보의 문기자를 만났다.

"나보다 늦게 오는 것 오랫만에 보는군."

"어떻게 된 거야? 피살자는 호텔 손님이야?"

배기자가 문기자 옆 의자에 앉으며 물었다.

"그렇다나봐. 9층 투숙객인데, 시체를 방에서 발견했대."

"올라가 봤어?"

"가봐야 소용 없어. 9층 엘리베이터 앞에 해운대 경찰서 형사가 지키고 있으면서 통제해. 현장은 안에서 잠그고 수사 중이고, 객실 종업원들도 특실에 몰아넣고 안에서 잠그고 심문하고 있어. 호텔에서는 말썽 날까봐 쉬쉬 하고 있어."

문기자가 매니저 책상에 앉아 있는 사람을 턱으로 가리켰다.

"저 친구도 내가 말썽피울까봐 지키고 있는 거야."

"사건이 언제 발견됐대?"

"잘 모르겠어. 감식반이 조금 전에 왔으니, 얼마 안 된 모양이야."

"누가 수사를 지휘하고 있어?"

"자세히는 모르지만 해운대 오경사 같애. 여기 있어 봐야 소용 없어. 가서 커피나 마시자구."

"이 호텔 커피값이 얼만지 알고나 하는 소리야?"

"염려 마. 가자구."

두 기자는 바다가 환히 보이는 창가에 앉았다. 종업원을 불러 커피 두 잔을 시키고 담배를 물던 문기자가 눈을 크게 뜨며 말했다.

"저기 좀 봐."

배기자가 뒤돌아보니 한 쌍의 남녀가 입구에 들어서고 있었다. 키가 큰 남자 쪽도 눈을 끌었지만 식당 안의 모든 사람들의 눈은 여자 쪽에 쏠리고 있었다. 나무랄 데 없는 서구적인 미인으로 화장 때문인지 얼굴색이 약간 검었는데 표정은 밝지 않았다. 그들이 종업원의 안내를 받아 배기자 좌석 뒤쪽 비스듬히 자리를 잡았다.

배기자가 고개를 돌리는데, 남자가 하는 말이 들렸다.

"아침도 안 했다면서 점심은 해야지. 기운을 차려야 일에 대처할 것 아냐?"

여자는 대답을 안 했고, 남자가 종업원에게 클럽 샌드위치와 아이스티 2인분을 시키는 소리가 들렸다.

문기자가 목소리를 죽여 말했다.

"투숙객인 모양인데, 여자 표정으로 봐서 무슨 일이 있었던 것 같애."

종업원이 커피를 갖고 오는 바람에 말을 중단했던 문기자가 말을 계속했다.

"여자가 운 것 같아. 사건하고 무슨 관계가 있나?"

배기자가 무슨 말을 하려고 입을 여는데, 종업원이 커피를 갖고 왔다. 커피를 다 마시고 담배를 입에 물던 문기자가 '배기자.' 하고 나직이 불렀다. 배기자가 눈을 들자, 문기자가 배기자 뒤쪽을 눈짓했다. 해운대 경찰서 강력반 김형사가 뒤에 매니저를 달고 다가오고 있었다. 김형사가 그들을 보고 미소를 보내고, 식사 중인 한 쌍이 있는 테이블로

다가섰다. 김형사가 남자의 귀 가까이 입을 대고 무엇이라고 소곤거리자, '922호데요.' 하는 남자의 목소리가 들렸다. 김형사가 남자에게 계속해서 작게 말하는 동안, 매니저는 김형사 뒤에서 워키토키를 이손저손 번갈아 옮기며 안절부절못하고 있었다. 이내 남자가 '식사나 하고 합시다.' 하는 말이 들렸고, 김형사가 '이건 보통 일이 아니고 중대한 일이란 말이오.' 하고 불쾌하게 말하는 소리가 크게 들렸다.

매니저가 황급히 김형사의 앞을 가로막았고, 근처 테이블에 있는 손님들이 그쪽으로 머리를 돌렸다. 매니저가 낮게 말하며 끄는 대로 끌려가던 김형사가 매니저에게 무엇이라고 말하고, 배기자 테이블에 와서 문기자 옆에 앉았다. 손수건으로 이마를 닦으며 식당에서 나가는 매니저의 뒷모습을 보던 김형사가 눈을 돌려 배기자를 바라보았다.

"오늘은 배기자가 늦었군. 다른 곳에서 기다려야 당신들이 와서 귀찮게 굴 테니 여기에 앉는 것이 편하겠어."

그의 말에서 김형사와 문기자가 벌써 만났구나 생각하며 배기자가 물었다.

"피살자는 누구야?"

"피살자 신분이 확인되지 않았어. 숙박부에는 이름은 오치호, 주소는 밀양으로 되어 있어. 몸이나 소지품에서 신원을 확인할 만한 아무것도 나오지 않았어. 아무런 증명도 없는 것으로 봐서 범인이 갖고 간 것 같애."

"어떻게 살해됐어? 사건은 어떻게 발견됐어?"

"끈으로 목을 감아 졸라 죽였어. 피살자는 어제 오후 1시가 조금 지나 짐도 없이 투숙했어. 얼굴에 털이 많이 난 남자와 같이 왔다는군. 방을 둘이 쓸 거냐고 물었더니 그렇다고 하더래. 4시경에 룸 메이드가 지나가며 보니 방해하지 말라는 팻말이 문에 걸려 있더래. 오늘 아침 10

시가 지나도 팻말이 그대로 걸려 있어서 이상하다 생각하고 호텔 측에 연락했어. 호텔 측에서 그 방에 전화를 해도 안 받아서 마스터 키로 문을 열고 들어가 시체를 발견하고 경찰에 즉시 연락했어. 그때가 10시 30분경이야."

"사망 시간은?"

"의사가 아직 안 와서 확실치는 않지만, 죽은 지 20시간은 지났대."

"저쪽 테이블의 한 쌍은 왜?"

"여자가 922호 투숙객이야. 서울 여잔데 어제 오후 6시경에 투숙했어. 남자는 오늘 낮에 찾아온 모양이야. 사건이 9층에서 일어나서, 9층 투숙객 모두를 탐문 수사하고 있어. 피살자는 애꾸눈인데······."

"애꾸눈?"

"그래, 애꾸야. 그런데 어제 투숙할 때 말고는 시체로 발견될 때까지 아무도 못 봤어. 같이 온 털복숭이도 마찬가지고. 둘이 방에 오자마자 털보가 애꾸를 살해하고, 문에 팻말을 걸어놓고 도망친 것 같애. 혹시 그 방에서 나오는 털보나 다른 사람을 본 사람이 있나 해서 탐문 중이야."

"초동 수사는 언제 끝날 것 같아?"

"현장 수사는 다 끝났어."

"그럼 용의자는 털보 한 사람뿐이야?"

"현재는 그래. 그나저나 저 여자 대단한 미인이지?"

김형사가 그쪽으로 눈을 보내며 말했다.

"일어서면 더 멋있어."

문기자가 말하며 그쪽에서 눈을 떼지 못하는 것을 보고, 김형사가 미소를 지었다.

"당신이나 나나 군침 흘릴 자격도 없어. 배기자 같은 총각이라면 모를까."
 그때 본사에서 사진기자와 곽기자가 왔다. 배기자가 그때까지 알아낸 것을 설명하는데 KBS와 MBC에서 들이닥쳤다. 시간이 1시가 가까워 오고 있었다. 어제 구인과 한 1시 약속을 지키지 못하겠다고 최선배에게 연락하고 취재팀과 합류했다.
 잠시 후에 해운대 경찰서 강력계의 오경사가 와서 신문 및 방송 요원들에게 경찰에서 알고 있는 사건 경위를 설명하고 범행 현장을 그들에게 공개했다.
 범행 현장의 취재가 거의 끝나갈 즈음에 삐삐가 울렸다. 배기지가 호텔 로비의 전화 박스로 들어갔다. 최선배가 직접 전화를 받았다.
 "선배님, 접니다. 전화하셨습니까?"
 "거기 어디야?"
 최선배가 다짜고짜 물었다.
 "왜 그래요? 여기 아직 해운대 호텔인데."
 "해운데? 잘 됐어. 어젯저녁에 만났던 다방으로 빨리 와. 구사장님이 급히 만나고 싶으시대."
 "밑도 끝도 없이 왜 그래요? 나 지금 바쁜데."
 "박회장 사건에 대해 중요한 의논을 할 게 있다고 급히 만나고 싶으시대."
 "박회장 사건?"
 "그래, 내용이 중요하다고 자네를 빨리 만나고 싶으시대."
 "어떤 중요한 내용인데요?"
 "만나서 들으면 될 것 아냐? 구사장님이 6.25 때 박회장 운전병이셨대."
 "그래요?"

배기자는 생각했다. 이곳 사건은 남부서 사건만큼 중요하지 않다는 생각이 들었다. 게다가 곽기자가 있으니 그에게 맡기고 떠나도 관계 없었다. 그리고 박사장 사건의 진전 상황을 알기 위해 그쪽으로도 가야 했다. 오래 전에 박회장과 알았다니 특종감을 얻게 될지도 몰라 구인씨를 만나고도 싶었다.

"좋습니다. 가지요. 나는 20분이면 갈 수 있습니다."

"나는 그렇게 빨리 못 가. 지금이 2시니까 구사장님께 3시에 만나자고 연락할 테니 꼭 와야 해."

기자가 약속 시간보다 일찍 다방에 닿았다. 2시 50분쯤에 구인이 들어와서 배기자 옆에 앉았다. 어젯저녁의 그 종업원이 그들을 알아보고 구인 옆에 앉았다. 구인이 종업원에게 물었다.

"어젯밤의 그 남자, 그 후에 왔었어?"

"누구요? 아저씨하고 같이 왔던 사람 말예요?"

"아니, 아가씨들 차 사줬다는 박 아무개라는, 탈렌트 닮았다는 사람 말이야."

"아, 그 사람, 아까 점심 때 왔다 갔는데요."

"그래? 단골이 되려나 보지?"

"매상 좀 올리게 그랬으면 좋겠어요."

"오늘도 차를 산 모양이지?"

"그럼요. 어저께는 감기 기운이 있어서 쌍화차를 시켰는데 그것을 마셨더니 감기가 떨어졌다면서 고마워서 차를 산다고 우리들 전부한테 오늘도 차를 샀어요. 그러고 보니 어제보다 오늘은 목소리가 많이 맑았어요."

잠시 후에 최선배가 들어와서 앉지도 않고 종업원에게 말했다.

"아가씨, 우리 중요한 얘기를 해야 하니 자리 좀 비켜."

여자가 최선배에게 눈을 흘기고 자리를 뜨자, 최선배가 물었다.
"사장님, 박윤환과는 어떻게 알게 됐습니까?"
"원, 성미가 급하긴. 우선 자네, 차나 마시고 애기하자구."
구인이 웃으며 말했다. 구인이 종업원을 다시 불러 차를 주문한 후에 최선배가 차를 한 모금 마시자 배기자에게 물었다.
"박윤환 사장이 어젯밤에 살해되었다고 하던데 어떻게 된 거요?"
"네, 어젯저녁 7시경에 피살자집에서 권총으로 살해됐습니다."
"권총? 한국에서는 보기 드문 사건이군. 범인은?"
"아직 모르고 있습니다."
구인이 고개를 숙이고 심각한 표정으로 깊은 생각을 하고 있었다. 배기자가 무슨 말을 하려다가 그의 표정이 하도 심각해서 입을 닫았다. 얼마 후에 구인이 배기자에게 말했다.
"배기자, 그 사건에 내가 관여하고 싶어."
배기자의 의아해하는 표정을 보고 구인이 덧붙였다.
"실은 6.25사변 때 나는 박윤환 회장 운전병이었어. 그 사람은 대위였고."
"아까 그 얘기를 최선배님으로부터 들었습니다. 어떻게 된 겁니까?"
"무슨 특별한 일이 있어 같이 근무하게 되었던 것은 아니야. 우연히 내가 그의 부대에 배속받게 되었을 뿐이야."
"그 동안에 서로 연락은 하고 지내셨습니까?"
"1951년에 헤어진 후로는 연락이 없었어. 그가 구미 그룹 회장이라는 것은 알고 있었고, 3,4년 전에 딸을 잃었다는 것과 작년에 부인이 교통 사고로 죽었다는 것도 신문에서 읽었어. 부산에 산다는 것은 모르고 있었고."
"어째서 40년 동안이나 연락을 두절하셨지요?"

"그럴 만한 이유가 있어요…… 하여튼 사건에 개입하고 싶은데 무슨 수가 없을까? 수사에 직접 참여가 어려우면 배기자가 수사 내용을 알아서 내게 알려주든가."

배기자가 미소를 띠며 말했다.

"선생님, 한국 추리소설을 보면 경찰 출입 기자가 초동 수사 현장에도 마음대로 출입하고, 경찰 수사 내용을 미주알고주알 다 알고 활약하는데, 사실은 그렇지 않습니다. 사건 기록이나 수사 진도 상황은 우리에게 더 비밀로 하고 있습니다. 그러니 내가 수사 내용을 알아서 전할 수가 없습니다."

배기자가 말을 중단하고 골똘히 생각하고 있는데, 최선배가 말했다. 항상 보여 온 장난기가 없는 진지한 모습이었다.

"배기자, 사장님께서 꼭 수사에 참여하고 싶으시다는 데는 그만한 이유가 있으실 거야. 꼭 되도록 힘써 줘."

배기자는 고개를 숙이고 계속해서 생각을 하고 있었다. 한참 후에 배기자가 고개를 쳐들었다.

"어제도 말씀드렸지만 저의 사촌 형님이 시경 수사과에 계십니다. 형님에게 말해서 어떻게 해보겠지만 장담은 못하겠습니다. 시경에 전화를 하고 오겠습니다."

배기자가 카운터 옆에 있는 공중전화로 가는 뒷모습을 보며 구인이 깊은 생각에 빠졌다. 생각에 너무 깊이 빠져 있어 배기자가 자리에 돌아온 것도 모르고 있다가 배기자의 목소리에 고개를 들었다.

"무슨 생각을 그렇게 깊게 하십니까? 형님께 말씀드렸습니다. 무엇 때문에 그런 짓을 하려고 하느냐는 걸 전화나 한 통 해달라고 부탁했습니다. 남부서 형사계장 옥경감에게 전화한다고 했으니 가시지요. 남부서에 옥경감이 지금 있다는 것을 확인했습니다."

최선배가 가는 길이니 모셔다 드리겠다고 해서 그의 차로 남부서로 향했다.

옥경감, 최반장, 그리고 남경사는 배기자와 같이 소파에 앉아 구인이 말하는 6.25 때 박윤환의 운전병 시절 이야기를 들었다. 그러나 그의 이야기가 그들에게는 별것이 아니었다. 그저 박회장을 오래 전에 만났다는 것뿐이었다. 배기자는 옥경감이 보내는 눈길에서 이런 일로 귀찮게 하느냐는 책망의 느낌을 받았다.

그때 시경에서 돌아온 수사과장이 옥계장, 최반장, 그리고 남경사를 찾는다는 전갈이 왔다. 세 사람은 마침 잘 되었다는 듯이 급히 수사과장실로 갔다.

수사과장 지시에 따라 그들은 소파에 앉았다. 최반장이 박회장 사건의 그때까지의 진척 현황 보고를 마치고 과장에게 밀양 경찰서에 연락해서 협조가 잘 되도록 힘써 달라고 말하는데, 지형사가 김과장 부모를 데리고 왔다고 보고했다. 최반장이 물었다.

"어떻게 됐어?"

"구미실업에서 기다렸더니 3시 50분에 전화가 왔습니다. 김과장이 구미실업 쪽에 있다는 얘기를 구미섬유에서 들었는지 가까운 남구청 앞 다방에서 전화를 했더군요. 심사장이 김과장에게 어제 일어났던 일을 경찰에 솔직히 말하는 것이 좋다고 부모를 납득시키라고 당부했습니다. 이곳으로 데리고 오는 동안 차 안에서 몇 가지 물어봤지만 대답은 않고, 아들하고 먼저 얘기를 하게 해달라고 떼를 썼습니다. 김과장 차의 범퍼 오른쪽 귀퉁이에 긁힌 자국이 있습니다."

"느낌은 어때?"

"겁을 잔뜩 먹고 있었습니다. 아들과 먼저 얘기를 하고 털어놓겠다는 생각인 것 같습니다. 김과장은 있었던 일을 경찰에 솔직히 말하는 것이 상책이라고 부모를 설득하고 있었습니다. 범인은 아닙니다."

 지형사가 그들을 범인이 아니라고 단호하게 말하는 소리를 듣고 최반장이 고개를 끄덕이며, 자기는 나중에 갈 테니 남경사에게 조사실로 데리고 가라고 지시했다. 남경사와 지형사가 함께 나갔다.

 김과장과 그의 부모는 소파에 앉아 있었다. 김과장은 마주앉은 부모에게 무엇을 열심히 말하고 있었고, 부모는 고개를 숙이고 듣고만 있었다. 그 옆에 조금 떨어져서 구인이 의자에 앉아 김과장 부모를 뚫어져라 바라보고 있었다.

 이야기에 열중하고 있는 김과장이나 고개를 숙이고 이야기를 듣고 있는 부모나 남경사가 다가오는 것을 모르고 있었다. 남경사를 보고 일어서는 구인에게 미소를 보내고 남경사가 김과장 뒤에 서서 김과장 부모를 바라보았다.

 아버지는 50대 후반의 노인으로 얼굴에 주름은 많았으나 피부색이 밝았고, 반백의 머리칼에 눈썹이 굵은 잘 생긴 노인이었다. 트집을 잡는다면 여자같이 갸름한 턱에 입술의 선이 가늘어서 의지가 약해 보였다. 허벅지 위에 올려놓은 두 손이 가늘게 떨리고 있었다.

 어머니는 50대 중반쯤으로 피부가 약간 검었다. 고생깨나 했는지 어머니 쪽도 주름이 많았으나 입매가 다부졌고 턱이 의지가 강해 보였다. 김과장의 준수한 용모는 아버지를 닮았으나 다부진 턱은 어머니에게서 물려받았다고 남경사가 생각했다.

 "김과장."
 남경사가 부르는 소리에, 그가 일어섰다. 그는 얼굴이 상기되어 있었다. 그의 부모도 따라 일어섰다.
 "계장님과 반장님이 기다리고 계시니 갑시다."

김과장과 그의 부모를 앞세우고 돌아서는 남경사를 구인이 불러 세웠다. 돌아보는 지형사에게 데리고 가라는 손짓을 하며 남경사가 말했다.

"지금 바쁘니 나중에……."

"그게 아니고," 구인이 남경사의 말을 막았다. "지금 나간 장영진은 어떻게 된 겁니까?"

"지금 뭐라고 하셨습니까?"

"장영진이 사건과 무슨 관계가 있습니까?"

남경사의 얼굴이 벌개지기 시작했다.

"저 사람을 압니까?"

"오래 전의 일이지만 6.25때 박대위와 같이 만난 사람이 틀림없습니다. 그때 저 사람은 누이와 같이 있었는데……."

"누이 이름이 뭔지 압니까?"

남경사가 구인의 말을 중간에서 끊고 물었다.

"장수자라고."

"장수자!" 남경사의 목소리는 고함 소리였다. "여기 잠깐만 계십시오. 가시면 안 됩니다."

남경사가 구인의 대답을 듣지도 않고 몸을 돌려 허둥지둥 사무실 밖으로 나가는데, 화장실에 갔던 배기자가 들어왔다. 남경사를 뒤돌아보며 다가온 배기자가 구인의 맞은편에 앉으며 물었다.

"남경사가 왜 저럽니까?"

"내가 지금 나간 사람을 전에 알았다니까 저렇게 허겁지겁 나가는군."

구인이 대답하고 담배를 꺼내 물었다. 그 담배를 거의 다 피웠을 때, 남경사가 나타나더니 배기자가 구인과 같이 있는 것을 보고 문께에서 구인을 손짓으로 불렀다.

"수사과장님이 6.25때 박회장 만난 얘기를 듣고 싶어합니다. 가시지요."

남경사가 그를 수사과장실로 데리고 갔다. 수사과장, 형사계장, 그리고 최반장이 소파에 앉아 있었다. 최반장이 수사과장에게 구인을 소개했다. 모두가 자리에 앉은 후에 최반장이 말을 했다.

"구선생께서 박윤환 회장을 만난 경위와 장수자 여인에 대해 아는 것을 얘기해 주십시오."

모든 사람이 구인의 얼굴을 주시하고 있었다. 구인이 심호흡을 하고 담담하게 말을 시작했다.

"1950년에 나는 대학생이었는데, 6월 24일 대전에 있는 숙모님댁에 갔다가 6.25를 만났습니다. 결국은 학도병으로 참전하게 되었는데, 기초 훈련도 제대로 받지 못하고 배치된 곳이 박윤환 대위의 헌병 중대였습니다. 내가 운전을 할 줄 알았기 때문에 박대위의 운전병이 되었습니다. 그 중대는 최전방 부대의 후미에서 인민군 포로들을 처리하는 것이 주임무로 하는 부대였습니다. 제가 부대에 배치되고 얼마 안 되어서 북진 시에 박대위와 김소위라는 두 장교를 태우고 가던 지프가 매복하고 있던 인민군 3명에게 기습을 받았습니다. 우리는 셋이서 즉시 대항해서 싸웠습니다. 박대위는 용감했습니다. 그들 중 한 명이 우리 뒤로 돌아온 것을 모르고 앞의 두 명과 교전 중, 뒤에 인기척을 느끼고 몸을 돌렸을 때는 인민군이 따발총 방아쇠를 당기기 직전이었습니다. 김소위와 나는 몸이 얼어붙어 꼼짝을 못하고 있는데, 박대위가 인민군을 사살해서 목숨을 부지할 수 있게 되었습니다. 박대위 덕에 우리가 살게 된 것입니다. 그때부터 내게는 박대위가 그렇게 우러러보일 수가 없었습니다. 박대위는 키가 크고 남성적으로 생긴 사람이었습니다. 생긴 것처럼 우락부락하게 행동을 했지만 자상한 면이 있었습니다. 성질이 급해서 행동부터 하고는 나중에 후회하는 일이 가끔 있었습니다. 부하를 모질게 다루고는 나중에 불러서 다독거려 주기도 했습니다. 반면에 김소위는 감상적이고 무기력한 사람이었습니다. 박대위의 특히 별난 성미는 미신을 많이 믿는다는 것이었습니다. 점치는 것을 아주 좋아했습니다. 어느 지역에서건 점쟁이가 있다는 것을 알면 꼭 찾아갔습니다. 저도 강제로 여러번 끌려가서 점을 쳤습니다. 한 번은 점쟁이가 박대위에게 30대 중반만 넘기면 60세까지는 번창할 거라고 했다며, 그 후부터는 더욱 용감해졌다고 할까, 무모해졌다고나 할까, 위험에도 몸을 더욱 사리지 않았습니다. 북진했던 우리가 중공군의 참전으로 밀려서 개성 북방까지 후퇴한 어느 날이었습니다. 1950년 12월도 며칠 남지 않은 달 밝은 어느 날 밤, 박대위와 김소위를 태우고 전방 쪽에 갔다가 귀대하던 내가 길을 잘못 들었습니다."

구인이 말을 중단하고 숨을 가다듬었다. 모든 사람이 이야기가 핵심에 가까워 오는 것을 느끼고 있었다. 수사과장이 담배를 꺼내 구인에게 권하고 자기 담배에 불을 붙였다. 구인이 가슴 깊이 들이마셨던 담배연기를 길게 내뿜고 눈을 감았다.

40년 전 어느 추운 겨울날 달 밝은 밤에 있었던 일이 영화를 보고 있는 듯 눈앞에 환히 보였다. 보이는 장면들을 무성 영화의 변사처럼, 그러나 담담한 어조로 설명했다. 민족적 불행 속에서 일어난 하찮은 한 여인의 비극이었기에 감춰져 온 이야기를 자기가 본 비극 영화의 줄거리를 이야기하듯 단조로운 억양으로 구인이 이야기했다.

외딴집에서 박대위가 보석을 가지고 나간 데까지 설명했을 때, 수사과장 책상 위의 전화기 벨 소리가 울렸다.

수사과장이 전화를 받고 와서 말했다.

"시경 수사과장 전화였어. 박회장 사건을 신속하게, 그러나 실수 없도록 조심해서 해결하라는 당부였어. 그리고 오늘 저녁에 부산 경찰서 수사과장들의 모임이 있어서 나는 지금 나가야 해. 구선생 이야기를 끝까지 듣고 싶지만 시경 수사과장을 모시는 모임이니 빠질 수가 없어. 옥계장과 최반장도 꼭 나가야 하는 모임이 있는 것은 알지만 나가기 전에 모든 일을 완벽하게 조치해서 나중에 차질이 없도록 하고 나가도록. 심사장에게 협조를 잘 하라는 각별한 지시를 또 받았으니 그 점도 유의해서 처리하라구."

수사과장이 나가자 분위기가 부드러워졌다. 옥경감이 담배를 피워 물며 구인에게 말했다.

"오랫동안 얘기를 하셨으니 목이 타시겠습니다. 차를 드시겠습니까?"

구인이 담배를 꺼내 불을 붙였다.

"아닙니다. 내 얘기가 궁금하실 테니 이야기를 계속하겠습니다. 그 집에서 박대위를 뒤쫓아 곧바로 나왔습니다. 길을 되돌아와서 중대 본부에 닿을 때까지 아무 말도 없었습니다. 중대에 도착하니 후퇴 준비로 부산하더군요. 중대장이 나보고 차 안에 있으라고 말하고 김소위를 데리고 나갔습니다. 차에서 조금 떨어져 둘이 얘기하는 모습을 환한 달빛으로 볼 수 있었습니다. 얼마 후에 박대위 혼자 돌아와서 지프에 탔습니다. 보퉁이에서 금괴 세 개를 꺼내 그것을 줄 테니 그날 있었던 일을 생전 입 밖에 내지 말라는 거였습니다. 저의 조건을 들어주면 발설 안 하겠다고 하고 조건을 제시했습니다. 첫째, 장수자 남매에게 갖다 주게 C레이숀을 줄 것과 갔다 올 수 있게 지프 사용을 허가할 것. 둘째, 가능한 대로 빨리 나를 타부대에, 그것도 후방으로 전출시켜 달라는 것이었습니다. 박대위가 타부대 전출 조건에는 쉽게 응했으나, 첫번째 조건,

특히 지프 사용을 허가 못 하겠다고 해서 시간이 걸렸습니다. 결국에는 그가 승낙을 했습니다. 약속은 꼭 지켜야 한다고 몇 번씩 다짐받기에, 박대위는 내 생명의 은인으로 고맙게 생각하고 있으니 그날 있었던 일은 절대로 발설하지 않을 것을 약속했습니다. 그러나 내가 발설 안 함으로써 빚을 갚았으니 나중에 사회에서 만나는 일이 있더라도 모르는 사이로 하자고 내가 말했습니다. 박대위가 내 말을 들어준 것은 내가 겁이 나서가 아니라 자기가 한 행동을 후회하고 있었기 때문이라고 나는 생각합니다. 약간의 C레이숀과 금 세 조각을 갖고 나 혼자 지프를 몰고 남매에게 다시 갔습니다. 그 집에 가니 남매가 지프 소리를 듣고 겁에 질려 있었습니다. 지프로 사람들 있는 곳까지 데려다 주겠다고 했습니다. 그랬더니 동생이 자기는 발에 동상이 걸려 잘 걷지를 못한다고 하더군요. 뿐만 아니라 인민군인데다가 인민군 복장을 속에 입고 있으니 피난갈 수가 없다며 누이나 데리고 가라는 것이었습니다. 누이가 동생이 같이 안 가면 자기도 동생과 같이 있겠다고 하는 바람에 동생이 졌습니다. 아궁이 불씨에 C레이숀을 대강 데워서 먹이고 그 집을 떠났습니다. 동생은 잘 걷지를 못해서 누이와 내가 부축해서 지프에 태웠습니다. 그때 그녀가 22세, 이름은 장수자이고, 집은 사리원이라는 것을 알았습니다. 아버지가 커다란 귀금속상을 했는데 해방 후에 공산 치하에서 전재산을 몰수당하고 숙청되었으며, 어머니는 홧병으로 1948년 말에 죽었다는 것을 알았습니다. 동생은 19세로 이름이 장영진이며, 인민군에는 1950년 8월에 끌려갔다가 탈영하여 누이를 만나 남쪽으로 피난 중이라는 것도 알았습니다. 그들은 의식적으로 인적이 드문 길로만 남쪽으로 가던 중, 인민군에 있을 때 걸린 동생의 동상 때문에 그 외딴 집에서 쉬다가 우리를 만난 것입니다. 당시, 우리 부대는 밤 12시에 현 위치에서 후퇴하여 개성 남쪽 임진강변으로 이동하라는 명령을 받고 있었습니다. 따라서 11시까지는 꼭 귀대하겠다고 박대위에게 약속하고 왔던 것입니다. 그러므로 그들 남매를 사람이 많은 개성으로 데리고 가고 싶었지만 시간도 없었고, 특히 인민군 탈영병을 군차량으로 싣고 갈 수는 없었습니다. 내가 처음에 길을 잘못 들었던 삼거리에 오자, 군차량의 왕래도 드문드문 있었고 남하하는 피난민도 조금 보였습니다. 군차량을 본 남매는 겁을 먹고 그곳에서 내리겠다는 거였습니다. 그곳 길에서 약간 떨어져 집 10여 채가 있는 것이 보였습니다. 그중에서도 외딴 집에 남매를 데리고 갔습니다. 60쯤 되어 보이는 내외만 있었는데, 피난민이라고 남매를 소개하고 동생의 발이 나을 때까지 보살펴 달라고 남은 C레이숀을 주며 간청했습니다. 집주인이 자기도 곧 피난갈 거라며 오래 보살피지는 못한다고 하더군요. 노부부가 남매에게 방 하나를 주는 것을 보고 그 집을 떠났습니다. 떠나기 전에 피난가서 위급할 때 쓰라고 갖고 온 금을 주었습니다. 남매가 울면서 이름이라도 알려 달라고 하는 것을 살아 남아 나중에 만나면 그때 알려주겠다고 하고 떠났습니다. 그 후로는 그들 남매를 만나지 못했습니다."

아무도 말을 하지 않았다. 모두가 우울한 영화를 보고 난 후의 씁쓸한 표정을 짓고 있었다. 최반장이 씁쓸한 생각을 털어 버리기라도 하려는 듯 머리를 가볍게 흔들고 물었다.

"그 후로 그들 남매의 소식을 듣지 못했습니까?"

"동생 소식은 못 들었지만, 누이는 텔레비에서 봤습니다."

"텔레비에서?"

"그래요. KBS에서 이산 가족 찾기 생방송을 할 때, 그 여자가 동생을 찾고 있는 것을 텔레비에서 봤습니다. KBS 부산 방송국에서 방영되었는데 이름, 나이, 모습이 틀림없었습니다. 전에 아름다웠던 모습에 비하면 늙기도 했지만 고생한 모습이었고, 오른쪽 이마에 없던 큰 상처가 나 있었습니다. 상처 때문에 이름을 듣고 자세히 보지 않았다면 그냥 지나칠 뻔했습니다. 살고 있던 곳은 밀양 어디였다고 기억됩니다. 그 여인이 틀림없었습니다."

"연락을 취할 생각은 안 하셨습니까?"

최반장의 물음에 구인이 고개를 약간 숙였다. 당시를 회상하듯 잠깐 생각하더니 고개를 들었다.

"만나 보고도 싶었습니다. 그러나 만나서 괴로운 과거를 일깨워 주고 싶지가 않더군요. 얼굴의 상처, 고생한 듯한 모습, 모든 것이 내 책임같이 느껴졌습니다. 아직 살아 있구나. 살아 있다는 것 자체가 고마워서 만나지 않기로 작정했습니다."

"동생 소식은 못 듣고요?"

"네, 그런데 그 동생을 오늘 본 것입니다."

"동생이 틀림없습니까?"

"틀림없습니다. 아까 사무실에서 자기는 고개를 숙이고 밑만 보고 있어서 나를 못 봤지만, 나는 옆에서 자세히 봤습니다. 같이 있던 청년은 아들인 것 같았는데, 아들이 아버지에게 어젯밤에 있었던 일을 경찰에 솔직히 얘기하라고 하고 있던 것으로 보아 박윤환 살해 사건과 관계가 있는 모양이지요?"

"참고인 진술을 받으려고 하는데 입을 열지 않아서……"

최반장이 옥계장을 흘끗 보며 말끝을 흐렸다. 외부인에게 이런 말을 해도 좋은지 옥계장의 눈치를 보는 것 같았다. 옥계장이 아무 말도 안 하자, 최반장이 또 물었다.

"그렇다면 박회장을 그 후로 만나지를 않았습니까? 소식도 못 들었습니까?"

"박대위는 약속대로 나를 후방 부대로 전출시켜 줬습니다. 1951년 5

월에 그와 헤어졌는데 그 후로는 만나지 않았습니다. 소식은 들었습니다. 5.16 나던 해에 장도영 반혁명 사건의 일원으로 체포되었다는 신문 기사를 읽었습니다. 그리고는 소식을 못 듣고 있다가 몇 년 전에 그가 구미화학을 만들었을 때 여러 개의 기업체를 갖고 있는 기업인으로 성공한 것을 알았습니다. 구미화학은 신발 제조 업체라서 내 일과 관계가 있었지만, 내가 의식적으로 거래를 피했습니다. 거래를 하면 공장에 가야 하고, 공장에 가면 박회장과 마주칠 가능성이 있었기 때문입니다."

"그토록 박회장을 피했던 것을 보니 사람됨이 나빴던 모양이지요?"

"아닙니다. 성미가 욱했지만 나중에 화해를 해서 크게 원한을 살 사람은 아니었습니다. 장수자 일만 해도 자기가 모르게 저질렀던 것으로 나는 생각합니다. 그날 밤은 보름이 가까운 달 밝은 밤이었습니다. 달은 사람의 마음을 흔들어 놓는다는 얘기를 들은 적이 있습니다. 영국에는 보름달이 나올 때면 늑대로 변하는 늑대 인간 이야기가 있다고 들었습니다. 그날 밤 마당에서 달을 보면서 달이 박대위를 저렇게 행동하게 만들었다는 생각도 했습니다. 아까도 말했지만 그는 내 생명을 구해 주었고, 상관으로서 내게 잘해 주었습니다. 제가 그를 피한 것은 박대위보다도 불쌍한 장수자 여인 생각 때문이었습니다. 비극적인 일을 상기시켜 줄 모든 끄나풀을 끊고 싶었습니다."

"그러면 그 김소위라는 사람과도 소식을 끊었습니까?"

구인이 대답하기 전에, 남경사가 재빨리 물었다.

"김소위의 이름은 뭡니까?"

"이름은 김원태입니다. 일부러 피하려고 하지는 않았지만 여지껏 만나지도 못했고 소식도 못 들었습니다."

김원태? 남경사가 수첩을 급히 넘겼다. 역시 내 생각이 맞았어. 아까 심사장이 말하기를, 구미관광의 사장이 박사장이 군에서 데리고 있던 부하라고 하며 이름이 김원태라고 했어. 그렇다면 이 김원태라는 사람도 이 사건에 관계가 있나? 김원태의 어젯밤 행적도 조사해 봐야겠다고 생각하는데, 최반장이 말했다.

"그것이 전붑니까? 다른 것이 또 있습니까?"

"없습니다. 그것이 전부입니다. 그런데 그 남매는 서로 만났습니까?"

최반장이 구인의 물음에 대답을 않고 옥계장에게 몸을 돌렸다.

"계장님, 이제는 어젯밤에 무슨 일이 있었는지 김과장 부모를 심문해야 하겠습니다."

옥경감이 고개를 끄덕이자, 최반장이 구인에게 말했다.

"수고 많으셨습니다. 추가로 물어볼 것이 있으면 또 연락하겠습니다."

최반장의 말에서 자기가 박회장 사건 수사에 참여를 못하게 된 것을 알고 구인이 다급하게 말했다.

"저어, 반장님, 그 심문에 저도 참여했으면 합니다."

최반장이 놀라는 표정을 보고, 그가 재빨리 말을 이었다.

"내가 직접 심문을 하겠다는 뜻은 아닙니다. 옆에서 심문을 지켜봤으면 합니다. 박회장과 나와의 특별한 관계도 있고, 수사에 도움이 될지도 모르니……."

"수사에 도움이? 어떤 도움이지요?"

"장영진이 입을 열지 않는 것 같은데, 내가 입을 열게 할 수가 있을지도 모르겠습니다."

"입을 열게 하는 것쯤이야 우리도……."

최반장의 말에 남경사가 끼어들었다.

"반장님, 강제적으로 진술을 시키는 것보다 자발적인 진술을 듣는 것이 수사에 도움이 되지 않을까요? 김과장의 부친이 장영진이라면 자발적인 진술을 받는 데 구선생님이 도울 수 있다고 생각합니다."

"글쎄……."

최반장이 주저하는데, 옥계장이 결정을 내렸다.

"상부의 지시가 있으니 강제로 진술을 받는다는 것도 생각해 볼 문제야. 구선생의 설득이 쉽게 먹혀 들어갈지도 몰라. 심문은 우리가 하고 구선생은 참석만 하는데 무슨 문제가 생기겠어? 게다가 시경의 배경감이 잘 협조하라는 전화가 있었어. 그 대신 구선생은 심문 내용을 외부에 누설치 마셔야 합니다. 특히 배기자에게."

그들이 조사실 앞에 오니, 안에서 지형사의 큰 소리가 흘러나오고 있었다. 그들이 들어가자, 지형사가 하던 말을 멈추고 일어섰다. 지형사가 얼굴이 벌개서 남경사에게 떠들었다.

"어젯밤에 있었던 얘기를 도대체 하지를 않습니다. 아들하고 먼저 얘기하게 해 달라는 겁니다. 죄가 없으면 말 못할 게 뭐가 있느냐고 해도 영 입을 안 열어서……."

지형사가 흥분해서 떠드는 것을 남경사가 제지했다. 남경사와 지형사가 다른 책상을 옮겨 붙이는 소란 속에서도, 김과장의 부모는 고개를 숙이고 앉아만 있었다. 다른 사람들 모두가 자리에 앉는 것을 보고, 구인이 김과장 아버지 뒤로 조용히 다가가서 나직이 불렀다.

"장영진씨."

노인이 고개를 후딱 쳐들었다. 구인을 못 알아보고 의아해 하고 있었다.

"나를 알아보겠소?"

노인은 아직도 멍한 표정이었다.

"40년 전 겨울, 개성 북쪽에서……."

구인이 감정이 복받쳐 말을 잇지 못했다.

노인의 얼굴에 경악의 빛이 서서히 떠오르더니 그가 천천히 몸을 일으켰다. 아버지의 표정을 보고 김과장도 놀라서 일어섰다.

"아저씨……."

노인이 설마 하는 듯 주저하며 말끝을 끌다가 구인에게 왈칵 달려들었다.

"아저씨!"

장영진의 상체를 껴안는 구인의 눈에 이슬이 맺혔다. 장영진은 큰 키를 구부려 자기 얼굴을 구인의 머리에 대고 흐느끼고 있었다. 구인이 장영진의 몸을 떠밀며 말했다.

"40년 전에 아저씨라고 하지 말라고 했잖소?"

그들이 자리에 모두 앉기까지는 시간이 조금 걸렸다. 아들이 앉았던 자리에 구인을 앉힌 장영진은 구인의 손을 잡고 놓으려 하지 않았다. 모두가 마음을 어느 정도 가라앉힌 것을 보고 최반장이 장영진에게 말했다.

"어젯밤에 어떤 일이 있었는지 얘기할 때가 됐다고 생각하지 않습니까?"

최반장의 말을 듣고 장영진이 고개를 숙였다. 침묵이 길어지자 최반장이 입을 열려는 것을, 구인이 눈짓으로 막고 장영진의 손을 가볍게 흔들었다.

"나와 헤어지고 나서 지금까지 있었던 일을 얘기해요. 경찰에서도 그 이전 있었던 일은 알고 있어요."

그래도 주저하는 장영진의 마음을 돌리게 한 것은 부인이었다. 더듬거리며 두서없이 한 장영진의 말은 다음과 같았다.

구인이 떠나고 난 후에 옆집 사람한테서 무슨 말을 들었는지 집주인이 다음날 아침에 남쪽으로 피난가겠다고 하면서 같이 가자고 했다. 누이는 동생에게 가다가 죽는 한이 있더라도 집주인 내외와 같이 피난을 가자고 했다. 장영진은 자기가 잘 걸을 수 없어 누이에게 짐이 되고 있다는 것을 알지만 같이 가겠다고 해서 누이를 안심시켰다.

다음날 새벽, 장영진은 누이가 잠들었을 때 그 집에서 몰래 빠져 나왔다. 기다시피 해서 그 집에서 멀리 간다고 갔지만 낮은 뒷동산 위였다.

날이 밝고, 누이가 미친 듯이 동생 이름을 부르며 찾는 것을 보았다. 집주인 내외가 싫다고 발버둥치며 울부짖는 누이를 동네 사람들의 힘을 빌려 남쪽으로 끌고 가는 것도 나무 사이로 지켜보았다.

그날 낮을 산에서 보내다가 언제 죽었는지 모르는 인민군 시체를 발견했다. 시체의 목에는 김용욱이라는 군인 인식표가 걸려 있었고, 주머니에 있는 수첩에서 죽은 군인의 소속 부대를 알았다. 인민군에서 탈영한 것이 겁난 그는 자기 인식표와 시체의 것을 바꿨다.

오후부터는 남하하는 군차량과 피난민 숫자가 많아지기 시작했다. 밤이 되어서 그는 산에서 내려와 그 집으로 다시 들어갔다. 발의 헝겊을 풀어 보고 겁이 덜컥 났다. 동상에 걸린 발을 빨리 치료하지 않으면 발을 잃을 것 같았다. 배도 고팠다.

그날 밤에 그는 한국군에 투항했다. 인식표대로 이름은 김용욱이라고 했다. 그도 다른 인민군 포로들과 같이 거제리 포로 수용소에 수용되었다. 거기서 그는 박대위를 다시 보았고, 이름이 박윤환이라는 것을 알았다. 박윤환은 소령이 되어 있었고, 수용소와 관계가 있는지 한 달에 두세 번 모습을 나타냈다. 장영진은 박윤환 앞에 자기 모습을 나타내지 않았다.

1953년 6월 그도 다른 포로들 2만5천 명에 섞여 석방되었다. 갈 곳이 없는 그는 이북 피난민들이 많이 모여 산다는 부산 국제 시장에 가서 품팔이를 하면서 누이를 백방으로 찾았으나 허사였다. 1955년, 그가 24살 때 역시 이북 피난민인 장인 눈에 들어 결혼을 해서 1961년에 김과장을 낳을 때까지 슬하에 2남1녀를 두었다. 누이 이야기는 자녀들이 장성한 후에도 안 했으나 부인에게는 모든 것을 말했다.

그 후로도 누이를 찾으려고 황해도 도민회 등 백방으로 연락했으나 누이의 소식을 아는 사람이 없었다. 1983년 이산 가족 찾기 생방송 때에는 만사를 제쳐 놓고 여의도 KBS에 가서 살았다. TV에도 나갔다. 그러나 누이가 죽었는지 살았는지 알 수가 없었다.

그러던 중 우연한 기회에 구미섬유 사장이 박윤환이라는 것을 알았고, 구미섬유 앞에서 지키고 있다가 그 박윤환이 옛날의 원수인 박대위라는 것을 확인했다. 박윤환을 통해서 누이 소식을 들을 수 있을까 해서 막내아들을 구미섬유에 취직하도록 했다. 그러나 박윤환 주변에 누이가 있다는 소식을 들을 수가 없었다. 작년 말에는 박윤환이 부산에 기거하기 위하여 파출부를 구한다는 말을 듣고 부인까지 동원하였으나 결과는 마찬가지였다.

그리하여 누이는 죽었거니 하고 있던 차에, 부인한테서 박윤환이 누이 이름을 들먹였다는 말을 듣게 되었다. 지난 2월 중순께에 처음 보는 사람이 박윤환을 찾아왔다. 두 사람은 서재에 들어가서 거의 2시간 동안 있다가 나왔다. 찾아온 사람이 현관에서 신을 신을 때, 박윤환이 장수자에 관한 이야기를 절대로 입밖에 내지 말라고 하는 소리가 부엌에 있는 부인 귀에 들렸다.

박윤환이 누이와 관계가 있다는 심증을 굳힌 장영진은 박윤환과 직접 맞닥뜨려서 누이의 소식을 알아볼까 생각도 했지만, 그랬다가 누이에게 어떤 불이익이 생길지 몰라 박윤환의 동태를 좀더 살피기로 했다. 서재문을 닫고 안에서 이야기하면 말소리가 밖에 들리지 않았다. 그리하여 서재에 도청 장치를 하기로 부인과 의견 일치를 보았다. 서재와 붙은 창고에서 구멍을 뚫고 도청 장치를 한 것이 2월 말경이었다. 그러나 여지껏 녹음된 소리는 일반 업무에 관한 것이었을 뿐, 누이에 대한 것은 일언반구도 없었다.

그러고 있던 중에 어제 누이에 관한 이야기를 듣게 되었다.

어젯저녁 7시가 다 되어서 집에 온 부인이, 장수자의 아들이 박윤환 집에 온다는 얘기를 들었다고 전한 것이다. 집 앞에 있는 아들의 자가용을 몰고 가서, 부인은 박윤환 집으로 올라가는 골목 입구에 있는 큰길가 제과점에서 기다리게 하고 장영진 혼자서 박윤환 집으로 갔다.

장영진이 박윤환 집에 도착했을 때가 7시 30분경이었다. 대문 옆의 쪽문이 빼끔히 열려 있었다. 쪽문을 통해 집안을 보니 우측에 있는 방에 불이 켜져 있는 것 말고는 집안이 깜깜했다. 박윤환과 장수자의 아들이 그 방에 있겠거니 생각하고, 아들이 밖에 나오면 만날 작정으로 기다렸다. 거의 30분을 기다려도 안에서 인기척이 없어 들어가 볼까 망설이는데 안에서 전화벨 소리가 들렸다. 전화를 받지 않아서 십여 번 벨이 울리고 끊겼다. 사람이 있으면 받을 텐데 하고 이상하게 생각한 그가 들어가 보기로 마음 먹었다.

조심해서 불 켜진 창으로 다가갔다. 제쳐진 커튼 사이로 방안을 환히 볼 수 있었다. 제일 크게 눈에 들어온 것은 책상에 엎어져 죽어 있는 박윤환의 모습이었다. 이마의 총상으로 그가 죽었다는 것을 알 수 있었다. 놀라고 겁에 질려 창 가까이 얼굴을 대고 얼마나 있었는지 모른다. 정신을 차린 그가 그 집에서 도망쳐 나와 질풍같이 차를 몰고 부인이 있는 곳으로 갔다. 중간에서 경찰을 만나고 자전거를 쓰러뜨린 기억은 없다.

　제과점에 있던 부인을 태우고 아무 곳이나 달리면서 부인에게 박윤환이 죽어 있던 이야기를 했다. 범인으로 몰릴 것 같은, 겁에 질린 생각에 경찰에 신고할 생각은 못하고 부산을 떠나고만 싶었다. 우선 대구에 있는 딸의 집에 피신하기로 하고 집에 가서 돈을 약간 챙겼다. 며느리에게는 대구에 간다고 했다. 딸이 서대구에 살고 있어 경부 고속도로를 이용하지 않고 남해 고속도로와 구마 고속도로를 이용하기로 했다. 부산을 벗어나니 마음이 약간 진정되었다. 진영 휴게소에서 잠깐 쉬는 동안 딸에게 갔다가 나중에 딸까지 피해를 주는 것은 아닌가 걱정이 되어, 아무 곳에서나 하룻밤을 보내며 생각하기로 하고 부곡 온천에서 어젯밤을 보냈다. 집에는 전화를 해서 대구에 못 가고 오늘 부산으로 가겠다고 전했다.

　마음이 가라앉고 나니 죄도 없는 몸이 도피한다고 될 일인가 하는 의문이 생겼다. 내외가 밤새도록 의논한 끝에 일단 부산으로 돌아가서 작은아들과 의논하고 행동하기로 결정을 보았다. 부산에 돌아와서 아들 회사에 연락하여 4시에나 만날 수 있었다.

　장영진의 진술을 들은 최반장이 말했다.
　"시체를 발견했으면 경찰에 신고를 해야지 죄도 없다는 사람이 무엇 때문에 도망을 쳤다는 말이오?"
　최반장의 말은 질문이라기보다 나무라는 투였다. 장영진이 머리를 조아렸다.
　"죄송합니다. 겁에 질려 정신 없이 그만……."
　"그리고 박회장이 박대위라는 것을 알고 찾아가 담판도 안 했다는 말이오?"

"무슨 담판을 하지요?"

최반장이 기가 차다는 표정을 짓는데, 남경사가 물었다.

"집에서 7시가 다 돼서 떠났다는 것을 며느리가 증명할 수 있지요?"

"네."

가족의 일원인 며느리와 말을 맞추었을 가능성은 있다. 그 점은 나중에 며느리의 진술을 들을 때 알아보기로 하고 김과장 어머니에게 말했다.

"아주머니는 장수자라는 이름을 박회장 집에서 언제, 어떻게 듣게 됐는지 자세히 말해 봐요."

김과장의 어머니는 남편의 과거를 속속들이 알고 있어 남편이 진술하는 동안에 놀라는 기색을 보이지 않았다. 그녀는 남편과 달리 조리 있게 설명했다.

"지난 2월 중순쯤이었습니다. 어느 날 오후에 처음 보는 사람이 박회장님을 집으로 찾아왔습니다. 박회장님이 무슨 변호사라고 불렀던 것 같습니다. 그 사람이 나갈 때, 박회장님이 장수자에 대한 말을 절대로 입밖에 내지 말라고 하는 말을 내가 부엌에서 들었습니다. 남편에게서 시누이에 대한 얘기를 들어 알고 있었으므로 남편에게 그 얘기를 했습니다. 서재문을 닫으면 안에서 하는 이야기가 밖에 들리지 않을 뿐만 아니라, 내가 퇴근하고 난 후에는 무슨 일이 있는지 알 수 없어 서재에 도청 장치를 하기로 남편과 결정을 보았습니다. 녹음기를 구해서 남편이 설치한 것이 2월 말경입니다. 박회장님이 서재에 있을 때나 내가 퇴근할 때, 창고 안의 스위치를 켜서 서재 안에서 일어난 일을 녹음시켰습니다. 녹음은 4시간밖에 안 되지만 내가 7시에 퇴근하니까 4시간이면 밤 11시 가까이까지 녹음할 수 있어 충분하다고 생각했습니다. 도청 장치를 서재에 한 것은 박회장님의 전화가 서재에만 있고 손님이 오면 서재에서만 접대했기 때문이었습니다. 그런데 여지껏 시누이에 대한 얘기는 녹음된 것이 한 마디도 없었습니다. 어제 6시쯤 조부장이 회장님 집에 왔습니다. 회장님 심부름으로 서재에 편지를 놓으러 왔다며 서재에 들어갔습니다. 서재에서 나와서는, 회장님이 7시에 집에서 중요한 사람을 만나야 하는데 비밀로 하고 싶어하시니 6시 30분 이전에 집에서 나가야 한다며 일을 빨리 마무리지으라고 재촉이 심했습니다. 집을 떠나기 전에 모든 것이 제대로 되었나 보려고 서재에 갔습니다. 조부장이 빨리 나가자며 따라왔습니다. 책상 위에 편지가 있었습니다. 보낸 사람의 이름이 장수자였습니다. 시누이의 편지라고 생각하니 가슴이 두 방망이질을 쳐서 숨도 제대로 쉬지 못할 지경이었습니다. 6시 20분쯤 조부장하고 집을 나오면서 누가 오는데 그 야단이냐고 물었더니, 편지 보낸 사람의 아들이라고 하더군요. 집에 오니 6시 50분쯤 되었습니다. 그 다음은 남편이 얘기한 대로입니다."

　부인의 진술은 생각보다 간단했다. 부인의 이야기가 끝날 때까지 묵묵히 듣고 있던 최반장이 물었다.

　"조부장이 6시경에 와서 6시 20분에 박회장 집에서 나왔다고 했는데, 그 동안에 무엇을 하셨습니까?"

　"박회장님과 윤기사의 저녁 준비를 하는데, 조부장이 왔습니다. 저녁을 짓지 말라는 지시가 없는 날은 저녁상을 부엌 식탁에 차려 놓고 가면 윤기사가 박회장님 저녁 시중을 들었습니다. 회장님은 저녁을 밖에서 주로 했기 때문에 저녁 준비하는 경우가 많지 않았습니다. 그날도 저녁을 짓지 말라는 지시가 없어서 저녁을 준비하고 있었습니다. 조부장이 저녁 준비가 필요 없다며 빨리 나가자고 다그치는 바람에 저녁 준비하려고 내놓았던 찬거리를 집어넣고 핑계를 대고 창고에 가서 녹음기 스위치를 켜고 집에서 나왔습니다."

"그 동안에 조부장은 무엇을 했습니까?"
"내가 집에서 빨리 나가게 만들려고 했는지, 부엌 식탁에 앉아 내 일이 끝나기를 기다리고 있었습니다. 흰 바지를 입고 있길래 더럽힐까봐 서재에서 기다리라고 했지만, 괜찮다고 하며 식탁에 앉아 있다가 바지를 약간 버렸습니다."
"어떻게요?"
"저녁 준비하느라 냉장고에 있던 고기를 식탁 의자에 놨었는데, 핏물이 조금 흘렀던 모양입니다. 그걸 모르고 조부장이 앉았다가 바지 엉덩이에 핏물이 약간 묻었습니다. 조부장은 언제나 옷을 멋부려 입는데, 어제는 곤색 윗도리에 아주 밝은 미색 바지를 입고 있었습니다. 핏물이 아주 조금 묻었지만 바지색이 밝은 색이라 눈에 띄더군요. 조부장은 모르는 것 같아서 나도 말을 안 했습니다. 조부장에게는 어쩐지 말을 붙이기가 힘들어서······."
"조부장이 박회장 집에는 가끔 들렀습니까?"
"네, 회장님 심부름으로 서재에서 서류를 갖고 가기도 했습니다."
"녹음기가 고장이 난다든가 해서 말썽을 피우지는 않았습니까?"
"새 것을 산 지가 얼마 안 돼서 잘못된 적은 없었습니다. 퇴근할 때 스위치를 넣었는데도 아침에 보니 녹음이 안 된 적이 여러번 있었는데, 그것은 밤새도록 서재에서 아무 소리도 안 났기 때문이었지 고장은 아니었습니다."
최반장이 질문을 중단하자, 그때까지 아무 말도 않고 있던 남경사가 물었다.
"집에서 나올 때 서재의 커튼은 닫았습니까 열어놨습니까?"
"커튼요?" 부인이 잠시 생각하다 대답했다. "기억이 안 납니다. 보통은 닫고 퇴근하는데, 어제는 조부장이 다그치는 바람에 어떻게 했는지 모르겠습니다."
 "서재의 창문은 잠갔습니까?"
 "퇴근 전에 문단속을 꼭 하기 때문에 틀림없이 잠갔습니다."
 "서재 책상 서랍에서 총을 본 적이 있습니까?"
 "총요? 못 봤습니다. 책상 서랍에는 손대지 말라는 회장님의 엄명이 있었고, 책상 서랍들이 자물쇠로 잠겨 있어 열어볼 수도 없었습니다."
 잠시 침묵이 흘렀다. 최반장이 옥경감을 바라보았다. 그 눈길에서 그 이상 질문이 없다는 감을 잡은 옥경감이 일어섰다.
 "최반장과 남경사는 나하고 밖에서 얘기 좀 하고 지형사는 여기에 있어."
 그들이 나가자, 장영진이 구인을 향했다. 장영진의 마음이 그 동안 많이 진정되었는지 차분한 목소리로 부인을 구인에게 소개하고 아들도 인사시켰다. 부인은 연해 고개를 숙이며 6.25때 남편의 생명을 구해 주셔서 고맙다고 했고, 아들은 자세한 내용은 모르면서 아버지 생명을 구해 주신 분이라는 말에 어리둥절한 표정으로 머리를 조아렸다.
 서로의 흘러간 이야기는 나중에 만나서 자세히 하기로 하고 주소와 전화번호를 교환하는데, 최반장과 남경사가 여순경과 같이 들어왔다. 지형사가 최반장에게 물었다.
 "반장님도 약속이 있으시다더니 안 가셨습니까?"
 "이곳 일이 더 중요해서 계장님 먼저 가시라고 했어."
 최반장이 간단하게 대답하고 김과장을 향했다.
 "김과장, 아직은 부모님의 혐의가 완전히 풀리지 않았어. 김과장과 부모님들의 진술 조서를 작성해야 하니 여기 여순경과 같이 형사계 사무실에 가서 잠시 기다려."
 여순경이 김과장과 부모를 데리고 떠나자, 남경사가 구인을 향했다.

"구선생님, 오늘 새로운 사실을 알려 주셔서 감사드립니다. 그리고 배기자한테서 선생님이 이 사건에 관여하시기를 원한다는 자세한 얘기도 들었습니다. 제가 계장님께 간곡하게 부탁을 드려서 선생님의 수사 참여를 허락받았습니다. 그렇더라도 일반인을 수사에 직접 참여시키는 것은 곤란하니 수사에 직접 참여는 마시고 저와 개인적으로 만나서 수사 진척 상황을 의논토록 하겠습니다. 공식적으로는 경찰에서 이 내용을 모르는 것으로 되어 있습니다. 지형사도 이 사실을 입밖에 내지 말아…… 그리고 구선생님께서는 수사 내용을 경찰 외부에는 절대로 누설치 않겠다고 약속하셔야 합니다."

남경사의 말을 듣고 지형사가 일어서서 구인에게 악수를 하고 다시 앉는 것을 보고, 남경사가 말했다.

"아까 밀양 경찰서에서 전화가 왔는데, 장수자가 살해됐어."

"뭐요?" 지형사보다 구인이 먼저 소리쳤다. "언제? 어떻게?"

남경사가 밀양 경찰서와의 통화 내용을 간단히 알려 주었다. 이야기를 들은 구인이 무엇을 깊이 생각하면서 고개를 끄덕이고 있었다. 그 모습을 보고 남경사가 물었다.

"왜 그러십니까?"

"아무것도 아닙니다. 내가 무슨 생각을 하고 있었습니다."

남경사가 눈길을 계속해서 구인에게 보내며 지형사에게 말했다.

"김과장에게는 부모의 혐의가 완전히 풀린 것이 아니라고 말은 했지만, 어젯밤 7시에 집에서 나간 것이 확실하다면 박회장 살인 혐의는 완전히 풀린 거야. 다만, 장수자 가족이 죽은 곳에서 부곡 온천이 멀지 않으니 이상하다는 생각은 들지만, 설마 40년 동안 애타게 찾은 누이를 살해했다고야……."

남경사가 말끝을 흐리는 것을 보고, 최반장이 말했다.

"40년 동안 애타게 찾았지만 못 만났다는 것은 장영진의 말이고, 실제로는 전에 만났는지도 모르잖아. 그러니까……."

그때 노크 소리가 나고, 감식반 반경사가 들어왔다.

"부검 소견서가 나왔어!" 하고 큰 소리로 말하며 들어오던 반경사가 구인을 보고 입을 다물었다.

"괜찮아. 말해 봐, 반경사."

남경사의 말에, 반경사가 노트해 온 소견서 내용을 설명했다.

"사망 시간이 거의 정확하게 나왔어. 총소리가 녹음된 7시경이야. 남경사도 알겠지만, 사망 시간 추정은 피살자의 체온, 사후 경직 상태, 위장 내 음식물의 소화 상태, 시체가 있었던 실내 온도 등 여러 가지를 복합적으로 종합 검토해서 하지만, 아무도 자신 있게 말하지는 않아. 그런데 이번 경우는 여건이 달라. 어제 오후 4시 30분경에 피살자가 콜라와 같이 햄버거 샌드위치를 먹은 것이 확인됐어. 따라서 위장 내의 음식물 소화 상태로 거의 정확한 시간을 알 수 있었어. 사망 시간은 샌드위치를 먹은 후 2시간 30분이 지나서야. 부검한 의사가 자신 있게 소견했어. 그렇다면 녹음된 총소리 시간하고도 딱 들어맞는다구. 사인은 서재에서 발견된 32구경 권총에 의한 총상이야. 권총을 발사해서 얻은 탄환과 시체에 박힌 흉탄을 비교, 현미경으로 검토한 결과 확인되었어. 서재와 창고에서 발견된 탄피도 둘 다 흉기에 사용된 탄피라는 것도 확인됐구. 탄환은 왼쪽 눈썹 위 전두골을 뚫고 대뇌를 파괴한 후에 후두골 우측 안쪽에 박혀 있었어. 즉사했어. 파라핀 테스트 결과 시체의 손에서 초연이 검출되지 않은 점으로 자살이 아니라는 것이 확실해. 흉기에서 지문이 검출되지 않은 것으로 봐서, 범인이 지문을 닦았거나 장갑을 끼고 범행을 저질렀는데, 재미있는 것은 흉기의 방아쇠 장치를 줄로 쓸어서 약하게 해놨다는 점이야. 근래에 줄로 쓸어 놓은 것이 아니고 오래 전에 그래 놨대."
 반경사가 설명을 마치는데, 구인이 중얼거렸다.
 "헤어 트리거로군."
 그 소리를 자세히 듣지 못한 남경사가 물었다.
 "뭐라고 하셨지요?"
 "헤어 트리거(Hair trigger)입니다."
 "그게 뭔데요?"
 이번에는 지형사가 물었다. 구인이 남경사를 바라보았다. 남경사는 자기는 무슨 말인지 안다는 듯 미소 띤 표정을 짓고 있다가 설명해 주라는 듯이 고개를 끄덕였다.
 "헤어 트리거란 우리 말로 직역하면 '머리칼처럼 가벼운 방아쇠' 라는 뜻입니다. 구태여 우리 말을 붙이자면 '촉발 방아쇠'라고나 할까요. 총을 쏠 때는 방아쇠가 가벼울수록 명중률이 높습니다. 방아쇠가 가벼우면 방아쇠 당길 때 힘을 덜 줘도 되니까 흔들림이 감소되기 때문이지요. 예전에 미국에서는 총잡이들이 헤어 트리거를 많이 사용했다는 얘기를 들었습니다. 그렇게 하면 명중률은 높아지지만 오발할 위험도 높아집니다."
 구인이 설명을 끝내자, 무슨 일에 쉽게 감격하고 자기의 감정을 그대로 얼굴에 나타내는 성격의 지형사가 놀란 표정을 지으며 말했다.
 "아니, 그런 걸 어떻게 아셨습니까? 남경사님이야 미국 FBI 학교에서 교육을 받으셨으니 많은 것을 알고 있겠지만."
 "추리소설을 좋아해서 영문 추리소설을 읽다 보니 주워 듣게 됐습니다."
 반경사가 자기 일은 끝났다고 나가는 것과 엇갈려, 김순경이 들어와서 해운대 호텔 피살자가 박회장이 찾아갔던 애꾸눈 점쟁이가 틀림없다고 윤기사가 확인했다고 보고했다. 해운대 호텔 애꾸눈 살인 사건을 모르고 있던 지형사가 내용을 묻자, 남경사가 간단히 설명하고 최반장을 향했다.

"반장님, 해운대 호텔 사건은 피살자의 신원도 해운대 쪽에서는 파악하지 못하고 있는 것 같으니 우리가 알고 있는 정보를 해운대서에 알려주는 것이 좋겠습니다. 담당이 오재학 경사인 것 같은데, 지난번 김노파 살인 사건 때 우리가 도움을 받았으니 이번 기회에 생색이라도 내지요. 게다가 우리의 손이 모자라서 그 일에는 손을 대지도 못하겠습니다. 그 대신 우리 덕에 신원 파악하게 됐으니 수사 진척을 우리에게 통보하라고 윽박질러 놓겠습니다."

"그쪽 수사 진척은 알아서 뭣하게?"

"아, 참, 말씀을 안 드렸군요. 그 애꾸가 해운대 호텔에 투숙할 때 숙박부에 이름을 오치호라고 했답니다. 오치호라면 행방불명됐다는 장수자의 아들 이름이 아닙니까. 그리고 호텔에 투숙할 때 안경 쓴 털보와 같이 왔다고 하는데, 장수자의 아들도 털보에다 안경을 썼다지 않습니까? 해운대 사건과 박회장 사건이 관계가 있다는 생각이 듭니다."

"다 좋은데 우리가 요청한다고 수사 진척 사항을 우리에게 고분고분 알려 줄까? 그리고 우리도 애꾸의 확실한 신분을 모르잖아?"

"오경사라면 저와 잘 협조할 겁니다. 애꾸의 신원은 윤기사가 점친 집을 아니까 딸려 보내서 신원 파악하도록 하면 될 겁니다. 이제 남는 문제는 김과장과 부모의 진술서 작성입니다. 그것은 지형사가 수고하면 될 테고, 반장님은 계장님과 약속한 모임에 참석하시지요."

최반장이 손목시계를 잠깐 들여다보고 지형사에게 말했다.

"오늘 낮 구미실업에서 뭐 특별한 것 알아냈어?"

"특별한 것은 없었습니다. 어젯저녁 7시경의 알리바이를 중점적으로 알아봤는데 그들의 진술이 사실인지 확인은 못했습니다. 내일 알아보겠습니다."

"좋아. 그렇다면 지금부터는 크게 중요한 일은 없을 것 같으니 나는 약속에 참석해야겠어. 남경사, 장수자 살해 건에 대해 밀양서에 추가로 연락해 봤어?"

"네, 아직 검시 결과가 나오지 않았지만, 추정 사망 시간은 오늘 새벽 1시에서 4시 사이랍니다. 장여인과 며느리, 손녀 모두가 같은 시간에 사망한 것 같답니다. 1주일 전에 집을 나갔다는 아들의 행방은 알 수가 없다고 하기에 아들 사진을 팩시로 보내 달라고 했습니다. 장여인 집에서 구해 보내려면 밤이 늦겠다고 합니다."

"그래, 행방불명되었다는 장수자의 아들이 의심스러워. 박회장이 유언한 50억이 이 시점에서는 그 아들에게 몽땅 가게 되어 있으니까."

최반장의 말을 듣고 놀라는 구인을 보며 남경사가 말했다.

"밀양서의 말은, 자기들이 알아본 바에 의하면 장여인의 아들은 동네에 소문난 효자랍니다. 하여튼 그는 용의자입니다. 수사본부는 광안 4동 파출소에 설치하기로 결정되었으니 내일 아침부터는 그곳에서 일을 보는 것이 좋겠습니다. 해운대서에 연락은 제가 하겠습니다. 제가 오경사에게 직접 연락해서 윤기사를 데리고 애꾸가 점을 치던 집에 가서 피살자 신원을 확인하라고 하겠습니다. 오늘 밤 이곳 뒤처리는 제가 할 테니 약속에 참석하십시오."

이윽고 뒷일을 잘 부탁한다는 말을 남기고 최반장이 떠났다. 최반장을 배웅하겠다며 같이 나갔던 남경사가 돌아온 것은 지형사가 권한 담배 한 개비를 구인이 다 피우고, 남경사가 시켜 보낸 자판기 커피를 다 마시고 난 후였다. 전날 밤을 꼬박 새우고 목욕탕에서 한 시간 가량 눈을 붙인 것이 잠을 잔 전부라서 피곤함을 느낀 남경사가 의자에 털썩 주저앉으며 지형사에게 말했다.

"해운대에서 오경사가 곧 온대. 윤기사를 데리고 점쳤던 집에 가 본다니까 오경사가 올 때까지 기다려야 해. 윤기사는 우리 사무실에 있는데, 좀더 기다리라니까 배가 고프다며 투덜대고 있어. 김과장과 부모도 사무실에 있는데, 여순경이 퇴근도 못하고 같이 있어. 가서 여순경 보내고 진술 조서 작성하고 퇴근해."

"진술 조서는 용의자로 받을까요 참고인으로 받을까요?"

"참고인으로 받도록 해. 장영진과 박회장이 만난 6.25 때 이야기는 자술서로 써서 내일 제출하기로 했으니까 시간이 많이 걸리지는 않을 거야. 식사 생각은 없고 빨리 끝내고 갔으면 좋겠다고 하니, 빨리 처리하고 보내."

"제기랄, 덕택에 나도 배고픈 것 참아야 하잖아."

지형사가 투덜거리며 일어서는데, 노크 소리가 나고 김순경이 들어왔다.

"구미의 심사장이 남경사님을 찾는 전화가 사무실에 와 있습니다. 이곳에 계시다고 하니까 구미실업 부사장실로 전화를 해달랍니다."

"그래? 내가 과장님 방에 가서 전화를 하고 오지. 지형사도 무슨 일인지 내용이나 알고 가."

남경사가 방을 나가자, 구인이 지형사에게 물었다.

"심사장이 누굽니까?"

"죽은 박회장의 처남입니다."

잠시 후에 남경사가 돌아왔다.

"시경에서 검시가 끝나 박회장 시신을 인계한다고 연락이 왔대. 그래서 앰블런스로 시신을 서울로 모시려는데 자기가 부산에 더 필요하냐는 거야. 확실한 연락처만 놔두고 가라니까 그러겠다며 한부사장이 장수자에 대한 이상한 얘기를 하니 우리가 와서 직접 들으라는군."

"아니, 뭐라고요?" 지형사의 얼굴이 험상궂어지며 입에서 큰 소리가 튀어나왔다. "아까 낮에 내게는 아무 말도 안 하구선!"

지형사의 불끈하는 성질을 잘 아는 남경사가 그를 달랬다.

"별로 중요하다고 생각지 않았거나, 중요하다면 심사장과 먼저 의논하고 우리에게 얘기하려고 했겠지…… 그나저나 오경사는 어떻게 된 거야? 윤기사를 빨리 인계하고 구미실업에 가봐야겠는데."

"조서 작성이 끝나면 내가 그리로 갈게요."

"아냐, 어젯밤도 새웠으니 피곤할 텐데 곧장 퇴근하고 잠이나 푹 자. 내일은 바쁠 테니."

그로부터 5분이 채 안 돼서 오경사가 부하 형사 한 명과 같이 왔다. 그들이 윤기사를 데리고 떠난 후 지형사가 김과장 일행의 조서를 작성하려고 자리를 잡는 것을 보고, 남경사는 구인과 김순경과 같이 심사장을 만나러 서를 떠났다. 그의 손은 두툼한 누런 봉투를 쥐고 있었다.

죄악의 씨앗

그날 두 번째로 남경사가 구미 빌딩 2층으로 올라갔다. 1층 은행은 깜깜했으나 보통 때는 작은 실내등만 켜 놓았을 건물 입구와 경비실에 불이 환하게 켜져 있었고, 입구 양옆에 커다란 조화가 서 있었다.

2층 제일 깊숙이 있는 회장실이 분향소였다. 계단을 올라가서 첫번째 문이 열려 있었다. 문설주 위에 총무과라고 팻말이 있었다. 그 방을 분향객들의 접대 장소로 쓰고 있었다. 책상을 한쪽으로 밀어붙이고 만든 널찍한 사무실 바닥에 깐 돗자리 위에 사람들이 삼삼오오 둘러앉아 화투를 치며 질러대는 소리가 왁자지껄했다. 부속실 문이 열려 있어서 그들이 오는 것을 본, 검은 양복을 단정하게 입은 청년이 사장실 문을 열고 머리를 들이미는 것이 보였다. 조문객이 온다는 것을 알리는 것이리라. 청년의 안내를 받아 분향소에 들어가자, 한부사장과 조부장이 조문객 맞을 준비를 하고 서 있었다. 남경사와 구인이 분향을 끝내자, 한부사장이 그들을 자기 사무실로 안내하면서, 총무과장이 잠시 조문객을 맞게끔 조치를 취하고 부사장실로 오라고 조비서에게 지시했다.

밖으로 나오니 부속실에 김순경이 있었다. 남경사가 따라오라는 손짓을 했다. 부사장실에 들어가서 모두가 자리에 앉고 난 후에 구인을 한부사장에게 소개했다. 40년 전에 박회장 운전병 노릇을 했다는 말에 반기면서도 경찰하고 무슨 관계가 있나 의아해하는 표정을 보고, 남경사가 간단히 설명했다.

"남부서하고 관계가 있으신 분입니다. 수사 자문역이라고나 할까요. 마음 놓고 말씀하셔도 됩니다. 심사장님은 떠나신 모양이지요?"

"그렇소. 막비행기도 놓쳤으니 시신은 우리 직원이 서울로 모시도록 하고, 내일 아침 첫비행기나 오늘 밤 침대차로 가시라고 해도, 막무가내로 직접 시신을 모시겠다며 떠나셨습니다. 그보다도 남경사를 보자고 한 것은……."

그때 조부장이 차쟁반을 든 미스 정을 앞세우고 들어왔다. 모두가 차를 한 모금씩 마시고 찻잔을 놓을 때까지 조부장을 뚫어지게 바라보고 있던 구인이 조부장에게 말했다.

"어젯밤에 광안리에 있는 다방과 일식집에서 만난 분이군요."

"네?"

조부장이 무슨 말인지 못 알아듣는 표정을 짓자, 구인이 설명했다.

"어젯밤에 광안리 바닷가에 있는 일식집에서……."

"아, 기억납니다. 그 최 누구더라……?"

그가 기억을 더듬으려는 듯 미국 영화에서 본 것처럼 고개를 약간 숙이고 눈을 감으며 오른손을 들어 허공에 대고 손가락을 두어 번 튕겼다. 조부장의 그런 모습을 보고 구인이 거들었다.

"그렇습니다. 최창성이라고 신발 무역의 유니온 트레이딩 사장이지요."

"아, 네, 유니온 트레이딩의 미스터 최. 하지만 어젯밤에 다방에서 본 기억은 없는데요?"

"그럴 겁니다. 다방에서는 먼발치에서 보기만 했지 대화는 없었으니까요."

"하기야 그 다방 안은 컴컴해서 아는 사람이 있어도 못 알아봤을 겁니다. 회장님 집에서 파출부를 데리고 나온 후에 감기 기운이 있어 쌍화차를 마시러 갔는데 종업원들에게 바가지만 썼습니다. 미스 명이라고 까불까불하는 아가씨가 옆에 앉더니 차를 사달라고 하길래 한 잔 산다는 것이 종업원 전부에게 차를 샀지 뭡니까. 다방에는 약 30분 있었는데, 7시 10분경에 나왔으니 6시 40분이나 45분쯤에 갔나 봅니다. 일식집에는—— 식당 이름이 아마 다미(多味)였지요—— 세 분이 오신 것 같던데……."

"네, 부산신문의 배기자하고 셋이었습니다."

"신문기자?"

조부장이 말꼬리를 올리며 신문기자하고는 무슨 일로 있었느냐는 뜻이 담긴 말을 하는데, 남경사가 끼어들었다.

"자아, 그런 얘기는 나중에 하고 부사장님의 말씀이나 들읍시다."

남경사의 말을 듣고 한부사장이 말을 시작했다.

"별일이 아닌 것 같은데 심사장에게 말했더니 혹시 모르니 경찰에 말하라고 하더군. 아까 아침에 조부장이 장수자라는 이름을 들먹였을 때는 그냥 귓결에 흘렸는데, 나중에 회장님 심부름으로 그 여자에 관한 것을 알아본 생각이 났어. KBS에서 이산 가족 찾기 방송이 한참일 때니 오래 전 얘기야. 1983년인가 84년, 이산 가족 방송으로 나라가 들끓고 있을 때였는데, 하루는 회장님이 부르시더니 그 전날 KBS 부산 방송국에서 방영된 이산 가족 찾기 번호 몇 번에 관한 것을 은밀히 알아서 보고하라는 지시를 하셨어. 그때 알아 오라고 한 사람이 장수자였던 것이 틀림없어. 회장님은 남의 시선을 끌지 않도록 조심해서 알아보고,

특히 그녀의 현주소를 꼭 알아 오라고 하셨어."
"그래, 알아봤습니까?"
"물론이지. 그 여자는 1.4후퇴 때 헤어진 동생을 찾고 있었는데, 아까 장수자라는 이름을 들었을 때 귀에 익은 이름이라서 곰곰이 생각해 보고 심사장에게 말했어. 참, 조부장, 그때 당신이 내 지갑을 줏어주는 바람에 인연이 닿아 우리 회사에 근무하게 되었잖아, 기억 나?"
"네, 기억납니다. 아무렴 내가 그 일을 잊겠습니까?"
조부장이 한부사장에게 대답하고 보충 설명을 해야겠다고 느꼈는지 남경사를 바라보며 말을 계속했다.
"저는 6.25때 미국에 입양된 전쟁 고아입니다. 전쟁 고아라고 말하면 정확한 표현이 아니군요. 어머니는 살아 있었는데 한슨이라는 미군 대위와 동거를 했습니다. 나는 친아버지가 누군지를 모릅니다. 어머니가 왜 미군과 살았는지, 왜 나를 한슨 대위에게 입양시켰는지 자세한 이유는 모릅니다. 갓난애 때 양아버지하고 미국에 갔는데—— 양아버지 말에 의하면 1952년입니다.—— 어릴 때 기억은 덩치 큰 미국애들과 싸우던 것뿐입니다. 자식들, 덩치도 큰데다 힘도 세서······."
"아, 잠깐." 남경사가 조부장의 말을 제지했다. "우선 부사장님의 얘기를 다 듣고 그쪽 얘기를 듣도록 합시다. 말씀 계속하십시오."
"뭐, 별로 더 할 것도 없어. KBS 안은 장터처럼 북새판이었어. 방송된 사람들에 관한 것을 문의하는 곳이었는데, 언제, 번호 몇 번으로 방영된 누구를 알아보러 왔다고 말하면 그곳에 비치된 대장과 대조를 해보고 해당되는 사람만 들여 보냈는데도, 사람들이 이리저리 밀고 아우성이었어. 겨우 장수자에 대한 것을 알고 나오려고 하는데, 조부장이 지갑을 떨어뜨렸다며 내 지갑을 내미는 거였어. 북새통에 지갑을 흘리는 것을 조부장이 본 거야. 지갑 안에는 현찰과 수표가 30만원이 넘게 들어 있었는데 정말로 고맙더군. 그때 30만원은 정말 큰 돈이었어. 그래서 조부장을 근처 다방에 데리고 가서 인사를 하던 중에, 그는 어릴 때 미국에 입양되어 갔는데 마음에 안 들어서 한국으로 다시 귀화할 생각이라는 말을 했어. 그때 구미에서는 구미화학을 만들어 신발 사업을 시작할 때였는데, 미국에서 자랐으니 영어는 그만이겠다, 미국에서 무역 일도 좀 해봤다고 하겠다, 구미화학 무역 책임자로 적임자 같더군. 그래서 내가 회장에게 소개해서 조부장이 구미화학에서 일하게 되었어.”

한부사장이 이야기를 끝내자, 남경사가 물었다.

“그래, 거기서 장수자에 관해 알아낸 것은 뭐고, 회장에게 보고하니까 뭐라고 하던가요?”

“아, 내가 그 얘기는 안 했나? 헤, 헤, 헤…… 아까도 말했지만 별것 아니었어. 남동생을 찾고 있었는데 주소가 경남 밀양 어디였어. 회장에게 보고하니 자기가 장수자에게 관심을 보였다는 사실을 절대 비밀로 하라고 신신당부하더군. 그게 전부야. 그 후로는 장수자에 대한 말은 단 한 마디도 없었어. 그래서 아침에 장수자라는 이름을 들었어도 크게 와 닿지 않았던 거야.”

구인에게 들어서 박회장과 장수자의 관계를 알고 있는 남경사에게는 실제로 별것 아닌 소식이었다. 박회장이 한부사장을 시켜 장수자에 관한 것을 알아오라고 한 것은 텔레비에서 장수자의 모습을 보고 취한 조치였다는 것을 쉽게 추측할 수 있었다. 장수자의 주소를 알고 난 후에 박회장이 어떻게 했는지가 궁금했지만, 한부사장도 그 후의 일은 모르는 것 같았다.

“이제는 제가 얘기해도 됩니까?”

조부장의 목소리에 고개를 돌리니, 그가 곤색 상의 안주머니에서 접힌 서류를 꺼내 소파 테이블에 놓고 있었다. 남경사가 아무 말도 안 했지만, 그의 표정에서 이야기해도 좋다는 뜻을 읽었는지 조부장이 말을 시작했다.

"지금도 미국에는 백인 우월주의가 있어 유색 인종을 깔보지만, 내가 자랄 때인 60년대의 미국 남부 지방은 인종 차별이 특히 심했습니다. 동양 사람은 모두 중국인으로 봐서 칭크(Chink)라고 부르며 집단 폭행하기가 일쑤였습니다. 밤낮 백인 아이들하고 싸움박질하며 자란 기억밖에 없습니다. 내 양아버지 제럴드 한슨은 내가 15살 때 양어머니와 이혼했고, 아버지와 나는 그래도 한국 사람들이 많이 산다는 뉴욕의 퀸스로 이사를 갔습니다. 그곳 우리 집 옆에 한국 사람이 살고 있어 한국말을 배웠습니다. 아버지는 1981년 초에 교통 사고로 돌아가셨습니다. 아버지가 돌아가시자, 나는 외톨이가 되었습니다. 미국에는 나를 잡아둘 만한 끄나풀이 없어진 겁니다. 백인들에게 무시당하는 것이 지긋지긋해졌습니다. 내 어머니 나라 한국이 그리워졌고 어머니가 보고 싶었습니다. 그래서 한국에 가보기로 했습니다. 1982년 10월에 한국에 왔습니다. 올 때 생각은 한국이 살 만하면 살고 아니면 돌아간다는 것이었습니다. 저는 1984년 2월에 한국으로 귀화했습니다. 내 미국 이름이 죠 한슨이었으므로 한국 이름은 조한선으로 지었습니다. 제가 한국에 와서 제일 먼저 한 일은 어머니를 찾는 일이었습니다. 아버지는 내가 18살 되던 해에 나도 성인이 됐다며, 내 친어머니에 관한 것이니 잘 보관했다가 나중에 참고하라며 이 사진과 편지를 내게 줬습니다. 보시겠습니까?"

그가 소파 테이블에 놓았던 서류를 집어 남경사에게 건네주었다. 접힌 것은 서류가 아니고 편지였다. 편지를 펴는데 그 안에 있던 사진 한 장이 테이블에 떨어졌다. 사진은 흑백으로 누렇게 변색된 오래 된 것이었다. 젊은 여인이 갓난애를 안고 있는 사진으로, 사진 밑부분을 가위로 자른 듯 원래는 장방형이었을 성싶은 사진이 정사각형을 하고 있었다.

남경사가 사진을 테이블에 놓고 편지를 펴는데, 구인이 사진을 집어들고 뚫어져라 들여다보다가 사진을 뒤집었다. 사진 뒷면에는 오래 전에 쓴 듯 누렇게 바랜 글씨로 내 아들이라고 달필로 써 있었고, 그 밑에 영어로 Lily(릴리—— 백합)라고 사인되어 있었다.

구인이 사진을 테이블에 놓고 남경사가 건네주는 편지를 받았다. 편지도 사진만큼이나 오래 된 것이었고 밑부분이 깨끗이 잘려 있었다. 편지 글씨 역시 달필로 사진 뒷면에 글을 쓴 사람이 이 편지도 썼다는 것을 한눈에 알 수 있었다.

편지 내용은 다음과 같았다.

내 아들아

이렇게 어린 너를 이역 만리 먼 미국 땅에 보내야 하는 에미 맘은 찢어질 것만 같구나. 전화에 휩싸인 이 땅보다는 미국이라는 훌륭한 나라에서 잘 자라서 훌륭한 사람이 되어라.

눈에 넣어도 아프지 않을 너를 보내는 에미 마음, 네가 어른이 되면 이해하겠지.

잘 가라, 내 아들아

1952. 12. 4.

구인이 편지를 내려놓는 것을 보고, 남경사가 조부장에게 말을 계속하라고 했다. 조부장이 말을 시작하는데, 김순경이 편지와 사진을 집어 들었다.

"아버지 말에 따르면, 이 편지와 사진은 내가 미국으로 떠날 때 내가 자라면 주라고 어머니가 아버지에게 줬다는 겁니다. 사진과 편지에는 어머니 이름이 있었는데, 미국에 자식을 보내면서 이름은 알려줘서 뭣 하느냐고 아버지가 이름 있는 곳을 잘랐답니다. 그런데 나중에 생각하니 모자의 정을 완전히 끊는다는 것이 애처로워 사진과 편지를 내게 주었고, 내가 어머니를 꼭 찾고 싶어 한국에 간다면 어머니의 한국 이름을 알려주겠다고 하셨습니다. 그런데 아버지는 어머니 이름을 가르쳐 주지도 않고 돌아가셨습니다. 아버지로부터 아버지가 근무하던 곳이 부산 수영에 있던 미육군 항공대였고, 어머니와 살던 곳도 부대에서 가까웠다는 얘기를 들었습니다. 그리고 살던 집 아주머니를 '마마 유'라고 아버지가 불렀다고 한 말을 들은 기억이 있어, 한국에 오자마자 수영에 와서 6.25 때 미육군 항공대가 있던 곳을 찾아 유씨라는 성을 가진 할머니를 찾았습니다. 재수가 좋았는지 별로 고생을 안 하고 유씨를 찾았습니다. 수영에 있는 한국 전력 건물을 좌측으로 끼고 골목을 들어가면 수영 약국이 있는데, 그곳에서 물었더니 6.25 이전부터 지금까지 같은 집에서 사는 유씨 할머니가 있다며 집을 가리켜 주었습니다. 유씨를 만나서 내가 1952년에 한슨 대위에게 입양돼 미국에 간 어린애라고 했더니, 깜짝 놀라며 반가워했습니다. 그러나 어머니에 관한 것을 물었더니 별로 아는 것이 없었습니다. 내가 미국에 가고 얼마 안 있다가 오씨라는 사람과 결혼해서 떠났다는 얘기뿐이었습니다. 유씨 할머니도 어머니를 릴리로만 알고 있었지 본명이나 고향은 몰랐습니다."

 "그게 전붑니까?"

 "네, 대략 그게 전부입니다."

 사건과는 관계도 없는 별것 아닌 이야기를 장황하게 늘어놓았다고 생각하며 남경사가 건성으로 물었다.

"그럼, 어머니 일로 그곳에는 여러 번 갔습니까?"
"아닙니다. 1982년 한국에 왔을 때 딱 한 번 갔습니다. 유씨 할머니가 어머니에 대해 아는 것이라고는 아버지와 그곳에 살고 있을 때 일뿐이지 그 후 일은 아는 것이 아무 것도 없어서 그 후로는 한 번도 안 갔습니다. 그 대신 내 나름대로 어머니를 찾았습니다. 미국에서 갖고 온 돈이 약간 있어서 직장은 구하지 않고 어머니 찾는 일에 온 힘을 쏟았습니다. 어머니가 결혼해서 밀양으로 갔다고 하길래 미련하게도 밀양에 가서 이 사진을 내보이며 찾았습니다. 어머니 고향이 어딘지도 몰랐고, 6.25 때 부산에 있었으니 부산 어디에 어머니가 있을 것 같아 그 후에는 부산을 근거로 해서 찾았습니다. 결과는 뻔합니다. 그 넓은 천지에 사진 한 장만 갖고 사람을 찾는다는 것이 불가능했습니다. 그렇게 너댓 달 지나자 수중의 돈도 떨어져 가고, 또 솔직히 말해서 어머니를 찾겠다는 열성도 식어지고 있었습니다. 그러던 차에 KBS 이산 가족 찾기 방송이 시작되었고 TV에서 어머니 얼굴을 보았습니다. 내가 본 것은 소개 끝부분이라 이름이나 연락처는 알 수 없었습니다. 그래서 다음날 KBS에 가서 사진을 보이고 사정해서 KBS 안에 들어갔습니다. 거기서 허탕을 치고 나오다가 인연이 닿으려 했는지 한부사장님의 지갑을 줏었습니다."
"정말로 인연이라는 것이 있기는 있는 모양이야. 그날 나는 지갑을 안주머니에 깊숙이 넣고 있어서 쉽게 밖으로 나올 수가 없었을 텐데, 그것을 흘린 것은 조부장하고 인연이 닿으려고 그랬나 봐."
한부사장이 테이블 위의 사진을 들어 잠깐 들여다보고 말을 계속했다.
"조부장에게 그런 일이 있었군. 나는 처음 듣는 얘긴데, 박회장님은 그 일을 알고 있었어?"

"어머니가 내세울 만한 사람이 못 돼서 아무에게도 그 얘기는 안 했습니다. 말이 좋아서 미군과 동거지, 양갈보가 따로 있습니까? 한국에 온 지 얼마 안 돼서 그 얘기를 유씨 할머니에게서 듣고 어머니에 대한 그리운 감정이 많이 줄어들었습니다. 아버지는 어머니를 열렬히 사랑했다고 말해서, 둘이 사랑하여 동거했겠거니 생각하고 있었는데 내용을 알고 난 후에는 창피해서 미국에 입양됐다가 귀화했다고만 얘기했습니다. 그래서……."

노크 소리가 나고 미스 정이 들어와 문께에서 말했다.

"부사장님, 서울 구미관광의 김사장님 전홥니다."

한부사장이 소파 테이블 위의 전화를 집어들었다.

"네, 접니다…… 떠나셨습니다…… 아, 누가 아니랍니까? 내일 아침 첫비행기로 가시라니까 시신을 직접 모시고 가시겠다고 앰블런스로 가셨습니다. 따님은 이곳에서 하루 더 있다가 내일 간답니다…… 원, 형님도, 그야 물론이지요. 이런 일이 생겼으니 약속은 당연히 취소지요. 참, 어젯저녁에 형님 집에 전화를 했더니 형수님이 새벽에 낚시 가셨다고 하시던데, 언제 돌아오셨수?…… 어디로 갔는데?…… 재미 좀 봤수?…… 나하고 같이 안 가니 그렇지…… 장례는 참석해야지요. 그때 봅시다."

한부사장이 전화를 놓고, 길게 전화한 것이 미안한지 묻지도 않은 설명을 했다.

"구미관광의 김원태 사장인데, 심사장이 떠났느냐고 묻는 전화였어. 사실은 금주 토요일에 낚시 가기로 약속이 되어 있었는데 낚시 약속 취소할 겸 전화 한 거야. 지독한 낚시꾼이지. 오는 토요일에 나하고 낚시 약속이 돼 있는데도 못 참고 어제 새벽에 남해로 혼자 낚시 갔다가 회장님이 돌아가셨다는 말을 듣고 돌아왔다는군."

김원태라는 말을 듣고 구인이 놀라서 흠칫하는 모습을 곁눈질하며 남경사가 한부사장에게 물었다.

"어제 오후에 김사장에게 전화하셨다고 했는데, 무슨 특별한 일이라도 있어서 전화하셨습니까?"

"아냐, 요번 낚시는 전라도 쪽으로 가기로 약속이 돼 있었어. 그런데 누구한테 들으니 남해에서 요새 작황이 좋다는 거야. 그래서 남해로 가자고 전화를 한 것인데, 어제 남해에 갔다 왔다니 그 소식을 벌써 들었던 모양이야."

그때 미스 정이 다시 들어와 화원 상사의 이사장이 조문 왔다고 연락했다.

남경사가 수첩을 닫으며 말했다.

"그 이상 달리 하실 말씀이 없으면 저희는 돌아가겠습니다. 하신 말씀은 수사에 많은 참고가 되겠습니다."

남경사를 따라 일어서며 구인이 한부사장 쪽을 향했다.

"요새는 동남아 국가하고 중국 때문에 신발에 타격이 크지요? 정신 나간 사람들이 눈앞의 이익만 생각하고 있으니 걱정입니다. 그쪽의 싼 노동력을 이용하여 작은 이익을 챙기려고 몇십 년간 고생해서 축적한 값진 노하우를 거저 주고 있으니, 머지 않아 제 무덤 제가 팠다는 것을 알게 될 것입니다."

"아니, 경찰에 관계하고 계신 분이 신발에도 관심이 있으십니까?"

한부사장이 의아해 하면서 묻자, 구인보다 먼저 남경사가 말했다.

"얼마 전까지도 신발 에이전트를 하신, 신발계에서는 유명하신 분입니다."

한부사장은 아무 말도 안 하는데 조부장이 물었다.

"그렇습니까? 성함이 어떻게……?"

"구인이라고 합니다."
"아, 구인씨."
조부장이 손을 내밀었다. 구인이 그 손을 잡았다.
"말씀 많이 들었습니다. 제가 구미화학에 오니 선생님의 명성이 자자하더군요. 요새는 신발에서 손을 떼셨다고 들은 것 같은데……."
"네, 요새는 아무 것도 안 하고 있습니다."
한부사장이 문께로 발길을 옮기며 말했다.
"나는 섬유 계통은 좀 알지만 신발 쪽은 깜깜이라서…… 조부장, 이 사장은 내가 접대할 테니 이 분들을 배웅하고 와."
부속실 밖으로 나오니, 층계참에 있는 사무실에서 문상객들이 와자지껄 떠드는 소리가 귀를 때렸다. 건물 계단에서 조부장이 남경사에게 손을 내밀었다.
"부사장께서 반말지거리를 하신 것 용서하십시오. 조심하시라고 늘 말씀드려도 버릇이라 할 수 없는 모양입니다. 악의가 있어서 그러는 것은 아니니 이해하십시오…… 그리고 구선생님, 만나서 반갑습니다."
조부장이 건물 안으로 사라지고 그들이 계단을 거의 다 내려왔을 때, 구인이 남경사를 불렀다.
"남경사."
구인의 목소리에서 심상찮은 감을 느끼고 남경사가 걸음을 멈추었다.
"남경사, 아까 본 사진 속의 여인이 장수자였어."
"네?"
"틀림없어. 그 사진은 6.25 때 찍은 사진 같애. 내가 그녀를 만났을때 모습 그대로야. 시장기가 도는데 어디 가서 식사나 하며 얘기 좀 합시다."

그 지역은 남경사가 잘 알고 있어, 그가 작지만 깨끗한 한식집으로 안내했다. 그들이 작은 독방에 안내되고 식사 주문이 끝나자, 구인이 말했다.

"조부장이 장수자의 아들인 것이 분명합니다. 조부장의 행동으로 봐서 자기 어머니를 릴리라는 이름으로만 알고 있지 장수자라는 사실은 모르고 있는데, 내가 주제넘게 나서서 그 얘기를 할 계제가 아닌 것 같아 말을 안 했습니다. 내가 배기자에게 경찰 수사 요원을 소개해 달라고 했는데, 그것은 내가 수사에 관여하고 싶어서가 아니라 추리소설을 번역하는 데 필요한 수사 전문 용어를 배우기 위해서였습니다. 그것이 인연이 되어 이렇게 박회장 살인 사건에 관여하게 됐는데, 이것은 내가 이 사건에 관여하게끔 하늘이 만들었다는 숙명론적인 생각까지 하게 합니다. 내가 베테랑 수사관보다 낫다는 말이 아닙니다. 박회장과 장수자를 전에 내가 알고 있었으니, 그들을 몰랐던 사람들 눈에는 띄지 않을 사소한 단서가 내 눈에는 대문짝만하게 보일지도 모릅니다. 그래서 얘긴데……."

구인이 말을 더 하려는 것을 남경사가 미소를 지으며 손을 들어 막았다.

"무슨 말을 하시려는지 압니다. 아까 최반장이 한 말로 알고 계시리라 생각했는데, 저는 선생님과 이 사건에 관해 의논할 생각을 벌써부터 갖고 있었습니다. 그렇지 않았으면 이곳에 모시고 오지도 않았습니다. 이왕 그렇게 마음 먹었으니 선생님께 모든 것을 말할 생각입니다. 여기에 박회장 사건의 경찰 기록이 있습니다. 우선 내가 알고 있는 것을 전부 설명드릴 테니, 선생님은 그 기록을 갖고 가셔서 연구하시고 돌려주십시오."

남경사가 말을 마치고 갖고 온 누런 봉투를 구인 앞에 놓았다. 그리고 때마침 들어온 식사를 하면서 경찰이 알고 있는 것을 빠짐없이 이야기했다.

박회장 살인에 관한 것은 물론, 장수자 살인에 관해 알고 있는 것 전체와 차변호사와의 대화, 해운대 호텔의 애꾸눈 점쟁이 살인까지 소상히 이야기했다. 그리하여 그들이 식사를 끝내고 차를 마시러 근처 다방으로 자리를 옮길 때, 구인은 경찰에서 수집한 모든 것을 알게 되었다. 그들 앞에 놓인 차가 반쯤 줄었을 때, 남경사가 등을 의자에 기대어 편한 자세를 취하고 말했다.

"선생님께서는 우리 경찰이 알고 있는 모든 것을 알고 계십니다. 오늘 저녁 구미실업에 가기 전까지 가장 강력한 용의자는 장수자의 아들인 오치호였습니다. 박회장이 장수자에게 유증한 50억이 그에게 가게 되어 있으니까요. 그런데 오늘 장수자의 아들이 또 한 사람 나타났으니……."

"잠깐, 남경사, 조부장은 박회장의 살인범이 아닙니다. 범행이 어젯저녁 7시경에 일어났다고 했는데, 그 시간에 광안리에 있는 다방에서 그를 봤습니다."

"알고 있습니다. 아까 조부장이 그런 말을 하던데…… 어떻게 된 일인지 자세히 이야기해 주십시오."

구인이 살인이 일어난 4월 3일 저녁에 배기자를 만나러 다방에 갔던 일과 그곳에서 조부장을 만난 이야기를 상세히 한 후에 덧붙여 말했다.

"살인이 일어난 시간에 조부장은 내 눈앞에 있었으니, 그는 박회장 살인범이 아닙니다."

"그렇군요. 그럼, 조부장은 용의자선상에서 제외시켜야 되겠군요. 용의자로서는 안성마춤인 사람인데…… 아 참, 아까 김원태 사장 얘기가 나오니까 몸을 흠칫 하시던데……."

"아, 네, 그 김원태가 옛날에 내가 알던 김소위가 아닌가 해서."
"확인된 것은 아니지만 그런 것 같습니다. 심사장 말이, 그 사람은 박회장의 옛부하였답니다. 내가 지금 그 사람 얘기를 꺼낸 이유는 현재까지는 박회장 살인 알리바이가 그 사람에게는 없기 때문입니다. 어제 새벽에 서울을 떠났다니 저녁에 부산에서 범행을 저지를 시간은 충분하니까요. 이 사람의 어젯저녁 행적을 조사해 봐야 하겠습니다. 오늘은 이것으로 끝내시지요. 어젯밤을 새웠더니 피곤해서 오늘은 좀 자야 내일 움직일 수 있겠습니다. 김순경도 어젯밤을 샜으니 오늘은 푹 쉬라구. 수사 전담반을 내일 아침부터 광안 4동 파출소에 설치 운영합니다. 파출소 이목도 있으니 내일 아침에 그 근처에서 만나 박회장 살인 현장을 둘러보도록 하시지요. 김순경, 파출소 근처에 다방 있어?"
"네, 해운대로 가는 큰길과 파출소로 올라가는 길이 만나는 모퉁이에 행운 다방이 있습니다."
"구선생님, 내일 아침 9시 30분에 그곳에서 만나기로 약속하지요. 내일 아침에 수사회의를 끝내고 그리로 가겠습니다. 혹시 늦더라도 기다려 주십시오. 회의가 생각보다 지연되는 수가 있으니까요."

죽으려고 옷을 입은 사람들

　다음날 11시가 가까워서 지형사가 수사 차량을 한국 전력 남부산 지사 주차장에 세웠다. 주차장 입구에 있는 경비실에 남경사가 신분증을 제시하고 주차 허가를 얻었다.
　아침 9시 30분에 다방에서 만난 남경사가 살인 현장을 구인에게 보여주고 어젯밤에 조부장이 말한 유씨 할머니를 만나기 위해 수영으로 온 것이다. 조부장이 이야기한 대로 한국 전력을 끼고 돌면서 지형사가 말했다.
　"어제 조서를 받으면서 느낀 건데, 장영진 내외에게는 죄가 없는 것이 틀림없습니다. 그들이 무죄라면 장수자가 죽은 것을 얘기해 주는 것이 좋지 않겠습니까?"
　"박회장 살인범은 아니라도, 가능성은 아주 희박하지만 장수자 일가의 살인범일 가능성을 배제할 수 없으니 조금만 더 기다리라구. 그리고 구선생님, 장수자 일가의 사인을 연락받았습니다. 모두를 손으로 목 졸라 죽였는데, 범인은 죽이기 전에 수면제를 먹였습니다. 세 명을 한꺼번에 죽일 수 없으니 약을 먹여 잠재운 다음 한 사람씩 죽인 것 같답니다."
　수영 약국은 큰길에서 거의 100미터를 들어가서 있어 간판도 안 보였으나 찾기는 쉬웠다. 중산층이 사는 주택가로 보이는 동네 어귀에, 구멍가게보다는 조금 컸지만 수퍼라는 간판이 붙은 가게 옆에 있었다.
　네 사람이 들어서자 좁은 가게 안이 꽉 찼다. 문소리를 듣고 조제실이라고 쓴 칸막이 뒤에서 나오던 약사인 듯한 30대 후반의 흰 가운을 입은 여자가 "어서 오십시오" 하고 인사를 하다가 말끝을 삼켰다. 많은 손님을 접대한 경험에서 그들이 여늬 손님이 아니라는 것을 안 것이다.
　남경사가 여자의 긴장을 풀어주려는 듯 미소를 지으며 말했다.
　"주인되십니까?"
　"그런데요, 왜 그러시죠?"
　"사람을 찾고 있습니다. 유씨 할머니라고 6.25 때부터 이 근방에 살고 있는 할머니를 찾고 있습니다. 어느 집인지 아십니까?"
　"왜 그러시죠? 유씨 할머니가 잘못이라도 저질렀나요?"
　"아닙니다. 좀 알아볼 일이 있어서 만나려고 그럽니다. 집이 어딥니까?"
　남경사의 미소에 여자의 긴장이 풀렸는지 장사꾼 특유의 미소가 나타났다. 그녀가 생글거리며 말했다.
　"다 아는데 뭘 그러세요. 아무 일 없으면 그 할머니집 찾는 사람이 왜 그리 많아요?"
　"그 할머니집을 누가 또 묻던가요?"
　"그래요. 지난 달 29일에 묻는 사람이 있었어요. 그날은 우리 애 생일이라 늦은 아침을 먹고 치우는데, 어떤 사람이 드링크 한 병을 사 마시며 유씨 할머니집을 묻길래 가리켜 줬지요."
　"그래요?" 남경사가 구인의 얼굴을 흘깃 보고 여자에게 물었다. "어떻게 생긴 사람이었지요?"
 "얼굴에 털이 많이 나고 안경을 끼고 있었어요."
 "얼굴에 털이 많이 난 사람? 그 사람이……"
 그때 약국 문이 열리고 동네 아주머니인 듯한 여인이 머리를 디밀었다.
 "수영 엄마, 전에 희보 약국하던……."
 여자가 손님이 잔뜩 있는 것을 보고 입을 다물자, 약국 주인이 말했다.
 "괜찮아요. 뭔지 말해요. 아 참, 희영 엄마, 들어와요. 희영이네 옆집 유씨 할머니를 찾아온 사람들인데 가실 때 집이나 가리켜 주세요. 뭘 알려고 왔지요?"
 여자가 약국 안으로 들어와서 남경사 일행을 둘러보며 말했다.
 "전에 여기서 희보 약국하던 사람 이사간 집 전화번호 안다고 했지요? 우리 애 아빠가 그 집 아빠에게 연락할 것이 있다고 전화번호를 알아 달래요. 3년 전에 떠난 사람하고 무슨 일이 있다고 그러는지."
 약국 주인이 적어준 전화번호를 받은 여자를 따라 남경사 일행이 약국을 나섰다. 약국을 끼고 골목을 돌면서 구인이 말했다.
 "수영 약국이라고 해서 수영에 있는 약국이라 이름을 그렇게 지은 줄 알았더니, 그 약국집 애 이름이 수영인 모양이지요?"
 "둘을 겸사겸사 지었다나 봐요."
 "그러면 3년 전에 이사갔다는 약국집 애 이름은 희보였나요?"
 "아녜요, 미자였어요."
 그녀도 그들에게서 이상한 느낌을 받았는지 묻는 말에 간단히 대답하고, 대문 하나를 가리키며 "이 집예요" 하고 말하고는 뒤도 안 돌아보고 자기 집으로 들어갔다.

주인을 찾으니 나온 사람은 70이 다 되어 보이는 할머니였다. 경찰에서 왔다니까 경찰하고는 할 말이 없다고 하며 대문 칸막이를 통해 승강이를 하고 있는데, 40대로 보이는 아주머니가 집안에서 뛰어나왔다.
"왜 그러세요, 이모님?"
"경찰에서 왔다는데, 경찰하고는 할 말이 없으니 가래도 가지를 않고 집안에 들어오겠대."
중년 부인이 남경사 일행을 향했다.
"어떻게 오셨지요?"
"이 댁이 6.25 때부터 살고 있는 유씨 할머니집이 맞지요?"
"그런데요."
"6.25 때 이 집에 살고 있던 사람에 대해 물어볼 것이 있어서 왔습니다."
"6.25 때요? 그 오래 전 일을 어떻게 알아요?"
"우선 유씨 할머니를 만나게 해주십시오. 그 분에게 물어보겠습니다."
부인이 대답하기 전에 노인이 말했다.
"유씨라면 나도 유씬데, 유 누구를 찾는 거유? 언니를 찾는 거요?"
"모르겠습니다. 6.25 때 이 집에서 미국 사람과 살던 여자에 대해 알고 싶어 왔습니다."
노인이 무슨 말을 하려고 입을 여는데, 집안에서 큰 소리가 들렸다.
"6.25 때 일은 내가 제일 잘 아는데, 너희들이 뭘 안다고 그러고 있어. 손님을 안으로 데리고 와!"
노인이 안에 대고 크게 소리쳤다.
"경찰에서 왔대요, 형님!"
"나도 들었어. 죄진 것도 없는데 경찰을 왜 겁내!"

일행은 부인이 안내하는 뒤를 쫓아 집안으로 들어갔다. 자그마한 단독 주택으로 마당은 손바닥만 했다. 부인이 안방인 듯한 방으로 그들을 안내했다. 방에서 나는 냄새를 맡은 김순경이 늙으신 자기 할머니가 살던 방에 들어갈 때 맡던 냄새와 같다고 생각했다. 아버지가 노인 냄새라고 하시던, 그런 냄새였다.

방안이 컴컴했고, 가구라고는 웃목에 놓인 이불장뿐이었다. 아랫목에는 찾아온 사람들 목소리를 듣고 일어나 이부자리를 대강 한쪽으로 치우고 할머니 한 분이 머리를 매만지며 앉아 있었다. 대문에 나왔던 할머니의 언니라고 한눈에 알아볼 수 있을 정도로 둘은 닮았고, 언니 나이는 70대 중반으로 보였다. 동생과 딸을 옆에 앉히고 남경사 일행이 웃목에 앉자, 할머니가 구인을 향했다.

"그래, 6.25 때 살던 누구 일 물으러 오셨수?"

구인이 남경사를 바라보자, 남경사가 사진을 꺼내 할머니 앞에 놓았다.

"이 여자를 압니까?"

유씨 할머니는 사진을 집어들었다. 연세가 많은 분이 눈도 좋다고 남경사가 생각하는데, 할머니가 소리쳤다.

"이건 리리잖아! 얘, 이 사진 좀 봐, 이거 리리하고 그 아들이 맞지?"

유씨 할머니 동생이 사진을 건네받았다. 동생이 사진을 들여다본 후에 언니에게 돌려주며 말했다.

"그래요, 형님. 리리가 아니구 릴리, 백합이라는 미국 말이라구 내가 몇 번이나 말했수?"

"얘는 꼭 누가 있으면 잘난 체하고 남을 면박 주더라. 그래, 그 리리가 맞지?"

"틀림없어요. 형님이 찍은 사진인데 모를 리가 있수? 사진을 보니까 갓난애 모습이 어제 일처럼 눈에 선하군요. 그 미군인가 뭔가 지랄 대위하고 살던…… 호, 호…….”
　동생이 말을 중단하고 웃자, 언니도 따라 웃었다. 남경사가 남매를 번갈아 보며 말했다.
　“이 사진 속의 여자가 릴리라고 미군하고 살던 사람이 틀림없는 모양이군요. 그런데 그 미군을 왜 지랄 대위라고…… ?”
　남매가 크게 또 한바탕 웃고 난 뒤에, 유씨 할머니가 생각이 잘 안 나는 부분은 동생과 의논하며 이야기했다.

　1951년 11월 중순경에 근처에 있는 미육군 항공대에서 하우스 보이로 근무하는 오씨가 찾아와 자기 부대에서 세탁을 하는 여자와 미군 대위가 동거를 하려고 하니 문간방을 세놓으라고 했다. 당시 근처에는 미군 부대가 많아서 양색시를 쳐서 살아가는 집도 많았고, 동거하는 쌍에게 방을 세놓는 집도 많았다. 유씨 할머니도 문간방을 대강 도배하고 오씨 말대로 세를 놓았다.
　당시에 유씨 할머니는 37세로 10살 먹은 아들과 3살짜리 딸을 두고 있었다. 중간에 아들 둘이 있었으나 갓난애 때 죽었고, 남편은 막노동을 하며 어려운 살림을 하고 있었다. 할머니 동생도 근처에 살았는데 입에 풀칠하기 어렵기는 마찬가지였다. 릴리에게는 갓난애가 딸려 있었다. 아이를 낳기 전에는 미군 부대에서 세탁을 했으나 산달이 가까워 오자 세탁을 할 수 없었다. 전부터 릴리를 좋아한 미군 대위가 해산을 많이 도왔고 동거하기에 이르렀다. 아이는 백일이 안 된 갓난애로, 미군하고 동거하는 여자라길래 혼혈아인 줄 알았더니 외모상으로 완전한 한국애였다. 나중에 애 아버지에 대해 물었더니 전장에서 죽었다고 간단히 대답했다. 릴리는 말이 적고 웃음이 없는 여자였다. 오씨 말로는 마음씨가 곱고 배운 것도 많은 여자였다. 애 아버지가 죽어서 웃음을 잊었거니 생각했다.

그 미군 대위의 이름은 지랄도 한손—— 이 말을 듣고 구인이 속으로 웃었다. 이 말은 동생이 했는데, 릴리를 리리라고 부르는 언니나 제럴드 한슨을 지랄도 한손이라고 하는 동생이나 50보 100보라고 생각되어서였다.—— 이었는데 릴리를 굉장히 아꼈다. 그 한슨 대위가 유씨 할머니를 '마마 유'라고 불렀다. 근처에 있는 양색시집 주인 여자를 미군들이 '마마'라고 불러, '마마'라는 말을 색시집 포주의 대명사쯤으로 생각한 유씨가 한슨에게 미 노 마마(Me no mama: 나는 포주가 아냐)라고 했지만, 한슨은 계속해서 유씨 할머니를 마마 유로 불렀다. 화가 난 유씨가 대위의 이름 '지랄도'의 '도'를 빼고 '지랄'이라고 불렀다. 나중에 지랄의 뜻을 알게 된 한슨이 유씨에게 '미 노 지랄'이라고 해서 한바탕 웃고 나서야 서로가 '마마 유' 또는 '지랄'이라는 말을 쓰지 않고 '미세스 유'와 '캡틴'으로 부르기로 타협했다. 그러나 유씨 자매는 한슨이 안 듣는 데에서는 지랄이라고 우스개 소리를 하고 웃었다.

한슨과 릴리가 동거를 시작했을 때, 한슨은 귀국 일자를 약 2개월 남기고 있었다. 그해 12월 중순에 갓난애를 유씨에게 맡기고, 한슨이 운전하는 지프를 타고 드라이브 갔던 릴리는 한슨의 운전 부주의로 차가 전복되는 사고를 당했다. 한슨 대위는 약간의 찰과상을 입는 것으로 끝났지만, 릴리는 오른다리를 골절당했고 우측 이마에 커다란 상처가 생겼다. 릴리에 대한 죄책감에 몸부림치는 한슨 대위를 옆에서 보기가 딱했다.

당시 미군의 한국 근무 연한은 1년이었는데, 한슨은 한국 근무를 1년 연장하고 릴리를 극진히 보살폈다. 릴리의 생명에는 지장이 없었으나 이마에는 커다란 흉터가 생겼고 오른다리를 절게 되었다. 한슨 대위는 미국에 부인이 있는 기혼자였다. 따라서 릴리는 어쩔 수 없었으나 릴리의 아들은 자기가 입양해서 미국에 데리고 가기로 마음먹었다. 릴리에 대한 자기의 죄를 보상하는 방편으로 생각해낸 아이디어였다.

  1952년 12월에 한슨 대위는 릴리의 아들을 입양시켜 데리고 나갔다. 한슨 대위가 떠나자, 릴리의 생계가 막막해졌다. 한슨이 주고 간 몇 푼 안 되는 돈은 얼마 안 가서 바닥이 날 것이 뻔했다. 릴리와 한슨 대위가 동거하기 전부터 오씨는 릴리를 일편단심 사랑하고 있었다. 한슨이 떠나자, 오씨는 릴리에게 청혼했다. 릴리가 오씨의 일편단심에 감복했는지, 호구지책으로 오씨의 청혼을 받아들였는지는 모르나, 1953년 2월에 둘은 결혼했고 오씨의 고향인 밀양으로 떠났다.

  유씨 할머니가 말을 끝내자, 방안에 침울한 기운이 깔렸다. 듣기 좋은 이야기는 아니었다. 침울한 분위기를 깨기라도 하려는 듯 남경사가 기침을 해서 목을 가다듬고 할머니에게 물었다.

  "그 후에 그들을 만난 적이 있습니까? 소식이라도 들었나요?"

  "그 후로 그 사람들하고는 소식이 단절되었어. 오씨 고향이 밀양 어디라며 촌에 가서 농사나 지으며 살겠다고 했는데, 떠난 뒤로는 어떻게 됐는지 소식을 못 들었어. 그나저나 그 사람 얘기는 왜 묻는 거유?"

  "좀 알아볼 게 있어서 그럽니다. 그럼 그 여자를 릴리로만 알고 있었지 본명은 모른다는 말이군요?"

  "그렇다우. 생기기를 백합처럼 깨끗하게 생겼다고 한손 대위가 이름을 리리라고 지어 줬다는 얘기를 오씨한테 들은 것 같애."

  "할머니 말고 그 여자에 대해 아는 사람은 없습니까?"

  "그 여자가 우리 집에 살았으니 나보다 더 잘 아는 사람은 없어."

  "꼭 할머니보더 더 잘 아는 사람을 말하는 것이 아니라 조금이라도 아는 사람을 말하는 겁니다. 미군 부대에서 세탁을 했다니 같이 일한 사람이라든가, 누구 알 만한 사람이 없습니까?"

"글쎄…… 피난을 같이 왔다는 여자가 요 위에 사는데, 뭐 아는 게 있을까?"

"어디에 사는 누굽니까?"

"개성 할머니라고, 요 앞에 있는 약국 앞길을 쭉 가면 백양 세탁소라고 있는데, 그 집에 살아. 세탁소는 할머니 아들 거야."

"우리 말고 그 여자에 관해 묻는 사람은 없었습니까?"

"없었수."

유씨 할머니가 간단히 대답하는데, 동생이 언니를 나무라는 투로 말했다.

"아니, 형님도, 그 일을 잊었수? 한 7, 8년 전에 내가 나갔다가 오니까 미국에 갔던 릴리 아들이라며 어떤 젊은이가 릴리를 찾는다고 집에 왔었다고 내게 말한 적이 있잖수?"

"오, 그래, 맞아. 그런 일이 있었어. 하도 오래 전 일이라 잊었어. 하루는 키가 크고 잘생긴 젊은이가 찾아와서 자기가 리리 아들이라며 어머니 소식을 물은 적이 있어. 젊은이 모습이 리리를 빼다 박은 것처럼 닮았었어. 그래도 그 청년이 리리 아들인가 확실히 하려고 발가락을 보자고 했지. 리리 아들은 오른발 새끼발가락과 넷째발가락이 붙어 있었거든. 그 청년 발가락을 보고 리리 아들이 틀림없다는 것을 알았어. 아, 그래, 그 청년도 그때 이것과 같은 사진을 갖고 왔었어."

"근래에는 아무도 찾아오지 않았나요? 얼굴에 털이 많이 나고 안경을 낀 사람이 찾아오지 않았습니까?"

"털이 난 사람? 그런 일은 없는데. 그런데 리리는 왜 자꾸 묻는 거유? 그 여자 지금 어디 사는데?"

"좀 알아볼 일이 있어 그럽니다. 여지껏 밀양에 살고 있었습니다."

"그럼 그 여자 소식을 알고 있구먼. 오씨는 어떻게 됐수? 아직도 같이 살고 있수?"

"오씨는 몇 년 전에 죽었답니다."

"쯧쯧, 그 여자 나이가 지금 60쯤뿐이 안 됐을 텐데."

유씨 할머니의 말동무를 하면 언제까지 갈지 몰라 남경사가 얼른 인사를 하고 일어서는데, 구인이 따라 일어서며 물었다.

"릴리가 아들을 언제 낳았다는 얘기를 했습니까?"

"모르겠수. 남의 생일을 내가 어떻게 압니까?"

그때 동생이 참견하고 나섰다.

"아, 왜 몰라요. 그 애 백일이 승식 에미 생일날이잖수. 승식 에미 세 살인가 네 살 생일을 그래서 잘 치렀잖수?"

"그래, 맞아. 승식 에미 생일 차려주는 걸 꿈도 못 꿨는데, 마침 리리 아들 백일하고 날이 겹치는 바람에 생일을 잘 치렀지."

유씨 할머니가 딸에게 물었다.

"승식 에미야, 네 생일이 양력으로는 언제지?"

"1월 8일예요."

유씨 할머니가 구인에게 고개를 돌렸다.

"거기서 100일을 빼면 리리 아들 생일이겠수."

그 집을 나와서 남경사는 깊은 생각을 하며 땅만 보고 걷고 있었다. 약국 앞을 지나서 유씨 할머니가 알려준 백양 세탁소를 향하며 남경사가 구인에게 물었다.

"유씨 할머니 얘기 중에 관심 가는 게 있습니까?"

담뱃불을 붙이러 섰던 구인이 걸음을 옮기며 말했다.

"릴리의 아들, 즉 조부장의 백일이 1952년 1월 8일이라면 생일은

1951년 9월 30일쯤 되는데, 9월 30일에 해산을 했다면 언제 임신했겠나 계산을 해봤습니까?"

"역시 생각이 날카로우시군요. 그 전년 12월, 즉 1950년 12월 20일경이 됩니다. 그렇다면 장수자는 박대위에게 겁탈당하고 임신했다는 말이 됩니다. 그 말을 한 걸음 더 전진시키면 조부장은 박회장의 아들이라는 말이 되구요. 이거 일이 점점 더 복잡하게 돼 가는데요. 조부장은 어머니를 릴리로만 알지 장수자라는 것은 모르고, 박회장이 아버지라는 것은 더더군다나 모르고…… 그 외에 이상한 것은 없습니까?"

"약국에서 유씨집을 물었다는 털보가 할머니를 안 찾아왔다는 것이 이상하군."

"그렇지요? 약국 주인은 이곳으로 이사온 지가 3년뿐이 안 됐다니 박회장이나 장수자하고는 관계가 없을 겁니다. 우리에게 묻지도 않는 거짓말을 했을 리 없다고 보면, 유씨 할머니가 우리에게 거짓말을 한 것은 아닐까요? 털보가 약국에선 집을 묻고 안 찾아갔을 리도 없고…… 유씨 주변도 조사를 해봐야겠습니다."

"그렇군요…… 오늘 오후 계획은 어떻습니까?"

"박회장 사건은 장수자 사건과 깊은 관계가 있는 것 같습니다. 밀양에 가서 장수자 살해 상황을 알아보고 그녀의 주변 탐문 조사도 해볼 계획입니다. 밀양까지 왕복에 적어도 4시간하고 그곳에서 일 보는 시간을 합치면 저녁 늦어서야 돌아올 것 같으니, 돌아와서 제가 댁으로 전화하겠습니다. 그때 만나도록 하지요."

"그렇게 합시다. 나도 조용히 앉아서 머리를 정리할 것도 있고."

약국에서 약 150미터쯤 가니 백양 세탁소가 있었다. 세탁소 안에는 30대 후반으로 보이는 건장한 청년이 세탁물 다림질을 하고 있다가 여러 사람이 들어서자 눈을 둥그렇게 떴다.

"실례합니다. 이 집에 개성 할머니라는 분이 살고 계시지요?"
"네, 어디서 오셨지요?"
남경사가 신분증을 보였다.
"남부서에서 왔습니다. 할머니께 물어볼 것이 있어서 왔습니다."
"경찰요? 어머니가 무슨 잘못을 저질렀다고."
청년의 얼굴에서 핏기가 가셨다.
"아, 문제가 있어서 온 게 아닙니다. 6.25 때 일을 물어볼 것이 있어서 왔습니다. 어머님 계십니까?"
"네, 계시기는 한데……."
일행은 불안해 하는 모습으로 안내하는 청년을 따라 세탁소 안으로 들어갔다. 안은 제법 넓은 단층 살림집이었다. 안내된 곳은 건넌방이었다. 유씨 할머니 방보다 약간 큰 방으로 햇빛이 잘 들어오는 밝은 방이었다. 개성 할머니는 60대 중반으로 피부는 약간 검었으나 단정한 모습이었다.
남경사 일행과 아들까지 5명이 들어가니 방이 꽉 찼다. 일행이 앉은 후에 남경사가 장수자 사진을 꺼내 건네며 물었다.
"할머니, 이 여자를 아십니까?"
할머니가 돋보기를 찾아 끼고 사진을 찬찬히 들여다보았다. 할머니의 얼굴에 놀라는 빛이 이는 것을 보고 남경사가 말했다.
"아시는 모양이군요. 요 밑에 사는 유씨 할머니한테서 6.25 때 미군과 동거했다는 얘길 들었습니다. 그녀에 대해 아는 게 있으면 솔직히 말해 주십시오."
"그렇지만 이 사진은 어디서……."
"장수자 아들이 갖고 있던 겁니다."
"아들? 아들은 미국에 갔다고 알고 있는데……."

"미국에서 살다가 한국으로 돌아와서 삽니다. 장수자에 대해 아는 것을 말해 주십시오."

"뭐를 말하라는 거유? 좋은 얘기도 아닌데……."

"좋은 얘기가 아니라고요? 사실은 장수자가 살해돼서 알려고 합니다."

"뭐, 죽어? 언제?"

"어제 새벽에 밀양집에서 목졸려 죽었습니다. 그러니 아는 대로 말해 주십시오."

잠시 동안 아무 말도 없었다. 생각을 깊이 하던 할머니가 아들을 일하라고 내보낸 후에 장수자에 대한 이야기를 시작했다.

1950년에 할머니는 24세였다. 그 해 4월에 결혼한 새색시로 개성에 살고 있었다. 남편은 6.25사변이 발발하자 공산 치하에서 숨어 있다가 한국군이 북상하자 군에 징집되었다. 할머니는 임신 3개월째였고 홀시어머니를 모시고 있었다. 피난민이 남으로 밀려 내려오고 있던 어느 날, 개성 북쪽에 살고 있던 외삼촌 내외가 피난가자며 들렀다. 그때 외삼촌은 장수자를 데리고 있었다. 구인이 장수자를 부탁한 노부부가 개성 할머니 외삼촌 내외였다. 할머니가 장수자를 처음 봤을 때 그녀는 울어서 눈이 퉁퉁 부어 있었다. 할머니는 외삼촌으로부터 그녀가 우는 이유를 들어 알게 되었다.

그들은 영등포까지 걸어가서 기차 화물칸 지붕에 앉아 부산까지 왔다. 기차는 정한 시간도 없이 정거장마다 섰다 떠나는 것 같았다. 그 해 겨울은 유난히도 추웠다. 기차가 오래 정거할 기미가 보이면 사람들은 철로 가에 커다란 모닥불을 피워 놓고 빙둘러 서서 몸을 녹였다. 날씨가 하도 추워 불을 향한 가슴은 뜨거웠으나 등은 어는 것 같았다. 그래도 잠이 오는지 졸다가 달리는 화차 지붕에서 떨어지는 사람도 있었다.
 부산에 도착해서 외삼촌 내외와 함께 피난민촌에서 살았다. 시어머니는 부산에 도착하고 1개월이 지나기 전에 폐렴으로 죽었다. 입 하나라도 더 먹이는 게 큰 부담이었지만 마음씨 좋은 외삼촌 내외가 장수자를 데리고 있었다. 그들은 한닢이라도 돈벌이가 되는 것은 아무 일이라도 했다. 주로 봉투 붙이기와 성냥갑 만드는 일이었다. 그나마 사람마다 서로 일을 하겠다고 해서 입에 풀칠하기도 어려웠다.
 1951년 3월 초였다. 성냥갑을 납품하는 곳이 약간 으슥한 곳이라 외삼촌이 주로 갔는데, 그날은 외삼촌이 아파 눕는 바람에 할머니와 장수자가 납품을 가게 되었다. 두 여자가 지나가는 것을 보고 술집에서 술을 마시고 있던 불량배 4명이 뒤따랐다. 성냥갑을 납품하고 돌아오는데 그들이 두 여자를 덮쳤다. 2명이 한 여자씩 입을 틀어막고 성냥공장 뒷산으로 끌고 갔다.
 여자를 쓰러뜨리려고 하자 할머니는 자기가 임신 5개월이라고 사정했다. 그러나 술취한 놈들은 막무가내였다. 할머니가 더 반항을 하자, 놈들 중 하나가 주먹으로 얼굴을 쳤다. 눈앞이 번쩍 하면서 쓰러지는데 장수자의 목소리가 들렸다.
 "살려 주세요, 금을 드릴게요!"
 할머니의 가슴을 찍어누르던 놈의 동작이 멈췄다. 앞이 어릿어릿한 속에서도 놈이 장수자 쪽으로 고개를 돌리는 것을 볼 수 있었다.
 "뭐, 금? 금이 어딨어?"
 "바지 안주머니에……."
 할머니가 장수자 쪽으로 고개를 돌렸다. 두 놈 중의 하나는 장수자의 어깨를 누르고 한 놈이 바지를 내의와 함께 밑으로 당겼다. 하얀 알몸이 나왔다. 바지를 벗긴 놈이 금을 찾으러 바지를 주무르는 것이 보였다. 놈이 동작을 갑자기 멈추었다.

"여기 뭐가 있어!"

할머니를 누르고 있던 놈이 일어섰고, 다른 놈이 장수자 쪽으로 갔다. 그 틈을 이용하여 할머니는 잽싸게 일어나 뛰었다. 발소리를 듣고 한 놈이 소리쳤다.

"한 년이 도망간다. 가서 잡아."

"놔 둬. 여기 한 년 더 있어."

할머니는 뒤도 돌아보지 않고 계속해서 큰길까지 뛰었다. 집에 가서 외삼촌 내외에게 일어난 일을 이야기했다. 통행금지가 가까웠을 뿐만 아니라 외삼촌은 몸이 아파 움직일 수가 없었다. 장수자가 돌아오기를 기다리는 수밖에 없었다. 그녀는 한 시간 반쯤 뒤 통행금지가 다 돼서야 돌아왔다.

매를 맞은 얼굴은 통통 부어 있었고, 옷은 여러 군데 찢어져 있었다. 장수자는 판잣집에 들어오자마자 쓰러져 정신을 잃었다. 찬 물로 얼굴을 닦아주고 팔다리를 1시간이나 주무른 뒤에야 그녀는 정신을 차렸다. 장수자는 남모르게 갖고 있던 금조각 3개를 빼앗기고 몸도 집단으로 유린당했다고 울면서 이야기했다.

다음날부터 판자촌에는 장수자가 윤간당했다는 소문이 퍼졌다. 이웃 집에서 장수자가 할머니에게 하는 이야기를 듣고 소문을 퍼뜨린 것이다. 판잣집 벽이라야 종잇장 같아 장수자의 말을 전부 들었던 것이다. 장수자는 창피해서 문밖에 한 발자국도 나가려고 하지 않았다.

그러고 있던 중에 아는 사람이 와서 수영에 있는 미군 부대에 세탁부 자리가 났으니 할머니가 일하지 않겠느냐고 물었다. 그는 한씨라는 홀아비로 개성에서 이웃에 살던 사람인데 피난 와서 만났다. 그때 그는 미군 부대에 다니고 있었다. 할머니는 배도 점점 불러올 뿐만 아니라

불량배들에게 폭행당할 것을 장수자 덕에 피할 수 있었다고 고맙게 생각하고 있던 터라 대신 장수자가 일하게 해달라고 부탁했다. 장수자는 세탁부로 일하게 되었고, 취직을 하고 난 보름쯤 후에 숙소를 수영으로 옮겼다. 거리가 멀 뿐만 아니라 동네에서 손가락질 받기가 싫었기 때문이다.

1951년 3월 말경에 장수자는 수영으로 집을 옮겼고, 그것이 할머니가 장수자를 본 마지막이었다.

그러나 한씨를 통해 그녀의 소식은 들었다. 세탁부로 일하고 있지만 빼어난 용모 때문에 미군들이 추근대는 것을 비행기 조종사인 한슨 대위가 귀찮게 하지 말라고 막았다. 7월에 그녀가 일하다 갑자기 쓰러졌는데, 한슨 대위가 미군 병원에 데리고 가서 진찰하니 임신 8개월이나 되었다. 그녀는 세탁부 일자리를 놓치는 게 두려워서 임신한 사실을 감추려고 아랫배를 천으로 감고 다니다가 기절한 것이다. 해산 달이 가까워 오자 한슨 대위는 그녀를 정성을 다해 보살펴 주었고, 9월 말에는 아들을 낳았다. 한슨 대위가 고마웠는지, 또는 아들 젖이라도 제대로 먹일 생각에서였는지 그녀는 11월에 한슨 대위와 동거를 시작했다.

12월에 그녀가 다쳤다는 소식을 들었고, 한슨 대위가 복무를 연장하며 장수자를 돌본다는 소식도 들었다. 1952년 말에 한슨이 장수자의 아들을 입양시켜 데리고 미국으로 떠났다는 이야기기도 들었다.

다음해 2월에 장수자가 오씨라는 사람과 결혼한다는 이야기를 들었다. 전에는 장수자를 만나고도 싶었지만 장수자가 자기를 만나는 것을 꺼려할까봐 피하고 있었는데, 한국인과 결혼하여 촌으로 갈 생각이라는 이야기를 듣고 그녀를 찾아갔다. 유씨 할머니집에 가서 장수자를 만났다. 그 곱던 얼굴의 이마에 상처가 나고, 다리를 저는 것을 보고 그녀가 불쌍해서 하루 종일 둘이 붙잡고 울기만 하다 헤어졌다.

할머니도 1951년 7월에 아들을 낳았다. 그 아들이 지금 세탁소를 경영하고 있는 아들이었다. 할머니는 1954년에 한씨와 결혼했다. 범일동에서 살다가 남편 한씨가 3년 전에 죽자 아들한테 와서 살게 되었다. 이곳에 오자 옛날 장수자가 생각나서 유씨 할머니를 찾은 것이 인연이 되어 서로 왕래가 생겼다.

그 외는 별다른 소식이 없어서 그들은 할머니와 헤어졌다. 밖에 나오자 구인이 남경사에게 말했다.
"여기서 밀양에 가려면 동래로 해서 만덕 터널로 빠지겠군요. 나는 집이 가까우니 택시로 가겠습니다."
"그렇게 하시겠습니까? 댁까지 모시지 못해 죄송합니다."
그날 저녁 8시 30분에 구인이 광안 다방에 들어섰다. 밀양에 다녀온 남경사가 최반장에게 밀양 출장 보고를 한 후에 구인 집으로 전화를 해서 만나기로 약속이 되었다.
구인이 의자에 앉자, 미스 명이라는 종업원이 반기는 얼굴로 쫓아와 옆에 앉았다.
"안녕하세요? 오늘은 늦으셨네요."
"응, 누구를 만나기로 했어."
"같이 오던 사람요?"
"같이 왔던 사람이라니, 그 탈렌트 같다는 사람?"
"아니오. 그 사람하고 언제 같이 오셨나요? 그 사람 말고 아저씨하고 같이 온 사람 있잖아요. 말을 함부로 하는 사람 말예요."
"아, 미스터 최 얘긴 모양이군. 그 사람 싫어하는 것 같던데, 그 사람 오면 도망가려고 그래?"
"피이, 도망은 왜 가요. 자기가 그런다고 누가 겁내나?"

"오늘은 다른 사람 만나기로 했어…… 아, 저기 오는군. 심각한 얘기를 해야 하니 자리 좀 비켜 줘."

여종업원이 일어서며 말했다.

"미스터 최란 그 사람, 한 번 들르라고 하세요."

구인이 다방에 들어선 남경사에게 손을 흔들자, 남경사와 김순경이 구인이 있는 좌석에 와서 앉았다. 뒤쫓아온 여종업원이 갖고 온 물수건으로 얼굴을 닦으며 남경사가 말했다.

"밀양에 다녀온 얘기는 식사나 하면서 하지요. 시장끼가 많이 도는데요."

"그렇게 합시다. 저녁은 뭣이 좋겠소? 그리고 지형사는 어디 갔습니까?"

"생선회를 하지요. 지형사는 한부사장과 조부장 알리바이를 조사 중입니다."

"생선회 좋지요. 일식집, 아니면……?"

"멀지도 않으니 광안리 횟집 많은 곳으로 가시지요. 일식집에서 몇 점 안 되는 회를 놓고 께적거리는 것보다는 한 젓가락 듬뿍 초장에 쿡 찍어 상추에 싸서 한 입 잔뜩 먹는 맛이 훨씬 좋을 것 같군요. 얘기를 하다 보니 입안에 침이 가득합니다. 아는 집이 있으니 가십시다."

다방에서 자리값을 하고 택시 기본 요금 거리의 횟집으로 갔다. 문을 들어서는 남경사를 반갑게 맞는 주인 아주머니의 태도로 보아 남경사의 단골집이라는 것을 쉽게 알 수 있었다.

주문한 음식이 나오자 생선회를 상추에 싸서 한 입 가득히 넣고 씹으며 남경사가 한 말은 다음과 같았다.

장수자가 살던 집은 밀양에서 언양으로 가는 국도를 따라 가다가 우측으로 꺾어서 표층사로 한참 가다가 있었다. 국도에서 상당히 떨어져 있는 외진 마을에서도 집은 따로 떨어져 있었다. 전형적인 빈촌이었다. 야산을 일구어 만든 밭과 그 지역 특산물인 대추나무에서 나오는 수확이 전부로, 장수자 일가는 겨우 굶지 않는 생활을 해온 듯싶었다.

마을 사람들이 도회지로 많이 떠나서 10여 채 되는 마을에 빈집이 두 집이나 있었고, 20세에서 50세 사이의 주민은 오치호 내외를 포함해서 열 명이 채 안 되었다. 오치호가 마을을 뜨지 않은 것은 어머니에 대한 효성이 지극해서였다. 장수자는 남편이 죽자 자기는 꿈지럭거리면 혼자 살 수 있으니 아들 내외나 살기 좋은 도회지로 가라고 했다. 그러나 아들은 어머니도 같이 간다면 모를까 안 된다고 막무가내였다. 마을 젊은 사람들이 모두 떠나고 보니 노는 밭도 생겨 장수자와 아들 내외가 생활은 할 수 있었다.

부산 남부 경찰서에서 장수자에 관해 문의한 일을 알아보려고 면 지서에서 장수자 집에 갔을 때야 사건을 발견했다. 그때가 4월 4일 오후 2시경이었는데, 장수자와 며느리 그리고 손녀가 목졸린 시체로 안방인 장수자의 방에서 발견되었다. 장수자의 집은 전형적인 빈촌 가옥으로 형식적인 담이 집을 둘러싸고 있었고, 대문이라야 잠그더라도 쉽게 안으로 들어갈 수 있는 집이었다. 작은 마루를 가운데 두고 안방과 건넌방이 마주보고 있었는데 부엌이 딸린 안방에서는 장수자와 손녀가, 건넌방에서는 아들 내외가 살았다.

밀양 경찰서 수사과에서 현장 사진을 보며 설명을 들을 수 있었다. 시체는 3구가 모두 안방에서 발견되었다. 며느리와 손녀는 나란히 누워 잠자다 죽은 사람처럼 편안한 모습이었고, 마치 외출이라도 하려는 듯이 깨끗하게 차려 입고 죽어 있었다. 방 가운데에 있는, 이가 빠진 상에는 밀감과 배가 담긴 접시와 오렌지 쥬스병과 컵이 있었다. 병과 컵은 범행 후에 범인이 닦았는지 닦은 흔적이 있었고, 집안 어디에서도 미확인 지문이 검출되지 않았다. 컵과 쥬스병에서는 강력한 수면제가 검출되었다.

동네 할머니 한 분이 4월 3일 밤 11시까지 장수자 집 안방에서 놀다 갔는데, 할머니가 떠날 때 손녀는 장수자의 무릎을 베개 삼아 곤히 자고 있었고, 며느리는 자는지 건넌방은 불이 꺼져 깜깜했다. 장수자에게 요새 며칠 동안 아들이 안 보인다고 했더니, 장수자가 아들은 부산에 가 있는데 곧 돌아온다는 편지를 그날 받았다고 말했다. 밀양 경찰서도 우편 집배원으로부터 아들의 편지를 그날 장수자에게 배달한 것을 확인했다. 그 편지는 집안 어디에서도 찾을 수가 없었다.

범인이 그 편지를 찾으려고 온 집안을 뒤졌는지 집안이 수라장이 되어 있었다. 벽에 걸려 있던 사진틀이 방바닥에 놓여 있었다. 끼여 있던 사진 중에서 털보 아들의 사진이 없어진 자국이 이가 빠진 것처럼 사진을 받쳤던 종이에 허연 사각형을 남기고 있었다. 거기에 아들 사진이 있었다는 것은 동네 사람들에 의해 확인되었다.

오치호의 사진은 집안 어디에서도 찾을 수가 없었다.

그러나 남경사는 사진틀에서 대단히 중요한 사진을 발견했다. 사진틀에서 조한선이 남경사에게 준 사진과 똑같은 사진을 발견한 것이다. 사진 뒤에는 조부장이 준 사진과 같은 글이 같은 필체로 써 있었고, 밑에 장수자라는 한글 서명이 있었다. 조한선이 장수자의 아들이라고 추정만 하고 있었는데, 이것으로 조부장이 장수자의 아들임이 확인되었다고 남경사는 생각했다.

부검 소견서에 의하면 세 사람은 모두 액살되었다. 세 사람 목에 범인의 손가락 반점이 뚜렷이 나타나 있었고, 세 사람 모두가 기도(氣道) 압박에 의한 질식사로 판명되었다.

세 사람의 체내에서 수면제가 검출되고, 상 위의 쥬스병과 컵에서도 수면제가 나온 것으로 보아 범인은 세 사람을 한꺼번에 죽일 수 없으니까 수면제를 먹여 잠들게 하고 한 사람씩 목졸라 죽였다고 경찰은 추정하고 있었다. 장수자가 눈을 부릅뜨고 죽은 것은 수면제 효과가 몸에 완전히 퍼지기 전에 살해한 때문이라고 경찰에서는 보고 있었다.
　집안에서 오치호의 사진을 한 장도 못 찾은 것은 범인이 사진을 전부 갖고 갔기 때문이라고 밀양 경찰은 추정하고 있었다. 게다가 아들이 행방불명이라는 사실 때문에 경찰은 아들 오치호를 가장 강력한 용의자로 지목하고 있었다. 밀양 경찰서의 논리는 아들이 아무 이유 없이 지난 1주일 동안 행방불명이라는 것이 의심스럽고, 범인이 아들 사진만 전부 갖고 간 것은 나중에 지명수배 사진을 실을 수 없게끔 하기 위한 조치라고 본다면 아들에게 혐의가 간다는 것이었다.
　그러나 지서에서는 천부당만부당한 말이라고 오치호 범인설을 강력히 반대하고 있었다. 지서의 주장은 좀더 현실적이었다. 자기 어머니에게 그렇게 효성이 지극하고 처자를 끔찍히도 위하던 그가 범행을 저질렀을 리가 없다는 것이었다. 남경사가 장수자 집에 가서 현장을 직접 살펴보고 마을 사람들도 만나보았으나, 밀양 경찰서에서 들은 것 외의 소득이라면 사진틀에서 조부장이 갖고 있던 사진과 같은 사진을 발견한 것뿐이었다.

　남경사가 이야기하는 동안 듣기만 하던 구인이 말했다.
　"동네 사람이 돌아갈 때 자고 있었다는 며느리와 손녀가 옷을 깨끗이 차려 입었다는 것이 이상하군요?"
　"저도 그렇게 생각했습니다. 그 일에 대해서는 지형사가 아주 적절한 말을 했습니다. 사람들이 죽으려고 옷을 입었나 보다고."

"죽으려고 옷을 입었다?"

구인이 중얼거리는데, 남경사가 물었다.

"박회장 사건에 대해 조용히 생각해 보겠다고 낮에 말하셨는데, 무슨 결론을 얻으셨습니까?"

"어지간히 정리가 되어 갑니다. 박회장 살해 방법에 대해 남경사가 지적한 의문점들의 해답은 알겠습니다. 그런데……."

"아니, 오늘 아침에 현장을 잠깐 둘러보고 범행이 어떻게 저질러졌는지 아셨다는 말입니까?"

"어젯밤에 남경사가 준 경찰 기록을 검토해 보니 알겠더군요. 오늘 현장에 가 본 것은 내 생각이 옳은가 확인해 보기 위해서였습니다. 하지만……."

"그럼 범인은 누군지 아십니까?"

"내가 그렇게 말하지는 않았어요. 내가 안다고 한 것은 총소리는 왜 두 방이 녹음되었고, 어떤 총알이 박회장을 죽였나 하는, 남경사가 제시한 의문점들에 대한 해답을 안다는 얘깁니다. 범행 방법을 알았다고 해서 범인을 안다는 얘기는 아닙니다. 범인은 도무지 알 수가 없습니다."

"살인이 일어난 날 밤에 박회장 서재에서 제가 지적했던 범행에 대한 의문점들의 해답을 전부 알고 계신다는 말입니까?"

"전부 안다고 할 수 있습니다."

"증거가 있습니까?"

"증거? 논리적으로 그때 상황을 전부 설명할 수 있다면 그것을 증거라고 할 수 있겠지요. 살인 장면을 촬영해 놓은 필름이라도 제시하라면 그런 증거는 없습니다."

남경사가 구인의 말에 반신반의하는 표정을 짓는 것을 보고, 구인이 말을 계속했다.

"박회장 살인 현장의 의문점이 해결된다고 범인의 정체가 밝혀지는 것도 아니니 그것에 대한 토의는 나중에 하고, 사건 전체를 이야기해 봅시다. 경찰에서는 누구에게 혐의를 두고 있습니까?"

"이왕에 사건을 논의하려면 논리적으로 하는 것이 좋겠습니다."

이야기가 자기 분야에 미치자 남경사가 자신 있게 말을 시작했다.

"어떤 범죄에나 세 가지 요소가 있습니다. 왜 범행을 저질렀느냐 하는 동기, 누가 저지를 수 있었느냐 하는 기회, 그리고 어떻게 저질렀느냐 하는 방법입니다. 이 세 가지를 범행의 3대 요소라고 할 수 있습니다. 일반적으로 살인의 가장 큰 동기는 이득입니다. 복수와 질투 때문에 살인을 하는 경우도 많습니다. 범인의 부정이나 약점이 노출되는 것을 방지하기 위해 사람을 살해하는 경우도 있습니다. 그러나 가장 큰 동기는 범인에게 돌아오는 이득입니다. 물론 충동적인 살인의 경우에는 별 이상한 것 때문에 살인을 하지만, 박회장이나 장수자 살인은 충동 살인이 아니고 틀림없는 계획 살인입니다. 또 한 가지는, 박회장과 장수자는 50억이라는 같은 동기 때문에 살해되었다고 저는 보고 있습니다. 박회장은 성공한 사업갑니다. 성공하는 과정에서 원한을 살 만한 행동을 했을 가능성은 있습니다. 그러나 장수자는 가난한 촌부일 따름입니다. 그런데 이렇게 동떨어진 두 사람이 50억이라는 커다란 돈으로 줄이 닿아 있습니다. 따라서 두 살인은 관계가 있다고 저는 보고 있습니다."

남경사가 숨을 가다듬으려는지 말을 중단하고 자기 잔에 술을 따르는 것을 보고, 김순경이 말했다.

"박회장 살인과 장수자 일가 살인을 별개의 사건으로 볼 수도 있지 않습니까?"

남경사가 술을 기분 좋게 들이키고 말했다.

"그럴 가능성도 있지. 그러나 동기를 그렇게 어려운 데서 찾을 필요가 있을까? 추리소설을 읽으면 눈에 띄는 동기보다도 잘 보이지 않는 동기 때문에 범행을 저지르는 경우가 많은데, 현실은 안 그렇다구. 박회장은 50억이라는 큰 돈을 장수자에게 유언했다. 그런데 박회장과 장수자가 살해되었다. 따라서 두 사람은 50억 때문에 살해되었고, 두 사건은 관련이 있다. 간단해. 하여튼 특별한 다른 동기가 눈에 뜨이지 않은 이 마당에 나는 50억이라는 커다란 이익을 살인 동기로 보고 있고, 박회장과 장수자 살인은 연관이 있다고 보고 있어. 박회장 유언에 따라 가장 큰 이득을 보는 사람은 장수자의 아들 오치호라는 것이 금방 눈에 띄어. 박회장의 유언에 따라 장수자에게 간 50억은 장수자가 죽었으니 오치호에게 가게 되어 있으니까. 게다가 그는 행방불명이고, 그로 추측되는 털보가 박회장 살해 현장 근처, 그리고 박회장과 관계 있는 애꾸눈 점쟁이가 살해된 해운대 호텔과 수영 약국에 모습을 나타냈어. 그런데 그가 범인이라고 하기에는 커다란 현실적인 걸림돌이 있어. 박회장 살인과 장수자 일가 살인이 연관이 있다면, 두 사건의 범인은 동일인이거나 공범 관계에 있는 두 개의 범행체가 따로 범행을 저질렀다고 봐야해. 오치호가 범인이라고 생각하는 데 문제가 되는 것은 그가 어머니에게 둘도 없는 효자였고 처자를 끔찍히도 위했다는 점이야. 그러한 오치호가 어머니와 가족을 살해했다는 것이 납득 안 가. 공범이 있어 자기는 박회장을 살해하고 공범이 장수자 일가를 살해한다는 계획에 찬동했다는 것도 믿기 어려워. 그러나 세상이 이 꼴이니 몇 천분의 1의 가능성도 가능성이라는 생각으로 오치호 범인설을 완전히 배제하지는 않고 있어."

"그러나 그렇게 생각하기에는 이상한 점이 있습니다."

남경사가 말을 끝내기를 기다려, 김순경이 반박했다.

"장수자 살인 동기는 그럴지 모르나 박회장을 살해한 것은 이상합니다. 박회장은 자기가 죽거나 살거나 관계 없이 금년 말까지 50억이 장수자에게 가도록 문서화했습니다. 금년 말이면 50억이 장수자에게 갑니다. 그런데 그때까지 참지 못하고 살인을 했다는 것이 이상합니다. 그런 면에서 볼 때 두 사건은 별개라는 생각이 듭니다."

김순경의 말을 듣고 남경사가 놀란 표정을 지었다.

"김순경 말을 듣고 보니 이상하군…… 너무나 딱 들어맞는 동기라서 그러려니 했는데…… 혹시 연말까지 참을 수 없는 이유가 있어서 급히 살해한 것은 아닐까?"

남경사가 자신 없는 표정으로 말끝을 흐리며 구인을 보았다. 지원을 요청하는 듯한 표정이었다. 구인이 김순경에게 눈길을 보냈다.

"김순경이 깊은 데까지 생각했군……. 그 문제의 답을 얻으려면 차변호사의 진술을 깊이 검토할 필요가 있어. 그의 진술 중에 이상한 것이 있었으니까."

구인이 말을 중단하고 그 이상한 점이 무엇인지 아느냐고 묻는 듯 두 사람을 바라보았다. 그들의 표정에서 모르겠다는 뜻을 읽고 구인이 말을 계속했다.

"차변호사가 박회장집에 처음 갔을 때 장수자라는 말이 거론되자, 장영진 부부는 2월 하순에 박회장집에 녹음기를 설치했지. 그리고 차변호사는 3월 6일 밤에 두 번째로 박회장집에 가서 서재에서 장수자에게 재산을 상속하는 문제를 의논했어. 그런데 장영진 부부는 장수자에 대한 얘기가 한 번도 녹음된 적이 없다고 했어. 3월 6일에 박회장과 차변호사가 의논한 녹음이 없어진 거야. 어떻게 그런 일이 생길 수 있지? 그렇게 될 수 있는 경우는 셋뿐이야.

첫째, 녹음기 고장이나 정전으로 녹음이 안 됐을 경우.
둘째, 장영진 부부나 차변호사가 거짓말을 한 경우.
셋째, 녹음 테이프를 누가 다른 것으로 바꿔치기 한 경우.

　나는 첫번째 경우를 믿을 수가 없어. 잘 돌아가던 녹음기가 그날이라고 고장이 날 가능성은 희박해. 그날 정전이었다면 깜깜한 곳에서 이야기했을 리가 없고, 차변호사가 정전이었다는 얘기를 했을 거야. 두 번째 경우도 믿을 수가 없어. 장영진이 거짓말을 했다는 것을 나는 못 믿겠어. 거짓말을 했다는 것은 녹음기 내용을 듣고도 안 들었다고 했다는 말인데, 녹음 내용을 들었다면 장수자의 거처를 알았을 거야. 그렇게 애타게 찾던 누인데 어디 있는 줄 알면서도 달려가서 만나지 않았다는 것을 나는 믿을 수가 없어. 호적 얘기를 했다니까 누이를 쉽게 찾을 수가 있었어. 장수자의 본적과 현주소는 같거든. 그런데도 장영진은 아직 누이의 행방을 모르고 있어. 또 차변호사가 거짓말을 했다면 그날 장수자 얘기를 안 했거나 서재가 아닌 다른 곳에서 의논이 있었다는 얘긴데, 차변호사가 무엇 때문에 그런 거짓말을 했겠어. 차변호사 나름대로의 어떤 이유 때문에 거짓말을 했다? 아니야, 내 다음 설명을 들으면 차변호사가 거짓말을 안 했다는 것이 나타나. 어쨌든 그랬을 경우는 너무나 현실성이 희박해서 좀더 현실성이 있는 세 번째 경우, 녹음 테이프를 누가 다른 것으로 바꿔치기했다고 나는 생각해. 여기서 누가 빼갔다고 안 하고 바꿔치기했다고 하는 것은, 누가 테이프를 빼갔다면 테이프가 없어진 일이 있다고 장영진이 말했을 테니까. 그 테이프에는 50억 유산 관계가 담겨 있었으니 이번 사건과 관계 있는 사람이 훔쳐간 것이 확실해. 그리고 그는 테이프에서 유언 내용을 미리 알았어. 그런데 그 테이프에는 박회장이 유산으로 50억을 장수자에게 남기는 것으로 되어 있어. 그런데 사흘 후에 박회장이 차변호사에게 전화해서 자기 생사에 관계 없이 금년 말까지 50억을 장수자에게 주게끔 수정했어. 김순경이 지적하는 것은 이 부분이야. 죽이지 않아도 돈이 장수자에게 갈 텐데 장수자에게 돈이 가게끔 박회장을 살해할 이유가 없다는 얘기잖아?"

김순경이 고개를 끄덕이는 것을 보고, 구인이 말을 계속했다.

"그러나 깊이 생각해 보면 문제는 달라. 내가 아까 말한 대로 바꿔치기한 테이프에는 박회장이 장수자에게 유산으로 50억을 남긴다고 되어 있어. 그리고 3월 9일에 박회장은 차변호사에게 금년 말까지 50억을 장수자에게 주게끔 전화로 수정 지시를 했어. 그런데 박회장은 살해당했어. 여기서 우리는 중요한 것을 알 수 있어. 50억이 박회장과 장수자 살해 동기라는 남경사의 논리는 대단히 강력해. 그게 사실일 가능성이 대단히 많아. 김순경의 반박 논리 역시 설득력이 강해. 그런데 박회장은 살해당했어. 이러한 사실에서 끄집어낼 수 있는 추론은, 범인은 3월 6일 테이프 내용만 알았지 3월 9일에 전화로 수정 지시한 내용은 몰랐다는 것이야. 즉 범인 또는 공범자가 테이프를 바꿔치기했다는 결론을 내릴 수 있어. 3월 6일자 테이프 내용만 알았지 3월 9일 수정 내용은 몰랐기 때문에 박회장이 죽어야 유산으로 50억이 장수자에게 가는 줄 알고 박회장을 살해했어. 이것으로 차변호사는 범인 또는 공범자가 아니라는 것이 나타났어. 그는 변경된 유언 내용을 알고 있었으니까. 따라서 차변호사는 거짓말을 하지 않았다는 얘기가 돼."

구인이 설명을 끝내자, 김순경은 머리를 가볍게 끄덕여서 동감이라는 표시를 했다. 남경사가 어색한 미소를 지으며 말했다.

"엉터리로 생각을 하고도 올바른 결론을 끄집어내다니 쑥스럽습니다. 어쨌든 오치호 모습의 사람이 박회장 살해 현장 근처, 수영 약국, 그리고 애꾸와 같이 해운대 호텔에 나타났으니 용의자선에서 완전히 배제할 수는 없습니다."

남경사가 말을 중단하고 자기 생각이 어떠냐고 묻는 듯 구인을 바라보았다. 구인이 담배를 꺼내 불을 붙인 후에 말했다.

"남경사의 말을 잘 이해하겠습니다. 그런데 우리가 생각해 볼 문제가 있습니다. 오치호는 남의 눈에 잘 띄는 특징을 갖고 있다는 점입니다. 그는 굉장한 털보였고 안경을 끼고 있었습니다. 그는 털보였기 때문에 남의 눈에 잘 뜨이지만, 반대로 말하면 털보는 오치호다 라는 오판을 남에게 시킬 수도 있습니다. 특징이 있는 사람일수록 그 특징만 남의 눈에 잘 띄게 변장하면 쉽게 그 사람 행세를 할 수 있어요. 따라서 남들이 쉽게 오치호를 흉내낼 수 있다는 것을 염두에 두기 바래요."

남경사가 구인을 빤히 쳐다보다가 말했다.

"역시 생각이 날카로우십니다. 그런데, 만일 누가 오치호를 흉내내고 있다면 그것이 무엇을 뜻하는지 생각해 보셨습니까?"

"그렇다면 오치호는 살해되었거나 살해될 것이라는 얘기가 됩니다. 그가 살아 있는 한 흉내냈다는 것이 들통날 테니까."

"그렇습니다. 그러나 남이 오치호로 위장하고 있었다는 증거가 없으니 그를 용의자선에서 제외시킬 수는 없습니다. 다음 용의자는 장영진일가입니다. 장수자가 죽으면 그녀의 동생인 장영진 손에 25억이 들어가게 되니까. 그러나 아들인 김인수 과장의 알리바이는 확실합니다. 장영진 내외의 박회장 살인 알리바이는 며느리가 제공하고 있는데—— 살인 시간인 7시경에 집에서 나갔다고 증언했으니까—— 며느리와 짜고 거짓 알리바이를 만들었다고 생각할 수도 있습니다. 그러나 어쩐지 그렇지 않다는 생각이 듭니다. 내일 지형사를 보내 그 알리바이를 조사하겠습니다. 장영진에게 박회장 사건 알리바이는 있지만 장수자 사건 알리바이는 없습니다. 여기서도 오치호 범인설의 걸림돌과 같은 논리가 적용되는데, 장수자 일가 살해 시간에 살인 현장에서 멀지 않은 부곡 온천에 장영진 내외가 있었다는 것이 마음에 걸리지만, 아무리 돈이 좋기로서니 40년 동안이나 애타게 찾은 누이를 살해한다는 것은 현실성이 없다고 생각됩니다."

"그러나 누이를 애타게 찾았다고 하는 장영진의 일방적인 얘기지 실제로는 그렇게 애타게 찾지 않았을 수도 있지 않습니까?"

김순경의 의견에 남경사가 미소를 지었다.

"젊은 사람이 의심이 많군. 하기야……."

"그게 아닙니다……."

김순경이 얼굴이 빨개지며 손을 흔들었다.

"저도 그렇다고는 생각하지 않지만 이론상으로는 그렇다는 얘깁니다."

"알아, 김순경이 무슨 뜻으로 한 말인지 안다구. 내가 괜한 말을 한 것 같아. 하기야 수사관은 모든 것을 액면 그대로 받아들여도 안 되지…… 하지만 우리가 알고 있는 정황들로 미루어볼 때 장영진이 누이를 애타게 찾았다는 얘기가 거짓말로 들리진 않아. 어떻습니까, 구선생님? 오래 되기는 했지만 그들 오누이가 같이 있던 것을 직접 보셨으니, 느낌은?"

"내가 그들 남매를 본 것은 40년 전이고, 40년이라는 세월이 사람을 어떻게 변하게 했는지는 모르지만, 세월이 장영진을 그렇게까지 표독한 사람으로 변화시키지는 않았다고 생각합니다. 장수자는 동생을 위해 몸과 많은 재물을 버렸고, 장영진은 누이를 위해 목숨까지 버리려고 했는데. 아닙니다, 장영진은 누이를 살해했거나 살해 음모에 가담하지를 않았습니다."

"하지만 장영진의 경우에도 오치호의 경우와 같은 말을 해야겠습니다. 세상이 이 꼴이니 가능성은 가능성이라고……."

남경사가 눈쌀을 찌푸리다가 말을 계속했다.
"살인 동기를 갖고 있는 다른 사람은 심사장입니다. 장수자 일가가 없어지면 50억은 그에게 갑니다. 그러나 이것은 어디까지나 논리적인 얘기지 심사장의 사회적 지위나 재력으로 볼 때 현실성은 희박합니다. 심사장 자신의 재산도 어지간하고, 박회장이 죽으면 재산이 그에게 갑니다. 자기에게 올 재산의 작은 부분이 없어진다고 그렇게 많은 사람을 살해했다고는 생각되지 않습니다. 다음은 권총에 관한 것입니다. 박회장은 자기 권총으로 살해되었습니다. 따라서 범인은 그 권총에 접근할 수 있는 사람입니다. 회장은 권총을 서재 책상 또는 회사 회장실에 보관했습니다. 이러한 사실은 여러 사람이 알고 있었습니다. 지난 4월 2일에 미군 부대 영내에서 사격한 후에 회장이 사무실에 왔다가 집에 갈 때 권총을 갖고 갔는지 안 갖고 갔는지 모릅니다. 권총을 어디 두었는지 모릅니다. 따라서 회장집 또는 회장실에서 권총을 꺼낼 수 있는 사람이 범인 아니면 공범입니다. 그런 사람 중에는 한부사장, 김과장 어머니, 부속실 미스 정 등 여러 사람이 있습니다. 그러나 누구보다도 적임자는 조부장입니다. 회장실과 회장집, 양쪽에 가장 쉽게 접근할 수 있었으니까. 그러던 차에 조한선이……."
그때 한 패의 손님들이 왁자지껄 떠들며 들어오는 바람에, 남경사가 말을 중단했다. 그들이 자리에 앉고 나서 조용해지자, 남경사가 말을 계속했다.
"그러던 차에 조한선이 죽은 장수자의 아들이라는 것이 밝혀졌습니다. 장수자의 다른 아들인 오치호만큼이나 커다란 동기를 가진 용의자가 나타난 것입니다. 장수자의 관계가 오치호처럼 밀접하지 않다는 점에서 본다면 오치호보다 훨씬 강력한 용의자입니다. 그러나 구선생께서……."

그때 조금 전에 들어온 손님 중의 한 사람이 벌떡 일어서며 소리쳤다.
"아이 차가워! 아주머니, 쟁반을 깨끗이 닦아야지요. 옷을 버렸잖아요!"
아주머니가 "미안합니다" 하고 사과하는 소리가 방해가 된다는 듯 그쪽을 흘깃 보고 남경사가 말을 계속했다.
"그런데 박회장 살인이 일어나고 있던 시간에 선생님이 그를 다른 곳에서 보셨다니, 조부장은 박회장 살인범일 수가 없습니다. 그 외에 박회장과 관계가 있는 사람은 옛 부하인 구미관광의 김원태 사장인데, 그에게는 눈에 띄는 동기가 없으니……."
이야기를 하던 남경사가 말을 중단했다. 구인의 표정이 이상했기 때문이다. 그의 눈은 초점을 잃고 허공을 응시하고 있었다. 그의 모습을 보고 놀란 남경사와 김순경이 서로 마주보다가, 남경사가 구인의 팔을 잡고 흔들었다.
"구선생님, 왜 그러십니까?"
구인이 생각을 떨쳐 버리기라도 하려는 듯이 고개를 한 번 흔들더니 남경사에게 말했다.
"남경사, 미안합니다. 무슨 생각이 떠올라서 그러니 머리를 정리하게 잠깐만 내버려 두십시오. 그 동안 식사나 하고 계시지요."
남경사와 김순경이 다시 마주보고 말없이 식사를 했다. 남경사가 식사를 하며 구인의 모습을 훔쳐보았다. 그는 왼손으로 턱을 괴고 오른손 손가락에 끼운 담배에서 피어오르는 연기를 물끄러미 바라보고 있었다. 그러다가 자기 생각이 옳다는 양 가끔 고개를 끄덕이기도 하고, 생각이 마음에 안 드는지 눈쌀을 찌푸리기도 했다.
거의 10분이 지나서 구인이 커다랗게 한숨을 쉬더니 말했다.

"남경사, 생각을 완전히 정리한 후에 내일 만나서 얘기하는 것이 좋겠습니다. 내 생각이 틀림없는 것 같지만 혹시 잘못된 점이 있을지도 모르니 완전히 생각을 검토하고 내일 얘기합시다."

구인의 표정에서 내일이라야 말을 하겠다는 결의를 읽고 남경사가 손목시계를 본 후에 쾌활하게 말했다.

"복잡한 사건이니 깊이 생각할 시간이 필요하시겠지요. 시간도 어지간히 되었습니다. 내일 아침에 광안 4파에 설치된 수사 전담반에 갔다가 오늘 아침에 만난 행운 다방으로 가겠습니다. 거기서 뵙겠습니다."

그들이 횟집을 나왔을 때는 10시 30분이 가까운 시간이었다. 보름이 가까운 환한 달빛이 파도 꼭대기에서 은빛으로 반사되고 있었다. 답답한 횟집 안보다 밖의 바닷바람이 시원한지 남경사가 깊숙이 심호흡하고 구인에게 말했다.

"저녁을 많이 먹었더니 노곤하군요. 택시로 집에 갈까 하는데 모셔다 드릴까요?"

"아닙니다. 집도 가까우니 바닷가를 거닐면서 생각을 좀 하겠습니다."

"김순경은?"

"저도 좀 걸을까 하는데요."

남경사가 미소를 지으며 말했다.

"알았어. 하지만 구선생님을 너무 귀찮게 하지는 말아."

남경사가 택시를 타고 떠나는 것을 보고 구인과 김순경이 모래사장으로 내려섰다. 해수욕 철이 아직 멀어 모래사장에 시설물이 설치된 것은 없었으나, 차가운 바닷바람을 아랑곳하지 않고 젊은 남녀가 삼삼오오 모여 앉아 재잘거리거나 통기타에 맞춰 노래를 부르고 있었다. 한쪽에서는 무엇에 화가 났는지 소주 병나발을 부는 녀석도 있었다.

고개를 숙이고 깊은 생각을 하며 그들 사이를 빠져가는 구인을 뒤쫓으며 김순경이 물었다.

"정말로 박회장 살인 현장의 의문점들에 대한 모든 해답을 알고 계신다는 말입니까?"

구인이 잠깐 섰다가 김순경과 보조를 맞추었다.

"김순경은 범인이 누구냐는 것보다 어떻게 범행이 저질러졌는가에 관심이 더 많은 것 같군. 범행 방법은 한 가지에 대한 옳은 해답만 얻으면 나머지는 모두 해결되게 돼 있어. 범인은 괜히 쓸데없는 짓을 해서 우리를 혼동시키고 있지만."

"한 가지에 대한 해답? 그게 뭔데요?"

구인이 말없이 천천히 걸었다.

치맛자락을 허벅지까지 치켜들고 바닷물 발목 깊이에 서 있던 두 처녀가 밀려온 파도가 정갱이를 때린 뒤 튀어서 치맛자락을 적시자 자지러지는 비명을 지르고 모래사장 위로 뛰어올라, 무엇이 그렇게도 우스운지 허리를 꺾으며 숨이 넘어갔다.

"내가 범인이 쓸데없는 짓을 했다고 말했는데, 그것이 어떤 계획 하에서 범인이 한 행동인지, 경찰을 혼란에 빠뜨리려고 장난삼아 한 행동인지를 잘 모르겠어. 집에 가서 사건 전체를 찬찬히 검토해 보고 앞으로 취할 조치를 내일 남경사와 의논할 생각이야. 그러니 내일까지 참아요."

"내일까지 기다리려면 궁금해서 밤잠을 설치겠지만 할 수 없지요. 사건을 내가 발견했고, 초동 수사에도 참여했기 때문에 범행 자체에 관한 것만이라도 풀어보려고 애를 쓰고 있지만 깜깜입니다. 그런데 선생님께서는 경찰 기록을 검토하고, 현장을 잠시 둘러보시고 모든 것을 아셨다니……."

김순경이 말끝을 흐리는 것을 보고, 구인이 말했다. 입가에는 미소가 흐르고 있었다.
"왜, 늙은이보다 못한 것 같아 자존심이 상했나?"
"자존심이 상했다기보다 내가 이렇게 둔한가 싶어 씁쓸한 생각이 듭니다. 그리고 선생님은 늙지 않으셨습니다. 아직 정정하신데요."
"사탕발림해야 오늘은 말할 수 없어. 아침에 바닷가를 조깅할 때 옆을 씽씽 지나쳐 달리는 젊은이들을 보면 내가 얼마나 늙었다는 생각을 하는지 알아?"
"그래도 늙지 않으셨습니다."
김순경이 걸음을 멈추는 바람에 구인도 섰다. 김순경이 진지한 표정을 짓고 서 있었다.
"선생님은 아직 젊으십니다."
"마음은 젊은데 몸이 말을 안 들을 때는……."
김순경을 보며 말하던 구인이 말을 중단했다. 김순경의 입가에 가물거리는 미소를 보고 고개를 제치며 크게 웃었다.
"핫, 핫, 핫…… 나를 젊은 사람으로 만들어야겠다는 말이지. 늙은이에게는 지기 싫다는 말이지…… 핫, 핫, 핫, 그래, 내 나이 지금 서른뿐이 안 됐는데 이렇게 쪼그라들었어."
김순경이 따라 웃으며 걸음을 옮겼다. 내외간인 듯한 중년 한 쌍이 이상한 눈길로 그들을 바라보며 지나갔다. 남천 비치 아파트 단지 끝 저 멀리 화물선 불빛이 오륙도를 지나고 있었다.
"죄송합니다. 내 자신이 너무나 초라하다는 생각이 들어 기분 전환하려고 그랬습니다…… 그런데 퀴즈 쇼에서 하는 식으로 힌트라도 주실 수 없습니까?"
"힌트?"

구인이 김순경을 보고 가볍게 웃으며 멈췄던 걸음을 옮겼다.
"힌트라…… 좋은 것이 있지. 나도 박회장 살인 사건을 접하고는 그 책이 생각났으니까. 김순경, 추리소설 많이 읽나?"
"추리소설요? 아주 좋아합니다. 특히 외국 추리소설을 많이 읽습니다."
"그래? 잘 됐어. 누구의 작품을 많이 읽었는데?"
"시드니 셸던, 프레드릭 포사이드, 켄 폴렛 등 많지요."
"셸던의 작품은 추리소설이라고 할 수 없고…… 모두가 현대 작가고 스릴러 작가군. 가스통 루루의 「노란 방의 비밀」은 읽어 봤어?"
"노란 방의 비밀? 안 읽었는데요."
"내 그럴 줄 알았지. 정통 추리소설의 고전인데, 그런 것은 현대적인 감각에 맞지 않는다는 말이지? 1906년인가 1907년 작품인데 밀실 범죄를 다룬 소설 중에서 유명한 작품이야. 하지만 읽지 않았다니 힌트를 주었다고 할 수는 없군."
"다른 힌트는 없습니까?"
"범죄 현장에 대한 힌트는 다른 것이 생각나지 않는군. 그러나 범인에 대한 힌트는 다른 책을 읽어보면 돼."
"그 책이 어떤 책인데요?"
"아가사 크리스티의 작품은 많이 읽었겠지?"
"네, 집에 H출판사에서 발간한 전집이 있습니다."
"잘 됐어. 「24마리의 검은 티티새」라는 단편이 있어. 「검찰측 증인」 아니면 「쥐덫」에 실려 있을 거야. 모든 정황이 박회장 살인범으로 어느 한 사람을 지목하고 있어. 그러나 그가 범인이기에는 커다란 걸림돌이 있었어. 그런데 그 걸림돌이 없어진 거야. 그 책을 읽으면 어떻게 그 걸림돌을 없앴는지 알 수 있을 거야."

"참, 선생님도. 간단히 설명해 주시면 될 텐데 책을 읽어서 힌트를 얻으라고 하시니……."

"힌트를 달라고 한 것은 자네야."

"그런가요? 그러나 내 힘으로 못 알아내면 사건이 해결되고 나서라도 제게 말해 주셔야 합니다."

구인이 크게 웃고 김순경의 등을 다독거렸다.

"김순경은 머리가 좋으니까 내 설명을 듣지 않고도 혼자 생각해 낼 거야."

일그러진 달

다음날 아침 8시 남경사가 구인 집으로 전화를 했다. 용호동 강도 살인 용의자를 이형사와 오형사가 잡아와서 오전 중에는 그 때문에 바쁘니 오후에 만나자는 연락이었다. 구인이 구미실업에 가서 알아볼 일이 있으니 전화를 해주면 고맙겠다고 말하자, 남경사는 김순경을 광안 다방에 9시 30분까지 보낼 테니 같이 가서 일을 보라고 권했다.

구인이 9시 30분에 다방에 가니, 김순경이 먼저 와 있었다. 종업원 미스 명이 구인을 보고 반갑게 달려왔다가 김순경을 보더니 차 주문만 받고 떠났다. 김순경이 사복을 입고 있었는데도 일반인이 아니라는 냄새를 맡을 수 있는 예리한 후각을 이런 곳에서 일하는 사람들은 갖고 있는 모양이라고 구인은 생각했다.

"오전 중에는 구선생님께서 하자는 대로 하라는 지시를 남경사로부터 받았습니다. 구미실업에 가신다고요."

"그래요. 총무과장이 자리에 있나 알아봐 줘요."

총무과장이 있다는 것을 확인하고 그들은 다방을 나왔다. 구미실업까지는 버스로 두 정거장밖에 안 돼서 버스를 이용했다. 버스 정류소로 걸으며 구인이 말했다.

"어젯밤에 지형사가 한부사장과 조부장의 알리바이 조사를 한다고 하던데, 왜 밤에 조사를 했지?"

"그것은 두 사람이 모두 남천동 비치 아파트 단지에 살고 있는데, 살인이 일어난 4월 3일 밤의 한부사장과 조부장의 알리바이를 조사하려고 아파트 야간 경비원을 만나러 늦게 간 것입니다."

"그 결과는?"

"저는 아직 못 들었습니다."

구미실업 총무과 사무실은 아직도 조문객을 맞는 장소로 이용하고 있어 그들이 안내된 곳은 상담실이라는 팻말이 붙은 자그마한 방이었다. 사무실 한쪽에 장방형의 테이블이 있었고, 테이블을 빙둘러 사무용 의자가 있었다. 약간 썰렁한 느낌이 드는 방이었다.

방으로 안내한 여사무원이 권하는 대로 의자에 앉았다. 테이블 위에는 손님 접대용인 듯한 간행물이 놓여 있었다. 맨위의 것은 〈Footwear News(신발 뉴스)〉라는 미국에서 간행하는 영문판 신발 전문지였고, 그 밑에는 구미계열 사보로 보이는 〈구미 저널〉이란 간행물이 있었다. 표지를 넘기니 조부장이 쓴 특집기사 「구미 선진국의 신발 동향」이라는 글이 실려 있었다. 제목 옆에는 조부장의 잘생긴 얼굴이 미소짓고 있었다.

구인이 〈구미 저널〉을 뒤적이는데 총무과장이 왔다. 40대 초반으로 보이는 사람으로 키가 작았고 얼굴이 검었다. 총무과장의 이름은 홍영덕이었다. 인사가 끝나고 자리에 앉자, 총무과장이 용건이 무엇이냐는 표정을 지었다.

김순경이 구인을 흘깃 보자, 구인이 입을 열었다.

"이곳에 우편물이 하루에 몇 번 배달됩니까?"

"우편물요?"

총무과장이 별것을 다 묻는다는 표정을 짓다가 대답했다.

"오전 10시와 오후 3시경, 하루에 두 번 배달됩니다."

"들어오고 나가는 우편물은 대장에 전부 기록합니까?"

"공적인 우편물은 수발(受發)을 모두 기록합니다."

"높은 사람의 개인 편지는 어떻게 합니까? 예를 들어 회장에게 오는 개인 서신 같은 것은?"

"부속실을 통해 전달되는 모든 통신문은 공문이건 사신이건 대장에 기록합니다. 전에 한부사장님께 오는 사신이 없어져서 야단이 난 후로는 수발을 기록하고 있습니다."

"회장님께서 돌아가신 지난 3일에 배달된 편지도 기록되어 있겠군요?"

"네, 전부 기록되어 있습니다. 그날은 오전에 편지가 한 통 회장님께 배달되었습니다."

"그 일을 어떻게 그렇게 자세히 기억하고 계십니까?"

총무과장이 씁쓰레한 미소를 지었다.

"조부장에게 올 편지가 배달이 안 됐다고 그날 오후에 법석을 떤 일이 있어서 기억하고 있습니다."

"법석이라니, 무슨 일이 있었습니까?"

"그날 조부장에게 중요한 편지가 오게 되어 있었던 모양입니다. 그 편지를 조부장이 못 받았는데, 다른 부서로 편지가 잘못 전해졌는지 모른다고 해서 오후에 그 편지를 찾는다고 법석을 떨었습니다. 그래서 회장실에는 그날 편지가 한 통 배달된 것을 알고 있습니다."

"그날 윤기사가 모친이 위독하다는 전화를 받고 집에 간다는 연락을 받았습니까?"

"그 전화가 왔을 때 부속실에 있었습니다."

"전화가 올 때 그곳에 있었다고요?" 구인이 양미간을 찌푸리며 물었다. "어떻게 그곳에 있게 되었지요?"

"오후 우편에도 편지가 안 오자 다른 부서로 편지가 잘못 배달됐을지 모르니 찾아보라고 부속실 미스 정을 보냈습니다. 확인해 봤지만 안 온 편지가 나올 리가 있습니까. 그래서 편지가 틀림없이 안 왔다고 보고하려고 미스 정과 같이 부속실에 갔더니, 조부장이 윤기사에 관한 전화를 받고 있었습니다. 조부장이 말하기를, 윤기사 모친이 아주 위독해서 동네 병원에 입원했으니 윤기사가 빨리 집에 와야겠다는 전화였다며, 회장님께 말씀을 드려야 하니 골프장에 계시는 회장님을 찾으라고 미스 정에게 지시했습니다."

구인의 미간이 펴졌다. 입가에 미소를 띠며 테이블 위의 〈구미 저널〉에 손을 뻗치는데, 미스 정이 차를 갖고 들어왔다. 구인이 그녀를 찬찬히 뜯어보았다. 나이는 26,7세 가량 되어 보였고 키는 160cm쯤 되었다. 피부는 희고 머리칼에 윤기가 많은 예쁜 아가씨였다. 구인 앞에 차를 놓는 팔뚝에 여자로서는 털이 많았다.

손님들 앞에 차를 놓고 돌아서는 미스 정을 구인이 불러 세웠다.

"아가씨, 부속실에 근무하는 미스 정이 맞지요?"

"네, 지난번에 뵈었습니다."

"한부사장은 어디 계시지요?"

"문상객이 오셔서 빈소에 계십니다."

"조부장은?"

미스 정이 대답하기 전에 총무과장이 말했다.

"감기 기운이 있다고 병원에 들렀다 나오겠다는 연락을 받았습니다. 곧 출근할 겁니다."

"환절기에는 몸을 잘 돌봐야지……."
구인이 혼자 중얼거리고 미스 정에게 말했다.
"지난 3일에도 조부장은 감기 기운이 있었지요?"
"3일이면 회장님께서 돌아가신…… 아니, 그걸 어떻게 아셨는데요?"
"우연히 알게 됐어요. 그날도 늦게 출근했나요?"
"잘 모르겠어요. 조부장님은 일을 주로 기획부에서 하시고 부속실에는 일이 있을 때 들르시기만 해요. 그날은 편지 가지러 부속실에 11시쯤 오셨는데, 감기 기운이 있다고 하시며 점심 시간에 사우나에 다녀오신다고 하시……."
미스 정이 얼굴을 붉히며 말을 얼버무렸다. 근무 시간에 사우나에 갔다는 말이 총무과장 듣는 데서 튀어나와 당황해 하는 것 같았다.
총무과장이 미소를 지으며 말했다.
"괜찮아, 미스 정. 자기 감기는 사우나에서 땀을 쭉 빼면 낫는다고 내게도 말하고 갔어. 그것도 점심 시간을 이용해서 3시간 가량 갔다 왔는데 어때서."
미스 정이 미소를 지으며 고개를 숙이는 것을 보고, 구인이 물었다.
"그래, 사우나에 다녀와서 감기가 나았던가요?"
"아녜요. 사우나에 다녀온 후로 약국에 가서 감기약을 지어다 드렸는걸요. 몸이 편치 않은데다 편지까지 안 와서 그랬는지, 다른 때는 부속실에는 잘 오시지도 않던 부장님이 오후 내내 부속실에서 짜증만 내고 계셨습니다. 게다가 이상한 전화까지 걸려와서 부장님 기분이 더 나빠졌습니다."
"이상한 전화? 무슨 전환데, 아가씨?"
"사우나에 다녀왔는데도 감기 기운이 그대로 있다고 감기약을 지어오라고 해서 약국에 갔다 오니, 전화기에 대고 큰 소리로 다투고 계셨습니다. 아침에 회장님 앞으로 온 편지 때문에 다투시는 것 같았습니다. 전화를 끊고는 아침에 온 편지를 달라고 하셔서 드렸더니 봉투를 보시고는, '아니, 이 여자가 누군데 그렇게 고자세야' 하며 씩씩거렸습니다."

구인이 아무 말도 안 하자, 총무과장이 나가도 좋다는 눈짓을 미스 정에게 했다. 미스 정이 나가는 뒷모습을 보며 구인이 총무과장에게 물었다.

"조부장의 정확한 직책은 뭡니까?"

"기획부장입니다."

"사장 비서 역할도 하는 모양이지요?"

"그렇습니다. 사모님께서 돌아가시고 회장님은 생의 의욕을 전부 잃으셨습니다. 사업에 대해서도 관심을 기울이지 않으시고, 각 사업체는 그 업체의 장이 이끌어가는 것을 수수방관하셨습니다. 그러다 보니 회사에도 잘 나오시지 않으셨지요. 부산에 상주하신다길래 비서실을 만들어서 회장님을 받들게 하자고 했더니, 필요 없다고 하시며 손님 접대나 하고 전화 받는 일이나 할 아가씨나 한 사람 있으면 된다고 하셨습니다. 미스 정은 똑똑해서 그런 일은 잘 처리하고 있습니다. 회장님께서는 조부장을 대단히 좋아하셨습니다. 전에도 좋아하셨지만, 특히 작년 겨울에 부산에 오시고부터는 두 분이 많은 시간을 같이 보내셨습니다. 그것은 조부장이 총각이라 시간 내기가 쉬워서 그랬는지도 모르지요. 어쨌든 두 분이 가깝게 지내다 보니 개인적으로는 심부름도 하게 되고, 자연스레 대외적으로 비서라는 인상을 주게 되었지요. 그러나 조부장의 공식적인 직책은 기획부장 하나뿐입니다…… 그런데 제게는 무슨 용건이 있어서 오셨는지……?"

"아, 네, 알고 싶은 것은 박회장집 파출부에 관한 건데, 어떻게 그분을 쓰게 되었습니까?"
"파출부? 아니, 파출부에 무슨 문제가 있습니까?"
"아닙니다. 참고로 하려고 그럽니다."
"이상하군요. 한부사장도 어제 같은 말을 묻던데…… 실은 저의 고모님께서 망미동에 사십니다. 파출부를 구한다는 말을 들으시고, 동네에 사는 분인데 얌전하고 일도 잘할 거라고 추천해서 썼습니다."
"일이 그렇게 됐군요. 잘 알았습니다…… 박회장 장례는 언젭니까?"
"5일장으로 내일 아침 10시에 서울 구미 테크닉스에서 발인을 합니다."
"부산에서도 여러 사람이 올라가겠군요?"
"네, 많은 사람이 갑니다. 회사장으로 장례를 치르므로 내일은 휴뭅니다. 다만 구미섬유와 이곳 기획부만 내일 오전 근무를 합니다. 이곳 분향소는 오늘 오후 5시에 철거하고 전 직원이 6시에 구미화학에 집결해서 버스로 서울에 갈 계획입니다."
"구미섬유와 이곳 기획부가 내일 오전 근무를 하는 특별한 이유라도 있습니까?"
"네, 구미섬유의 제일 큰 바이어와 내일 상담하기로 지난 주에 약속을 했나 봅니다. 이쪽 사정을 얘기하고 상담을 뒤로 미뤄 보자는 생각도 했지만, 바이어 측에서 응하지 않을 것 같아 약속대로 상담을 추진시키기로 결정을 보았습니다. 바이어가 공장 방문을 원하고 있어 상담도 구미섬유에서 하기 때문에 오전 근무를 합니다."
"구미섬유 직원은 아무도 안 갑니까?"
"바쁘지 않은 몇 명은 갈 겁니다."
"한부사장도 갑니까?"
"네, 상담은 기획부장이 하면 되니 구미실업에는 조부장과 기획부 직원 몇 명만 남고 전부 올라갑니다."

"언제 돌아옵니까?"

"장지까지 갈 간부 몇 명을 빼고는 발인이 끝나면 버스로 곧 내려갈 겁니다. 모레가 일요일이니 서울에 남는 사람도 몇 명 있겠지요."

"구미섬유의 김인수 과장도 내일 오전 근무를 하겠군요?"

"그렇습니다."

"수고 많이 하셨습니다. 바쁘실 테니 저희는 이만 물러가겠습니다."

구인이 일어서며 〈구미 저널〉을 집어들었다.

"이 책은 구미계열 사보인 모양이지요? 제가 가져도 되겠습니까?"

"책은 또 있으니 갖고 가십시오. 하지만 그런 잡지를 뭣에 쓰시려고요……."

"저도 전에는 신발과 관계되는 업무에 종사하고 있었습니다. 신발 소식이 궁금해서 읽을까 합니다."

두 사람이 구미실업 계단을 내려올 때, 김순경이 물었다.

"다음에 할 일은 무엇입니까?"

"김순경이 수고할 일은 없어. 나는 집에 가서 기다렸다가 남경사가 연락하면 만나볼 참이야. 김순경은 어디로 가지?"

"남경사가 일이 끝나면 서로 오라고 했으니 경찰서로 가겠습니다."

김순경에게는 곧장 집으로 갈 것처럼 말했지만, 구인은 집에 가기 전에 사진관에서 한 시간 가량을 보냈다. 구인은 집에 도착하는 즉시 유니온 트레이딩의 최사장에게 전화를 했다.

"미스터 최, 자네 사무실에 신발 디자인하는 직원이 있다고 했지?"

"네, 있습니다. 별안간에 신발 디자인하는 사람은 왜……."

"신발 때문이 아니라 다른 일에 필요해. 지난 번에 식사한 일식집으로 12시까지 보내 주겠어? 나하고 점심이나 같이 하면서 부탁할 것이 있어.”
 "그러지요. 바이어가 곧 온다고 해서 저는 자리를 비울 수가 없습니다. 이 친구는 신발 모양을 디자인하는 사람이지 미술가는 아닙니다. 어떤 그림을 그리라고 하면 제대로 못할지도 모릅니다.”
 "그 정도면 됐어. 웬만하면 내가 직접 하겠는데 내 그림 솜씨가 원체 엉망이라서…… 부탁할게.”
 "알았습니다. 사장님이 보시면 아는 사람일 겁니다. 동양 고무 개발과에 있다가 이리로 온 친굽니다.”

 구인은 약속 시간보다 10분쯤 빠르게 일식집의 문을 열고 들어섰다. 주인이 조리대 뒤에서 음식을 장만하고 있다가 구인을 보고 홀로 나오며 반겼다.
 "어서 오십시오. 최사장님께서 잘 모시라는 전화가 있었습니다. 손님이 한 분 더 오신다고요.”
 "싱거운 친구 같으니. 쓸데없는 짓을 또 했군.”
 구인이 홀을 둘러보며 중얼거렸다. 점심 시간 전이라 그런지 식당 안에 손님이 한 사람도 없었다. 그가 주위를 둘러보는 것을 보고 주인이 말했다.
 "두 분이 조용히 말씀을 나눌 수 있는 방으로 안내할까요?”
 "아닙니다. 간단히 식사만 할 겁니다.”
 구인이 조리대 앞의 기다란 좌석에 앉았다. 주인이 구인 앞에서 생선 손질을 하며 말을 걸었다.
 "사장님댁이 이 근처라고 들었습니다. 자주 들러 주십시오..”
 "집은 가깝지만 외식을 잘 안 하니 들를 기회가 있을지 모르겠습니다. 최사장은 가끔 들르지요?”

"이쪽으로 오실 기회가 적어서 자주 못 오십니다. 그래도 친구 분들을 보내 주셔서 많은 도움을 받고 있습니다. 최사장님은 친구 분들도 많으십니다."

"사람이 무던해서 많은 친구들과 사귀고 있습니다."

"그래서 제가 많은 도움을 받고 있습니다. 하여튼 친구 분들 사이에 인기는 대단하신 모양입니다. 어제 점심 때에는 한 분이 오셔서 며칠 전에 이곳에서 만났는데 누군지 기억이 안 나서 제대로 인사를 못했다며, 최사장님에 관한 것을 자세히 묻기까지 할 정도니까요."

"그래요? 그 사람이 누구였는데요?"

"명함을 받았는데 성함은 못 외고 있습니다. 남부서 옆 삼거리에 있는 무슨 실업의 부장이라고 하던데……."

"구미실업의 조부장이라고 안 합디까?"

주인이 생선 손질하던 것을 멈추고 구인을 건너다보았다.

"네, 맞습니다. 사장님도 아시는 분입니까?"

"아닙니다. 2, 3일 전에 최군하고 여기 왔을 때 처음 봤습니다."

"아 참, 내 정신 좀 봐. 그 손님이 최사장에게 실례를 한 날이 그날이라고 했지. 저는 바빠서 잠시 들르는 손님은 일일이 기억을 못하지만, 종업원들은 잘 기억합니다. 특히 최양이라고, 그 손님이 처음 왔을 때 시중을 들었던 종업원은 그 사람이 잘 생겼다고 칭찬이 자자했습니다. 그런데 어제 점심 때 또 오니까 넋이 빠져 일에 지장이 있을 정도였습니다."

그때 손님들이 들어오는 바람에 대화가 끊겼다. 잠시 후에 최사장 직원이 도착했다. 간단히 점심을 마치고 구인이 계산을 하려고 하자, 음식점 주인은 최사장이 지시했다며 점심값을 한사코 받지 않으려 했다. 하는 수 없이 그대로 식당을 나왔다.

그들이 다음에 간 곳은 수영 약국이었다.

수영 약국에서 일을 보고 최사장 직원은 보냈다. 집에 오니 남경사가 전화해서 연락처를 알려주더라고 부인이 전했다. 남경사는 남부서에서 아직도 꼼짝 못하고 있었다.
"구선생님, 죄송합니다. 이쪽 일이 바빠서 꼼짝 못하고 있습니다. 저녁 늦게나 만나뵐 수 있겠습니다."
"별로 급한 일도 없으니 시간이 나면 연락 주십시오. 그런데 지형사는 장영진의 알리바이 조사를 끝내고 돌아왔습니까?"
"네, 알리바이 조사 보고서를 작성하고 있습니다."
"알리바이에 관해 특별히 나타난 것이라도 있습니까?"
"별것 없습니다. 지형사가 보고서 작성을 끝내고 광안 4파로 갈 텐데 만나 보시겠습니까?"
"그랬으면 합니다. 제가 행운 다방에 가서 기다릴까요?"
"잠깐 기다리십시오. 지형사가 언제 갈 수 있는지 알아보겠습니다. 너무 일찍 가셔서 오래 기다릴 필요는 없으니까요."
지형사가 멀리 있는지 제법 시간이 흐른 뒤에 남경사의 굵은 목소리가 나왔다.
"한 시간 후에 도착할 수 있다고 하니 그때 만나 보시지요."
약속 시간보다 15분쯤 늦게 지형사가 도착했다. 깡마른 큰 키를 구부정하게 다방 안을 둘러보던 그가 구석에 앉은 구인을 발견하고는 맞은 편에 앉았다. 입술에는 언제나처럼 담배가 물려 있었다.
"남경사는 용호동 사건 때문에 꼼짝도 못하는 모양이지요?"
"용호동 사건 용의자로 잡아왔는데 생각지 않았던 사건의 살인범으로 밝혀져서 바쁩니다. 저녁 때까지는 마무리될 겁니다. 그보다도 알리바이 조사 결과가 궁금하시다고요."
"네, 결과가 어떻게 나왔습니까?"
"오늘 아침 장영진의 며느리, 그러니까 김과장 형수를 만났습니다. 아시다시피 장영진의 알리바이를 며느리가 제공하고 있어 알리바이 확인차 갔었습니다. 장영진 내외가 그날 저녁 7시경에 집에서 떠나는 것을 동네 노인이 보았다는 것이 확인되었습니다. 동네 분이 조카 전세집 문제로 장영진을 찾아가고 있는데 장영진 내외가 차를 타고 지나갔답니다. 그때가 저녁 7시경이었는데, 그날 저녁에 조카에게 문의 결과를 알려주게 되어 있어 장영진의 며느리를 찾아가서 시부모가 언제 돌아오냐고 물었다는군요. 며느리가 그 말을 하길래 동네 노인을 찾아가서 물어본 결과 사실임이 확인되었습니다."
지형사의 설명을 듣고 그럴 줄 알았다는 듯이 고개를 끄덕이던 구인이 그 전날 밤에 조사한 한부사장과 조부장의 알리바이에 관해 물었다.
"알리바이 조사는 한부사장이 목적이었습니다. 조부장이야 범행 시간에 선생님께서 보셨다니 알리바이가 확실합니다. 한부사장과 같은 아파트 단지 내에 살고 있으니 간 김에 박회장이 살해된 날의 그의 행적을 물어봤을 뿐입니다. 한부사장은 그날 8시에 친구와 약속이 있어 보통 때보다 약간 빠른 6시 30분경에 퇴근해서 집에 들렀다가 7시 15분경에 집에서 떠났다고 진술했습니다. 그것은 운전기사가 확인했습니다. 제가 알아보려 한 알리바이는 장수자 사건에 대한 알리바이였습니다. 한부사장은 11시경에 와서 잤다고 말했고, 운전기사도 11시에 집에 모셔다 드렸다고 진술했습니다. 한부사장의 아파트 건물은 12층으로 각 층의 마주보고 있는 두 채의 아파트가 엘리베이터 하나를 쓰게 되어 있습니다. 그 건물에는 엘리베이터가 넷 있었고, 엘리베이터 입구마다 경비실이 있습니다. 전에는 각 경비실에 경비원이 있었지만 경비 절감

한다고 지금은 경비원 한 사람이 두 개의 경비실을 돌보고 있습니다. 따라서 경비가 허술합니다. 부사장 운전기사는 차를 아파트에 두고 집에 갔다가 아침에 아파트에 와서 일을 시작합니다. 한부사장은 운전 면허가 있으니 몰래 아파트를 빠져나와 밀양에 갔을 수도 있습니다. 다만 차가 경비실에서 보이는 곳에 밤새도록 주차해 있었고 움직이지 않았다고 경비원이 자신 있게 진술했습니다."

다방 종업원이 차를 갖고 오는 바람에 지형사가 말을 중단했다. 지형사가 율무차를 한 모금 마시고 찻잔을 내려놓는 것을 보고 구인이 말했다.

"차가 움직이지 않고 아파트 주차장에 있었다면 한부사장의 장수자 살해 혐의는 벗어진 셈이군요?"

"꼭 그렇다고 볼 수는 없습니다."

차를 마시려고 방금 전에 끈 담배에 지형사가 다시 불을 붙였다. 기분 좋게 담배연기를 들이마신 지형사가 말을 할 때마다 입에서는 푸른 연기가 뭉실뭉실 뿜어나왔다.

"아파트에서 몸만 빠져나가 다른 교통 편을 이용했을 수도 있습니다."

"그럴까요?"

구인은 지형사의 생각과 다르다는 표정을 짓고 있었다.

"살인을 하러 가면서 그런 흔적을 남겼을까요? 밤이 늦었으니 버스는 이용하지 못했을 거예요. 렌트카나 친구 차를 미리 빌려 놨다가 이용했을 수는 있어요. 그러나 범인이 다른 부분은 조심해서 계획을 세웠는데 교통 편은 꼬투리를 잡힐 만큼 그렇게 허술하게 조치를 취했다고는 생각되지 않는군요. 택시를 이용했을 수도 있지요. 밤 늦게 부곡 온천으로 택시를 대절해서 많이 가니 쉽게 갈 수는 있어요. 그러나 흔적을 남기기는 마찬가지입니다. 그리고 돌아오는 것이 문제예요. 장수자 집은 외진 촌에 있어요. 새벽에 그렇게 한적한 곳에서 택시가 잡힐지도 의문이고, 택시가 있을 만한 곳까지 걸어서 가는 위험한 짓도 범인은 안 했을 거예요."

"저도 한부사장에게 특별히 의심이 가서 하는 말이 아닙니다. 이론상으로는 가능하다는 말이지요."

"논리적으로 따지자면 차를 훔쳐서 이용했을 수도 있지요."

이번에는 지형사가 회의적인 표정을 지었다. 그 표정을 보고 구인이 미소를 머금었다.

"그래, 나도 한부사장을 의심해서 하는 말은 아녜요. 조부장의 알리바이는 어떻게 되었지요?"

"선생님께서 만난 일식집에서 저녁을 하고 해운대로 바람 쐬러 갔다가 아파트에 갔다는군요. 그때가 10시 30분쯤이었다고 진술했습니다. 조부장의 아파트는 18평이었는데 한부사장집에서 멀지 않았습니다. 아파트 소유주는 따로 있었고 조부장이 전세로 혼자 세들어 살고 있었습니다. 따라서 밤새 아파트에 있었는지 확인할 수는 없습니다."

"밤에 아파트에 들어가는 것을 경비원이 못 봤나요?"

"본 기억이 안 난다고 합니다. 화장실에 간다든가, 아파트에서 부른다든가 해서 경비실을 비우는 수가 종종 있어서 자기 모르게 아파트에 드나드는 사람이 있답니다. 확실한 것은 아침 6시경에는 조부장이 아파트에 있었다는 점입니다. 조깅복 차림으로 아파트에서 내려온 조부장이 전날 밤 주차장이 만원이라 차를 도로에 세웠다며 외부 사람이 주차하는 것이 아니냐고 불평을 했답니다."

"조부장은 아직 독신인 모양이지요?"

지형사가 구인을 흘긋 쳐다보고 엷은 미소를 지었다.

"잘생긴 청년이 40이 가깝도록 결혼을 안 했다기에 저도 조부장에게 캐물었습니다. 별다른 이유는 없더군요. 어쩌다 보니 결혼을 아직 못했답니다. 좋은 상대만 나타나면 결혼을 할 생각이랍니다."

구인이 담배를 피워 물었다. 한 모금 빨아들인 그가 큰 소리를 내며 연기를 내뿜었다. 그 소리가 지형사에게는 한숨 소리로 들려 다시 흘긋 쳐다보았다. 구인은 피어오르는 담배연기에 눈을 주고 생각에 잠겨 있었다. 이윽고 그가 고개를 가볍게 흔들고 해운대 호텔 애꾸눈에 관한 정보를 물었다.

"그가 박회장이 점치러 갔던 점쟁이라고 윤기사가 확인했다는 얘기는 들으셨지요?"

구인이 고개를 끄덕였다.

"해운대 경찰서에서 알아낸 바에 의하면, 그는 전과 3범의 기록이 있습니다. 공문서 의조 전과가 한 번, 사기 전과가 두 번 있습니다. 사기는 두 번 다 가짜 점쟁이 행세를 하다가 덜미를 잡혔답니다. 고향은 강원도 삼척인데, 고향에는 늙은 부모가 가난하게 살고 있답니다. 아직 홀아비로 점치던 집도 월세였습니다. 특기할 만한 일은 지난 며칠 동안 그 집에서 안경을 쓴 털보 모습이 보였다고 동네 사람이 진술했다는 점입니다."

그 외에는 별다른 정보가 없어 구인과 지형사는 곧 헤어졌다.

4월 8일 오후 5시에 최반장과 남경사가 구미실업 회장실에 들어섰다. 장방형 회의 테이블 주위에 여러 사람이 앉아 기다리고 있었다. 박회장 장례가 전날 서울에서 있었고, 오늘은 일요일이라 오래간만에 집에서 쉬려고 했다. 그런데 심사장이 급한 일이라며 오후에 부산으로 내려갈 테니 구미실업에서 만나자는 연락이 와서 여러 사람이 모이게 된 것이

다.
 상석에는 심사장이 있었고, 우측에 한부사장, 조부장, 김인수 과장, 그리고 총무과장 순으로 앉아 있었다. 한부사장을 마주하고 심사장 좌측에 차태일 변호사가 앉아 있었다. 그 옆에는 20대 후반이나 30대 초반으로 보이는 여성이 있었는데 의상과 화장, 모든 면에서 천박한 냄새를 풍겼다. 그 옆에 40대 후반으로 보이는 신사가 앉아 있었다.
 그들이 들어서자, 심사장이 자리에서 일어섰다. 자기와 마주하고 있는 테이블 끝자리에 최반장을 안내했다. 남경사가 의자를 옮겨 최반장과 어깨를 나란히 하고 앉았다. 그들이 자리를 잡은 후에 심사장이 입을 열었다.
 "장수자에 관한 새로운 사실이 나타났습니다. 차변호사가 이 일은 오늘 처리하지 않으면 6개월 후에나 의논할 수 있다고 연락했길래 급히 왔습니다. 우선 차변호사께서 설명하겠습니다."
 심사장이 차변호사를 바라보았다. 차변호사가 헛기침을 한 번 하고 말을 시작했다.
 "먼저 이 분들을 소개하겠습니다. 이 아가씨는 오명자씨라고……."
 그때 차변호사 옆의 여인이 말을 막았다. 목소리는 고왔으나 용모에 어울리는 천박한 말투였다.
 "오명자가 아니고 오진주라고 했잖아요. 오진주, 나는 가수 오진주예요."
 차변호사가 씁쓰레한 표정으로 여인을 바라보았다.
 "아가씨, 아가씨는 오명자라야 큰어머니 유산을 받지 오진주로서는 못 받는다고 내가 말하지 않았습니까? 자꾸 그러면……."
 "유산이 얼만데요?"
 "나중에 알려줄 테니 방해하지 말고 잠자코 있어요. 이 아가씨는 오명자라고 장수자의 사촌 시동생 딸입니다. 그러니까 오치호의 6촌 동생 뻘이 됩니다. 장수자 여인의 사망이 알려지자, 정달성 변호사께서 제게 전화를 하셨습니다."

차변호사가 말을 중단하고 오명자 옆의 신사를 소개하는 뜻으로 가리켰다. 정변호사가 고개를 가볍게 숙여 인사했다.

"정변호사께서는 마산에서 개업하고 계십니다. 이번 문제는 정변호사의 사건이니 직접 설명하시겠습니다."

정변호사가 테이블 밑의 검은 가방에서 누런 봉투를 꺼냈다. 봉투에서 타자 친 흰 종이를 꺼내 앞에 놓으며 말을 시작했다.

"지금부터 약 3개월 전에, 정확히는 지난 1월 22일에 장수자 여인이 제 사무실로 찾아왔습니다. 누구 소개를 받고 온 것이 아니라 변호사 사무실이라 들렸다며 유언장 작성에 관해 문의했습니다."

그때 장수자가 한 말과 정변호사가 취한 조취는 다음과 같았다.

1984년 1월 3천만원이 우편환으로 집에 왔다. 보낸 사람을 추적한 결과 6.25 사변 때 만난 사람으로 생각하기조차 싫은 원수 같은 사람이어서 말없이 우편환을 반송했다.

그 후로 매년 1월에 3천만원의 우편환이 어김없이 왔고, 장수자는 그 돈을 반송했다. 이 일이 수년간 의식처럼 치러져 왔는데, 금년에는 그 돈을 돌려 보내지 않았다. 갑자기 고생하는 자식이 불쌍하다는 생각이 들었다. 이 큰 돈이 있으면 자식이 고생을 덜 할 텐데······.

자기는 그 돈에 손대기조차 싫었다. 가슴에 피가 맺힌 원수의 도움을 늙은 이 마당에 받기가 죽기보다 싫었다. 그러나 자식을 도와주고 싶었다. 지금 자식 앞에 그 돈을 내놓으면 싫어도 자기에게 혜택이 올 게 뻔했다. 그래서 궁리 끝에 그 돈을 유산으로 남기기로 하고 변호사를 찾은 것이다.

장수자의 유언 내용은 간단했다. 자기가 죽으면 모든 것을 아들 오치호에게 남긴다는 것이었다. 정변호사가 오치호가 상속을 받지 못하는 경우에는 어떻게 한다는 유언도 하여야 한다고 하자, 그녀는 펄쩍 뛰었다. 그런 불길한 소리는 듣기도 싫다는 그녀를 겨우 달래서 유언장을 완성시켰다.

오치호 또는 그의 가족이 장수자의 유산을 받지 못하는 경우에는 남편의 단 한 사람의 살아 있는 친족인 오명자가 장수자의 모든 것을 상속받게 유언장은 마무리되었다.

정변호사는 장수자에게 3천만원이라는 큰 돈을 보낸 사람이 누구냐고 물었다. 자기의 철천지 원수지만 밝히고 싶지 않다며 그 사람의 신분 알리는 것을 거절했다. 궁금하게 생각한 정변호사는 우편환을 추적하여 그가 박윤환임을 알아냈다.

4월 4일 저녁에 장수자와 박윤환이 살해당했다는 소식을 들었다. 장수자에게 큰 돈을 보낸 사람이 같은 날 살해당했다는 것이 이상하다고 생각했다. 장수자의 유언에 명시된 오명자를 찾는 한편 박회장의 변호사가 누군지도 알아봤다. 장수자가 알려준 오명자의 주소지에 연락해서 오명자와 통화할 수 있었다. 오명자는 주로 밤무대에서 노래하는 하급 가수였다. 4월 9일에는 예술단원이라는 명목으로 일본에 6개월 동안 가게 되어 있었다. 일본 공연 연습 때문에 바빠 시간을 못 내다가 오늘 오후에야 시간을 낼 수 있었다. 그러나 다음날 일본으로 떠나는 단원들과 합류하기 위해 아침 첫비행기로 서울에 가야 했다.

박윤환 회장의 변호사는 쉽게 찾을 수 있었다. 그와 통화하여 장수자에 관한 건으로 의논하고자 했더니 부산의 차변호사와 연락하라고 했다. 차변호사와 의논한 결과 이 자리가 마련되었다.

정변호사가 말을 마치자마자, 오명자가 큰 소리로 말했다. 몹시 흥분한 목소리였다.

"그럼 큰어머니가 3천만원을 놓고 죽었단 말예요? 그리고 그 돈이 몽땅 내게 온단 말예요?"

여자가 말을 하고 여러 사람의 얼굴을 두리번거렸다. 두 사람의 변호사는 아무 말도 안 했다. 최반장이 정변호사를 향해 물었다.

"아가씨에게 자세한 설명을 안 하셨습니까?"

"네, 안 했습니다. 차변호사로부터 내용을 듣고는 너무 엄청난 일이라 이곳에서 의논을 먼저 한 다음에 말하기로 작정했습니다. 아가씨가 부산에 올 수 없다고 하는 것을 장수자가 유산을 남기고 죽었는데 아가씨도 유산에 관계가 있다는 얘기를 해서 겨우 오게 했습니다."

이번에도 다른 사람이 말하기 전에 여자가 끼어들었다.

"엄청난 일이라니 도대체 무슨 일인데 엄청나지요? 그리고 큰어머니가 죽었으면 돈이 밀양 오빠에게 가야지 나하고 무슨 관계가 있지요? 그리고……."

"아가씨, 좀 조용히 해요. 차차 설명할 테니."

여자가 주책없이 떠드는 것을 참지 못하고 남경사가 한 마디 했다. 여자가 험상궂은 표정으로 남경사에게 대들었다.

"왜, 말도 못 하게 해요. 당신이 뭔데?"

"아가씨, 이 분들은 남부 경찰서에서 오신 분들예요. 조용히 있어요."

차변호사가 하는 말에, 여자가 찔끔 놀랐다. 여인이 수그러지는 것을 보고 최반장이 물었다.

"아가씨는 장수자를 잘 압니까?"

"잘은 몰라요. 저의 큰어머니 되세요. 그러니까 제 아버지의 사촌 형수세요. 국민학교 5학년 때까지 밀양 같은 동네에 살았었는데 우리 집이 마산으로 이사가서 헤어졌어요."
"그럼, 그 이후에는 만나지 못했나요?"
"아녀요. 아버지가 살아 있을 때는 설이나 추석에 다니러 가서 만났어요. 내가 가수가 되려고 서울로 간 후에는 몇 년 동안 만나지 못했지만, 작년에 1주일 동안 마산에서 공연할 때 찾아가서 만났어요."
"그럼, 오치호를 잘 알겠군요?"
"밀양 오빠요? 잘은 모르지만 얼굴이야 서로 알지요. 지난 번에 만났을 때도 징그럽다고 털을 깎으라고 했는데 깎았나 모르겠네요."
"부모님들은 살아 계십니까?"
"어머니는 10년쯤 전에 돌아가셨고, 아버지도 재작년에 돌아가셔서 가족은 없어요. 친척도 밀양 큰어머니 쪽 말고는 아무도 없습니다."
"내일 일본에 간다고 했는데 무슨 일로 가는지 자세히 말해 봐요."
"저는 가수예요. 1984년에 KBS 노래자랑 경남 대표로 뽑혀 서울 본선에 나갔다가 가수가 됐어요. 유명한 가수는 못 되지만 일본 방문 공연 예술단원으로 내일 일본으로 떠나요. 그래서 서울 가는 아침 첫비행기에 예약되어 있어요. 김포 공항에 9시 반까지 가야 하거든요."
"결혼했습니까?"
질문을 받고 여인이 고개를 숙였다.
"네."
여자는 모기 소리처럼 작은 소리로 대답하더니 고개를 들어 최반장을 똑바로 바라보았다. 세상을 당당하게 대하자는 결의 같은 빛이 보였다.
"네, 결혼했다가 헤어졌어요. 가수가 되고 얼마 안 돼서 결혼을 했는데, 남편은 생기기는 허여멀거니 생겼지만 매니저랍시고 가수들 등이

나 쳐서 먹는 건달이잖아요. 그것을 알고는 곧 이혼했어요. 다행히 아이는 없구요."

"헤어진 남편의 이름은 무엇입니까?"

"그 사람 이름은 알아서 뭣하려고 그래요? 생각하기도 싫은 사람인데."

"필요해서 그럽니다. 그 사람 요즘 어디서 무엇하는지 압니까?"

"제 버릇 개 주나요? 아직도 서울에서 그 짓 하며 살고 있다는 소식을 며칠 전에 들었어요. 이름은 김병국입니다."

옆의 남경사가 부지런히 노트하는 것을 곁눈질로 보며 최반장이 차변호사에게 말했다.

"이렇게 되면 문제가 다르게 되는군요. 박회장 유언과도 관계가 있지요?"

"크게 변하는 것은 없습니다. 박회장 유언과 관계가 있어서 정변호사로부터 이야기를 듣고 심사장님께 연락을 드렸습니다. 그런데 심사장께서 경찰에 연락하셨으니 저는 어떻게 된 일인지……."

차변호사의 말에서 자기가 설명해야 한다고 느꼈는지, 심사장이 몸을 세웠다.

"장수자 여인의 유언이 매형 살인 사건에 어떤 영향을 끼칠지 나는 모릅니다. 다만 매형과 관계 있는 새로운 사실이 나타났으므로 경찰에 연락했을 뿐입니다."

"심사장님께서 옳은 조치를 취하셨습니다. 아무리 사소한 것이라도 피살자와 관계되는 것은 경찰에 알려야 합니다. 중요한 단서가 될 수도 있으니까요."

최반장이 심사장을 옹호한 후에 정변호사를 향했다.

"정변호사께서는 박윤환 회장의 유언 내용을 알고 계십니까?"

"장수자씨가 관련된 부분만 차변호사로부터 들어 알고 있습니다."
"그 얘기를 오명자씨에게 했습니까?"
"아직 안 했습니다. 차변호사께서 경찰과 먼저 의논하고 처리하자고 해서……."
그때 여인이 또 끼어들었다.
"박회장이 누구예요? 나는 그런 사람 몰라요."
"아가씨, 자꾸 남의 말을 막고 나서지 말아요. 일만 자꾸 늦어지니까요……."
차변호사가 말하자, 그녀가 대들었다.
"왜 말도 못하게 해요? 3천만원이라는 큰 돈이 걸린 문제니 나한테는 아주 중요하단 말예요. 나도 알 것은 알아야겠어요."
차변호사가 무엇이라고 말하려는 것을 정변호사가 막았다.
"오명자씨 말이 맞습니다. 아가씨는 모든 것을 알 권리가 있습니다. 박회장 유언 건도 알려주어야 합니다."
오명자 여인이 정변호사 말에 우군을 얻었다고 생각했는지 아무 말도 안 하고 조용했다. 최반장이 정변호사를 향했다.
"알리지 않으려는 게 아닙니다. 내용 자체야 변호사께서 나중에 알릴 수도 있습니다. 경찰이 관심을 갖고 있는 것은 범인 검거 문제입니다. 그런데 아가씨가 말끝마다 방해를 하니……."
"내가 뭘 방해했다고 그래요? 나도 알 것은 알아야……."
"좀 조용히 해욧!"
최반장이 언성을 높였다. 최반장이 다음 말을 하기 전에 남경사가 재빠르게 나섰다.
"아가씨, 자꾸 그렇게 말허리를 자르고 나서니까 방해한다는 것이 아닙니까. 그보다 지난 4월 3일은 어떻게 보냈습니까?"

"4월 3일? 아니, 그날은 왜……? 오라, 그날이 큰어머니가 살해됐다는 날이지…….” 그녀의 표정이 험악하게 변했다. “내가 큰어머니를 죽였을까봐 묻는 거예요? 나 참, 기가 막혀.”

"그날을 어떻게 보냈는지 대답만 하면 될 텐데 왜 성질을 냅니까?"

"기분 나쁘잖아요."

"기분 나빠할 것 없어요. 여기 계신 분들 모두에게도 같은 걸 물어봤으니까."

"그날 어떻게 지냈는지 생각 안 나요. 한 달 전부터 어젯밤 늦게까지 공연 연습으로 눈코 뜰 새 없이 바빴으니까. 그날도 늦게까지 연습하고 집에 가서 쓰러졌을 거예요."

"연습은 몇 시에 시작해서 언제 끝냈습니까?"

"오후 2시에 시작해서 밤 9시까지 하지만, 어떤 때는 11시가 지나서도 끝났어요. 자세한 것은 예술단 사무실에 물어보면 알아요."

남경사는 노트를 닫으며 최반장을 향했다.

"유언 문제는 우리와 관계 없는 것이니 아가씨와 정변호사님은 가시도록 하지요. 사건에 관해 더 물어보실 것이 있습니까?"

최반장이 머리를 흔드는 것을 보고 심사장이 입을 열었다.

"아가씨, 앞으로 저와 연락할 일이 있을지도 모릅니다. 내가 도와줄 일이든가 연락할 일이 있으면 아까 준 명함의 전화로 연락하세요."

오명자와 정변호사가 일어섰다. 최반장이 정변호사에게 물었다.

"아가씨, 숙소는 정했습니까?"

"네, 여기서 가까운 광안리 바닷가에 있는 비치 호텔에 방을 잡았습니다. 305호입니다."

"정변호사님도 묵으실 겁니까?"

"아닙니다. 저는 아가씨와 일을 보고 마산에 돌아갈 겁니다. 서류 작성을 끝내려면 시간이 제법 걸리겠습니다. 차변호사님, 여기 일이 끝나면 전화를 하든가 호텔로 오십시오. 얘기 좀 합시다. 305홉니다."

그들이 떠나고 최반장이 차변호사를 향했다.

"자아, 이렇게 되면 무엇이 달라집니까?"

"크게 달라지는 것은 없다고 생각되는데요. 달라졌다면 장수자의 유언에 의해 오명자가 상속인으로 추가되었다는 점인데, 그것은 오치호가 죽었을 경우에 해당되는 문제입니다. 오치호가 버젓이 살아 있는 지금 문제될 것은 없지 않습니까?"

차변호사가 말을 끝내자, 남경사가 최반장을 바라보았다. 그 눈길에서 이상한 감을 느꼈던지 차변호사가 눈을 크게 뜨며 물었다.

"아니, 무슨 문제가 있습니까?"

최반장이 심사장을 흘긋 본 후에 여러 사람을 향했다.

"이 이야기를 한다고 수사에 지장이 있을 것 같지는 않지만, 만일을 위해 부탁의 말을 해야겠습니다. 여러분께서는 내가 지금부터 하는 말을 다른 사람에게 퍼뜨리지는 말아 주십시오. 무슨 이유에선가 돌아가신 박회장님은 밀양에 있는 장수자라는 분에게 50억이라는 거금을 남기셨습니다."

한부사장, 조부장, 그리고 총무과장이 크게 놀라고 있었다. 한부사장이 심사장을 바라보았다. 그런 내용을 어째서 여태껏 자기에게 알려주지 않았냐는 원망의 눈길이었다.

최반장이 유언에 관한 내용을 간략하게 설명하고 말을 계속했다.

"그런데 오치호에게 문제가 생겼습니다. 우선, 그는 지난 10여 일 동안 행방불명입니다. 그리고 그는 이번 사건의 용의자 중 한 사람입니다. 가능성은 아주 희박하지만 박회장과 장수자의 살인범일 가능성을 경찰은 완전히 배제하지 못하고 있습니다. 이러한 여건 하에서 새로 나타난 오명자 여인이 이번 사건에 끼치는 상속 문제가 어떻게 되는지 차변호사께서 설명해 주십시오. 우리는 이번 사건의 동기를 50억이라는 금전으로 보고 있습니다. 따라서 사건 해결에 있어 유언 문제는 대단히 중요합니다.”

차변호사는 자기가 할 말을 준비하려는지 시간을 끌었다. 이윽고 여러 사람을 한 번 둘러본 후에 설명을 시작했다.

“경찰에서 오치호를 용의자로 보고 있는 것을 이해하겠습니다. 그 사람이 장수자 유언의 상속자이니까요. 상식적인 문제입니다만 만일 오치호가 박회장 또는 장수자의 살인범으로 유죄 판결을 받는다면, 그는 장수자의 유산을 받지 못합니다. 따라서 그 유산은 다음 상속자에게 넘어갑니다. 현재 나타난 상황으로 다음 상속자는 오명자입니다.”

“유언장에 명시된 장수자의 동생도 있지 않습니까?”

“아, 그거야 그런 사람이 나타나서 법적으로 장수자의 동생이라는 것이 판명되면 상속자가 됩니다. 그렇다고 해도 그 사람 몫은 25억입니다. 그렇지만 40년 동안이나 찾았는데 아직 못 찾았다면 죽었다고 보는 것이 옳지 않을까요?”

차변호사가 담뱃불을 붙이려고 말을 중단했다. 남경사가 최반장의 얼굴을 흘긋 바라보았다.

“문제는 오치호가 끝까지 안 나타날 경우입니다. 그가 죽어서 시체라도 발견되면 유산은 다음 상속자—— 이 경우에 있어서는 오명자입니다—— 에게 넘어갑니다. 그러나 시체가 안 나타나면 일정 기간을 기다려야 법적으로 사망 처리가 됩니다. 어떤 사람이 행방불명되면 즉시 사망자 처리하지 않습니다. 5년을 기다렸다가 그때까지 나타나지 않으면 사망자 처리합니다. 오명자는 오치호가 사망자 처리되어야 상속을 받을 수 있습니다. 그러므로 오치호가 죽었다면 시체라도 나타나야 상속을 빨리 받을 수 있습니다."

"박회장이 말한 장수자의 동생이 나타나면 어떻게 됩니까? 그 경우에도 오치호의 시체가 나타나든가 사망 판정이 내릴 때까지 5년을 기다려야 합니까?"

"그 경우에는 약간 다릅니다. 25억이 동생에게 가는 것은 박회장의 유언에 따라서입니다. 회장님 유언에 의하면 장수자 여인이 상속받지 못할 때는 동생과 직계 자손이 반반씩 나누도록 되어 있습니다. 따라서 동생은 25억을 지금이라도 상속받을 수 있습니다."

오랫동안 말이 없었다. 한참만에 최반장이 말했다.

"문제가 복잡하니 차변호사가 한 말을 내가 정리하여 보겠습니다. 장수자의 동생이 나타나면 박회장이 유증한 금액의 절반인 25억을 당장 상속받을 수 있다. 오치호가 죽어야 상속 권한이 있는 오명자는 오치호의 시체가 나타나든가 행방불명된 오치호가 사망 처리되는 법적 기한인 5년이 지난 후에야 상속받을 수 있다는 말이지요?"

"그렇습니다. 오명자가 상속을 받으려면 오치호가 죽어야 하고 그 죽음이 확인되어야 합니다."

"오치호에게 형이 있다면 어떻게 됩니까?"

"아니, 이 사건에는 어째서 겉으로 나타나지 않은 사람이 이렇게 많습니까? 박회장은 호적에도 없는 장수자의 동생이 있다고 하더니, 이번에는 경찰에서 오치호의 형을 들먹이니…… 무슨 근거가 있어 하는 말입니까?"

"우리가 얻은 정보에 의하면 장수자는 오치호의 형을 낳았습니다. 그 아들은 6.25 때 미군에게 입양되어 미국에 갔습니다. 그 아들이 나타나면 어떻게 됩니까?"

"글쎄요…… 그 문제는 너무 복잡해서 연구를 해봐야 답변할 수 있겠습니다. 미군에게 입양되었다면 지금은 미국 국민이겠군요. 설혹 한국으로 다시 귀화했더라도 그가 장수자의 아들이라는 것을 증명할 수 있을까요? 증명이 된다면 한국 상속법이 그가 상속받는 것을 인정할지도 모르겠습니다. 게다가 오명자 문제도 있습니다. 오치호가 상속받지 못하면 50억이 자기 것인데 오명자가 가만히 있겠습니까? 정변호사도 상속 문제에 있어 실력이 대단하다고 평판이 나 있습니다. 쉽게 포기하지 않을 겁니다. 오명자라는 확실한 상속인이 없다면 문제가 달라질지도 모르지만……"

"그것은 무슨 말입니까? 오명자가 없다면 달라지다니……"

"아, 꼭 달라진다는 얘기는 아닙니다. 그러나 생각해 보십시오. 상속받는 데 방해하는 상대가 없으면 아무래도 일이 쉬워지지 않겠습니까?"

최반장이 다음 말을 하려는데 심사장이 제지했다.

"제가 잠깐 방해하겠습니다. 최반장, 오늘 우리가 더 필요합니까?"

"아닙니다. 우리도 일이 거의 끝났습니다. 일요일인데 일찍들 들어가 쉬십시오. 사장님 말고 다른 분들은 이 회의에 참석 안 하셔도 되는 건데……"

"다른 사람들은 내가 이야기할 것이 있어 나오라고 했습니다. 내일이면 알려질 일이니 저녁이나 하면서 이야기할까 합니다. 우리는 자리를 떠도 괜찮겠지요?"

"그렇게 하십시오. 숙소는 잡으셨습니까?"

"해운대 호텔에 방을 잡았습니다."

"우리도 떠나겠습니다. 차변호사와 이야기할 것이 좀더 있기는 하지만……"

"이곳에서 계속 의논하시지요."

"주인도 없는 방에서······."

"괜찮습니다, 쓰십시오. 정 불편하다면······." 심사장이 말을 중단하고 한부사장을 향했다. "주인 없는 방이라 께름칙한 모양인데 총무과장이 같이 있는 게 어때?"

"그렇게 하지요······ 홍과장, 수고를 해야겠어."

그들이 떠나자, 차변호사가 말했다.

"아까 심사장이 말하더군요. 구미섬유가 남에게 팔렸답니다. 그 내용을 알리려고 자리를 마련하는 것 같습니다."

비치 호텔 305호실. 한 여인이 침대에 누워 몸을 뒤척거리고 있었다. 구미실업에서 자기는 오명자가 아니고 가수 오진주라고 하던 여자였다. 시계를 다시 보았다. 새벽 1시 17분이었다. 4월인데도 방안이 더웠다. 그녀가 일어섰다. 슈미즈 차림이었다. 창으로 가서 문을 열고 커튼을 제쳤다. 달빛이 세상을 대낮처럼 밝게 하고 있었다. 창 밖에는 작은 발코니가 있었다. 그녀가 발코니로 나갔다. 허리께까지 오는 발코니 난간 밑을 내려다보았다. 호텔 뒤쪽의 주차장 바닥이 달빛을 반사시키며 은빛으로 빛나고 있었다. 시원한 바깥 바람이 방안을 식히라고 창문을 열어놓은 채 침대에 누웠다.

내가 아까 실수는 안 했나? 지금쯤 전화가 와야 하는데 왜 안 오지? 내가 실수라도 해서 연락을 안 하는 걸까? 나를 믿고 일을 맡겼는데 일을 그르친 것은 아닐까? 일이 잘못 되지 않아야 할 텐데······.

전화벨 소리에 여자가 흠칫 했다. 벨소리가 두 번, 세 번 울려도 여자는 수화기를 들지 않았다. 다섯 번이 울리고 나서야 여자는 수화기를 들었다. 잠에 취한 목소리로 여자가 대답했다.

"여보세요."

"자는 걸 깨운 모양이구나."
"누구세요?"
"나야. 치호 오빠."
"네?"
"나야. 나, 밀양 오빠야."
여자 목소리가 맑아졌다.
"밀양 오빠? 지금 몇 신데 이렇게 늦게……?"
여자가 베드 테이블 위의 스탠드 불을 켰다. 테이블 위의 시계가 1시 25분을 가리키고 있었다.
"오빠, 지금 새벽 1시 반인데 이렇게 늦게 어디서 뭘 하시는 거예요?"
"그래, 시간이 늦은 것은 안다. 대단히 중요한 일 때문에 너를 만나야겠다."
"나, 자다가 깼어요. 내일 만나서 얘기하면 안 돼요?"
"너 내일 일본에 가지 않니? 어머니 유산 때문에 얘기할 것이 있으니 지금 만나자. 잠깐만 얘기하면 돼."
"유산 때문에?"
여자가 무슨 생각을 잠깐 하고 말했다.
"오빠, 꼭 지금 만나야 해요?"
"그렇단다. 호텔 근처에 있으니 네가 있는 데까지 가는 데 5분도 안 걸린다. 지금 갈 테니 문을 좀 열어라. 얘기 좀 하자."
여인이 전화를 끊고 옷장에 걸린 스프링 코트를 걸치고 기다렸다. 여인의 가슴이 심하게 뛰고 있었다. 여인은 마음을 진정시키려는 듯 심호흡을 크게 두어 번 했다.
5분이 채 안 되어 노크 소리가 났다. 여인이 문 앞에서 물었다.

"누구세요?"

"오빠다."

여인이 문을 열었다. 체인이 걸려 있어 문에 틈만 생겼다. 문틈으로 밖에 서 있는 사람의 모습이 보였다. 얼굴을 수염이 덮고 있었고 안경은 두꺼운 검은 뿔테였다.

여인이 체인을 벗기고 문을 열었다. 슈미즈 위에 코트만 걸친 자기 모습이 마음에 걸렸던지 남자가 방에 들어오기 전에 몸을 돌려 침대로 뛰어갔다. 침대 발치에 코트를 아무렇게나 벗어 던진 여인이 침대 속으로 들어가서 시트를 턱 밑까지 끌어올렸다.

방안에 들어온 남자는 몸을 돌려 체인을 걸었다. 여인이 침대 옆의 의자를 가리켰다.

"이리 와서 의자에 앉으세요. 무슨 일인데 이 밤중에 얘기를 해야만 해요?"

남자가 여인이 가리킨 의자 쪽으로 천천히 다가왔다. 의자에 앉을 듯 자세를 취하던 그가 별안간에 여인에게 달려들었다. 눈 깜짝할 사이에 그는 여자의 목을 조르고 있었다.

"네 년이 어디서 갑자기 나타나서 다 된 밥에 재를 뿌리고 있어!"

남자는 손에 힘을 주면서 중얼거렸다. 불의의 기습을 당한 여인이 발버둥질쳤다. 여인의 발버둥질이 심해질수록 남자가 손에 힘을 더 주었다.

갑자기,

"탕."

총소리가 방안에 진동했다. 여인의 목을 조르던 남자가 움찔하더니 목 조르던 손을 풀고 아랫배를 움켜잡으며 뒷걸음쳤다. 여인이 침대에서 잽싸게 일어섰다. 오른손은 권총을 쥐고 있었다. 침대에서 빠른 동작으로 뛰어내린 그녀가 비틀거리며 뒷걸음치는 남자의 가슴팍을 발로 걷어찼다. 남자의 몸이 벽에 튕겼다가 바닥에 고꾸라져서 꼼짝도 안 했다.

 그때 방문을 요란하게 두드리는 소리와 함께 크게 고함치는 소리가 들렸다.

 "유경사! 유경사! 무슨 일이야! 방문을 열어!"

 여인이 뒷걸음질로 방문으로 갔다. 눈은 쓰러져 있는 남자를 향하고 있었다. 손을 뒤로 뻗쳐 체인을 풀려고 했으나 체인이 손에 잡히지 않았다. 여인이 체인을 찾으러 몸을 돌리는 순간, 남자가 일어나서 쏜살같이 발코니로 뛰었다. 여인이 체인을 풀고 몸을 돌렸을 때, 남자는 창문을 벗어나고 있었다. 방문을 난폭하게 밀어젖히며 권총을 든 남경사가 방으로 뛰어들었다. 눈에 제일 먼저 들어온 것은 발코니를 질러가는 남자의 모습이었다. 그가 소리쳤다.

 "서랏! 안 서면 쏜다!"

 남자가 남경사의 말에 아랑곳하지 않고 발코니 난간 위에 올라섰다. 남자가 뒤돌아보았다. 그의 눈이 남경사와 마주쳤다. 남경사가 소리쳤다.

 "서라, 안 그러면 쏜다!"

 수염 사이의 입술 양끝이 올라갔다. 남경사는 그가 미소를 짓고 있다고 생각했다. 남경사가 놈의 머리 위를 향해 권총을 쏘았다. 발코니 천정의 횟가루가 부시시 떨어졌다. 놈이 몸을 움찔하더니 머리부터 난간 너머로 사라졌다. 남경사가 급히 발코니로 가서 밑을 내려다보았다. 검은 물체가 땅바닥에서 꼼짝도 안 하고 있었다. 주차장의 승용차에서 검은 그림자들이 나와 쓰러져 있는 놈 쪽으로 조심해서 다가가고 있었다.

 남경사 옆에서 여인이 말했다.

"침대에 눕자마자 느닷없이 달려드는 바람에 꼼짝 못하고 당했습니다. 급해서 총을 쏘아 위기를 모면했습니다."

잠시 후에 쓰러진 놈 주위를 여러 사람이 둘러싸고 있었다. 발코니에서 뛰어내린다는 것이 잘못 되어 머리부터 떨어진 모양이었다. 앞이마 상처에서 피가 흐르고 있었다. 목뼈가 부러져서 머리가 이상한 각도로 어깨에 달려 있었다. 여인이 쏜 총에 맞은 아랫배가 피에 흥건히 젖어 있었다. 안경은 벗겨져 없었고, 가짜 구레나룻 한쪽이 얼굴에서 떨어져 얼굴 맨살이 보였다. 최반장이 몸을 굽혀 얼굴에서 구레나룻을 떼었다.
눈을 부릅뜬 조한선의 모습이 나타났다.
구인이 하늘을 쳐다보았다. 보름이 가까운 달이 밝은 빛을 내뿜고 있었다. 달은 못마땅한 것이 있는지 일그러진 모습으로 중천에 떠 있었다.
40년 전에 보았던 달의 모습과 똑같았다.

악마의 표상

"내가 이번 사건에 관여하게 된 것이 범인 입장에서 보면 불운이었어."

조한선이 사망하고 이틀이 지난 뒤, 조한선이 사망한 것이 4월 9일 새벽 1시 30분경이니 엄밀히 말하자면 하루가 지난 4월 10일 저녁 8시 30분경에 구인의 집 거실 소파에는 배기자, 최창수 선배, 그리고 김순경이 앉아 구인이 입을 열기를 기다리고 있었다.

경찰에서는 사건 해결을 남부서 수사팀의 개가로 발표했으나, 구인씨가 사건 해결에 깊이 관여했다고 느낀 배기자가 남경사에게 조용히 물었다. 구인씨의 도움으로 사건을 해결할 수 있었지 않았느냐는 배기자의 추궁에, 남경사는 구인씨에게 직접 물어보라고 답하고 구인에게 연락했다. 사건 해결에 있어 구인의 역할을 배기자에게 설명해 줘야 한다고 구인이 의무감을 느낀다면 이야기하는 것을 막을 방도는 없지만, 경찰의 입장이 곤란해지는 일이 없도록 배려를 해줬으면 고맙겠다고 말했다.

구인으로서는 배기자의 요청을 거절할 수가 없었다. 배기자의 도움으로 사건에 관여하게 되었을 뿐만 아니라 사건을 해결하면 내용을 알려준다는 묵약이 있었기 때문이었다. 그러나 구인은 사건을 해결한 것은 경찰이 아니라 구인이었다고 배기자가 대외적으로 알려서 경찰을 난처하게 할 수 없었으므로 최창수에게 연락했다. 자기의 입장을 설명하고, 후배인 배기자가 사건을 누가 해결했다고 대외적으로 발설하지 않도록 설득시켜 준다면, 배기자와 최창수에게 사건 내용을 자세히 이야기해 주겠다고 말했다.

배기자의 입장에서도 구인의 부탁을 거절할 이유가 없었다. 구인이 사건을 해결했다는 확실한 증거가 없을 뿐만 아니라, 증거가 있다고 하더라도 그 내용을 까발려 봐야 그에게 득이 될 것도 없었다. 오히려 경찰을 건드려 봐야 경찰 출입 기자인 자기에게 해가 될 뿐이었다. 또 배기자는 구인씨가 어떻게 사건을 해결했는지 대단히 궁금하기도 했다.

그리하여 구인의 집에 자리가 마련되었다. 김순경은 구인이 약속한 바도 있어 불렀다. 반주를 곁들인 저녁을 하면서 1950년 구인의 박대위 운전병 시절부터 설명은 시작되어 식사가 끝날 때쯤에는 박윤환 회장과 장수자가 죽을 때까지 살아온 역정을 설명했다. 구인이 자기가 어떻게 사건을 해결했는지 설명을 시작하기 전에 거실 소파로 자리를 옮기자고 하여 편안한 자리로 옮겨 앉게 된 것이다.

"내가 사건 수사에 관여하게 된 것이 범인의 입장에서 볼 때 불운이었다고 말하는 것은 내가 남보다 명석한 두뇌를 갖고 있어서 사건을 해결했다는 말이 아니야. 박회장과 장수자를 내가 전에 알았기 때문에 그냥 지나쳐 버릴 수 있는 별것 아닌 것을 내가 세밀하게 관찰해서 사건 해결의 중요 단서로 썼다는 것이 범인에게는 불운이었다는 말이야. 여러분도 알다시피 내가 박회장 살해 소식을 처음 들은 것은 사건 다음날 오후에 배기자로부터였어. 그러나 내가 사건에 관계하게 된 것은 멀리는 1.4 후퇴하던 40년 전, 가까이는 박회장이 살해되던 바로 그 시간이었다고 보는 것이 옳아. 박회장은 4월 3일 저녁 7시경에 살해됐는데, 그때 나는 미스터 최에게 부탁해서 배기자를 다방에서 만나고 있었어. 기억나지? 그때 나는 다방에서 조한선을 처음 봤어. 처음 보는 조한선에게 내가 많은 주의를 기울였는데, 그것은 그를 본 순간 그의 얼굴에서 40년 전에 만난 장수자의 얼굴을 봤기 때문이야. 그래서 그를 자세히 관찰했지. 그때 내가 그를 자세히 관찰했기 때문에 사건을 해결할 수 있었으니, 그런 면에서 조한선이 불운했다는 얘기야. 그때 조한선은 곤색 상의에 티끌 한 점 없이 깨끗한 흰색에 가까운 계란색 하의를 입고 있었는데, 다방 종업원 말에 의하면 약 30분 있다가 갔다는 거야. 그때가 7시 10분경이었으니 6시 40분경에 그가 다방에 들어왔다는 말이 되지. 그 다음날 나는 우리가 다방에 있던 시각에 박회장이 살해됐다는 사실과 장수자도 그날 밤에 살해됐다는 것을 알게 되었어. 그러니 조한선은 박회장이 살해당할 때 바로 내 눈앞에 있었던 거야. 어떤 범죄에나 세 가지 요소가 있다고 남경사가 말했지."

구인이 남경사가 밀양에 갔다온 날 저녁에 광안리 횟집에서 있었던 이야기를 하고 말을 계속했다.

"눈에 띄는 살인 동기는 박회장이 유언한 50억이라는 돈이었고, 박회장 살인과 장수자 사건은 틀림없이 연관이 있다고 나는 생각했어. 그리고 오치호, 장영진 일가, 심사장 등 그럴 듯한 용의자는 있었지만 심리적인 면에서 볼 때 범인이라고 하기에는 현실성이 없었어. 그런데 조한선이 장수자의 아들이라는 사실이 밝혀진 거야. 누구보다도 강력한 동기를 가진 용의자가 나타난 것이지. 심리적인 면에서도 범인으로서 아무런 걸림돌이 없었어. 남경사가 말한 범행의 3요소 중 동기는 나타났고, 범행 방법도 경찰측 서류 검토와 현장 답사로 알고 있었는데, 기회에 문제가 생긴 거야."

김순경의 표정을 보고 구인이 말을 중단했다가 계속했다. 눈가에는 웃음기가 담겨 있었다.

"김순경은 다른 것은 전부 집어치우고 박회장 살인 방법의 의문점 해답을 먼저 듣고 싶어하겠지만, 내가 설명하는 순서대로 들어야 사건을 이해하기가 쉬울 거야. 곧 설명할 테니 조금만 참아. 박회장이 살해되는 시간에 조한선이 내 눈앞에 있었으니 그는 박회장 살인범일 수가 없다고 나는 생각하고 있었어. 남경사와 횟집에서 식사를 하고 있는데, 횟집 여종업원이 물기가 있는 쟁반에 엽차잔을 받쳐 들고 갔다가 물이 손님 바지에 떨어지는 바람에 야단을 맞았어. '쟁반을 깨끗이 안 닦으니까 물이 떨어져 바지를 버렸잖아!' 하는 소리를 듣고 나는 놀라운 사실을 알게 되었어. 박회장이 살해당한 다음날, 즉 4월 4일에 나는 40년 만에 처음으로 장영진을 만났어. 그때 장영진의 부인도 그 자리에 있었는데, 부인의 진술을 내가 들었지. 박회장이 살해되던 날 6시경에 조한선이 박회장집에 와서 부인을 데리고 6시 20분경에 나갔는데, 부인이 일을 끝내기를 기다리는 동안 조한선의 바지 엉덩이에 고기 핏물이 약간 묻었다는 거였어. 그런데 다방에서 내가 본 조한선의 바지는 티끌 한 점 없이 깨끗했어. 박회장집에서 우리가 있던 다방에 오려면 약 10분이 걸려. 6시 20분에 박회장집을 나왔는데 다방에 6시 40분경에 도착했다면 집에 가서 옷을 갈아입을 시간이 없었어. 그리고 부인이 말한 조한선의 옷 입은 모습과 내가 다방에서 본 조한선의 옷 입은 모습이 똑같았어. 그뿐 아니라 조한선도 박회장집을 나와서 다방으로 똑바로 갔다고 말했어. 그렇다면 하의에 묻은 핏물 자국은 어디로 갔지? 여기에 대한 해답은 단 하나, 즉 박회장집에 있었던 조한선과 다방에 있던 조한선은 용모가 아주 닮은, 거의 쌍둥이에 가까운 다른 사람이라는 것이었어. 김과장 모친은 조한선을 자주 봤으니 박회장집에 있던 조한선, 핏물이 묻은 바지를 입은 조한선이 진짜이고 다방에 있던 조한선은 가짜였다는 사실을 나는 알게 된 거야. 그렇다면 기회도 해결된 거지. 조한선에게는 박회장을 살해할 동기, 기회, 방법 이 모두 있었던 거야. 이런 놀라운 사실을 알게 된 나는……."

그때 구인의 부인이 차와 과일을 쟁반에 받쳐 오는 바람에 설명이 중단되었다. 부인이 여러 사람 앞에 커피잔 놓는 것을 기다려 구인이 부인에게 말했다.

"물이 떨어져 바지를 버리지 않도록 쟁반의 물기는 깨끗이 닦았겠지?"

그 말에 최선배가 큰 소리로 웃었고, 배기자와 김순경이 미소를 지었다. 사과 한 조각을 포크로 찍어 배기자에게 권하려던 부인이 남편을 보며 의아해 하는 표정을 지었다.

"네? 무슨 말씀이세요?"

구인이 미소를 띠며 손을 저었다.

"아무것도 아냐. 내가 농담을 해 본 거라구."

남편의 대답에 고개를 돌린 부인이 배기자에게 사과를 건네며 물었다.

"신문사에 근무한다고 했지요?"

"네, 부산신문에 근무하고 있습니다."

"나이는?"

부인의 질문에 최선배가 호탕하게 웃으며 큰 소리로 말했다.

"나이는 29세, 고향은 부산이고 둘째아들입니다. 서울의 Y대학 경영학과를 나왔는데 어떻게 된 녀석이 장가는 안 가고 신문사에 있습니다.

신랑감으로는 1등입니다. 집안도 좋습니다."
　배기자가 최선배의 말을 받아 넉살좋게 말했다.
　"좋은 색시감 있으면 부탁합니다."
　부인이 말을 하려고 입을 여는 것을 구인이 막았다. 혼기가 가까운 딸을 갖고 있는 부인은 훌륭한 청년에게 관심이 많았다.
　"그런 사실을 알게 된 나는 사건이 나던 날 다방과 일식집에서 조한선을 만났을 때의 상황을 자세히 검토해 보았지. 그리고 발견한 것은, 그날 밤에 내가 조한선을 봤다고 생각했던 것은 미스터 최가 그를 조한선이라고 했기 때문에 그가 조한선이구나 하고 생각했다는 사실이었어. 아, 나도 알아. 미스터 최가 일부러 거짓말을 했다고는 나도 안 믿고 있으니까 흥분하지 않아도 돼……. 다방에서 나는 그와 마주앉아 있었지만 미스터 최는 그가 등뒤에 있었기 때문에 못 봤지. 나는 그의 얼굴에서 장수자의 모습을 발견하고 그를 유심히 살폈어. 다방이라는 곳이 보통 그렇듯이 그 다방도 조명은 밝지 않았고, 그가 있던 자리와 나 사이에 거리도 약간 있었어. 그렇지만 사람 모습은 충분히 구별할 수 있었지. 내가 그의 바지에 핏물이 없었다고 자신 있게 말할 수 있는 것은, 그가 계산할 때 내게 등을 돌리고 서 있었는데 계산대 천정에 달린 형광등 불빛이 그의 밝은 색 바지를 눈부시도록 희게 보여주고 있었거든. 바지에 얼룩이라고는 한 점도 없었어. 그를 다음에 본 것은 일식집에서였는데, 그때 미스터 최가 그에게 반갑게 인사했지. 그가 엉거주춤한 태도를 취하자, 미스터 최는 기분이 상해서 그와 헤어졌어. 그리고 우리에게 그가 구미실업의 조한선이라고 말했지. 그때 미스터 최는 내게서 떠나 따로 독립했을 때 조한선과 거래가 있었다고 말했는데, 미스터 최는 4년 전에 내게서 떠났어. 그렇다면 미스터 최는 4년 전에 조한선과 거래를 했지. 미스터 최가 그를 최근에 만난 것은 약 1년 전이라고 하며 그때도 건방졌다고 말했어. 결론을 말하자면 미스터 최는 조한선을 안다는 정도였지 최근에 자주 만났던 것은 아니야."
 구인이 말을 중단하고 미스터 최를 바라보았다. 그는 고개를 끄덕이고 있었다.
 "그때 나는 박윤환 회사에 장수자를 닮은 사람이 근무하다니 이상하다고 생각은 했지만 특별한 의미를 부여하지는 않았어. 다만 조한선의 모습이 나의 뇌리에 새겨졌을 뿐이었지. 그런데, 그 다음날 박회장과 장수자가 살해당했다는 사실을 알고 난 후에 구미실업에 가서 조한선을 만났어. 옷은 전날 밤과 똑같이 입고 있었는데 바지가 엷은 회색으로 바뀌어 있었어. 내가 전날 밤에 다방과 일식집에서 봤다고 말했더니, 전날 밤에는 자세히 안 봐서 못 알아봤는데 최 아무개하고 같이 있지 않았느냐고 반기면서 다방에서 종업원에게 차를 사준 얘기를 하더군. 그래서 내가 다방에서 본 사람이 조한선이라고 자연스레 믿게 된 거야. 미스터 최의 경우에는 닮은 사람을 잘못 볼 수도 있지만, 나의 경우에는 주위 환경이 그렇게 만들었어. 나는 다방과 일식집에서 장수자를 닮은 청년을 봤는데, 미스터 최가 그를 잘못 알고 조한선이라고 했어. 그런데 다음날 진짜 조한선을 만났는데 그는 장수자를 닮았고 옷도 같은 것을 입고 있었다. 게다가 전날 밤에 있었던 일을 틀리지 않고 이야기했으므로 내가 속을 수밖에 없었지. 다방 종업원들이 속은 것은 같은 모습의 사람이 와서 전날 있었던 일을 자연스럽게 말했기 때문이야. 우리가 한 가지 유의할 점은 진짜 조한선이 사건 다음날 낮에 다방에 가서 전날에는 감기 기운이 있었는데 나왔다고 말했다는 점이야. 모습은 옷과 행동으로 카무플라즈했지만 약간 다른 목소리는 핑계를 대야만 했거든."
 구인이 반쯤 남은 식은 커피를 마셔 잔을 비웠다. 그의 입만 바라보고 있는 다른 사람들의 표정을 보고 구인이 급히 말을 계속했다.

"횟집에서 있었던 일로 다방에서 본 조한선과 실제의 조한선이 다르다는 것을 알게 된 나는 조한선이 어떻게 우리를 속일 수 있었나를 생각해 보았지. 그 해답은 간단했어. 가짜 조한선이 다방과 일식집에서 있었던 일을 자세히 이야기해 주었던 거야. 그래서 조한선은 다음날 다방에 나타나서 전날 다방에 왔던 사람 행세를 했고, 그것이 먹혀 들어갔던 거야. 조한선에게는 다방과 일식집이 박회장 살인 사건의 알리바이였으므로 다음날 점심 때에 다방에 나타나서 종업원들에게 그의 모습을 확실히 심어 놓았지. 생각해 보라구. 회장 살인으로 회사가 발칵 뒤집혔는데 보통 사람이면 점심 때라 하더라도 다방에 가서 노닥거릴 수 있는가를. 누군가 가짜 조한선 행세를 했다는 데 생각이 미치자 그가 누굴까 하는 의문이 생기더군. 그가 누구이든 용모가 조한선과 쌍둥이랄 정도로 닮았다는 것은 확실했어. 완전히 남남이 닮는 수도 종종 있지만, 둘이 많이 닮는 일반적인 경우는 같은 핏줄이라구. 그렇다면 박회장과 장수자 사이에서 조한선이 태어났으니 박회장이나 장수자의 피붙이 중 누구일 가능성이 있다고 생각했지. 박회장은 가족이 일본에서 몰살했고 아들을 낳지 않았을 뿐만 아니라 조한선의 모습이 장수자를 닮았으니 장수자의 피붙이가 가짜 조한선 노릇을 했을 가능성이 많다고 보았지. 장수자에게는 조한선 연배의 둘째아들 오치호가 있어. 그렇다면 오치호가 가짜 조한선 노릇을 했을 가능성이 많다고 생각했지. 그러나 나는 오치호가 왜 가짜 조한선 노릇을 했는가를 알 수가 없었어. 그것을 알려면 조한선이 박회장을 살해한 동기를 검토하는 것이 좋겠다고 생각했지. 범행의 동기는 크게 세 가지가 있어. 그것은 이득, 복수, 질투야. 그래서 그 세 가지를 적용시켜 봤어. 복수. 누구를 위한 복수? 박회장이 장수자를 겁탈하고 보물을 빼앗은 것에 대한 복수? 그러나 조한선은 갓난애 때 미국에 입양되어서 장수자와 떨어져 성장했어. 1.4후퇴 때 일을 알 가능성이 아주 희박했고, 설혹 그 일을 알았다 하더라도 떨어져 살았으니 아버지보다 어머니에 더 정이 갈 이유도 없어. 그런데 아버지를 죽여서 어머니의 복수를 한다? 말이 안 돼. 질투. 이것은 생각해 볼 가치도 없었어. 그렇다면 이득? 이득이라면 장수자의 아들에게는 박회장을 살해할 커다란 동기가 있었지. 박회장이 죽으면 50억이라는 막대한 돈이 장수자에게 가게 되어 있어. 그러나 조한선은 장수자의 아들이지만 박윤환의 아들이기도 해. 장수자 일가까지 몰살시켜 50억을 독차지할 수도 있지만 박윤환 아들로서는 그보다 더 얻었으면 얻었지 덜이라고는 생각하지 않았어. 그런데도 박회장을 살해했다면 그 이유는 뻔했어. 조한선은 박회장이 자기 아버지라는 사실을 몰랐던 거야. 조한선이 박회장을 살해한 동기는 나타났지. 그런데 조한선에게 동기가 있다면 장수자의 다른 아들 오치호에게도 그 동기는 적용돼. 게다가 오치호는 조한선의 알리바이를 만들어 주었어. 그렇다면 둘이 작당해서 박회장을 살해했다는 말인가? 어쨌든 조한선은 박회장 살해의 단독범이 아니면 오치호와 공범이었어. 그런데 여기서 한 가지 유념할 점은 오치호가 무슨 이유에선가 가짜 조한선 노릇은 했지만 박회장을 직접 살해하지는 않았다는 사실이야. 박회장이 살해당할 때 그는 내 눈앞에 있었거든. 그런데 장수자도 살해되었어. 그것도 장수자 혼자가 아니고 며느리와 손녀까지 같이 살해당했어. 박회장 살인과 장수자 일가 살인은 별개의 사건일 수도 있었어. 그러나 나는 관계가 있다고 봤어. 왜냐하면 50억이라는 유산 관계를 제쳐 두고라도 나는 박대위와 장수자를 항상 한 묶음으로 생각해 왔기 때문이야. 이 사건이 일어나기 전에도 내게는 그들이었지 박대위 또는 장수자로 따로 생각한 적은 없었어. 그래서 박대위와 장수자가 같은 날 밤에 살해당했다는 것을 알고 나는 과연 하고 고개를 끄덕였지. 그들이 같은 날 밤에 같은 방법으로——
여기서 내가 같은 방법이라고 말하는 것은 살해 방법이 같았다는 뜻이
아니라 둘이 남의 손에 살해되었다는 점이 같다는 얘기야—— 생을 마
치지 않았다면 나는 오히려 이상하게 생각했을지도 몰라. 1.4후퇴 때
일이 있고 나서 나는 그들이 죽을 때까지 관계가 있게끔 숙명적으로 맺
어진 사람들이라는 생각을 해 왔어. 그런데 두 사건이 연관이 있다면
장수자 일가는 조한선이 단독으로 살해했지 오치호가 공범 노릇은 안
했다고 확신했지. 오치호는 어머니에게 소문난 효자였고 처자를 끔찍
이도 사랑했다는 소문이 자자했는데, 그러한 사람이 억만금을 준대도
어머니와 처자를 살해하는 일에 동조하지 않았을 것이 뻔했으니까. 결
국은 장수자도 조한선이 살해했다는 결론에 도달한 거야. 그래서 장수
자가 죽은 날 밤의 조한선의 알리바이를 지형사에게 꼬치꼬치 물었던
게야. 제발 내 생각이 틀려서 장수자가 살해되던 시각에 조한선이 아파
트에 틀림없이 있었다는 대답이 지형사 입에서 나오기를 기원하면서.
불쌍한 장수자만은 자기 아들의 손에 죽지 않았기를 나는 간절히 바라
고 있었으니까. 그런데 지형사의 말은 이것도 저것도 아닌 것이었어.
오치호가 박회장을 죽일 수 없었고 장수자의 범인도 아니라면, 그가 조
한선의 알리바이를 제공한 것은 멋도 모르고 조한선에게 이용당했을
가능성이 있다고 생각했어. 오치호가 결백하다면 박회장집 근처, 수영
약국, 해운대 호텔에 나타난 안경 쓴 털보는 가짜 오치호라는 생각이
들었어. 그리고 가짜로 변장한 사람은 여건상 조한선일 가능성이 높다
고 생각했지. 오치호가 안경을 벗고 수염을 없애서 조한선으로 변장할
수 있었다면 조한선도 수염을 달고 안경을 쓰면 오치호가 될 수 있으니
까. 내가 4월 6일에 구미실업에 가서 총무과장을 만난 것은 조한선의
사진을 구하기 위해서였지. 마침 테이블에 놓인 〈구미 저널〉에 조한선

의 사진이 있었어. 그 책을 얻어 사진관에서 조한선의 사진을 확대해서 뽑았지. 미스터 최 사무실 직원을 일식집에서 만나 수영 약국에 가서 약국에 왔던 털보의 모습을 약국 주인이 말하는 대로 조한선의 사진에 그리게 했지. 조한선의 사진에 안경을 씌우고 수염을 달자, 약국 주인은 찾아왔던 사람이 틀림없다고 했어. 이것으로 나는 조한선이 오치호로 변장하고 다녔다는 것을 확인했지. 그 이유는 뻔했어. 가능하면 오치호를 박회장 살인범으로 모함하기 위한 조치였지. 미스터 최의 직원을 내가 일식집에서 만나자고 한 데는 이유가 있어. 조한선이 자기의 모습을 종업원 가슴에 새겨 놓기 위해서 사건 다음날 다방에 나타났다면 일식집에도 갔을 것이라고 생각했지. 그래서 조한선이 일식집에도 왔었나 알아보기 위해서였어. 역시 그곳에도 갔었더군. 결국 나는 조한선이 박회장과 장수자의 살인범이라고 확신하기에 이르렀고, 그때까지 있었던 일 중에 조한선이 범인이라는 것을 나타내는 것은 없나 검토해 보았지."

그때 부인이 부엌에서 급히 나와 구인 옆으로 왔다. 얼굴은 핏기가 없어 창백했다.

"아니, 그럼 그 사람이 정말로 자기 아버지와 어머니, 제수와 조카를 죽였다는 말예요?"

구인이 부인의 질문에 대답하기 전에, 최선배가 자리에서 일어섰다.

"사모님, 여기 앉으시죠."

"아녜요. 식탁에서도 얘기가 잘 들려요. 듣다 보니 세상에 저런 놈도 다 있나 싶어 가슴이 떨려 참을 수가 없지 뭐예요. 그래, 여보, 그 놈이 그 사람들을 정말로 죽였어요?"

"그래, 그가 범인이었어."

"아니, 세상에 저런 놈이…… 그럼, 그 오아무개라는 둘째아들은 어떻게 된 것인데요? 그 사람도 같이 그런 못된 짓을 저지른 거예요?"

"아냐, 자기와 닮은 사람이 나타나서 형이라는 바람에 무슨일인지도 모르고 형이 하라는 대로 하고 형 손에 죽었어. 오늘 시체를 찾았어."

"어머 어머! 세상에!"

"귀찮게 끼어들지 말고 부엌에 가서 애기나 들어."

"알았어요. 갈게요. 그 조한선이라는 사람은 어떻게 됐어요?"

"신문도 안 봐? 어제 새벽에 죽었어."

"저런!"

방금 전까지도 세상에 둘도 없는 흉악무도한 놈이라고 생각했던 것은 깡그리 잊고 죽었다는 사실만이 측은해서 안됐다는 표정을 지으며 부인이 부엌으로 갔다.

그러자 배기자가 물었다.

"조한선이 살인 다음날 다방에 들러서 자기의 인상을 종업원들에게 심으면서 근처에 있는 일식집에는 그날 안 가고 그 다음날에 들른 이유는 무엇입니까?"

"글쎄…… 확실히는 모르지만 일식집에는 들를 자신이 없던 것은 아닐까? 오치호는 다방에서는 아무 일도 없었지만 일식집에서는 최 아무개라는 사람이 자기를 조한선으로 알고 말을 걸었다는 얘기를 했을 거야. 다방에는 나타나서 자기가 전날 왔던 사람으로 행세해도 괜찮겠다고 생각했겠지. 다방에서는 특별한 일이 없었으니 나타나서 자기 인상만 강력하게 심어 놓으면 됐거든. 그러나 일식집에는 가기가 겁났겠지. 도대체 최 아무개가 누군지 알 수가 없었던 거야. 게다가 그 최 아무개와 일식집 주인이 친한 것 같더라고 오치호는 말했을 거고…… 가서 입을 잘못 놀렸다가 위험에 빠지는 것보다는 일식집에는 안 나타나는 것이 좋겠다고 생각했는지도 모르지. 알리바이는 다방만으로도 충분하다고 생각했겠지. 그런데 내가 나타나서 최 아무개의 신분을 알려주었어. 그래서 그는 다음날 일식집에 자신 있게 갈 수 있었지. 일식집도 알리바이 작성에 도움이 된다고 생각했을 테니까. 조한선을 범인이라고 보고 거기에 부합되는 단서를 찾으니까 아주 많은 것이 나오더군. 횟집에서의 일이 있기 전까지는 이것은 이상한데 하고 고개만 갸우뚱했던 것이 있었어. 그러면서도 박회장이 살해당하는 시간에 내 눈앞에 있던 조한선을 진짜 조한선으로 철석같이 믿고 있었기 때문에 깊게 주의를 기울이지 않았던 점들이 있었어. 그 혐의점들을 다시 검토해 보고 조한선이 범인이라는 확신을 얻게 되었어. 그 혐의점들이란 다음과 같은 것이야. 사건이 일어난 다음날인 4월 4일 저녁에 나는 남경사와 같이 박회장의 분향소가 차려진 구미실업에 가서 조한선을 직접 대하게 되었고, 그의 자라온 이야기를 들었지. 그는 갓난애 때인 1952년에 제랄드 한슨 대위에게 입양되어 미국에 갔다는 얘기를 하면서 한국을 떠날 때 생모가 주었다는 사진과 편지를 제시했어. 그런데 그 사진과 편지를 웃옷 안주머니에서 꺼내더란 말이야. 마치 그 편지가 그날 꼭 필요할 것이라는 것을 미리 알고 있기라도 하듯이 주머니에 넣고 있었어. 그런 편지라면 자기에게 아주 귀중한 것이니 깊숙한 곳에 보관해야 하는데 주머니에 넣고 다닌다는 것이 이상하지 않아?"

구인이 숨을 가다듬으려고 말을 중단한 틈을 타서 배기자가 말했다.

"혹시 그날 박회장 사망 소식을 듣고 깊숙이 보관하고 있던 곳에서 꺼내 오지 않았을까요?"

"내가 지적하려고 하는 것이 그 점이야. 조한선은 자기 어머니를 릴리로만 알고 있었지 장수자라는 것을 알고 있다는 말은 안 했어. 또한 장수자가 박회장과 관계가 있는 것을 그가 알고 있다는 말도 없었어. 따라서 박회장이 죽었다고 릴리, 즉 장수자와 관계되는 서류를 깊숙이 보관했던 곳에서 꺼내어 갖고 다닐 필요가 없었지. 그 말을 거꾸로 하면 조한선은 박회장과 릴리가 어떤 관계건 관계가 있다는 사실을 알고 있었다는 말이 된다구. 그 사실만으로는 나의 논리가 너무 비약적이라는 생각이 들겠지만, 다음 상황을 합쳐서 생각하면 문제가 달라. 조한선은 KBS 이산 가족 찾기 생방송에서 어머니를 보고 KBS 에 갔다가 한부사장의 지갑을 줏은 것이 인연되어 구미화학에 근무하게 되었다고 했어. 그 방송은 나도 보았는데 TV에 나온 장수자는 젊었을 때보다 많이 변해 있었지. 나도 장수자가 동생 장영진을 찾는다는 글을 보고야 겨우 그녀가 장수자라는 것을 알 정도였어. 특히 이마의 흉터 때문에 더욱 알아보기가 힘들었지. 그런데 어머니의 모습이라고는 젊었을 때 찍은 사진밖에 모르는 조한선이 어떻게 TV의 장수자가 릴리라는 것을 알았지? 조한선은 자기 어머니의 이름이 장수자라는 것을 알았던 거야. 사진 뒤에 장수자라고 적혀 있었는데 자기가 잘라 버리고 우리에게 어머니 이름을 모른다고 했던 거야. 그랬던 이유는 장수자가 어머니인 줄 몰랐다고 해야 장수자 사건에서 조금이라도 혐의를 덜 받는다고 생각했기 때문이야. 그리고……."

구인이 말을 더 계속하기 전에, 김순경이 재빨리 말했다.

"잠깐. 박회장도 TV에서 보고 한부사장을 시켜 장수자에 대해 알아 오라고 했잖습니까? 박회장이 보고 알았다면 조한선도 알 수 있잖습니까?"

"박회장은 젊었을 때의 장수자를 직접 보았지만 조한선은 사진으로만 어머니를 알고 있었어. 장수자의 모습이 변하기는 했지만 아주 몰라보게까지 변하지는 않았어. 그리고 박회장은 장수자의 이름은 몰랐지만 동생 이름이 영진이라는 것은 알고 있었어. 개성 근처에서 만났을 때 장수자가 영진이라고 부르는 소리를 들었거든. 그래서 알아봤을 거야."
 김순경이 고개를 끄덕이는 것을 보고 구인이 말을 계속했다.
 "그날 KBS에서는 한부사장이 장수자에 관한 문의를 하고 있었어. 그때 조한선도 어머니 장수자의 관한 것을 알아보려 그곳에 있었지. 조한선은 한부사장이 장수자에 관해 묻는 소리를 듣고 한부사장의 지갑을 소매치기했다가 지갑을 되돌려 주어서 한부사장과 선을 대는 구실로 삼았을 거야. 조한선은 장수자에 대해 문의하는 사람이 궁금했을 테니까. 한부사장도 그날 깊숙이 넣은 지갑이 빠진 것은 조한선과 인연이 닿으려고 빠진 모양이라고까지 말했어. 조한선의 진술에 따라 4월 5일에 우리는 1.4후퇴 때 장수자가 살았다는 수영을 찾아갔지. 장수자에 관한 것을 물으러 갔던 거야. 그런데 조한선이 우리에게 유씨 집을 알려줄 때 수영 약국이라는 말을 했어. 그런데 수영 약국은 3년 전에 주인이 바뀌면서 새로 만든 이름이고 그전에는 희보 약국이었어. 조한선이 유씨를 찾아간 것은 1982년 한국에 오고 난 직후 딱 한 번이라고 했는데, 3년 전에 바뀐 약국 이름을 어떻게 알았느냐 말이야. 그 약국은 큰길에서 골목 안으로 들어가 있어. 따라서 일부러 찾기 전에는 지나가다 약국 이름을 볼 수 없게 되어 있었지. 조한선이 그 약국 이름을 알고 있었다는 것은 그가 약국 이름이 바뀐 후인 지난 3년 동안에 그곳에 갔었다는 말이 돼. 그런데 그는 갔다는 사실을 숨겼어. 왜? 거짓말했다는 사실만 갖고는 이상한데 하고 고개를 갸우뚱할 뿐이지만, 그가 범인이라고 한다면 왜 거짓말했는지 추측할 수가 있어. 3월 29일에 조한선은 오치호로 변장하고 수영 약국에 가서 유씨 할머니가 아직도 그곳에 살고 있는지 알아보았어. 조한선은 자기가 장수자의 아들이라는 것을 증명하는 데는 장수자 아들의 오른쪽 새끼발가락과 넷째발가락이 붙었다는 유씨 할머니의 증언이 있으면 유리하다고 생각했어. 그래서 경찰을 유씨에게 보내기는 해야 했지만 오랫동안 안 왔던 그가 사건 임시에 나타나서 유씨를 찾았다고 하면 의심받을까봐 거짓말을 했던 거야. 제 발이 저렸던 거지. 오치호로 변장하고 약국에 가서 유씨가 아직도 살고 있나 알아볼 때 수영 약국이라는 이름을 보았는데, 수영에 있는 수영 약국이라 전에는 이름이 달랐을 것이라는 생각은 안 하고 우리에게 수영 약국이라고 말했던 거야."

구인이 말을 끝내고 담배를 피워 물었다. 가슴 깊숙이 담배연기를 들이마신 그가 길게 연기를 내뿜고는 오른손 끝에서 모락모락 피어오르는 담배연기를 눈쌀을 찌푸리고 못마땅한 듯 바라보았다. 전부터 담배를 끊어야지 끊어야지 노래를 하면서도 못 끊는 것을 아는 최선배가 저 모습은 담배가 원망스럽다는 뜻일까, 극악무도한 조한선 때문일까 생각하는데, 구인이 두어 모금 빤 담배를 비벼 껐다.

"조한선을 범인이라고 보고 상황들을 검토하니까 별뜻이 없던 일들도 의미를 갖게 되었지. 사건 다음날 조한선이 다방에 갔을 때, 그는 하의를 바꿔 입고 갔어. 종업원들에게 전날에 왔던 사람이 자기였다는 것을 인식시키기 위해 갔다면 옷을 전날과 똑같이 입고 가는 것이 유리한데, 바지를 바꿔 입었다는 말은 그 바지를 입지 못하게 되었다는 논리가 성립돼. 바지에 핏물이 묻어서 입을 수가 없었던 거야. 박회장 운전기사를 모친이 위독하다고 집으로 불러냈다는 전화 목소리만 해도 그래. 윤기사집에서는 전화한 적이 없다니까 그 전화는 윤기사를 박회장 집에서 나가게 하기 위한 가짜 전화였지. 그런데 그 전화의 목소리가 '째지는 듯한 높은 목소리'였다고 조한선이 말했어. 김순경이 파출소에서 받은 박회장 사건 신고 전화도 같은 목소리였고. 김순경이 들은 전화 목소리와 조한선이 들은 목소리가 똑같이 '째지는 듯한 높은 목소리'였다는 것이 이상하지 않아? 조한선이 범인이라면 윤기사에게 왔다는 전화는 조한선이 지어낸 가짜 전환데, 그 목소리가 박회장 사건 신고 전화 목소리와 같았다고 조한선이 말했다는 것은 신고 전화도 조한선이 했다고 볼 수 있어. 여러분은 나의 논리가 너무 비약하고 있다고 말할지 몰라. 나의 논리에 수긍이 안 간다면 달리 생각을 해 보자구. 사전 준비도 안 하고 있는데 별안간에 목소리가 어땠느냐는 질문을 받았다. 자기는 째지는 높은 목소리로 파출소에 신고한 일이 있다. 그래서 무의식적으로 째지는 높은 목소리로 했다. 어때, 그럴 듯하게 들려? 재판에 증거로 쓸 수는 없지만 정황 증거로는 그럴 듯하지? 심리적 정황 증거라고나 할까……. 나는 조한선의 사진을 구하러 구미실업에 갔을 때, 윤기사 모친에 관한 전화가 왔을 때 총무과장이 그곳에 있었다는 말을 듣고 깜짝 놀랐어. 그때는 조한선의 알리바이가 깨져서 그를 범인으로 보고 있을 때였는데, 그가 범인이라면 장수자의 아들 전화나 윤기사의 모친에 관한 전화는 오지 않았어야 했거든. 그런 전화들은 조한선이 왔다고 지어낸 거짓말이었으니까. 그런데 총무과장의 말을 검토해 보면 '전화가 왔을 때' 그곳에 있었던 것이 아니라 조한선이 '전화를 받고 있을 때' 그곳에 있었어. 우리 말에 '아'에 다르고 '어'에 다르다는 말이 있는데, 이 경우가 그 말의 가장 적절한 예라고 나는 생각해. 부속실에 잘 안 가던 조한선이 그날은 없어진 편지를 찾는다고 부속실에 자주 갔어. 미스 정이 편지를 찾으러 갔다가 총무과장과 같이 부속실에 갔을 때 조한선은 전화를 받고 있었어. 그가 전화를 끊고는 윤기사의 모친이 위독하다는 전화였다며 회장에게 전화를 하라고 말했지. 여기서 우리는 총무과장이 전화가 왔을 때 그곳에 있었다고 한 말은 정확한 표현이 아니었던 것을 알 수 있어. 자기가 갔을 때 전화가 걸려온 것이 아니고 자기가 갔을 때 조한선은 통화를 하고 있었다는 말을 그렇게 표현했던 거야. 조한선이 통화하고 있던 전화가 TV 전화도 아니니 통화의 상대

방을 볼 수 없어서 통화를 하고 있었는지, 빈 전화에 대고 통화하는 척 하고 있었는지 다른 사람은 알 수 없지. 그러나 나는 그가 빈 전화에 대 고 전화하는 척했다고 확신해. 부속실에서는 밖을 보면 복도를 향해 나 란히 있는 사무실 문들을 볼 수 있어. 그는 총무과장이 부속실로 오는 것을 기다렸다가 통화하는 척했던 거야. 장수자 아들 전화의 경우도 마 찬가지야. 감기약 사오라고 미스 정을 심부름시키고 그녀가 오는 것을 보고 장수자의 아들과 전화로 다투고 있는 척했던 거야. 다방에서 자기 의 목소리와 오치호의 목소리 차이를 카무플라즈했던 감기 핑계를 여 기서도 써먹어 실제로 감기가 걸렸던 것처럼 한 것을 보면, 그의 머리 가 얼마나 비상한지를 엿볼 수 있지. 여기서 우리가 유의할 점은 기획 부에도 편지를 찾거나 감기약 심부름을 보낼 여직원이 있는데, 어째서 잘 안 가던 부속실에 그날 따라 가서 미스 정에게 심부름을 시켰느냐는 점이야. 그것은 기획부에는 직원이 여러 사람 있어서 가짜 전화가 온 것처럼 할 수 없기 때문이야. 부속실에는 미스 정 혼자 있어서 심부름 하는 동안에 전화가 와서 받은 것처럼 할 수가 있었거든. 부속실에 자 주 가기 위한 핑계를 만들려고 편지가 없어졌다고 소란을 피웠 고…….”

"그렇지만, 선생님." 배기자가 구인의 말을 막았다. "그 전화 건도 너무 비약하시는 것이 아닙니까? 꼭 그렇게만 생각하실 게 아니라 공범 을 시켜서 전화를 걸게 했다고 생각할 수도 있지 않습니까?"

배기자의 말에 김순경이 고개를 끄덕이는 것을 보고, 구인이 미소를 지었다.

"김순경 생각도 같은 모양이군. 나는 그렇게 생각지 않아. 조한선은 박회장과 장수자를 살해할 시기가 임박해 오자 애꾸눈 점쟁이를 죽여 후환을 없앴어. 전화가 온 것처럼 꾸미는 일은 남의 손을 빌리지 않고 조한선 혼자서 할 수 있었어. 한 사람의 공범을 죽인 그가 자기가 할 수 있는 일을 시키기 위하여 다른 공범을 만든다? 그것은 말이 안 돼. 하여튼 여러 가지를 추리하여 나는 조한선이 범인이라는 데 심증을 굳혔어. 내가 경찰에 미안하게 생각하는 것은 나 때문에 수사에 혼란이 있었다는 점이야. 박회장 살해 시간에 내가 조한선을 봤다는 말을 안 했으면 조한선을 제1용의자로 보고 수사 초점을 맞췄을 텐데, 나 때문에…….”

구인의 말을 김순경이 막았다.

“그렇게 자책하시지 않으셔도 됩니다. 구선생님의 진술이 없었다면 조한선은 다방과 일식집 알리바이를 말했을 거고, 그 알리바이를 조사하면 범행 시간에 다방에 있었다고 종업원들이 진술했을 테니 결과는 마찬가지였을 겁니다.”

“그랬을까……? 어제 오후에 밀양과 장수자의 집 중간에 있는 야산에서 오치호의 시체를 찾았어. 4월 3일 밤에 장수자를 죽이러 가면서 조한선이 살해하고 묻었던 거야. 오치호의 죽은 사진을 남경사가 오늘 보여주더군. 죽은 모습이었고 사진이라 실제와 차이는 있겠지. 그러나 오치호와 조한선이 많이 닮기는 했지만 주위 환경이 달랐으면 과연 그렇게까지 내가 속았을까 하는 생각이 들더군. 어쨌든 내가 경찰에 실수를 했어…….”

이번에는 배기자가 구인의 말을 막았다.

“경찰 발표로 오치호의 시체를 찾았다는 사실은 알고 있었지만, 묻힌 곳은 어떻게 알고 시체를 찾았습니까?”

“아 참, 내가 그 얘기를 안 했군. 조한선이 죽고 난 후에 그의 아파트에서 이번 사건을 상세하게 기록한 노트가 나왔어. 매일 기록한 일기가 아니고 며칠에 한 번씩 생각나는 대로 자기가 한 일을 기록한 노트로, 마치 추리작가의 플롯을 읽는 것 같았어. 거기에 오치호의 시체를 어디

묻었다고 적혀 있었어. 이번 사건뿐만 아니라 자기의 과거도 기록한 노트였는데……."

"그런데, 선생님." 배기자가 또 구인의 말을 막았다. "그런 것이 있었다는 얘기는 처음 듣는데, 조한선은 무엇 때문에 그런 위험한 기록을 했을까요?"

"우리와 같은 일반적인 사람들과 범죄인들과는 많은 정신적인 차이가 있어. 우리 생각에는 그런 위험한 기록은 안 할 것 같지만 그들은 달라. 충동적으로 사람을 죽인 경우가 아닌 계획 살인자는 자기가 남보다 우수하다고 믿는 자만심이 강한 자들이야. 남들보다 자기가 우수하니까 우수한 자기가 세운 살인 계획은 절대로 들키지 않는 완전 살인이라고 믿는 족속들이지. 이런 족속들은 자기의 우수함을 남에게 과시하고 싶어한다구. 그런데 과시할 기회가 없다고 생각하는 거지. 자기의 계획이 너무나 우수해서 절대로 잡히지 않을 테니까 남들은 누가 그 우수한 계획을 세웠는지 알지 못한다는 과대망상을 하는 거지. 그래서 자기가 얼마나 훌륭하게 남들을 속일 수 있었나 기록해 놓고 싶은 충동을 받게 된다구. 먼 훗날 자기가 죽고 나서 자기의 우수함이 세상에 공표되어 뭇사람이 자기를 우러러보게 해야 한다는 망상에 빠진 자들만이 할 수 있는 짓이지. 자아, 이제는 김순경이 가장 알고 싶어하는 박회장 살인 현장의 의문점들을 설명할 순서가 온 것 같아."

김순경이 기대감에 눈빛을 반짝이는 것을 보고 구인이 "여보, 맥주 좀……." 하고 큰 소리로 부인을 부르며 고개를 부엌 쪽으로 돌리다 멈칫했다. 언제 왔는지 부인이 식탁 의자를 끌고 와서 옆에 앉아 놀란 눈을 크게 뜨고 멍한 표정으로 남편을 바라보고 있었다.

"뭘 그리 넋이 빠져 보고 있어! 가서 맥주나 갖고 와!"

"아니, 여보, 당신이 그걸 다 생각해 냈고, 사건을 해결했다는 말에요?"

"왜, 나는 그럴 만한 위인이 못 되는 줄 알았어? 나도 꿈틀하는 재주는 있다구."

"아니, 이이가 손님들 앞에서……."

부인이 일어서서 부엌으로 가자, 미스터 최가 말했다.

"아이 참, 사장님도. 훌륭하다고 생각하시고 칭찬하신 말인데 그렇게 무안을 주시면 어떻게 합니까?"

구인이 멋적어하는 미소를 지었다.

"내가 왜 자꾸 이렇게 돼 가는지 모르겠어. 남자란 그저 아침 일찍 직장에 나갔다가 저녁에 들어와야 집안이 편안한데, 요새는 왼종일 집안에 처박혀 있으니 성질이 더 나빠지는 것 같아. 친구 녀석 말이, 집안에 처박혀 있으면 마누라한테 구박만 받고 성질만 나빠진다더니, 그 말이 맞는 것 같아."

"내가 무슨 구박을 줬다고 그래요?"

부인이 맥주를 갖고 오며 말하는 것을 미스터 최가 끼어들어 말했다.

"사장님은 사모님이 좋아서 일부러 퉁명스럽게 하시고 계십니다."

부인이 무엇이라고 대꾸하려는 것을 구인이 막았다.

"내가 사건 해결했다는 소리 친구들에겐 하지 말아."

"친구들에게 왜 해요. 믿지 않을 텐데 나만 바보되게요?"

"듣기 싫군! 수다는 그만 떨고 부엌에 가든가 의자에 조용히 앉아 있어!"

"또, 또……."

부인이 남편에게 눈길을 험하게 보내면서 의자에 앉았다. 구인이 맥주잔을 비우고 설명을 시작했다.

"박회장 살인 현장인 서재의 문은 빗장이 질러져 있었고, 모든 창문은 안에서 잠겨 있었으니 서재 안은 완전 밀실이었어. 그러니 박회장을 서재 안에서 사살하고 밖으로 나올 수는 없었어. 따라서 범인은 박회장이 책상 앞에 앉기를 기다려 녹음기 마이크를 꽂았던 구멍을 통하여 박회장을 사살했다는 것은 뻔했지. 박회장 사건에 있어 가장 문제가 되는 것은 어떻게 흉기를 서재 안에 넣을 수 있었느냐는 것이었어. 남경사도 지적했지만 흉기가 있던 위치, 즉 책상 다리 뒤에 비슷하게라도 가게 하려면 액자 뒤의 구멍을 통해 던졌어야만 했어. 그러나 그곳을 통해 던졌더라도 권총이 다리 뒤로는 갈 수 없기 때문에 경찰은 혼란스러웠던 거야. 녹음된 소리를 검토하면 녹음되었어야 할 중요한 소리가 녹음 안 된 것을 발견하게 돼. 그게 무슨 소린지 알겠어?"

구인이 좌중을 둘러보았다. 김순경과 배기자가 서로 마주보았다. 잠시 후에 자기들은 모르겠으니 설명을 계속하라는 듯이 구인을 바라보았다.

"서재 안에서 깨진 유리 조각이 떨어지는 소리도 녹음이 되었어. 권총을 던졌다면 권총이 서재 안에 떨어지는 소리가 녹음되었어야 해. 유리 떨어지는 소리가 녹음될 정도라면 그 무거운 권총이 떨어지는 소리가 녹음 안 될 수가 없지."

구인이 다시 말을 중단하고 김순경을 바라보았다. 김순경은 눈을 크게 뜨고 고개를 가볍게 끄덕이고 있었다.

"그런데 어째서 권총 떨어지는 소리가 녹음되지 않았을까? 그 이유가 무엇이라고 생각해?"

고개를 숙이고 생각하던 김순경이 대답했다.

"범인이 녹음기 스위치를 끄고 권총을 서재 안에 던진 후에 스위치를 다시 켰기 때문이 아닐까요?"

구인이 미소를 지으며 배기자를 바라보자, 그가 모르겠다는 뜻으로 고개를 저었다.

"김순경처럼 생각할 수도 있겠지. 그러나 무엇 때문에 그런 짓을 했지? 나는 그것보다는 권총 떨어지는 소리를 다른 소리가 감췄다고 생각했어. 무거운 권총이 떨어지는 소리를 완전히 감출 만한 큰 소리는 무엇이었을까?"

"총소리다!" 김순경이 크게 외쳤다. "총소리 때문에 권총이 떨어지는 소리가 들리지 않았습니다."

"그래, 맞았어. 그 생각을 한 걸음 더 발전시키면 권총 떨어지는 소리와 총소리가 동시에 났다는 것을 알 수 있어. 두 소리가 동시에 나지 않았다면 권총 떨어지는 소리가 들렸을 테니까. 두 소리가 동시에 났다는 사실로 권총이 서재 안에 떨어질 때, 그 충격으로 권총이 발사되었다는 것을 알 수 있어. 또한 권총이 떨어지는 충격에 발사되었다면 박회장을 살해한 흉탄은 첫번째 발사된 총탄이라는 것을 알 수 있어. 범인은 박회장을 살해한 후에 권총을 서재 안에 넣었을 테니까. 녹음 내용을 기준으로 여기까지를 정리해 보자구. 조한선은 녹음기 마이크를 구멍에서 빼놓고 창을 통하여 박회장이 책상 앞에 앉는가를 지켜본다. 박회장이 앉을 자세를 취하자, 조한선은 급히 창고로 간다. 급히 창고문을 여는 바람에 문이 삐걱 소리를 낸다. 조한선은 구멍을 통하여 박회장을 사살한다. 이때 첫번째 총소리가 녹음된다. 조한선은 마이크를 구멍에 꽂고 창고를 나와 사다리를 이용해서 함석판을 뗀다. 그 구멍을 통해서 팔을 넣고 권총을 책상 쪽으로 던진다. 책상 앞에 떨어진 권총은 떨어질 때의 충격으로 발사된다. 이때 두 번째 총성이 녹음된다. 발사 시의 반동으로 권총은 책상 다리 뒤로 가고, 튀어나온 탄피는 책상 밑 깊숙이 들어간다. 여기서 유념할 것은 그 권총의 방아쇠 상태야. 그 권총은 방아쇠를 줄로 쓸어서 대단히 약했기 때문에 작은 충격에도 쉽게 발사될 수 있었어. 자아, 그런데 서재 안에서 발사된 탄환은 어디로 갔지? 밀폐된 방안에서 총이 발사되었다면 어디엔가 탄흔이 있어야 해. 그런데 서재 안 어디에도 탄흔은 없었어. 그 말은 탄흔을 없앴다는 얘기가 돼. 그런데 서재 안에는 무엇을 없앤 흔적이 있어. 그것은……."
"깨진 유리창."
김순경이 나직이 말했다.
"맞아, 유리창이야. 총알은 유리창을 꿰뚫고 밖으로 나갔어. 그래서 조한선은 유리를 깨서 탄흔을 없애려고 했지. 그런데 서재 안에 떨어진 유리 파편에 탄흔이 그대로 있었던 거야. 그래서 인조 동산에서 돌을 갖고 와서 떨어뜨려 유리를 박살내서 탄흔을 없앴지. 그리고는 유리창 구멍을 통하여 커튼을 닫았어."
오랫동안 아무 말도 없었다. 구인이 맥주를 따르려고 병을 잡자, 김순경이 빼앗아 따르며 물었다.
"조한선이 유리창을 깨서 총알 자국을 없앤 이유는 무엇입니까? 유리창이 그대로 있으면 그에게 불리한 점이라도 있습니까?"
"그 점에 대해 내가 김순경에게 말한 것이 있어. 남경사와 광안리 횟집에서 저녁 먹고 바닷가를 거닐면서 이야기하던 일 기억나지?"
김순경이 고개를 끄덕였다.
"그때 나는 범인이 어떤 일을 무슨 계획이 있어서 의도적으로 했는지, 경찰을 혼란에 빠뜨리려고 장난삼아 한 일인지 모르겠다고 했는데, 그 어떤 일이 지금 말하는 유리창을 깬 행동이었어. 조한선이 유리창을 그대로 놔두고 갔다면 경찰에서 그토록 혼란스러워하지는 않았을 거야. 유리창에 탄흔이 있었다면 쉽게 제2탄이 서재 안에서 발사된 것을 알 수 있었을 것이고, 그것은 권총을 서재 안에 던질 때의 충격으로 발사되었다는 것도 추리할 수 있었을 거야. 그 행동 자체가 범행에 어떤 의미를 부여하지는 않았어. 유리창을 안 깼다면 범인의 정체를 쉽게 알았을 텐데 깼기 때문에 몰랐다든가 하는 일은 없었다는 얘기야. 따라서 범인에게는 깨도 그만 안 깨도 그만이었어. 다만 깼기 때문에 범행 현장에 의문점들이 많이 생겼을 뿐이야. 조한선은 노트에서 유리창을 깬 이유는 말하지 않고 유리창을 깨서 탄흔을 없앴다고만 간단히 썼어. 그러므로 그가 왜 유리창을 깼는지는 추측만 할 수 있을 뿐이야. 조한선은 박회장의 권총을 이용해서 가정부가 설치한 녹음기 구멍을 통해 박회장을 살해하기로 계획을 세웠지. 모든 일이 순조롭게 진행되었어. 그런데 권총을 서재 안에 던지자 제2탄이 발사되고 유리창에 탄흔이 생겼지. 계획에 없던 일이 생기자 조한선은 당황했어. 그 총알 구멍이 자기에게 이롭다 불리하다 생각해 보지도 않고 계획에 없던 것이 생겼으니 없애는 것이 좋겠다고 유리창을 깼을 것 같아. 다시 말하지만 조한선이 유리창을 깬 이유가 무엇이었던가, 깨고 안 깨고가 사건 해결에 영향을 끼치지 않았으니 중요하지는 않아."

말을 끝내고 구인이 김순경을 바라보며 빙그레 웃었다. 그의 표정을 보고 미스터 최가 물었다.

"사장님, 왜 그러십니까? 우리가 모르는 두 분만의 비밀이라도 있습니까?"

"비밀? 비밀이라기보다는 그날 밤에 바닷가에서 김순경에게 한 말이 생각나서 그래."

구인이 담배를 꺼내 물자, 김순경이 얼른 불을 붙였다. 구인이 고개를 가볍게 끄덕여 고맙다는 표시를 하고, 바닷가에서 김순경에게 힌트로서 「노란 방의 비밀」과 「24마리의 검은 티티새」를 읽으라고 했던 상황을 이야기했다.

"노란 방의 비밀은 여자가 밀실에 들어갔는데 얼마 있다가 방안에서

'살인마! 살려줘요…… 살려줘요!'하는 여자의 고함소리가 들리고 총소리가 울렸어. 방문을 부수고 들어가 보니 여자는 관자놀이에 상처가 나 있고 그곳에서 피가 흐르고 있었지. 그리고 천장에는 탄흔이 있었어. 방안에는 권총도 있었고. 그러나 방안에 여자 말고는 아무도 없었어. 완전한 밀실 사건이지. 나중에 밝혀진 바에 의하면, 여자는 몇 시간 전에 죽을 뻔한 일이 있었어. 방에 들어가서 침대에 누워 전에 죽을 뻔한 악몽을 꾸면서 살려 달라고 소리치다가 침대 옆의 책상을 뒤집어엎었어. 그때 책상 모서리에 관자놀이를 부딪쳤고, 책상 위에 있던 권총이 방바닥에 떨어지면서 발사되었던 거야. 김순경이 힌트를 달라고 했을 때 책상 위의 권총이 방바닥에 떨어지면서 발사되었다는 점과, 조한선이 권총을 서재 안에 던졌을 때 발사되었다는 점이 비슷하다고 보고 그것을 힌트로 주었던 거야."

"그럼 24마리의 검은 티티새 힌트는 어떻게 된 것입니까?" 김순경이 물었다. "선생님 말씀을 듣고 집에 가서 그것을 읽고 생각했습니다. 책에는 조카가 삼촌처럼 변장을 해서 알리바이를 만들었는데, 이 사건에는 조카와 삼촌 관계에 있는 사람이 없습니다. 책에는 형제 간인 삼촌 두 사람이 등장하는데, 이 사건에는 형제라고는 오치호와 조한선뿐입니다. 그런 의미에서 조한선을 범인이라고 힌트를 주신 겁니까?"

"힌트를 잘못 해석하고 올바른 해답을 얻었대도 힌트의 역할을 다 했다고 할 수는 있겠군. 내가 말한 힌트는 그게 아니었어. 그 작품에서 범인은 삼촌 흉내를 내면서 식당에서 검은 딸기 파이를 먹었지. 검은 딸기 파이를 먹었다면 이빨에 검은 물이 들었어야 해. 그런데 시체의 이빨은 깨끗했어. 그래서 죽은 사람과 저녁에 검은 딸기 파이를 먹은 사람이 같은 사람이 아니라고 보고 사건을 해결했지. 여기서 나의 힌트는 조한선이 박회장집에서 바지에 핏물을 묻혔는데 다방에서는 바지에 핏물이 없었으니, 두 사람은 다른 사람이라는 것이었어."
 두 사람의 대화를 듣고 있던 배기자가 두 사람 사이에 있었던 이야기에는 관심이 없다는 듯이 끼어들었다.
 "구멍을 통해서 살인을 하려면 박회장이 책상 앞에 앉아야만 했는데, 조한선은 어떻게 박회장을 그곳에 앉게 했습니까? 설마 언제고 앉겠지 하는 우연에 일을 맡기지는 않았겠지요?"
 "김순경이 사건 현장에서 했던 질문과 같은 질문이군. 여기서 우리가 잘못 생각하지 않도록 조심해야 돼. 살인이 구멍을 통해 이루어졌다고 너무 그 점에만 집착해서는 안 돼. 조한선은 꼭 구멍을 통해서만 박회장을 사살하려고 계획했던 것은 아냐. 책상 앞에 안 앉으면 책상 앞의 유리창을 통해서 사살했을 수도 있어. 박회장이 책상 앞에 앉았기 때문에 구멍을 통해 범행을 저질렀을 뿐이야. 그로서는 범행이 꼭 구멍을 통해서 이루어져야 할 필요는 없었어. 범행은 어떻게 이루어졌든 자기 알리바이만 확실하면 그만이었어. 다만 구멍을 통해 박회장을 살해했으면 좋겠다는 생각은 했지. 노트에 의하면, 구멍을 통해 살인을 하면 경찰 수사가 어려워질 것이고, 경찰이 혼란에 빠질수록 범인인 자기에게 유리하다고 생각했어. 그래서 가능하면 박회장을 책상 앞에 앉히기 위해 가짜 장수자의 편지를 보냈던 거야. 그리고 골프장의 박회장에게 전화해서 장수자의 편지를 서재 책상 위에 놓겠다고 했어. 편지를 읽기 위해 박회장이 책상 앞에 앉게끔 유도한 거지. 조한선의 계획대로 박회장은 책상 앞에 앉아 편지를 읽다가 살해당했어. 서재 문에 빗장이 질러져 있던 것도 마찬가지야. 빗장은 박회장이 서재에 들어가서 질렀어. 조한선은 경찰 수사에 혼란이 오게 서재 문의 빗장이 안에서 질러 있으면 좋겠다고 생각했지. 그래서 골프장에 있는 박회장에게 장수자의 아들이 저녁에 집으로 찾아간다는 전화가 왔다고 거짓 전화를 하면서 겁을 잔뜩 주었어. 전화의 장수자 아들이 대단히 거칠더라. 무슨 해코지를 할지 모르니 서재 안에서 문을 잠그고 있어라. 자기가 7시 전에 가겠다. 이 점에 있어서도 박회장은 조부장 의도대로 움직여 주었지. 서재 안에 들어가서 문에 빗장을 지른 거야. 조한선으로서는 문에 빗장이 질려 있지 않아도 상관없었어. 빗장이 걸려 있지 않았다고 자기에게 불리한 것은 없으니까. 빗장 때문에 수사만 어렵게 되었지. 권총을 서재 안에 넣은 것도 마찬가지야. 경찰을 혼란스럽게 하려고 넣었지. 액자 뒤의 연통 구멍은 있었으니 조한선은 뒤의 함석을 떼어내는 수고만 하면 경찰을 혼란스럽게 할 수 있다고 생각했고, 그 생각을 행동에 옮겼을 뿐이야."

"그런데 선생님, 조한선은 가정부가 녹음기를 설치한 것을 보고 어떤 생각을 했습니까?"

"조한선의 노트에 의하면, 그가 녹음 마이크 구멍을 발견한 것은 우연에 의한 것이었어. 회장 심부름으로 서재에 갔다가 우연히 구멍을 발견했지. 그 녹음기를 가정부가 설치했다는 사실을 알아내는 것은 쉬웠어. 당연히 그는 가정부의 뒷조사를 했고, 그녀가 김과장의 어머니라는 사실을 알아냈지. 구미에서는 김과장의 빽은 심사장이라는 소문이 공공연히 나돌고 있었어. 그래서 조한선은 심사장이 박회장의 비밀을 캐내려고 김과장 어머니를 시켜 녹음기를 설치했다고 생각했지. 물론 자기가 그 사실을 나중에 이용하려고 자기만의 비밀로 하고 있었고. 차변호사가 두 번째로 박회장집에 가서 유언 문제를 얘기한 녹음 테이프를 바꿔치기한 것도 물론 조한선의 짓이었지."

"조한선이 그날 중요한 내용이 녹음될 것이라는 사실을 어떻게 알았습니까? 설마 가정부가 오기 전에 박회장집에 숨어 들어가서 녹음 내용을 먼저 듣고 테이프를 바꿔치기하지는 않았겠지요? 그것도 매일같이."

"아, 내가 그 설명도 안 했나? 조한선은 박회장 사무실 전화에 도청 장치를 해놨어. 그래서 차변호사가 그날 밤에 박회장집에 간다는 걸 알았고, 다음날 새벽에 숨어들어가서 테이프를 바꿨던 거야."

다시 침묵이 흘렀다. 그 침묵을 깬 사람은 여지껏 한 번도 질문을 안 한 미스터 최였다.

"조한선이 오치호로 변장해서 그를 모함하려 했다는 것이 이해가 안 됩니다. 박회장의 살인범으로 모함한다는 것은 이해가 가지만, 오치호는 자기 어머니와 처자의 살인범으로 가장 부적합한 사람이지 않습니까?"

"미스터 최가 날카로운 지적을 하는군. 조한선은 수영 약국에 가서 유씨에 관한 것을 물어봐야 했고, 애꾸눈을 살해하기 위해 해운대 호텔에 가야만 했지. 따라서 변장을 해야만 했는데, 그가 선택한 변장 상대가 오치호였을 뿐이야. 그가 오치호로 변장한 이유가 꼭 오치호에게 혐의를 씌우자고 해서만은 아니었어. 그의 계획에는 오치호가 죽게 되어 있었지. 따라서 나중에 오치호가 혐의를 받더라도 그는 변명할 수가 없어. 그러나 무엇보다도 조한선이 오치호의 변장을 택한 이유는 둘이 아주 닮았고, 오치호는 털보라는 특징 때문에 변장하기가 쉬워서였어. 그에게는 자기가 오치호로 변장해서 그를 모함하는 일보다 오치호가 자기로 변장해서 알리바이를 제공해 주는 일이 더 중요했지. 이제 설명할 것은 애꾸와 조한선의 관계만 남은 것 같은데, 그것을 이해하려면 조한선과 박회장 사이를 이해해야만 돼. 박회장은 조한선을 아주 좋아했어. 자기 아들이라 어딘지 모르게 끌렸나봐. 물론 그가 자기 아들이라는 사실은 꿈에도 몰랐지. 박회장이 서울에 있을 때도 부산에 오면 호텔로 불러 같이 지내기도 했어. 특히 작년 말에 부산으로 오고부터는 더욱 가깝게 지냈지. 심심하면 불러서 술도 여러 번 같이 했는데, 술을 입에 댔다 하면 폭음을 했어. 특히 부인이 죽고 난 후부터 심했는데, 그는 정신적으로 많이 허약해진 것 같아. 금년 1월에 둘이서 술을 마실 기회가 있었는데, 그때 박회장은 인사불성이 되도록 퍼마셨어. 그날 장수자를 1.4후퇴 때 만난 일과 보석을 빼앗은 일을 이야기했지. 자기가 여지껏 마음속 깊이 갖고 있던 죄의식을 조한선에게 털어놓았던 거야. 털어놓았다고 하기보다는 취중에 혼자 지껄였다고 보는 것이 옳겠지. 하여튼 조한선은 박회장이 장수자에게서 빼앗은 재물로 재봉 공장을 사서 오늘의 부를 축적하게 되었다는 사실을 알게 되었지. 박회장이 취중에 한 말이라 그런 말을 했다는 것을 기억 못하고 있는 것을 알고, 조한선은 그것을 나중에 써먹을 생각으로 박회장이 그런 말을 안 한 것처럼 했지. 박회장이 미신을 광적이라고 할 정도로……."

"사장님, 죄송합니다." 미스터 최가 구인의 말을 막았다. "조한선은 박회장이 자기 아버지라는 것을 몰랐다고 하셨는데, 박회장이 1.4후퇴 때 이야기를 하면서 장수자를 겁탈한 이야기는 안 했다는 말입니까? 그 이야기만 했더라도 머리 좋은 조한선은 박회장이 자기 아버지라는 것을 쉽게 생각해 냈을 것이고, 그러면 이런 끔찍한 범죄를 저지르지는 않았을 것 아닙니까?"

구인이 눈을 감고 생각하더니 입을 열었다.

"나도 그 문제를 곰곰이 생각해 보았어. 이 문제 역시 나의 추측에 불과한데, 우리는 박회장이 장수자를 겁탈했을 때 그가 군인이었다는 점을 기억해야 해. 전장에서는 군인이 여인을 겁탈하는 일이 비일비재해. 큰 죄의식을 느끼지 않고 일을 저지르지. 군에서 여인을 보면 겁탈해도 좋다고 부추겼다는 얘기가 아니라, 그런 문제에 있어서는 원시적이 된다는 말이야. 그는 장수자를 겁탈했다는 사실에는 죄의식을 갖고 있지 않았어. 상대를 암컷으로만 보고 수컷이 생리적인 욕구를 채웠는데 크게 잘못한 일은 아니라고 생각했던 거지. 그러나 재물을 빼앗은 것과 장영진을 포로로 하지 않고 놓아 주었다는 점에는 죄의식을 느끼고 있었어. 따라서 그가 취중에 자기 죄를 이야기했을 때 재물을 빼앗은 이야기는 했지만 장수자 겁탈에 관한 말은 안 했어. 그는 장수자 겁탈에 관한 한 죄의식을 갖고 있지 않았거든. 박회장이 조한선을 봤을 때 장수자와 닮았다고 느끼지 못했다는 것도 같은 맥락에서 설명을 찾을 수 있지. 그가 장수자를 겁탈했을 때 그녀는 한 개의 암컷이었지 인간이 아니었어. 상대를 인간으로 봤다면 겁탈할 수가 없었겠지. 따라서 그에게 장수자의 기억은 희미했어. 오히려 옆에 있던 나의 의식 속에 장수자의 모습이 아주 강하게 새겨졌어. 그래서 나는 조한선을 보는 순간 장수자와 아주 닮았다고 느꼈던 거야. 어때, 내 말에 수긍이 가?"

미스터 최가 고개는 끄덕였으나 설명이 미흡하다는 표정을 지었다. 구인이 할 수 없다는 듯 작은 한숨을 쉬고 말을 계속했다.

"조한선은 서울 출장 갔다가 돌아오는 기차 속에서 옆좌석에 앉은 것이 인연이 되어 애꾸눈을 알게 되었지. 박회장이 미신을 광적이라고 할 정도로 믿는다는 것을 아는 조한선은, 애꾸눈이 점쟁이라는 사실을 이용해서 자기에게 이득이 오게끔 계획을 세웠어. 애꾸눈 역시 마음이 깨끗하지는 못했어. 그래서 조한선의 계획에 쉽게 응했지. 박회장이 취중에 한 말을 이용해서 장수자에게 지은 죄 때문에 딸과 부인을 잃었다느니 하는 말로 장수자에게 유산을 남기도록 했던 거야. 유언장이 작성된 후에 계획대로 애꾸를 살해했고."

"하지만 사장님, 그렇게 허술하게 그 커다란 계획을 시작했다는 것이 믿어지지 않습니다." 미스터 최는 구인의 설명이 흡족하게 가슴에 와 닿지 않는다는 투였다. "일개 점쟁이의 말을 듣고 50억이라는 큰 돈을 유언한다는 것이 믿기지 않는데요."

"미스터 최의 말뜻을 알겠어. 그러나 중요한 것은 일개 점쟁이 말을 듣고 박회장이 50억을 유언했다는 점이야. 박회장은 이산 가족 찾기 생방송을 통해서 장수자의 현황을 알고 있었지. 재물을 빼앗은 점에 대해 죄의식을 갖고 있던 그는 직접 나서서 도와주지 못하고 있던 차에, 점쟁이의 말은 그가 주저하고 있던 생각을 행동에 옮기게 한 것에 불과했는지도 몰라. 조한선의 입장에서 보면 박회장이 취중에 한 말로 그가 장수자를 돕고 싶어하는 것을 알고 점쟁이를 통해 부추긴 것에 불과해. 박회장이 장수자에게 유증을 안 했다고 해도 손해 갈 것은 없었지. 계획대로 안 되면 살인을 안 하면 그만이었으니까."

"박회장이 3월 6일에 차변호사에게 지시할 때는 50억을 유산으로 장수장에게 상속시키라고 했다가, 3월 9일에는 금년 말까지 넘겨주라고 수정 지시한 이유는 무엇입니까? 3월 6일에 금년 말까지 넘겨주라고 차변호사에게 지시했다면, 조한선은 박회장을 살해하지 않았을지도 모르는데 안타깝습니다."

"박회장이 없는 이 마당에 정확한 이유는 알 수가 없지. 오늘 심사장을 만나 그것을 물어보았어. 심사장도 자세히는 모르지만 다음과 같은 이유로 변경시키지 않았겠느냐고 하더군. 박회장은 한국의 섬유와 신발 사업을 사양 산업이라고 보고 구미섬유와 구미화학을 처분하여 구미 테크닉스를 전자 산업으로 확장하는 계획을 세우고 있었지. 그 일을 심사장이 은밀히 추진하고 있었는데, 구매자는 여럿이 있었지만 가격이 맞지 않아 성사가 안 되어 왔어. 그런데 3월 8일에 흡족한 가격으로 구미섬유를 사겠다는 사람이 나타났지. 10월 말까지 회사를 넘긴다는 계약을 하고 박회장에게 내용을 전했어. 10월 말까지는 구미섬유 매각 대금이 들어오게 되니, 그 돈으로 장수자 문제를 해결하자는 심경 변화가 생긴 듯하다는 것이 심사장의 의견이었어."

"유언 문제 등 여러 가지 면에 있어 저의 생각도 최형처럼 이해 안 되는 점이 많습니다." 배기자의 목소리는 불만으로 가득 차 있었다. "유언 문제만 하더라도 그렇습니다. 모든 일이 계획대로 됐다고 칩시다. 장수자의 아들이라고 조한선이 나타나면 오치호와 닮았다는 점을 지적해서 그를 의심할 수도 있잖습니까? 그리고 나는 법률 지식이 없어서 잘은 모르지만, 조한선이 과연 박회장 유언 수령인으로 50억을 상속받을 수 있었을까요? 아니면 변호사와 의논이라도 해서 한국의 실정법 하에서 유산을 받을 수 있다는 확인이라도 얻고 일을 추진한 것인가요? 만일 유산 수령인이 될 수 없다면 그 많은 살인이 헛수고였다는 말이 되고, 변호사와 의논을 했다면 나중에 위험하다는 불안을 느꼈을 테니 나 같으면 불안해서 변호사와 의논을 하지 않겠습니다. 그러나 무엇보다도 이해할 수 없는 점은 조한선이 그렇게 허술한 계획 하에 박회장을 살해했다는 점입니다. 그가 장수자의 아들이라는 사실만 나타나면 제일 용의자 선상에 오를 것은 너무도 뻔한데, 오치호가 제공하는 알리바이만 믿고 살인을 했다는 것이 이해가 안 갑니다. 다방 종업원들이 살인 시간에 다방에 있던 사람이 조한선이 아니라고 한다면 그의 알리바이는 없어지게 되는데, 그때 일을 어떻게 감당하려고 그런 무모한 계획을 세웠지요?"

구인이 여러 사람을 둘러보며 미소를 지었다.

"내가 똑똑한 친구들에게 사건을 설명하겠다고 생각한 것이 잘못이지…… 배기자 질문의 답변을 이해하려면 조한선의 자라온 환경과 그의 성질을 알아야 해. 그의 노트에 있던 것을 근거해서 자네들을 이해시켜 볼게. 그는 어릴 적부터 천성이 악독했어. 한슨 부인은 그를 참지 못하고 남편과 이혼했어. 한슨도 그가 나쁘다는 것은 알았지만 장수자의 자식이라는 점 때문에 부인과 이혼까지 하면서 그를 길렀지. 그는 나이가 들수록 더욱 못돼졌어. 자기 아버지가 30만불 생명 보험에 가입했고 자기가 수익자라는 사실을 알고 그는 아버지를 살해하기로 마음먹었어. 1981년에 그는 아버지 차의 브레이크를 조작해서 아버지를 살해했어. 그런데 문제가 생겼지. 그 사건을 담당한 형사가 아주 끈질긴 사람이었어. 조한선이 아버지를 죽였다는 심증은 갔지만 증거가 없었지. 끈질기게 증거 포착에 힘썼으나 실패한 형사는 조한선을 한적한 곳으로 끌고 가서 심하게 구타했어. 그리고는 뉴욕을 떠나라고 했지. 안 떠나면 뉴욕에서 살기가 지겹게 느끼도록 하겠다며. 조한선이 뉴욕을 떠날 기미를 보이지 않자 못살게 굴기 시작했어. 취직을 하려면 자기 아버지를 죽인 놈이라고 회사에 말해 방해했지. 길에다 담배꽁초를 버려도 경범죄로 벌금을 물렸고, 제한 속도를 1마일만 초과해도 딱지를 뗐지. 결국은 조한선이 배기지 못하고 뉴욕을 떠났어. 그는 도박을 좋아했어. 뉴욕에 있을 때는 아틀랜틱 시티 도박장에 자주 드나들었지. 30만불이라는 큰 돈을 갖고 뉴욕을 떠나게 되자 아예 도박의 메카인 라스베가스로 갔어. 그곳에서 30만불을 몇 개월만에 다 날리고 빈털터리가 된 그는 한국이 급속도로 발전하고 있다는 소문을 듣고 한국으로 왔어. 그는 도박꾼이었어. 그런데 그에게 일생 일대의 50억이 걸린 큰 도박을 할 기회가 온 거야. 50억이 전부 자기 것이 될지, 일부분만 될지, 혹은 한푼도 자기 것이 안 될지 알 수 없었지. 그러나 50억이 자기 것이 될 가능성이 있다고 그는 생각했어. 그런 가능성 때문이라면 몇 사람쯤 없애는 일은 아무것도 아니었지. 설혹 자기에게 한푼도 안 온다고 해도 해볼 만한 도박이라고 생각했어. 자기는 절대로 잡히지 않을 테니까. 그는 인권을 중시하는 미국에서 자랐어. 〈유죄 판결을 받기 전에는 모든 사람은 결백하다〉는 미국의 인권 중시 사상을 직접 체험했던 거야.

아버지를 살해한 범인이라고 심증을 굳히고 있으면서도 증거가 없으니 법은 꼼짝도 못한다는 것을 그는 알았지. 따라서 그는 구체적인 증거만 남기지 않으면 안전하다고 생각했지. 배기자는 다방 종업원이 알리바이를 깨면 어떻게 되느냐는 말을 했는데, 여건상 조한선과 오치호를 같이 놓기 전에는 다방에 왔던 사람이 조한선이 아니라고 의심할 사람은 없었어. 그런데 그의 생각이 딱 들어맞은 거야."

 구인이 말을 중단하고 자기 잔에 맥주를 손수 따른 뒤에 배기자와 김순경에게 맥주를 권하는 눈길을 보냈다. 둘이 고개를 흔드는 것을 보고 내려놓는 맥주병을 최선배가 들고 자기 잔에 술을 따랐다. 맥주를 시원하게 들이마신 구인이 최선배가 술을 마시고 잔을 내려놓는 것을 기다려 말을 계속했다.

 "수영 약국에서는 오치호의 모습으로 나타났던 사람이 조한선이라는 확증을 잡고 그날 저녁에 최반장과 남경사를 만나 나의 추리를 설명했지. 그리고 해운대 호텔 프런트에 가서 사진의 인물이 애꾸눈이 호텔에 투숙할 때 같이 온 사람이 틀림없다는 것을 확인했어. 박회장 살해의 동기, 방법, 그리고 기회, 모든 것이 조한선을 범인으로 지목하고 있었어. 그러나 놀랍게도 재판에 쓸 수 있는 구체적인 증거가 하나도 없는 거야. 모든 것이 정황 증거뿐이었지. 강제로 자백을 받아낼 수도 있지만 증거가 없으면 놈이 재판 과정에서 고문에 의해 허위 자백했다고 하면 놓칠 가능성도 있었어. 그래서 놈을 함정에 빠뜨릴 계획을 세웠던 거야. 그의 범행 동기는 50억이라는 금전상 이익이었어. 그 50억 전부 또는 일부라도 자기 몫이 안 된다면 그는 상대를 없애려고 온 힘을 쓸 거라고 생각했지. 우리는 그가 빠져들 함정을 판 거야. 장수자가 사망한 것이 발표되자 그녀의 유언장이 튀어나왔다는 함정을 팠어. 즉 조한선 외의 유산 수익자를 만들어 조한선이 그를 없애려고 할 때 덮치는 계획을 세웠지. 그래서 차태일 변호사에게 상황을 설명하고 협조를 구했지. 장수자의 가짜 유언장은 차변호사가 만들었어. 내용은 장수자의 모든 재산은 아들에게 가게 되어 있고, 만일 오치호나 가족이 유산을 수령하지 못하는 경우가 생기면 모든 재산은 남편 오덕규의 조카딸에게 간다는 거였어. 오덕규에게는 일가 친척이라고는 없었어. 조카딸은 가공으로 만들었지. 여자를 내세운 것은 약한 여자라 쉽게 없앨 수 있겠다는 자신감을 조한선이 갖게 하기 위한 수단이었어. 또한 그녀가 다음날 첫비행기로 일본에 가는 것으로 함으로써 그날 밤에 살해를 유도했지. 그녀가 오치호의 모습을 보면 안다고 한 것은 조한선이 그녀를 살해하려고 접근할 때 그녀를 안심시키기 위해 오치호로 변장하고 나타나라고 유도한 거야. 그러면 우리는 구체적인 증거를 확보할 수 있으니까. 과연 그는 오치호로 변장하고 나타났더군. 일이 계획대로 안 돼서 그가 죽었지만……."

구인이 말을 중단하고 눈을 감았다. 모두 심각한 표정을 짓고 있었다. 사람들은 구인의 심정을 이해하는지 말을 계속하라고 재촉하지 않고 기다렸다. 구인이 눈을 떴다.

"극본이 짜였으니 배우가 필요했어. 조카딸 역은 시경의 여자 경찰관을 시켰지. 계급은 경사로 무술 유단자라 안심하고 일을 맡겼어. 장수자의 유언장을 작성한 변호인 역은 차변호사가 친구 변호사 중에서 데리고 왔어. 박회장 장례식이 있은 토요일에 모두 만나 각자의 역할을 익혔지. 주연급의 준비는 끝났는데 조연들이 필요했어. 조한선은 대단히 교활해서 조그마한 허점을 보여도 안 된다고 생각했지. 장수자의 유언장을 의논해야 하니 심사장이 참석해야 했어. 박회장이 장수자에게 남긴 유산의 집행 관리인이 심사장이니 장수자 유언에 관한 일이라면 심사장이 관여하는 것이 당연했거든. 그리고 심사장이라면 조한선을 자연스럽게 불러 토의에 참석시켜도 의심을 안 받을 것으로 생각했어. 토요일 저녁에 남경사는 서울에 가서 심사장을 만났어. 사건 내용을 설명하고 우리 계획에 협조를 부탁했지. 심사장은 물론 협조하겠다고 선뜻 나섰어. 즉시 심사장은 한부사장과 조한선에게 연락해서 일요일 오후 5시에 구미실업에서 만날 약속을 했지. 높은 사람들의 회의에 조한선만 있다면 이상하게 생각할까봐 김과장도 불렀지. 한부사장은 시키지도 않았는데 총무과장을 불렀고. 만나는 시간을 늦게 잡은 것은 조한선에게 기회를 주지 않으려고 한 조치야. 아침에 만났다가 일찍 헤어지면 오랜 시간 동안 조카딸을 보호하기가 힘들다고 생각했지. 저녁 늦게까지 붙잡아 놓으면 아침 일찍 떠나는 그녀를 없애기 위해서 조한선은 밤 사이에 행동해야 했지. 그럴려면 살해 장소는 호텔방이라야 하니 우리가 준비하기 쉽다고 본 거야. 한부사장에게도 내용을 알려줄까 생각했지. 그러나 성질이 격하고 직선적인 사람이라 조한선이 범인인 것을 알면 연극을 제대로 못할 것 같아 말을 안 했지. 김과장에게도 말을 안 했어. 장수자가 자기 고몬데 조한선이 살해했다면, 그 역시 연극을 못한다고 생각했지. 사실 그들에게는 말할 필요가 없었어. 그들은 조한선이 의심을 품지 않게 하기 위한 무대 장치에 불과했으니까. 각자가 자기 역할을 훌륭하게 했지. 차변호사는 오명자가 없으면 조한선이 유리하다는 말을 했지. 차변호사의 설명을 듣고 조한선은 오명자를 없애야 한다는 생각을 했어. 그것도 그날 밤 안으로 없애야 했지. 다음날 아침 일찍 일본으로 떠나면 언제 돌아올지도 모른다고 했으니까. 심사장은 조한선을 늦게까지 잡고 있다가 놓아주었지. 즉시 형사 둘이 미행했어. 한편 호텔에서는 남경사를 비롯해서 많은 형사들이 만반의 준비를 끝내고 그가 나타나기를 기다리고 있었어. 오치호로 변장한 그는 밤 늦게 나타났고 호텔에서 도망치다가 목뼈가 부러져 죽었던 거야."

이번에는 전번보다 더 무거운 침묵이 흘렀다. 한참만에 좌중을 둘러본 구인이 심각한 분위기를 누그러뜨리려는 듯 명랑한 목소리로 말했다.

"왜 이렇게 죽어가는 얼굴들을 하고 있어. 사건에 대한 의문점은 전부 풀렸어?"

그러나 분위기는 계속 우울하기만 했다. 한참 뒤 김순경이 말했다.

"한 가지만 더 여쭈어보겠습니다. 파출소에서 제가 사건이 났다는 전화를 받은 것은 7시 55분경이었습니다. 그 전화는 조한선이 한 것이라면, 그는 왜 그렇게 늦게 동네 수퍼에서 전화를 했습니까? 녹음 내용으로 보면 7시 10분경에는 모든 일이 끝났는데."

"김순경 말대로 조한선은 7시 10분쯤에 모든 일을 끝냈어. 일을 끝내고도 잘못된 것은 없나 살펴보느라고 시간을 끈 뒤에 박회장집에서 나오는데 언덕 밑에서 사람 소리가 들렸지. 두 사람이 길에서 얘기를 하고 있었어. 그 사람들이 이야기를 끝내고 자리를 뜨자, 남의 눈에 뜨이지 않게 조심해서 오는데 자가용이 박회장집을 향해 올라갔어. 천천히 가고 있어서 차 안을 볼 수 있었는데 김인수 과장의 아버지가 타고 있었어. 이상하게 생각한 조한선은 차를 쫓아 박회장집으로 다시 갔어. 차에서 내린 김과장의 아버지는 박회장집 문 안을 기웃거리기만 할 뿐 들어갈 기미를 보이지 않았어. 그때 조한선에게는 한 가지 생각이 떠오른 거야. 가까운 파출소에 전화해서 살인 현장에 있는 그를 체포하게 하자. 그래서 수퍼로 가서 전화를 했고, 시간이 경과했던 거야. 그는 가정부를 보낸 뒤 차에서 오치호로 즉시 위장했어. 혹시 남의 눈에 띄는 경우를 대비한 조치였지. 그래서 수퍼에 갔을 때는 오치호의 모습을 하고 있었던 거야."

"오치호는 어떻게 만났고, 오치호는 어째서 오래도록 집에 연락을 안 했지요?" 미스터 최가 맥주를 손수 따르며 물었다. "오치호는 효자였고 처자를 끔찍이 위했다고 하는데, 그러한 사람이 어째서 그런 행동을 했습니까?"

"오치호가 집에 연락을 안 했던 게 아니라 애꾸눈이 편지를 보내지 못하게 했던 거야. 이해를 돕기 위해 순서적으로 설명해야겠군. 이것은 조한선의 노트를 참고로 하고 어떤 부분은 내가 추리한 것을 근거로 한 거야. 한국에 온 조한선은 어머니를 찾았지. 어머니가 그리워서가 아니라 호기심 때문에 찾았던 거야. 이산 가족 찾기 방송에서 장수자라는 이름을 본 그는 주소지를 알기 위해 KBS에 갔어. 거기서 한부사장이 장수자에 관해 묻는 것을 듣고 이상하게 생각하고 지갑을 소매치기하여 한부사장과 선을 댔어. 그것이 인연이 되어 구미화학 무역과장이 되었지. 장수자가 촌에서 빈곤한 생활을 하고 있다는 것을 알고 찾지를 않았는데, 박회장이 취중에 장수자에게 빚이 있다는 말을 했어. 그래서 애꾸를 이용해서 일을 꾸몄어. 조한선은 금액이 50억이라는 큰 돈일 줄은 몰랐어. 몇천만원 아니면 기껏해야 1, 2억이려니 했지. 장수자에게 돈이 가면 자기가 아들이라고 나타나서 무슨 방법을 쓰든 돈을 빼앗겠다는 막연한 생각으로 일을 꾸몄어. 그런데 돈이 50억이라는 어마어마한 액수인 것을 알게 된 그는 장수자 일가를 몰살시키고 50억을 자기가 독차지할 계획을 세웠지. 박회장의 유언장이 3월 말경에 완결된다는 것을 알게 된 조한선은 범행 일자를 4월 초로 잡고 준비를 시작했어. 3월 27일 밤에 장수자의 집 근처에서 기다렸다가 오치호를 만났지. 오치호는 6.25 때 미군 대위에게 입양되어 미국에 간 형이 있다는 얘기를 어머니로부터 들어 알고 있었고, 어머니 방의 사진틀에는 형의 갓난애 때 사진이 있었어. 오치호는 조한선을 보는 순간 형이라는 것을 알았지. 자기와 너무나 닮았으니까. 반가운 김에 형이 가자는 대로 밀양에 가서 술을 마시며 이야기했어. 오치호를 안심시키고 부산에 데리고 갔지. 부산에서는 애꾸눈과 같이 있게 했어. 자기는 회사에 나가야 하니 애꾸에게 감시시킨 거지. 계획을 실제로 추진하려니까 조한선은 자기가 장수자의 아들이라는 것을 인정받지 못할까봐 염려가 되었지. 범행 자체야 증거만 안 남기면 된다는 자신이 있었어. 그러자 한국에 와서 어머니를 찾으러 유씨 할머니에게 갔을 때 장수자의 아들은 발가락이 붙었다고 한 말이 생각난 거야. 유씨의 진술이 법적으로 어떤 도움이 될지 모르지만 할머니의 증언이 도움될 거라는 생각이 들었지. 그러나 세월이 많이 흘렀으니 유씨 할머니가 살았는지 죽었는지 알 수 없었어. 그래서 할머니의 생사 여부를 알기 위해 3월 29일에 수영 약국을 찾았지. 박회장 사무실 전화에 설치한 도청 장치를 통하여 유언장이 4월 2일에 완결된다는 것을 알고 그 사실을 애꾸와 오치호에게 알려주었어. 그러지 않아도 집 걱정을 하고 있던 오치호는 집에 갔다가 4월 2일에 오겠다고 떼를 썼지. 4월 2일까지만 참으라고 그를 겨우 달래자 오치호는 집에 편지를 보내겠다고 했어. 하는 수 없이 편지 내용이 안부뿐이라는 걸 확인하고 편지 보내는 것을 허락했지. 박회장의 유언장이 작성되자 조한선은 범행을 즉시 행동으로 옮겼어. 세밀한 범행 계획을 세운 조한선은 박회장집에서 약 10분 거리에 있는 광안 다방을 알리바이 장소로 선정했지. 알리바이를 위해서는 오치호가 자기와 똑같은 모습을 하고 있어야 했어. 그래서 곧 부자가 될 몸이니 촌사람 때를 벗어야 한다며 수염을 깎게 하고 옷도 똑같은 것으로 두 벌을 지었지. 수염을 깎고 양복을 입으니 안경이 어울리지 않는다고 빼앗았어. 오치호는 눈이 많이 나쁘지 않았기 때문에 안경을 안 써도 행동이 불편하지는 않았어. 4월 2일 밤에 조한선은 오치호에게 박회장의 유언장이 작성되었으니 모든 일이 끝났다고 했어. 그러니 다음날 저녁 6시 40분 정각에 광안 다방에서 만나 어머니에게 가자고 했지. 혹시 자기에게 바쁜 일이 생겨 시간에 맞춰 가지 못하면 7시 10분까지만 기다리고, 8시 30분에 삼익 비치 아파트 후문에 있는 제과점 앞에서 만나자고 했어. 다방에서는 쌍화차를 시키라는 지시까지 할 정도로 세밀하게 계획을 세웠지. 만반의 준비를 끝낸 조한선은 계획을 실천에 옮겼어. 유언장이 작성되었으니 축하하는 뜻에서 1급 호텔에서 하룻밤을 멋지게 보내자고 4월 3일 애꾸를 해운대 호텔로 유인했지. 감기 기운이 있어서 사우나에 다녀오겠다고 회사를 나온 조한선은 호텔 근처에서 애꾸를 만났지. 오치호와 밀양에 가는 일이 다음날로 연기되어서 호텔에서 저녁에 만나기로 되었다며 오치호의 이름으로 방을 예약했다고 말했어. 오치호의 이름으로 투숙한 애꾸를 호텔방에서 살해했지. 저녁 6시경에 회장집에 간 그는 서재에 편지를 놓으면서 책상 앞 커튼을 열어놓았어. 회장이 의자에 앉지 않아 마이크 구멍을 이용해 살해할 수 없을 때는 책상 앞 유리창을 통해 사살할 계획이 있었으니까. 권총은 전날 회장이 사무실에 놓은 것을 갖고 나왔지. 파출부를 데리고 집에서 나온 조한선은 근처에 세워둔 자기 차에서 오치호로 변장을 하고 회장집에 들어가서 회장이 서재로 오기를 기다렸다가 살해했어. 김과장의 아버지가 현장을 배회하는 것을 보고 파출소에 전화하고 아파트 후문에서 오치호를 만났지. 물론 오치호로 가장했던 모습은 지웠지. 지우는 일이야 수염과 안경만 없애면 되니까 쉬웠어. 밀양으로 가면서 그날 저녁에 있었던 일을 오치호로부터 자세히 들었지. 그리고 오치호를 살해하고 야산에 묻었어. 새벽 1시가 지나 그는 장수자를 조용히 깨웠어. 깜짝 놀란 장수자는 며느리와 손녀딸을 깨웠고, 그들에게 옷을 깨끗이 입히고 조한선에게 인사를 시켰지. 이야기를 하면서 조한선은 가지고 간 쥬스의 수면제가 효력을 발휘하기를 기다려 세 사람을 목졸라 죽였지. 조한선은 집안을 뒤져 오치호가 보낸 편지와 그의 사진을 전부 갖고 부산으로 왔어. 아파트에 돌아온 그는 옆 길가에 차를 주차시키고 경비원이 졸고 있는 틈을 타서 아파트에 숨어 들어갔지. 그리고 아침 일찍 조깅복 차림으로 모습을 나타내고 밤새 아파트에 있었던 흉내를 냈던 거야."

오랫동안 침묵이 흘렀다. 모든 사람이 침울한 표정을 짓고 있었다. 이윽고 배기자가 입을 열었다. 목소리가 가라앉아 있었다.

"대단히 우울한 이야기군요. 살인 사건을 여러 번 취재했는데, 할 때마다 우울한 기분이 들었습니다. 그러나 이번 사건은 특히 더 합니다. 아무리 돈이 좋기로 어떻게 자기를 낳은 어머니를 맨손으로 목졸라 죽일 수가 있습니까? 인간이 아니었군요."

"그는 인간이 아니었어."

구인이 비통한 목소리로 말했다.

"그의 노트에는 장수자를 살해할 때의 상황이 적혀 있었어. 그 장면을 이렇게 묘사했어.

'목을 누르자 그녀가 갑자기 눈을 크게 뜨고 발버둥치기 시작했다. 순간, 그녀의 얼굴이 돈더미로 변했다. 돈더미는 커지면서 그녀의 얼굴을 덮었다. 돈, 돈…….

저 많은 돈이 전부가 내 것이 된다고 생각하니 새로운 힘이 솟구쳤다. 나는 즐거운 마음으로 그녀의 목에 힘을 가했다.'

그는 인간이 아니었어. 악마의 표상이었어."

에 필 로 그

사건이 해결된 지도 2년 반이 지났다. 세상이 떠들썩할 수도 있었지만 심사장이 수습을 잘하여 조용히 마무리되었다. 어느 월간지에서 박회장과 장수자 사이를 비슷하게 스캔들화한 기사를 실었지만 큰 말썽은 없었다. 잡지사에 정보를 누가 줬는지 확실히는 모르나 경찰에서 샜을 거라며 남경사는 입맛만 다셨다. 박회장의 유지에 따라 구미섬유와 구미화학을 처분하여 구니 테크닉스를 확장했다. 김용욱은 원 이름인 장영진을 찾았다. 박회장은 먼저 간 부인과 딸 옆에 매장되었다. 장수자는 장영진의 손에 의해 남편 오덕규 옆에 묻혔고, 오치호와 그의 가족도 부모 발밑에 묻혔다.

장인수는 1991년 1월에 구미 테크닉스의 관리부 차장으로 자리를 옮겼고, 그 해 6월에 심혜영과 결혼했다. 한부사장은 사장으로 승진하여 구미실업을 계속 운영하고 있다.

남경사는 1990년 7월에 강력반장이 되었다. 김순경을 남경사가 데리고 가려 했지만 김순경이 사양했다. 그는 경찰 간부후보생 시험에 응시했다가 한 번 실패한 후에 두 번째는 합격했다.

구인 개인에게는 변화가 별로 없었다. 집을 서울로 옮긴다는 생각은 실천을 못하고 있었다. 대한민국 경제가 불황 국면에 접어들어 건물을 싼값에 팔기 전에는 거들떠보지도 않았다. 그렇다고 서울로 이사를 하자니 서울에 집을 살 만한 돈이 없었다. 결국은 그대로 눌러 앉았다가 경기가 풀리면 건물을 팔고 이사하기로 마음 먹고 번역에만 몰두하고 있다.

그 동안 구인은 작은 만족감도 맛보았고, 승리감 같은 것도 느꼈다. 작은 만족감이라면 둘째가 1992년 봄에 박사학위를 받았다는 것과 딸애가 인기 TV 프로의 대본 작가가 되었다는 점이다. 구인이 번역한 첫 번째 작품이 책이 되어 나왔을 때 작은 기쁨을 맛보았고, 담배를 끊었다는 사실에 승리감 같은 것을 느꼈다.

1992년 10월도 다 지난 어느 날 구인이 남경사에게 전화하여 만나자고 했다. 도다리회가 맛있을 때라고 하여 광안리에 있는 남경사 단골집에서 근무 시간이 지나서 만나기로 약속했다.

구인이 먼저 가서 기다리자, 남경사가 정복 차림의 경위와 같이 왔다. 김순경이었다. 경찰 간부 후보생 교육을 마치고 경위가 되어 찾아 온 것이다. 반가운 인사가 끝나고 셋이 방안의 구석 식탁에 앉았다.

술이 두어 배 돌고 나자, 김경위가 구인에게 말했다.

"선생님 번역 작품 읽었습니다. 두 권 나왔더군요. 「그리스 관의 비밀」을 아주 재미있게 읽었습니다. 번역은 아직도 하고 계시죠?"

"나는 정통 추리소설이 취향에 맞는데, 요새는 톰 클랜시, 로버트 루드럼 등의 테크놀로지를 다룬 작품, 스릴러 또는 모험소설 등이 읽히지 엘러리 퀸 같은 정통 추리소설은 잘 안 읽힌데. 엘러리 퀸의 「프랑스 가루(粉)의 비밀」(The French Powder Mystery)을 번역은 해놨는데 발간하겠다는 출판사가 없어서 번역 원고를 그냥 갖고 있어. 그래서 지금은 하는 수 없이 스릴러나 모험소설을 번역하고 있지. 알리스테어 맥클린 작품을 끝내고 지금은 클리브 커슬러 작품을 번역 중이야."
 "나도 정통 추리가 좋던데……."
 김경위가 말끝을 흐리는 것을 보고, 구인이 남경사를 향했다.
 "남경사, 실은 추리소설 때문에 만나자고 했어. 번역을 하다 보니 창작에 욕심이 생기더군. 그래서 박회장 사건을 소설로 쓰고 싶어서……."
 구인이 말을 끝내지 않고 남경사를 바라보았다. 남경사 입가에 미소가 서려 있었다.
 "선생님께서 언제나 그 말씀을 하시나 기다렸습니다. 그 좋은 소재를 썩히기 아깝다는 생각을 했습니다. 시간도 많이 흘렀고, 논픽션도 아니니, 소설을 쓰는 데 경찰이 막을 순 없습니다. 그저 경찰을 바보스럽게 묘사하지나 말아 주십사 하고 부탁이나 해야지요. 그러나 문제는 경찰보다도 심사장과 장영진씨가 아닐까요? 심사장은 매형과 장수자와의 관계, 박회장이 아들 손에 살해당했다는 사실이 세상에 알려지는 것을 좋아하지 않을 텐데요. 장영진씨도 누이 얘기가 다시 사람들 입에 오르내리는 것은 싫을 거고."
 "그 문제는 심사장하고 장영진과 의논했어. 일이 있어 서울에 갔던 김에 심사장을 만나고 어제 왔지. 그 분도 내가 쓰는 것을 막을 수는 없다고 말하더군. 그리고 주간지나 월간지에 고십 거리로 발표하는 것도 아니니 실명으로 하지 않으면 별일이야 있겠냐고 하더군. 그래서 사건 무대와 인물들을 가명으로 바꿔서 쓰기로 결정을 보았네. 장영진은 오늘 만나서 양해를 구했으니 경찰 측만 이해시키면 되겠는데."
 "아, 그렇다면 문제가 다릅니다. 훌륭한 작품을 만드십시오. 아까도 말씀드렸지만 경찰을 너무 무능하게 묘사하지나 말아 주십시오."
 그 다음날 아침 부산을 출발하여 경부 고속도로를 달려온 승용차가 언양 톨게이트를 빠져 석남사 쪽을 향했다. 구인이 운전하고 있었다. 석남사 앞 휴게소에서 잠깐 휴식을 취하고 차는 가파르고 구불구불한 길을 오르기 시작했다. 왕복 2차선 도로는 넓었고 포장도 잘 되어 있었으나 경사가 급하고 굴곡이 심해서 버스 운행은 금지되어 있었다.

도로 정상에 올라가자 길가에 비닐 천막을 친 점포들이 쭉 있었다. 이런 곳에서 장사를 하는 사람들의 생활력이 강하다고 생각하며 고개 정상의 굴을 통과하여 내리막길로 접어들었다. 이쪽도 올라온 쪽만큼이나 굴곡이 심했고 경사가 가파랐다. 길은 산을 우측으로 하고 구불구불 내려가고 있었다. 좌측에는 여름에도 물이 언다는 얼음골의 깊은 계곡에 안개가 깔려 있어 밑이 안 보였다.

약 30 분을 더 가자 밀양 가는 길과 표충사로 가는 길이 갈라지는 삼거리가 나타났다. 그곳에서 좌회전하여 표충사를 향했다. 좌측으로 개울을 끼고 약 10 분을 더 가자, 작은 동네가 나타났다. 그곳에서 우회전했다. 동네를 벗어나자 도로가 비포장으로 바뀌었다. 양쪽에 산이 있는 골자기 길을 약 1킬로 달리자 멀리 집이 10여 채 보였다. 장수자가 살던 부락이었다. 부락 500백 미터쯤 못 미쳐 차를 세웠다. 구인이 운전석 옆좌석에 있던 비닐 주머니를 들고 차에서 내렸다.

구인은 차 앞에 서서 장수자가 살던 부락을 바라보았다. 잠시 후에 길 우측에 있는 산을 올라갔다. 약 250미터 올라가자 무덤들이 있는 작은 평지가 있었다. 무덤 앞에서 올라온 쪽을 바라보았다. 저 밑에 자기 차가 보였다. 그 길 건너 작은 개울이 보였다. 해가 높은 산 위로 올라 따스한 햇볕을 무덤에 보내고 있었다.

무덤은 위쪽에 둘이 있었다. 오덕규와 장수자 내외의 무덤이었다. 장수자의 무덤은 오래 되지 않았다는 것을 한눈에 알 수 있었다. 그 아래에 새 무덤이 또 하나 있었다. 오치호 내외를 합장한 무덤이었다. 그 아래 오치호 딸의 작은 무덤이 있었다.
 구인은 비닐 주머니에서 흰 종이에 싸인 꽃 한 송이를 꺼냈다. 흰 백합이었다. 종이를 벗기고 꽃을 상석 위에 놓았다. 주머니에서 소주병과 종이컵을 꺼냈다. 술을 따라 상석 좌우에 한 잔씩 놓았다. 잠깐 묵념을 한 뒤에 술을 무덤에 뿌렸다. 술을 또 한 잔 따라 장수자의 무덤을 향해 쳐들었다. 마음속으로 그녀의 명복을 빌었다. 술을 반만 마시고 이번에는 오덕규의 무덤을 향해 술잔을 쳐들었다.
 '불쌍한 여자를 돌봐 줘서 고맙소.'
 구인이 술을 입에 털어넣었다. 병에 남은 술을 무덤 주위에 뿌리고 종이컵과 같이 비닐 주머니에 넣고 차로 향했다.
 상석 위에는 흰 백합이 쓸쓸히 놓여 있었다.

 그날 저녁을 먹은 후에 구인은 커피를 갖고 서재에 들어갔다. 부인은 TV 연속극을 본다며 안방으로 갔다. 구인이 개인용 컴퓨터 앞에 앉았다. 출판사에서는 원고지에 글을 써 오는 것보다 컴퓨터 디스켓을 원하고 있어 컴퓨터를 구입했다.
 구인은 책상에서 파일을 꺼냈다. 박회장과 장수자 사건을 정리한 파일이었다. 이 사건을 소설화하기로 마음 먹은 후에 풀롯도 대략 써 두었다. 커피를 한 모금 마시면서 장수자의 무덤에서 돌아오며 생각한 것들을 다시 마음속으로 정리했다.
 작품은 남들이 읽을 때 완전히 소설이라는 느낌을 주도록 해야 돼. 소설을 읽고 박회장이나 장수자를 연상할 만한 모든 요소를 가능하면 배제해야 해. 등장 인물은 물론 가명을 써야 하고 다른 사람들의 이름을 바꾸는 것은 쉬워. 하지만 내 이름은 무엇이라고 하지? 오늘 무덤에서 돌아오며 생각한 대로 한다?

구인이 커피를 한 모금 마셨다. 그리고 밀양에서 돌아오면서 생각한 것을 다시 떠올렸다.

내가 좋아하는 추리소설 작가 이름을 내 이름으로 한다? 그 비슷한 경우가 전에도 있었잖아.「히라이 타로」라는 일본 작가는 에드가 알란 포를 좋아하여「에도가와 란보」라는 필명을 썼어. 김래성씨는「모리스 르블랑」을 좋아하여「유불란」이라는 탐정을 만들었고. 나는「엘러리 퀸」을 좋아하니「퀸」에서 딴「구인(具仁)」이라는 이름을 쓴다? 남들이 알면 너무 유치한 생각이라고 안 할까? 그래도 하는 수 없지. 나는 엘러리 퀸이 너무 좋으니까. 낮에 여러 모로 생각해서 결정한 것이니 그대로 밀고 나가자구.

구인이 거실로 나갔다. 달이 휘영청 밝은 빛을 뿌리고 있었다. 43년 전에 어느 외딴 집 마당에서 본 달의 모습이 생각났다. 그 위에 조한선이 죽던 날 본 달이 겹쳐졌다. 그러나 이제는 달이 일그러진 모습은 하고 있지 않았다.

구인이 머리를 가볍게 흔들고 서재로 돌아왔다. 컴퓨터 스위치를 넣었다. 심호흡을 크게 한 후에 컴퓨터 글자판을 두드렸다.

일 그 러 진 달

구   인 작

세상 전체가 밀가루를 뿌려놓은 듯 하얗다. 그 위에서 사흘 남은 보름을 향해 달은 숨가쁘게 달리고 있었다. 달은 땅 위보다 더 밝은 빛을 뿜어내려고 숨을 들이마시고 있기라도 하듯이……

저자 후기

필자가 1948년 중학교에 입학한 후 우연히 접하게 된 추리소설을 60이 다 된 지금까지 항상 곁에 가까이 하여 왔다. 6·25사변이 발발한 후에는 미군 부대에서 쏟아져 나온 영문 페이퍼백을 통하여 추리소설에 더욱 심취하게 되었고, 고등학교 졸업 때는 장래 희망을 추리작가라고 하기에 이르렀다.

그 후 생활에 몰두하다 보니 추리작가로서의 꿈은 이루지 못하고 추리독자로서만 만족하고 있었다. 그러던 어느 날 어릴 적의 꿈을 버릴 만큼 필자의 나이가 많지 않다는 생각에 본 소설을 쓰게 되었다.

추리소설은 어디까지나 추리가 중심이 되어야 한다고 생각한다. 사회 문제를 테마로 다루는 것은 환영한다. 그러나 그것은 어디까지나 테마에 그쳐야 한다. 비리 고발 쪽으로만 작품을 이끌고 가면 추리형식의 사회 고발 소설에 지나지 않을 것이다.

섹스 신만 해도 그렇다. 한국 추리소설에는 섹스가 너무 많다는 지적도 있다. 섹스 신이 없어야 한다고 보지는 않는다. 다만 섹스 신이 있어야 한다면 그것은 소설 구성상 어떤 역할을 해야지 독자들의 시선을 끌기 위한 수단으로 씌어서는 안 된다고 본다. 혹자는 섹스가 없으면 독자에게 인기가 없다고 할지 모르겠다. 이에 필자는 독자가 싫증을 느낄까봐 양념으로 섹스 신을 삽입했다는 발상을 대단히 위험하다고 생각한다. 아가사 크리스티, 엘러리 퀸, 반 다인, 챈들러 등 불후의 추리 명작을 쓴 작가들 작품에는 섹스 신이 없으면서도 독자들의 사랑을 받고 있다. 그들은 오래 전의 작가이기 때문에 당시의 윤리관이 허락지 않아서 섹스 신을 쓰지 않았다고 반론을 제기하는 분이 있을지도 모르겠다.

그러나 르 카르, 켄 폴렛, 프레드릭 포사이드, 딕 프랜시스 등 현대의 베스트셀러 추리작가들도 쓸데없는 섹스 신은 삽입하지 않았지만 독자들의 많은 사랑을 받고 있다.

추리소설은 독자들에게 엔터테인먼트를 제공하는 것을 주된 목적으로 하는 소설이다. 사회 비리를 고발하는 데만 주력한다든가, 섹스 신을 제공함으로써 독자에게 엔터테인먼트 서비스를 했다고 생각한다면 그것은 사회 고발 소설이나 선정 소설로 봐야지 추리소설이라고 할 수 없다. 이러한 생각을 갖고 있는 필자는 본 작품을 어디까지나 추리를 근간으로 한 본격 추리소설 쪽으로 끌고 가려고 노력했다. 나의 노력이 독자들을 얼마만큼이나 흡족하게 할지는 미지수이다.

금년 추리소설학교에 참가해서 대단히 좋은 이야기를 들었다.

"추리작가는 프로 작가이다."

순수문학 작가가 독자들을 의식하기보다 작품성을 중요시하여 단 한 사람의 독자만이라도 자기의 문학성을 인정해 주면 된다는 고고한 정신을 갖고 있다고 본다면, 추리작가는 독자들에게 엔터테인먼트를 제공하여 돈을 번다는 프로 정신을 갖고 작품에 임해야 한다는 것이다. 그 말에 전적으로 동감한다. 결국, 팔리지 않는 책을 쓰는 추리작가는 작가로서의 자격이 없다는 말로 받아들이고자 한다. 본 작품이 독자들에게 어필하지 않는다면 필자의 추리작가로서의 결함이 무엇인가 반성하고 다음 작품에 반영시킴으로써 역량 있는 추리작가로서 인정받게끔 노력할 것을 약속한다.

끝으로 본 작품이 햇빛을 보는 데 많은 지원을 아끼지 않으신 정태원 동료와 졸작을 서슴없이 발간해 주신 명지사 박명호 사장님, 직원 일동에게 감사를 드린다.

        1993년 9월   이제중

일그러진 달/이제중장편추리소설			값 5,000원

1993년 9월 15일 제1판 제1쇄 인쇄
1993년 9월 20일 제1판 제1쇄 발행

지은이	이	제	중
발행인	박	명	호

펴낸곳	명	지	사

서울특별시 동대문구 장안동 369-1
등 록 : 1978. 6. 8. 제5-28호
전 화 : 243-6686 · FAX 249-1253
사 서 함 : 서울청량우체국사서함 제 154호
대체구좌 : 010983-31-1742329
지로번호 : 3 0 3 3 3 1 7

ISBN 89-7125-056-9 03810   ※잘못된 책은 바꾸어 드립니다.